Erwin Kohl

ZUGZWANG

Kriminalroman

*Bibliografische Information
der Deutschen Bibliothek*
Die Deutsche Bibliothek verzeichnet diese
Publikation in der Deutschen Nationalbibliografie;
detaillierte bibliografische Daten sind im Internet
über http://dnb.ddb.de abrufbar.

Besuchen Sie uns im Internet:
www.gmeiner-verlag.de

© 2006 – Gmeiner-Verlag GmbH
Im Ehnried 5, 88605 Meßkirch
Telefon 0 75 75/20 95-0
info@gmeiner-verlag.de
Alle Rechte vorbehalten
1. Auflage 2006

Lektorat: Claudia Senghaas, Kirchardt
Umschlaggestaltung: U.O.R.G. Lutz Eberle, Stuttgart
unter Verwendung eines Fotos von aboutpixel.de
Gesetzt aus der 9,7/13 Punkt GV Garamond
Druck: Fuldaer Verlagsanstalt, Fulda
Printed in Germany
ISBN 13: 978-3-89977-669-0
ISBN 10: 3-89977-669-0

All that we see or seem is but a dream within a dream
Edgar Allen Poe

1

Sie sahen sich stumm in die Augen. Seit zwei Stunden saßen sie bereits in der Küche. Tauschten Argumente aus, ohne die des anderen zu akzeptieren. Britt und David gingen betrübt hinaus, sie schienen verstanden zu haben, womit ihr Vater sich nicht abfinden konnte. Im Türrahmen drehten sie sich noch einmal um und winkten ihm traurig zu.

Das monotone Ticken der Küchenuhr schien ihm sagen zu wollen, dass seine Zeit abgelaufen war. Die eingeschaltete Spülmaschine untermalte die triste Stimmung. Er hielt ein Bild von ihrem letzten Urlaub in den Händen. Britt war so stolz, dieses Foto gemacht zu haben. Die Erinnerung wurde lebendig, lief wie ein Film vor seinen Augen ab. Sie spazierten durch Olivenhaine und endlos blühende Wiesen. Er spürte den sanften, warmen Wind dieses Sommerabends, hörte abertausende Grillen zirpen, die dem liebevollen Gesang der Vögel den passenden Hintergrund gaben. Die Musik der Toskana. Immer wieder hielten sie an und umarmten sich zärtlich. Mit schmalen Lippen und voller Melancholie legte er das Bild zurück.

Ihm war zum Weinen zumute, aber irgendwas hielt ihn davon ab. Seine Frau stand auf und räumte die Tassen fort. Er verstand und ging wortlos hinaus.

Hilflos blieb er im Türrahmen stehen, neben ihm zwei Koffer. Wochenlang hatten sie über ihre Entscheidung diskutiert, aus seiner Sicht ergebnislos. Er entschloss sich, noch einen letzten Versuch zu starten.

»Janine, bitte! Die Wohnung ist doch riesig. Ich nehme das Zimmer im Giebel. Du wirst mich gar nicht wahrnehmen.«

Sie sah ihn mitleidig an und schüttelte den Kopf.

»Joshua, du hast nichts verstanden. Tausendmal habe ich versucht, es dir zu erklären. Selbst wenn du das Zimmer im Giebel hättest, würde ich jede Nacht wach liegen. Ständig diese Angst haben – kommt er, kommt er nicht? Lebt er vielleicht gar nicht mehr. Ich halte das nicht mehr aus. Verstehst du das denn nicht? Ich liebe dich, gerade deshalb halte ich diese Angst nicht mehr aus. Manchmal wünschte ich mir …, ich könnte aufhören, dich zu lieben.«

Bei ihrem letzten Satz sah sie beschämt zu Boden. Nach einigen Sekunden der Stille blickte sie ihm in die Augen und sprach leise weiter.

»Es muss doch nicht für immer sein. Vielleicht klappt es ja mit deinem neuen Job?«

Joshua biss die Lippen zusammen. Er hatte verloren. Vorerst, aufgeben konnte er nicht.

»Du wirst sehen, ich bin schneller beim LKA, als du denkst. Kannst meine Bettwäsche drauflassen.«

»Dafür musst du dir aber noch ein anderes Outfit zulegen.«

Mit einer Mischung aus Lachen und Weinen sah sie ihn dabei an. Während er seine Koffer zum Auto trug, dachte er noch über ihren letzten Satz nach. Er trug praktisch zu jedem Anlass eine Jeanshose und Jeansjacke oder wie jetzt, seine alte hellbraune Lederjacke. Die besaß er schon, als sie sich vor fünfzehn Jahren kennen lernten. Mittlerweile sah sie arg mitgenommen aus. Abgewetzte Ärmel, überall Kratzer, aber immer noch sein Lieblingsstück. Janine hatte ihm schon mehrmals neue Lederjacken geschenkt. Die hingen auch jetzt noch in seinem Schrank, sie wurden gar nicht erst eingepackt. Nur unter größtem Protest trug er zur Hochzeit einen Anzug. Sie warf ihm immer vor, er weigere sich, älter zu werden. Seine zotteligen, schulterlangen dunkelblonden Haare fand sie tagsüber altmodisch und nachts verwegen. Als sie früher noch ihre Motorräder hatten, war sie so stolz auf ihren hübschen Lover gewesen. Nach der Geburt von David vor zwölf Jahren wurden die Mopeds gegen ein Kinderzimmer eingetauscht. Sein Outfit behielt er bei. Als zwei Jahre später Britt zur Welt gekommen war, kauften sie sich mit kräftigen Zuschüssen ihrer Eltern diese riesige Altbauwohnung. Die Belastungen waren erträglich und sein Polizistengehalt erlaubte ihnen auch den obligatorischen Jahresurlaub in den Ferien. Sie reisten jedes Jahr nach Italien, dieses Land war ihre gemeinsame Leidenschaft. Das sonnige Mittelmeerklima, die italienische Küche und freundliche Menschen, die scheinbar frei von Sorgen leben, faszinierten sie. Die Toskana wurde dabei immer mehr zu ihrem Favoriten. Wenngleich sie den Kindern zuliebe in der Nähe des Meeres wohnen mussten und Ausflüge ins Landesinnere nur mit der Aussicht auf Unmengen von Eis akzeptiert wurden, kam niemand zu kurz.

Joshua war Polizist aus Leidenschaft. Seine Karriere verlief außerordentlich steil. Vor vier Jahren wurde er zum jüngsten Hauptkommissar des Landes befördert. Nun sollte er versuchen, seinen so geliebten Job gegen einen Schreibtischposten beim Landeskriminalamt einzutauschen. Dass dabei eine entsprechende Beförderung inbegriffen war, reizte ihn auch nicht besonders. Schließlich kamen sie auch so klar.

Als Alternative drohte das Ende seiner Familie. Joshua liebte beides, Job und Familie. Aber es gelang ihm nicht, es unter einen Hut zu bringen. Wie oft kam es schon vor, dass er während einer laufenden Ermittlung wochenlang praktisch nur zum Wechseln der Kleidung nach Hause kam. Das war es nicht. Das machte ihm mehr zu schaffen als Janine. Es war die Angst. Die Angst um ihn, die seine Frau nachts nicht schlafen ließ. Die Vorstellung, er könnte einmal nicht wieder nach Hause kommen, machte sie wahnsinnig. Seit einem halben Jahr war sie in therapeutischer Behandlung. Seinetwegen, was ihm ein schlechtes Gewissen bereitete. In Gegenwart von David und Britt sprachen sie nie darüber, dennoch hatte er in letzter Zeit den Eindruck, die beiden veränderten sich. David wurde immer ruhiger, ging nur noch selten auf den Bolzplatz zu seinen Freunden. Britt konnte nicht mehr alleine sein, ständig suchte sie die Begleitung ihrer Eltern oder ihres Bruders.

Nun saß er im Wagen und war auf dem Weg zu seinen Eltern, um sein ehemaliges Zimmer wieder zu beziehen. Er hatte bis zuletzt nicht daran geglaubt, dass es soweit kommen würde und sich nicht um eine eigene Wohnung bemüht. Zum Glück hatte er ein freies Wochenende und konnte sich am morgigen Samstag darum kümmern. Ihm graute vor den Vorhaltungen seiner Eltern. Ihrer Meinung nach hatte eine Frau sich hinter ihren Mann zu stellen, bedingungslos. Außerdem wusste Janine ja von Anfang an, auf was sie sich einließ. Ihm war klar, dass er es nicht lange ohne seine Familie aushalten würde. Sein Entschluss stand fest. Er würde alles dafür tun, so schnell wie möglich an diesen Posten beim LKA zu kommen, egal wie. Joshua bemühte sich darum, die Sache so positiv wie möglich zu sehen. Geregelte Arbeitszeiten, mehr

Wochenenden bei der Familie. Außerdem würde er Jack wieder häufiger zu Gesicht bekommen. Jack, der eigentlich Joachim Holsten heißt, war sein bester Freund. Seit der Grundschule waren sie unzertrennlich. Sie besuchten auch gemeinsam die Polizeihochschule. Jack war schon lange beim LKA, Abteilung Wirtschaftskriminalität. Ihm gefiel es dort sehr gut. Aber was ihren Beruf betraf, gingen ihre Ansichten auseinander. Joshua musste raus auf die Straße, mit Menschen in Kontakt kommen, vor Ort ermitteln. Er war jedes Mal schlecht gelaunt, wenn es über einen längeren Zeitraum nur Schreibtischarbeiten zu erledigen galt. Wie ein Tiger im Käfig lief er dann im Präsidium herum. Seine Reizschwelle lag in solchen Zeiten sehr niedrig. Obwohl es ihn oft tief in seiner Seele berührte, sehnte er sich insgeheim und ohne es sich selbst einzugestehen, nach dem nächsten Verbrechen. Es war der Kick, den er brauchte. Janine warf ihm oft vor, seinen Beruf mehr zu lieben als seine Familie. Das sah er anders und er spürte es in diesem Augenblick so heftig wie nie zuvor.

Mühsam arbeiteten die Scheibenwischer gegen den immer stärker werdenden Regen an. Die mächtigen dunkelgrauen Wolkenberge schienen alle Hoffnungen zu erdrücken. Wie geduckt lagen Wiesen und Sträucher unter ihnen. Ihr kräftiges Grün hielt sich unter einem nebeligen Grauschleier verborgen. Seine Zuversicht auch.

Die Scheiben wurden jetzt auch von innen feucht. Er hatte Janine den Volvo überlassen und fuhr den alten Golf. Den hatte er mal günstig von einem Kollegen bekommen, als ›Winterauto‹. Im Sommer wollte Joshua wieder Motorrad fahren. Am liebsten mit David auf dem Sozius und Janine und Britt auf einer zweiten Maschine neben ihm. Schmerzlich registrierte er die Ferne zu diesem Erlebnis.

11

Vor nicht allzu langer Zeit noch optimistisch und glücklich, trugen seine Gedanken ihn nun über den Friedhof seiner Träume.

Als Joshua auf den elterlichen Hof fuhr, lief ihm seine Mutter schon mit einem Regenschirm in der Hand entgegen. Er hatte sie unterwegs von seinem Vorhaben unterrichtet. Sie hatten es ihm vor längerer Zeit schon einmal angeboten, als er nach einem Krankenhausaufenthalt absolute Ruhe brauchte. Joshua brauchte aber seine Familie dringender.

»Das musste ja so kommen«, begann seine Mutter auch gleich, »wir haben dir immer gesagt, die Janine macht das nicht mit, die steht das nicht durch. Hättest du damals mal gleich auf uns …«

»Mutter bitte!« fuhr Joshua dazwischen.

»Wenn ich jetzt dauernd diese Vorhaltungen zu hören bekomme, fahre ich in ein Hotel. Ansonsten lasse mich bitte zuerst meine Koffer ins Zimmer bringen.«

Seine Mutter gab bei und er wusste genau, dieses Thema war noch lange nicht vom Tisch. Eine Wohnung zu suchen, würde sich nicht lohnen, war er überzeugt. Gleich morgen früh würde er mit Elsing über seine Versetzung reden.

In seinem Zimmer dachte Joshua noch einmal über alles nach. Janine hatte seinetwegen wirklich viel mitgemacht. Vor drei Jahren der schwere Unfall während einer Verfolgung. Acht Wochen Krankenhaus und die gleiche Zeit in der Reha. Das war verdammt knapp. Zu Anfang meinten die Ärzte, er müsse sich daran gewöhnen, für immer auf einen Rollstuhl angewiesen zu sein. Voriges Jahr war er von einem Zuhälter niedergeschossen worden. Zwei Wochen hatte er auf der Intensivstation im künstlichen Koma gelegen. Janine erlitt einen Nervenzusammenbruch. Seitdem quälten sie Schlafstörungen. Wenn sie nachts einen Einsatz hatten, war es am schlimmsten. Sie saß dann in panischer Angst zu Hause neben dem Telefon. Er selbst hatte monatelang Albträume gehabt, war ein halbes Jahr lang in psychologischer Behandlung. Nur mit viel Mühe und großen Anstrengungen konnte er damals seine Versetzung in die Verwaltung verhindern. Janine erzählte er nichts davon. Mittlerweile schaffte er es, diese Vorfälle zu verdrängen.

Als Joshua mit seinen Eltern beim Abendbrot saß, kam es zum Eklat. Sein Vater verlangte offen von ihm, sich von seiner Frau zu trennen. Sie wäre zu weinerlich für die Frau eines Polizisten, ihr fehle es an Nervenstärke.

Der alte Trempe war stolz, als Joshua in seine beruflichen Fußstapfen trat und wie er damals zur Polizei ging. Eine erstklassige Laufbahn, bis er vor drei Jahren als Kriminalrat in Pension ging. Seine Mutter genoss das hohe Ansehen, das ihr in der Nachbarschaft entgegengebracht wurde. Es machte ihr nichts aus, wenn ihre Persönlichkeit auf die Frau Kriminalrat reduziert wurde. Sie sah es als ihre Aufgabe an, dem erfolgreichen Mann für dessen Karriere privat den Rücken freizuhalten. Sie hatte Kunst studiert, doch ihr Gatte machte ihr sehr schnell klar, wie sinnlos diese Berufsausrichtung hinsichtlich der Ernährung einer Familie doch wäre. Da war seine Profession doch wesentlich ergiebiger. Sie glaubte ihm, wie immer. Dabei begann es für ihn nicht gerade systemkonform. Als Mitglied der APO war er an diversen Demonstrationen beteiligt, meistens gegen den Vietnamkrieg. An langen Winterabenden erzählte er oft davon und dass er Rudi Dutschke persönlich kannte. Aber nie vergaß er am Schluss darauf hinzuweisen, dass es sich um Jugendsünden handelte, die nicht zur Nachahmung empfohlen waren. Von seiner Mutter erfuhr Joshua sogar mal von einer Anzeige wegen Landfriedensbruch, die gegen seinen Vater erstattet wurde und dass er seinen Vornamen der pro israelischen Einstellung seines Vaters verdankte. Als dieser noch darauf hinwies, was für ein Glück Janine doch hätte, nicht an seinen Bruder geraten zu sein, reichte es Joshua endgültig.

Er knallte sein Messer so laut auf den Teller, dass seine Mutter zusammenzuckte.

»Mir reicht's! Ich bin es satt, mir ständig eure Vorhaltungen anzuhören. Ich liebe meine Frau und die Kinder und werde alles dafür tun, zu ihnen zurückzukehren! Und was Manuel betrifft, solltet ihr euch mal fragen, warum er nicht mehr kommt.«

Joshua sprang auf und ging in sein Zimmer. Die beiden Koffer hatte er noch nicht ausgepackt. Im Flur lief er grußlos an seinen Eltern vorbei zum Hof. Seine Mutter rief ihm noch etwas hinterher. Er hörte es nicht mehr. Er warf die Koffer in den Wagen und fuhr mit durchdrehenden Rädern auf die Hauptstraße. Apathisch richtete er seinen Blick nach vorne. Er dachte daran, wie sein Bruder Manuel jetzt wohl reagieren würde. Seine Eltern hatten ihm dauernd vorgeworfen, sein Studium abgebrochen zu haben, um Kunstschmied zu werden. Es war Manuels große Leidenschaft. Seit sechs Jahren lebte sein Bruder nun auf Ibiza. Damals sagte er, auf Ibiza würden auch schwarze Schafe gebraucht. Heute hatte Manuel einen festen Kundenstamm und führte ein angenehmes Leben. Im vorigen Jahr verbrachten sie die Herbstferien bei ihm. Er lebte in Sanct Miguel, einem malerisch schönen Küstenort. David schwärmte noch heute davon, in einer echten Piratenhöhle gewesen zu sein. Die Freibeuter gelangten

14

zu der Zeit durch eine Grotte in diese Höhle. In den weit verzweigten Gängen dieses unterirdischen Versteckes lagerten sie ihre Beute. Mit offenem Mund hörte David damals fast andächtig den Ausführungen seines Onkels zu. Nach einer Woche hatten sie es bedauert, abreisen zu müssen. Er beneidete seinen Bruder oft um sein ungezwungenes Leben.

Mittlerweile hatte es aufgehört zu regnen. Das heller gewordene, gleichmäßige Grau des Himmels konnte jeden Moment von den Sonnenstrahlen durchlöchert werden. Joshua sah zum Himmel, als fürchte er sich davor. Ihm war nicht nach Sonne. Die graue, triste Regenwelt kam seiner Stimmung entgegen.

Er dachte daran, sich vorübergehend ins Bahnhofshotel einzuquartieren, als sich sein Handy meldete. Hektisch zog er es aus der Innentasche seiner Lederjacke. Er träumte kurz davon, Janine würde sich melden und von einem Missverständnis sprechen. Es fiel ihm schwer, seine Enttäuschung hinunter zu schlucken, als er die Stimme seines Chefs, Winfried Elsing, vernahm. An einem Autobahnrastplatz bei Moers hatte man eine männliche Leiche gefunden. Die Tatsache, dass diese ein Einschussloch in der Stirn aufwies, ließ ihn die geplante Zimmersuche vorläufig verschieben. Wütend steckte er sein Handy ein. Seit vier Monaten bearbeiteten sie nun alte, ungeklärte Fälle, wälzten von halb acht morgens bis nachmittags um vier angegilbte Akten. Ausgerechnet jetzt, da er selbst sein größter Fall war, musste etwas passieren. Janine hatte vergangene Woche zynisch den Wunsch geäußert, es möge endlich etwas geschehen. Seine Laune sei unerträglich. Vielleicht, so dachte Joshua, wäre Ablenkung im Moment genau das Richtige. Fast im selben Augenblick

15

schämte er sich dafür. Da lag ein Mensch ermordet neben der Autobahn und für ihn war er nichts weiter als eine Abwechslung. Als er auf die Autobahn fuhr, blendete ihn ein Sonnenstrahl.

Weit vor der Abfahrt sah er die Blaulichter der Streifenwagen. Es war halb sieben, die letzten Wolken machten der Abendsonne Platz. Ein milder Frühlingswind kam von Westen auf. Die Dämmerung würde bald einsetzen. Am Rastplatz befanden sich bereits etliche Kollegen. Drei Gestalten in weißen Schutzanzügen suchten jeden Zentimeter nach Spuren ab. Als Joshua ausstieg, kam ihm sein Kollege Daniel van Bloom entgegen. Er lief dabei wie auf Eiern, immer wieder seinen Blick auf den Boden richtend. Daniels Eltern stammten aus Belgien, er selbst wurde hier geboren. Daniel achtete stets penibel auf sein Äußeres. Er trug einen langen dunklen Mantel über einem hellgrauen Anzug. Die Hosenbeine hatte er bis zu den Knien hochgekrempelt. Weißes Oberhemd, grau gemusterte Krawatte und gepflegte schwarze Halbschuhe, die nun doch in eine Pfütze eintauchten. Daniel war ebenfalls Hauptkommissar, allerdings ohne entsprechende Planstelle. Er kam im Januar zur Krefelder Mordkommission und wurde in dieser Dienststelle quasi zwischengelagert, wie er sich ausdrückte. Seitdem war er laufend damit beschäftigt, Versetzungsgesuche zu schreiben Dass der Lagerort die gegenüberliegende Seite seines Schreibtisches war, gefiel Joshua wenig. Dort saß Werner Verheugen bis zu seiner Pensionierung Ende letzten Jahres. Verheugen war so etwas wie der polizeiliche Ziehvater von Joshua, übernahm die alleinige Verantwortung. Er bewunderte den Scharfsinn und die Gelassenheit, mit der der erfahrene Kollege ihre Fälle anging. Dabei sah Verheugen sich selbst als kleines, unbedeutendes Rädchen des Polizeiapparates. In den ersten Tagen ohne ihn kam Joshua sich oft wie ein Artist vor, der ohne Netz am Trapez hing. Er musste sich so schnell wie möglich mit der neuen Situation arrangieren. Es fiel ihm schwer, vor allem mit der Eitelkeit des Kollegen kam er nicht zurecht.

»So ein verdammter Mist«, fluchte van Bloom auch gleich los.

»Was meinst du«, konterte Joshua, »dass deine Lackschühchen ein Spritzerchen abbekommen haben oder dass da vorne ein Toter liegt?«

»Haha, du könntest doch undercover bei den Bahnhofspennern ermitteln, ohne aufzufallen. Aber für diesen Fall wird die Mutti dich wohl fein machen müssen.«

Joshua konnte die verdammte Arroganz seines Kollegen nicht ausstehen. »Wieso, liegt da einer aus der Upperclass?«

»Kann man sagen. Ramon Schändler, achtundfünfzig Jahre, Multimillionär, Besitzer einer großen Werbeagentur in Düsseldorf. Ein LKW-Fahrer hat ihn gefunden. Musste mal in die Büsche und da sah er ihn liegen.«

Joshua antwortete nicht und ging zu Max Drescher von der Spurensicherung. Drescher schritt die Peripherie des Tatortes ab und sprach dabei in ein Diktiergerät. Der Boden unter ihnen war aufgeweicht und matschig.

»Hallo Max, habt ihr schon was für uns?«

Der fast zwei Meter große, stabile Endvierziger hob reflexartig seine Hände und sah den Hauptkommissar mit zusammen gekniffenen Augen an. Seine Miene verfinsterte sich zusehends. Für eine Sekunde bedauerte Joshua den forschen Ton, mit dem er seine Frage formuliert hatte.

17

»Klar, wir sind ja schon geschlagene zehn Minuten hier. Ich gehe sofort zum Auto und schreibe einen Bericht.«

Hat der wieder eine Laune, dachte sich Joshua. Aber es nutzte nichts, die ersten Stunden konnten für eine Mordermittlung entscheidend sein.

»Schon klar, Max. Du weißt, wie ich es meine. Eine kleine Info. Irgendetwas, was du sofort wahrgenommen hast. Ich will jetzt keinen exakten Bericht von dir, sondern deine persönliche Einschätzung.«

Der Kollege von der Spurensicherung atmete schwerfällig ein. Das gehörte zum Spiel. Es war ein immer wiederkehrendes Ritual. So wie ein Automechaniker nach dem Öffnen der Motorhaube zunächst fassungslos den Kopf schüttelt, um sich einen größeren Freiraum für Reparaturen zu verschaffen, hob Drescher zuerst abwehrend die Hände, atmete tief durch und bediente sich seines griesgrämigsten Gesichtsausdruckes, um die Bürde seiner Aufgabe ausreichend zu dokumentieren. Wurde diese entsprechend gewürdigt, folgte gewöhnlich eine detaillierte Beschreibung des Tatortes.

»Also dieses Sauwetter den ganzen Tag über macht es uns nicht leichter, soviel kann ich schon mal sagen. Kampfspuren konnten wir auf den ersten Blick auch nicht erkennen. Aber«, Drescher machte eine kurze Pause und drückte sein Kreuz durch, »neben den Fußspuren des Opfers gibt es noch einige weitere, zum Teil sehr deutliche Fußabdrücke. Außerdem befanden sich in unmittelbarer Nähe des Opfers zwei Zigarettenkippen. Die sind schon eingetütet und so gut wie im Labor. Ich glaube zwar kaum, dass der Täter die hierhin gelegt hat, aber wir werden sie untersuchen. Das Fahrzeug des Opfers steht dort drüben. Die Kollegen schleppen es gleich ein.«

»Danke Max, das ist doch schon was.«

»Bitte. Noch etwas: Raubmord könnt ihr wohl als Motiv streichen. Wir haben beim Opfer seine Brieftasche mit über zweitausend Euro gefunden. Da kommt übrigens der Doc. Vielleicht kann der dir auch noch was erzählen, ich muss jedenfalls weiter machen.«

Sie hatten sich mittlerweile daran gewöhnt, anstelle des Dienst habenden Arztes den Gerichtsmediziner persönlich am Tatort zu begrüßen. Eugen Strietzel war zum einen der Ansicht, die Totenscheine würden von den niedergelassenen Kollegen allzu leichtfertig ausgefüllt, zum anderen wollte er sich gerne vorab ein Bild vom Tatort machen. Seine hellrot gelockten Haare, seine leuchtend blauen Augen und seine helle Gesichtsfarbe ließen die Tristesse dieses Ortes für einen Augenblick vergessen. Der Gerichtsmediziner zog die Handschuhe aus und ließ sie kurz darauf in seinen Kitteltaschen verschwinden. Daniel setzte gerade zu einer Frage an, als der Mediziner ihm zuvor kam.

»Tödlicher Schuss aus kurzer Distanz, Kaliber vermutlich, ich betone vermutlich, neun Millimeter. Näheres entnehmen Sie bitte in Kürze meinem Bericht. Sie entschuldigen mich.«

Noch bevor die beiden Ermittler reagieren konnten, lief der Mediziner mit schnellen Schritten an ihnen vorbei zu seinem Wagen. Joshua wurde wütend.

»Sag mal, hat hier keiner mehr Bock, Freitagabend zu arbeiten? Sind wir bei der Stadtverwaltung, oder was?«, schrie er dem Mediziner hinterher.

»Ich schon, da steh ich drauf«, antwortete Daniel, »ich fahre jetzt zum Präsidium und lege los.«

Während seiner letzten Worte lief van Bloom bereits zum Parkplatz.

»Ja super, und wer verständigt die Angehörigen?«

»Immer der, der fragt«, rief er Joshua noch herüber, bevor Daniel in sein altes MG-Cabriolet versank.

Joshua fragte sich, warum dieser Rosinenpicker ihm ständig die Drecksarbeit überließ. Dabei würde es ihm wohl aufgetragen werden, die Ermittlungen zu leiten.

Während er zu Max ging, um sich die Adresse des Toten zu besorgen, dachte Joshua an das letzte Gespräch mit seinem Chef. Es ging um seine fällige Beurteilung. Winnie wusste, dass er sich irgendwann um eine Stelle beim Landeskriminalamt bewerben wollte und dazu gute Referenzen äußerst hilfreich waren. Der Kriminalrat teilte ihm unverblümt mit, er wiese noch Defizite im menschlichen Bereich auf. Er sei einfach zu kumpelhaft, ihm fehle es an Autorität, um die ganz große Karriere zu machen. Man müsse stets die nötige Distanz und angemessenen Respekt bewahren, teilte sein Vorgesetzter ihm mit. Dabei war er es, der dem Hauptkommissar Joshua Trempe zu seiner Beförderung das Du anbot.

Joshua betrachtete eingehend den Toten. Er lag auf der linken Seite, seine Beine waren leicht angewinkelt. Er trug einen schwarzen Anzug. Joshua konnte seine Schuhe nicht mehr sehen. Knöcheltief versank er im nassen Gras. Warum war dieser Schändler ohne Schirm oder Regenkleidung hierhin gegangen? Es könnte bedeuten, der Täter hatte ihn bereits am Auto in seine Gewalt gebracht. Oder er war sogar mit ihm hergekommen. Ein Mord im Affekt erschien ihm abwegig. Da Raubmord als Motiv ebenso wenig infrage kam, lag die Vermutung nahe, dass Täter und Opfer sich persönlich gekannt hatten oder in irgendeinem Verhältnis zueinander standen. Joshua lief langsam um das Opfer herum. Seine Haut war gräulich verfärbt. Augen und Mund weit aufgerissen. Joshua sah zum Parkstreifen herüber. Ungefähr fünfzig Meter mussten Opfer und Täter zurückgelegt haben. Er suchte nach einer Erklärung dafür, wieso der Täter sein Opfer an diesem relativ belebten Ort umbrachte. War es nicht geplant? Handelte es sich um ein zufälliges Treffen? Ein Gespräch entwickelte sich zu einem heftigen Disput, der schließlich mit dem Tod endete? Joshuas Blick war wieder auf den Toten gerichtet. Er versuchte, eine erste Theorie zu entwickeln. Die Möglichkeit, dass sich Täter und Opfer zufällig an einem Rastplatz trafen, hielt er für unwahrscheinlich. Aus welchem Grund trifft man sich an einem Rastplatz? Zwei dunkel gekleidete Männer kamen auf sie zu. Sie trugen einen einfachen, grauen Sarg. Joshua verließ den Tatort und machte sich auf den Weg zur Witwe.

Am Horizont verabschiedete sich der Tag in einem leuchtend orangefarbenen Wolkenband, während Joshua sich überlegte, wie er der Ehefrau die Todesnachricht überbringen sollte. Sein Magen verkrampfte sich. Wen sollte er mitnehmen? Marlies war mit ihrer einfühlsamen Art in der Regel dabei. Aber erstens hatte ihr Sohn heute Geburtstag und zweitens wusste Joshua genau, hinter ihrer coolen Fassade nahm es sie wochenlang mit. Vor einem Jahr mussten sie einer verzweifelten Mutter mitteilen, dass ihr vermisster Sohn Selbstmord begangen hatte. Marlies tat dies mit großer Hingabe und Mitgefühl. Sie verrichtete in den darauf folgenden Wochen ihren Dienst, als sei nichts geschehen. Nach drei Wochen kam ihre Mutter zu Joshua und berichtete, sie habe ihre Tochter sturzbetrunken und in Tränen aufgelöst im Garten ihrer Wohnung gefunden.

Wütend dachte er an Daniel. Er war regelrecht geflüchtet. Joshua hätte nach Krefeld zurückfahren und ihn holen sollen. Es war ihm zuwider, er wollte ihm nicht hinterherlaufen.

2

Die weiß geklinkerte Villa im Moerser Stadtteil Kapellen lag nur etwa fünfzehn Autominuten vom Tatort entfernt. Ein fast zwei Meter hoher Stahlzaun umspannte das Grundstück. Als Joshua die stählerne Außentür erreichte, gingen überall auf dem Grundstück Lichter an. An einem der beiden großen gemauerten Säulen, die das Tor einfassten, befand sich eine Klingel mit Gegensprechanlage. Darunter war das Metallschild eines Sicherheitsdienstes angebracht. Joshua betätigte den Klingelknopf und wunderte sich. Nach der Warntafel am Tor zu urteilen, hatte er damit gerechnet, sein Klingeln würde sofort von mindestens einem bissigen Hund mit lautem Gebell quittiert. Aber es blieb still. Er klingelte erneut. Auch diesmal wurde die Stille durch nichts unterbrochen. Joshua sah auf seine Uhr. Vielleicht war Frau Schändler berufstätig und noch nicht zu Hause. Er ließ seine Blicke über das riesige Wohnhaus gleiten. Ein unruhiges Gefühl überkam ihn. Langsam ging er den Zaun entlang, auf einem engen Weg vorbei an Holunderbüschen. Das Wasser von den Ästen über ihm tropfte in seinen Nacken. Sein Blick wich dabei nicht von dem Grundstück. Joshua dachte an ein einsames Haus im Sauerland, das sie sich damals hatten kaufen wollen. Vielleicht wäre sein Dienst dort ruhiger verlaufen und sie hätten diese Probleme heute nicht. Sie hatten damals keine Bank gefunden, die es ihnen finanziert hätte.

Durch dünne Ritzen in den Rollladen drang Licht nach außen. Die Ahnung überkam ihn, irgendetwas würde nicht stimmen. Vorsichtig tastete er sich leicht gebückt durchs Gebüsch. Es ärgerte ihn, die Taschenlampe nicht mitgenommen zu haben. Von fern drang das Geräusch eines startenden Autos zu ihm herüber. Die Beleuchtung ging in diesem Moment aus und der Halbmond erleuchtete das Grundstück nur schemenhaft. Die Luft war klar wie nach einem Gewitter. Joshua stoppte plötzlich. Er befand sich mittlerweile an der Längsseite des Grundstücks und konnte den Bereich hinter dem Eingangstor einsehen. Verdeckt vom linken Mauerpfosten lag etwas Großes, Dunkles auf dem Rasen. Joshua drückte seinen Kopf an die Gitterstäbe, versuchte, seinen Blick darauf zu fokussieren. Er erkannte etwas Glänzendes im vorderen, dem Tor zugewandten Bereich. Joshua reagierte sofort. Er sah sich um, ging ein paar Meter weiter zu einer Birke, kletterte fast zwei Meter daran hoch und sprang zum Zaun herüber. Die Abschlussstäbe des Zaunes glichen kleinen, eisernen Speerspitzen. Sie stachen ihn kurz und heftig ins linke Bein, mit dem er versucht hatte, sich abzustützen. Mit einem Schwung ließ er sich über den Zaun fallen. Der Aufprall unterbrach für einige Sekunden seine Atmung. Seine linke Schulter schmerzte höllisch. Mühsam stand er auf. Dabei bemerkte er, wie sich seine Jeans im Bereich des linken Oberschenkels dunkel färbte. Sie war eingerissen und als er die Stelle berührte, zuckte er zusammen. Joshua hörte sich um, wunderte sich erneut über die Stille, die ihn umgab. Er griff instinktiv nach seiner Pistole. Mist, fluchte er leise. Seine Waffe lag im Schreibtisch seines Dienstzimmers. Janine zuliebe nahm er sie nie mit nach Hause und im Büro war er noch nicht gewesen. Er sah sich nochmals um, bevor er langsam in die Richtung des Eingangstores ging. Bereits einige Meter vor dem Tor erkannte er den Grund für diese verdächtige Stille. Der mächtige, dunkle Körper lag leblos vor ihm. Unter seinem Kopf war der Rasen dunkel eingefärbt. Joshua beugte sich über das Tier. Der Rottweiler trug ein breites, silberfarbenes Halsband mit nach innen gerichteten Stacheln. Seine weit geöffneten, schwarzen Augen schienen ihn zu warnen. Eine Handbreit unter seiner Schnauze klaffte eine offene Wunde. Das Blut war noch nicht geronnen.

Joshua betete innerlich, dass sein Handy nicht im Wagen liegen würde. Als er in die Innentasche seiner Lederjacke griff, atmete er erleichtert auf. Er zog es raus, wollte die Nummer des Kommissariats eintippen und fluchte. Das Display hatte einen Sprung und blieb dunkel. Wütend schmiss er es zu Boden und lief zum Haus. Nach wenigen Metern ging die Außenbeleuchtung erneut an. Instinktiv sprang er in den Schatten eines großen Rhododendrons. Gebückt und weiterhin jeden Schatten ausnutzend, rannte er von Strauch zu Strauch zur Haustür. Den Blick auf das Haus gerichtet, stieß er vor einen meterhohen, auf einer kleinen Säule thronenden Steinlöwen. Er biss die Zähne zusammen und unterdrückte den Schrei.

Die große, weiße Holztür stand einen Spalt weit offen. Ohne zu zögern öffnete er sie einen halben Meter und trat ein. Er befand sich in einer riesigen beleuchteten Eingangshalle. Schräg rechts von ihm führte eine breite geschwungene Treppe in das obere Stockwerk. Vor der Seitenwand der Treppe befanden sich eine kleine Sitzgarnitur und eine gusseiserne Stehlampe. Wohl zur Auflockerung des weißen Marmorbodens lag ein kreisrunder dunkelroter Teppich darunter. Vier Türen, zwei zu seiner Linken und zwei vor Kopf führten aus diesem Raum heraus. Die linke Tür an der Stirnseite war halb geöffnet. Gedämpftes Licht drang aus diesem Raum in den Flur. Joshua sah nach draußen. Noch immer war es still, er schien alleine zu sein. Als er sich wieder zurückdrehte, spürte er einen stechenden Schmerz in seiner linken Schulter. Die Wunde an seinem Oberschenkel pochte. Zu allem Überfluss bekam er auch noch leichte Kopfschmerzen. Aber für ihn gab es jetzt kein Zurück. Einen kurzen Augenblick trug er den Namen der Witwe auf den Lippen, wollte ihn hinausschreien, blieb aber instinktiv stumm. Er ging zu der offenen Tür und lauschte in den Raum hinein. Es war totenstill. Joshua öffnete die Tür weiter und trat hinein. Er schien sich im Wohnzimmer der Familie Schändler zu befinden. Dicke Teppiche dämpften jeden seiner Schritte. Er sah sich vorsichtig um. An der linken Wand befand sich eine massive, mindestens fünf Meter lange Schrankwand, vermutlich aus Eiche. Geradeaus blickte er durch eine lange Fensterfront in den Garten. Kleine, im Boden eingelassene Lampen ließen einen Swimmingpool in Nierenform erkennen. Joshua stutzte. Die Glastür stand ebenfalls einen Spalt weit offen. Am Rand des Pools saß ein Eichhörnchen und sah ihn misstrauisch an. Er blieb stehen und blickte sich weiter in dem Raum um. Sein Blick fiel auf eine Stelle an der Wand neben dem Kamin. Ein großes Ölbild hing wie eine Fensterlade halb geöffnet in Richtung Kamin und gab den Blick auf einen offenen Wandtresor frei. Zwischen ihm und dieser Wand befand sich eine ausladende Sitzlandschaft. Sechs klobige, schwarze Ledersessel mit hohen Rückenlehnen standen um einen passenden, etwa zwei Meter langen Naturholztisch mit einer dicken, anscheinend unbehandelten Tischplatte. Joshua ging um die Sitzgarnitur herum zur Wand, in der sich der Tresor befand. Die Öffnung befand sich genau in seiner Augenhöhe. Einige Schnellhefter und ein schwarzer Aktenordner lagen darin. Er rührte sie nicht an und drehte sich langsam herum. Plötzlich gefror ihm das Blut in den Adern. Ihm gegenüber in einem der Sessel saß eine Frau und sah ihn mit leerem Blick an. Mitten in ihrer Stirn befand sich ein Einschussloch.

Joshua fing sich schnell, in seinem Kopf begann es zu hämmern. Langsam näherte er sich der Frau und fasste ihr an den Hals. Die Körpertemperatur war kaum gesunken. Ihm wurde kalt. Der Mörder war möglicherweise noch im Haus, schoss es ihm durch den Kopf. Ein Angstgefühl überfiel ihn, welches er sofort verdrängte. Es fiel ihm schwer, einen klaren Gedanken zu fassen. Krampfhaft versuchte er, die Lage zu analysieren. Sein Handy war kaputt, seine Pistole im Büro und der Mörder möglicherweise ganz in seiner Nähe. Als Erstes musste er die Kollegen alarmieren. Joshua blickte sich um. Hinter ihm auf dem Tisch lag ein Funktelefon. Er zog ein Papiertaschentuch aus der Innentasche seiner Lederjacke und hob es damit vorsichtig an. Hektisch tippte er die Nummer der Leitzentrale in das Display und hielt sich den Apparat ans Ohr. Joshua vernahm ein kaum hörbares Rauschen und legte das Telefon frustriert beiseite. Es gab nur eine Möglichkeit, er musste so schnell wie möglich hier raus, um telefonieren zu können. Spontan sah er zur offenen Terrassentür, entschied sich aber für den gleichen Weg, den er gekommen war. In der Tür zur Eingangshalle verharrte er noch einmal und lauschte. Es war immer noch still, lediglich sein Atem war zu hören. Dann fiel ihm die Dunkelheit im Flur auf. Nur aus der oberen Etage drang etwas Licht und beleuchtete einen Teil der Treppe, sowie die Eingangstür. Am Rahmen der Haustür bemerkte er Blutflecken. Als Joshua hinausgehen wollte, hörte er im Obergeschoss eine

Tür zufallen und zuckte zusammen. Kurz darauf wurde eine zweite Türe geschlossen. Hastig fuhr er herum und fasste sich sofort an die schmerzende Schulter. Er sah sich in der Eingangshalle um und entdeckte auf dem Tisch an der Treppe schemenhaft einen länglichen Gegenstand. Als er sich dorthin tastete und ihn an sich nahm, wunderte er sich. Der Kerzenhalter war ungewöhnlich schwer. Langsam und bemüht leise schlich er die Treppe hinauf. Der rote Teppich schluckte die Geräusche seiner Schritte. Oben angekommen, sah er sich um. Das Licht kam von einer messingfarbenen Wandlampe mit Glühbirnen, die an Kerzenflammen erinnerten. Ein langer roter Teppich füllte den Flur aus. Gegenüber dem Treppengeländer zwischen zwei Türen stand eine weiße Kommode. An den Längsseiten des Flures befanden sich zwei weitere Türen. In einer Ecke stand eine Bodenvase mit drei künstlichen Sonnenblumen. Joshua hielt einen Augenblick die Luft an und vernahm leise Musik. Sie schien aus dem Zimmer am rechten Ende des Flurs zu kommen. Joshua fiel ein seltsamer Geruch auf, er erinnerte ihn an kalten Rauch. Es war nicht dieser Geruch, der in Räumen, in denen viel geraucht wurde, noch tagelang in der Luft klebte. Es roch eher wie nach einem Brand. Kurz vor der Tür sah er Licht im Schlüsselloch. Er bückte sich und blickte hindurch. Vorher drehte er sich noch einmal herum, um sich zu vergewissern, alleine auf dem Flur zu sein. Seine Schmerzen wurden immer stärker, er sehnte sich auf einmal danach, zu Hause bei seiner Familie zu sein. In diesem Augenblick fühlte er sich unendlich einsam.

Durch das Schlüsselloch erkannte Trempe eine junge Frau, die in einem Korbsessel saß, die Beine übereinander geschlagen hatte und einen Kopfhörer trug. Ihre Finger klopften in einem nicht zu erkennenden Rhythmus auf die Lehnen des Sessels. Joshua spürte ein Gefühl der Erleichterung. Plötzlich erschrak er und stellte sich aufrecht hin. Ihm wurde klar, dieses Mädchen hatte womöglich völlig unbekümmert und fröhlich in ihrem Zimmer gesessen und Musik gehört, während unten im Wohnzimmer ihre Mutter erschossen worden war. Vom Tod ihres Vaters wusste sie natürlich ebenso wenig. Ohne Psychologin oder wenigstens einem Arzt sollte er jetzt nicht zu ihr gehen. Seine Kopfschmerzen ließen kein bisschen nach. Er musste sich zwingen, einen klaren Gedanken zu fassen. Verdammt, welche Möglichkeiten habe ich jetzt, hörte er sich flüstern. Wenn er das Grundstück verließ, um Hilfe zu holen, bestand die Gefahr, dass sie ihre tote Mutter fände. Außerdem war nicht auszuschließen, dass der Mörder sich noch im Haus befand. Er musste einen zweiten Telefonanschluss suchen. Doch dann schoss ihm ein anderer Gedanke durch den Kopf, der ihn erschreckte. Da hat jemand beide Elternteile umgebracht und die Tochter am Leben gelassen. Das war sehr riskant, sie hätte etwas sehen können. Es gab nur zwei Möglichkeiten. Der Täter wusste nicht, dass noch jemand im Haus war oder er war überrascht worden und hielt sich tatsächlich noch im Haus auf. In dem Moment verstummte die Musik und Joshua hörte Schritte, die bedrohlich näher kamen. Er kam nur bis zum Treppengeländer, als die Tür vor ihm aufging und eine hübsche junge Frau mit braunen Augen und schulterlangem, schwarzem Haar herauskam. Eine Sekunde verharrte sie stumm vor ihm und sah ihm in die Augen. In dieser Sekunde hob Joshua den linken Arm und wollte eine beschwichtigende Bewegung damit ausführen. Er kam nicht dazu. Die junge Frau stieß einen markerschütternden Schrei aus und sprang zurück in ihr Zimmer. Joshua wollte gerade zur Türklinke greifen, als er hörte, wie die Türe abgeschlossen wurde. Zunächst war er

29

wütend, dann betrachtete er seine blutdurchtränkte Jeans und den wuchtigen Kerzenhalter, den er noch immer in seiner rechten Hand hielt. Dabei fiel ihm einer von van Blooms nervigen Sprüchen ein. Als er wieder einmal über das gestriegelte Äußere seines Kollegen herzog, meinte dieser, dass die Leute ihn wohl eher für den Täter als den Polizisten halten müssten. In diesem Fall würde van Bloom wohl Recht haben. Aber wie sollte es nun weitergehen? Wenn der Täter noch irgendwo im Haus wäre, war er durch diesen Schrei der Kleinen jetzt bestens über ihren Standort informiert und er selbst befand sich hier wie auf dem Präsentierteller. Joshua kämpfte gegen seine Schmerzen an und versuchte, logisch zu denken. Die offene Terrassentür sprach dafür, dass der Täter nach der Tat verschwunden war, die Lebendigkeit der potenziellen Zeugin sprach jedoch dagegen. Er vernahm die Stimme der Tochter und ging näher an die Tür. Joshua hörte etwas von Einbrecher und die Polizei solle so schnell wie möglich kommen. Er schrie sofort los:

»Sag ihnen, sie sollen die Spurensicherung mitbringen … und alle Zufahrtsstraßen absperren und …«, dann bemerkte er die Stille an der anderen Seite der Tür. Er klopfte dagegen und flehte sie an, zu öffnen. Sie schrie zurück, er solle verschwinden und die Polizei sei bereits unterwegs.

»Ich bin Polizist, bitte glauben Sie mir!«

»Klar und ich bin bei der Heilsarmee und jetzt verschwinde!«

Er zog seinen Dienstausweis aus der Gesäßtasche und schob ihn unter die Tür durch.

»Ruf noch einmal bei der Polizei an und erkundige dich nach mir. Sie werden dir meine Identität bestätigen. Aber beeile dich bitte! Wir sind beide in Gefahr!«

Einen Augenblick lang war es ruhig, schließlich drehte sich der Schlüssel und die Tür ging langsam auf.

»Okay. Aber Sie bleiben in der Tür stehen und kommen keinen Schritt näher, sonst …«

Sie nahm sich ein dickes Buch vom Schreibtisch und stellte sich neben ihren Korbsessel. Joshua trat einen halben Schritt ins Zimmer. Sie wollte gerade protestieren, als er sie mit einer Handbewegung beruhigte. Joshua atmete tief durch.

»Bei euch ist eingebrochen worden. Ich fuhr hier vorbei und habe die offene Haustüre gesehen.«

Es war unwahrscheinlich. Joshua hoffte, sie würde ihm glauben. Sie sah ihn mit großen Augen an und atmete hektisch. Ihre Augenlider zitterten. Sie wirkte unsicher, verkrampft.

Vom Tod ihrer Eltern wollte er nichts sagen. Joshua dachte daran, seine Kollegen so schnell wie möglich zu informieren. Der Täter konnte noch nicht weit sein. Sie mussten dringend alles weiträumig absperren. Sein Blick richtete sich auf ein Handy, das auf dem Schreibtisch lag. Ohne zu zögern lief er dorthin und bückte sich nach dem Telefon.

Er spürte noch einen dumpfen Schlag auf seinen Hinterkopf, danach wurde es dunkel um ihn herum.

3

Joshua träumte, jemand würde ihm unentwegt ins Gesicht schlagen. Dabei vernahm er eine dunkle Stimme, die aus allen Richtungen gleichzeitig zu kommen schien. Ihr Hall dröhnte in seinem Hirn. Sie sprach davon, der Notarzt müsse jeden Moment eintreffen und ob die Straßen endlich abgesperrt seien. Er meinte, van Blooms Stimme erkannt zu haben. Plötzlich ein lauter, heller Knall, dicht gefolgt von mehreren nur wenig leiseren. Er fühlte sich, als habe man ihn kurz vor der Frühmesse in den Glockenturm des Kölner Doms gesperrt. Schlagartig riss er die Augen auf und schloss sie sogleich wieder. Das grelle Licht tat ihm weh. Er öffnete sie erneut ganz vorsichtig. Ein gespenstisch gekleideter Kollege von der Spurensicherung hob zwei Lampenstative neben ihm auf.

»Na, gut geschlafen? Ist ja während der Arbeit eigentlich verboten, aber ich sag's nicht weiter.«

Daniel van Bloom grinste übers ganze Gesicht. Joshua verspürte die Lust, seine Faust anzuheben, aber es wollte nicht funktionieren. Von überall her drang Stimmengewirr herein. Allmählich fing sein Verstand wieder an, die Arbeit aufzunehmen. Mit einem Ruck setzte er sich aufrecht. Sein Kopf quittierte diese hektische Bewegung mit dröhnendem Schmerz. Daniel wollte gerade protestieren, als er schon stand. Joshua wankte bedenklich. Den Hinweis seines Kollegen, er solle liegen bleiben, bis der Notarzt ihn behandelt hätte, ignorierte Joshua mit einer abweisenden Handbewegung. Leicht torkelnd verließ er das Zimmer. Er erreichte die Treppe und stieg hinauf, aber oben kam ihm eine junge Frau in orangefarbener Uniform entgegen und zeigte mit energischem Gesichtsausdruck in die Richtung eines der Schlafzimmer. Joshua befolgte ihren stummen Befehl. Als er auf dem Bett lag, begann die brünette, junge Ärztin ihn zu untersuchen.

»Was haben Sie denn mit Ihrem Kopf gemacht«, fragte sie ihn und deutete dabei auf eine beachtliche Beule an seinem Hinterkopf.

»Ich habe wohl ein Buch abbekommen«, antwortete er lakonisch.

»Aha, das muss aber schwere Literatur gewesen sein.«

Joshua weigerte sich beharrlich, mit ins Krankenhaus zu fahren, versprach jedoch, sich von einem Kollegen im Laufe des Abends dorthin bringen zu lassen. Missmutig behandelte sie ihn weiter. Sie schnitt ihm das linke Bein seiner Jeanshose ab und verband die Wunde. Anschließend musste er sich auf den Bauch legen. Während ein junger Sanitäter beide Hände fest zwischen die Schulterblätter drückte, renkte die junge Ärztin das Schultergelenk mit einer geschickten Drehung seines Armes wieder ein. Joshua schrie laut auf. Vorsichtig drehte er sich wieder herum.

»So, das wär's. Muss aber noch geröntgt werden. Könnte sein, dass Ihr Schultergelenk gesplittert ist.«

Sie wies ihn noch einmal darauf hin, dass sein Bein genäht werden müsse und er vermutlich eine Gehirnerschütterung habe und absolute Ruhe bräuchte. Joshua ließ sich noch ein paar Kopfschmerztabletten geben und versprach ihr alles. Er gab ihr eine Minute Vorsprung und ging dann die Treppe hinunter. Im Erdgeschoss herrschte reger Betrieb. Jutta von Ahlsen, die Polizeipsychologin, verab-

33

schiedete sich gerade. Sie hielt Rosalinde Schändler an der Hand. Kalle sah ihn kommen und reagierte als Erster. Er sah die junge Frau an und zeigte zu Joshua herüber.

»Das ist der Kollege, den Sie erlegt haben.«

Karl Heinz Schmitz, den alle nur Kalle nannten, hatte eine lockere Art. Normalerweise schätzte er ihn dafür. Diesmal fand Joshua es unpassend. Er blickte in die roten verheulten Augen des Mädchens. Mit zittriger Stimme gab sie ihm die Hand. Sie war zierlich und eiskalt.

»Es … es tut mir Leid. Ich wusste doch nicht, dass …«, ihr Satz wurde durch einen Weinkrampf unterbrochen. Jutta von Ahlsen legte ihren Arm um die Schulter der jungen Frau und drückte sie langsam zur Tür hinaus.

»Gehörst du nicht eigentlich ins Krankenhaus?«

Kalle sah ihn mitleidvoll an. Joshua überging diese Frage.

»Habt ihr ihn?«

»Wen? Ach so, nein im Gegenteil, viel Arbeit haben wir. Übrigens, der König ist auch hier und hat schon ein paar Mal nach dir gefragt. Er hat dich gefunden und den Notarzt gerufen. Der hat vielleicht eine Laune. Also an deiner Stelle würde ich das Krankenhaus vorziehen.«

Staatsanwalt König hatte er in all den Jahren noch nie mit guter Laune gesehen, schon gar nicht, wenn man ihn Freitagabend in seinem Schachverein anrief und von einem Mord berichtete. König machte nie einen Hehl daraus, dass er mit dem äußeren Erscheinungsbild von Joshua, wie er sich auszudrücken pflegte, nicht zufrieden war. Dienstlich gab es hingegen kaum Ressentiments. Er bezeichnete die Ermittlungsarbeit Trempes zwar als ›zuweilen ungewöhnlich kreativ‹, aber der Erfolg gab ihm Recht und das zählte für den Staatsanwalt.

Als Joshua das Wohnzimmer betrat, kniff er die Augen

zusammen. Die Kollegen von der Spurensicherung hatten überall ihre grell leuchtenden Strahler verteilt und wuselten umher. König stand auf der Terrasse. Als er Trempe sah, brach er das Gespräch mit dem Kollegen ab und kam sofort herein. Mit langen Schritten lief er auf Joshua zu. Noch unterwegs musterte er ihn bereits von oben bis unten. Seine Mundwinkel glitten dabei herab. Der Staatsanwalt gab sich keine Mühe, sein Missfallen zu verbergen.

»Guten Abend, Herr Kollege Trempe. Falls das Wort Kollege überhaupt noch zutreffend ist, Sie scheinen ja die selbstständige Arbeit zu bevorzugen.«

Joshua hatte sich schon oft die Frage gestellt, woher der Staatsanwalt seine permanente Unzufriedenheit bezog.

»Guten Abend, Herr König. Ich hatte keine andere Möglichkeit. Es war Gefahr im Verzug …«

»Gerade dann sollten Sie Verstärkung anfordern«, fiel König ihm lautstark ins Wort, »das müssten Sie doch wohl wissen!«

»Das konnte ich nicht, Herr Staatsanwalt. Mein Handy ist beim Sturz vom Zaun zerstört worden und das Funktelefon der Familie Schändler funktionierte ebenfalls nicht. Und eine Trommel hatte ich gerade nicht zur Verfügung. Ich wollte gerade zu meinem Auto, als ich von oben …«

»Ersparen Sie mir Ihre Unverschämtheiten. Ich erwarte noch heute Abend Ihren ausführlichen Bericht, haben wir uns verstanden, Herr Trempe?«

»Ich Sie wohl.«

Joshua wendete sich ab und ging in Richtung Außentür.

»Moment, wo wollen Sie hin?«

Joshua drehte sich herum und bemerkte zu seiner Erleichterung, dass die Schulter kaum noch schmerzte. Allerdings marterten ihn nach wie vor heftige Kopfschmerzen. Außerdem hatte er eine maßlose Wut auf König.

»Ins Präsidium, den Bericht schreiben und dann ins Bett. Hat die Ärztin mir verordnet. Sie hören dann gegebenenfalls wieder von mir.«

»Trempe, so warten Sie doch. Das geht doch nicht. Der Bericht kann noch warten. Wir brauchen Sie jetzt hier.«

Joshua stutzte. König würde es niemals förmlich sagen, aber war das nicht so etwas wie eine Entschuldigung vom Staatsanwalt? Seine Laune verbesserte sich wieder ein wenig. Wortlos ging er an König vorbei zu van Bloom, der sich gerade mit Eugen Strietzel, dem Gerichtsmediziner, unterhielt. Der Doktor wirkte leicht mitgenommen und sah Joshua grimmig an.

»Keine blöden Fragen jetzt«, raunzte er ihn direkt an, »ich bearbeite hier mittlerweile Morde am Fließband.«

Joshua schloss die Augen und atmete tief durch.

»Okay, schon gut«, fuhr Strietzel fort, »es scheint der gleiche Täter zu sein. Ebenfalls aus kurzer Distanz in die Stirn. Kaliber könnte auch stimmen, aber bitte, meine Herren …«

»Schon klar, erst die Untersuchungsberichte abwarten«, vollendete Joshua den Satz des Gerichtsmediziners. Könnte er doch auch mal sagen: Ich erwarte Ihren Bericht noch heute Abend. Strietzel wendete sich wieder seiner Arbeit zu. Max Drescher füllte die Lücke, er schien nur das Gespräch mit dem Arzt abgewartet zu haben. Der fast zwei Meter große Spurensucher wirkte angespannt. Als Joshua ihn fragend ansah, hob er abwehrend die Hände.

»Bevor ihr mich löchert, wir werden wohl noch die ganze Nacht hier und am anderen Tatort beschäftigt sein. Übrigens«, Drescher sah sich Joshuas Hose und das verbundene Bein an, »wir haben da eine unbekannte Blutspur an der Tür, kann es sein, dass die von dir ist?«

»Ja, wahrscheinlich. Und wenn ihr draußen neben dem Hund ein Handy findet, das ist auch von mir.«

»Na prima, das Handy ist bereits bei der Kriminaltechnik. Ruf die Kollegen mal gleich an.«

Joshua sah ihn verwundert an. Daniel deutete in die Richtung der Ermordeten, den Blick dabei auf Drescher gerichtet.

»Kannst du uns schon was Näheres sagen?«

Joshua stieß ihn mit dem Ellenbogen an und verdrehte seine Augen. Daniel verstand sofort und versuchte seine Frage zu entschärfen.

»Ich meine, ihr habt ja noch sehr viel Arbeit, aber bei deiner Erfahrung ist dir doch bestimmt irgendetwas aufgefallen.«

Drescher konnte sich ein leichtes Grinsen nicht verkneifen.

»Der Täter scheint ein Profi zu sein. Wir haben im Haus praktisch keinerlei Spuren. Obwohl wir zu den sichergestellten Fingerabdrücken noch Vergleichsspuren nehmen müssen. Aber keine Faserspuren, Fußabdrücke oder sonst was. Dazu kommt noch die Alarmanlage. Sie wurde fachgerecht abgestellt. Sämtliche Leitungen zu den Sensoren und nach außen wurden überbrückt. Die Notstromschaltung wurde ebenfalls außer Betrieb gesetzt. Wir haben jemanden von der Installationsfirma herbestellt. Der meinte, es sei eine Arbeit von mindestens einer Stunde und nur von einem Fachmann auszuführen, der mit diesem System absolut vertraut ist.«

Joshua und Daniel sahen sich fragend an.

»Wie und wo ist der Täter denn hereingekommen?«

»Das, Herr van Bloom, fragen wir uns auch. Bislang haben wir nirgendwo Spuren finden können, die auf ein gewaltsames Eindringen schließen lassen. Aber wer weiß, wir sind ja noch nicht fertig.«

Joshua vermisste die nötige Logik.

»Der Täter wird wohl kaum stundenlang die Alarmanlage manipuliert haben, um dann mit dem Schlüssel hereinzukommen. Irgendwo muss es einen Hinweis auf Einbruch geben.«

Drescher stieß schwerfällig seinen Atem aus.

»Das ist mir auch klar, Junge. Morgen früh wissen wir mehr. Hoffe ich.«

Joshua ging zu der Sitzgarnitur. Mehrere Kollegen von der Spurensicherung verrichteten in weißen Schutzanzügen ihre Arbeit. Sie gaben ihm Zeichen, nicht näher heranzukommen. Joshua spürte, wie ihm plötzlich schlecht wurde. Rasch lief er durch die Terrassentür ins Freie. Auch hier war alles taghell erleuchtet. Er stieß einen Kollegen von der Spurensicherung unsanft zur Seite und übergab sich. Zu spät sah er unter sich das kleine Täfelchen mit der Nummer dreizehn. Der Kollege im weißen Overall schnappte nach Luft.

»Das glaube ich jetzt nicht. Einen einzigen einigermaßen brauchbaren Fußabdruck und der Herr Kommissar kotzt uns drauf!«

Joshua richtete sich langsam wieder auf. Wie konnte er gerade jetzt an David denken. Sein Sohn hatte sich an seinem fünften Geburtstag gewünscht, so viel Schokolade essen zu dürfen, wie er mochte. Mitten in der Nacht mussten sie sein Bett beziehen, weil es voller Erbrochenem war.

Er schmunzelte kurz und verzog im gleichen Moment schmerzverzerrt sein Gesicht. In seinem Gehirn hämmerte es, als würde es jemand mit brachialer Gewalt zerreißen wollen, seine Kehle war trocken. Er drehte sich wortlos um, brauchte dringend ein Glas Wasser.

38

»Und wer macht die Sauerei jetzt hier weg?«, rief der Kollege hinter ihm her. Joshua registrierte es nicht mehr. Er ging durch die offene Tür in die Küche, füllte Wasser in eine Tasse, die er aus der Spüle nahm und schluckte es zusammen mit zwei Tabletten.

»Ich glaube, es ist besser, wenn du nach Hause fährst«, Daniel war ihm in die Küche gefolgt, seine Stimme klang mitfühlend.

»Wir können hier sowieso nichts mehr machen und deine Frau macht sich bestimmt schon Sorgen. Schließlich kann sie dich ja auch nicht mehr erreichen.«

Joshua sah auf die grüne Digitalanzeige der Mikrowelle vor ihm. Dreiundzwanzig Uhr fünfzehn. Ihm war immer noch schlecht, sein Kopf dröhnte und er wusste nicht, wo heute Nacht sein zu Hause wäre. Wenn er noch irgendwo eine Unterkunft bekommen wollte, musste er sich beeilen. Er sehnte sich in dem Moment nach einem heißen Bad daheim und einem Kleid voller Leben.

»Okay, du hast Recht. Lass uns Schluss machen für heute.«

Joshua holte sich noch eine saubere Jeans aus dem Kofferraum und zog sie an. Dabei sah er, dass der Verband an seinem Oberschenkel schon durchgeblutet war. Er nahm sich eine Rolle aus dem Verbandskasten und wickelte sie darüber.

Das Hotel am Bahnhof hatte um diese Zeit noch geöffnet. Der Nachtportier bedauerte allerdings, ihm kein Zimmer anbieten zu können. Joshua schleppte sich in die Kneipe nebenan und bestellte ein großes Bier und einen doppelten Whisky. Als der Wirt ihn fragte, ob er auch zahlen könne, wurde ihm klar, warum er kein Zimmer bekam. Er musste sich eingestehen, in einem ziemlich verwahrlosten Zustand zu sein. Erst als er zwanzig Euro auf die Theke legte, war der Wirt beruhigt und reichte ihm die Getränke.

Sein Gehirn sog den Whisky auf wie ein trockener Schwamm. Eine wohlige Wärme breitete sich in seinem Körper aus. Zwei Männer am Tresen schienen ihn aus den Augenwinkeln zu beobachten. In einem Zug leerte er das Glas mit dem Bier und winkte dem Wirt zu. Joshua verfolgte mit leerem Blick die Rauchschwaden, die gemächlich wie kleine Schäfchenwolken durch die Kneipe zogen. Gedankenversunken und mit müdem Ausdruck nickte er dem Wirt zu, während dieser Striche in seinen Deckel ritzte. Der zweite doppelte Whisky floss durch seinen Körper, Joshua sah das Gesicht seiner Frau vor sich. Er versuchte sich an ihre letzten Sätze zu erinnern. Sie verschwammen zusammen mit dem Bild zu einem Brei aus Melancholie und Sehnsucht.

Er trank das Bier und bemühte sich, die Geschehnisse der letzten Stunden zu rekapitulieren. Der Whisky schien seinen Verstand immer mehr auszufüllen. Für einige Minuten klammerte er sich noch an letzte Gedankenfragmente, bevor sie darin untergingen.

Nach dem fünften Gedeck spürte er seine Kopfschmerzen nicht mehr. Er überlegte kurz, Janine zu bitten, ihn noch eine Nacht in ihrer Wohnung schlafen zu lassen. In seinem Zustand und um diese Zeit würde er damit wohl nur Öl ins Feuer gießen. Als er seinen Deckel bezahlen wollte, musste er noch einmal zwanzig Euro zuschießen. Draußen auf dem Bürgersteig hatte er Mühe, normal zu gehen. Ein älterer Herr deutete auf seine Jeans. Er sah an sich herunter auf einen großen Blutfleck. Es hatte wohl keinen Zweck, er musste behandelt werden. So schnell es ihm in seinem Zustand möglich war, holte er einen

Koffer aus dem Wagen und lief zum Taxistand. Kurz vor dem Taxi blieb er mit dem rechten Fuß am Bordstein hängen und landete unsanft auf dem feuchten, dreckigen Bürgersteig. Mühevoll klopfte er sich den groben Dreck von seinen Sachen. Der Alkohol nahm ihn mehr und mehr in Besitz.

Während der Fahrt zum Krankenhaus sah der Fahrer ihn immer wieder aus dem Augenwinkel heraus an. Er schien zu überlegen, mit seinem Fahrgast zur Polizei zu fahren. Ständig machte er zweideutige Anspielungen über Funk. Am Krankenhaus erwartete sie dann vor der Notaufnahme ein Streifenwagen. Einer der Polizisten riss die Beifahrertür des Taxis auf und sah Joshua verwundert an.

»Hauptkommissar Trempe. Sie sind das. Gibt es Probleme?«

»Nein … Ich … muss nur verarztet werden. Vielleicht hat der Taxifahrer Probleme. Was bekommen Sie von mir?«

Der Fahrer errötete. Stotternd nannte er Joshua den Fahrpreis und entschuldigte sich höflich. Das Taxi fuhr weg und Joshua verabschiedete sich von dem Kollegen. Dieser schien die Fahne bemerkt zu haben. Die Andeutung eines Grinsens stand auf seinem Gesicht.

In der Notaufnahme traf er die Ärztin wieder, die ihn bereits in Schändlers Villa behandelt hatte. Sie bat ihn, sich die Jeans auszuziehen und auf die Liege zu legen.

»Nicht zu glauben. Ein gestandener Kommissar muss sich erst Mut antrinken. So schlimm wird es schon nicht werden.«

Sie schnitt den Verband durch und schüttelte dabei mit dem Kopf. Das Reinigen der Wunde schmerzte mehr als die Spritzen für die örtliche Betäubung. Die Wunde musste mit fünf Stichen genäht werden. Nach einer halben Stunde war sein Bein bereits wieder verbunden und man brachte ihn in die Röntgenabteilung. Vorher kam noch eine Frage, die ihn zusammenzucken ließ.

»Soll ich Janine anrufen, damit sie herkommt?«

»Wie bitte?«

»Ihre Frau. Wir joggen gelegentlich zusammen.«

»Nein, bitte sagen Sie ihr nicht, dass ich hier war.«

Sie sah ihm fragend hinterher und Joshua war klar, ihre Neugierde hatte er mit dieser Antwort nur noch mehr geschürt. Janine würde sich große Sorgen machen und ihre Entscheidung bestätigt sehen. Er nahm sich vor, sie gleich am nächsten Morgen anzurufen.

Das Röntgenbild ergab keinerlei Schädigung seiner Schulter. Sie teilten ihm mit, er müsse unbedingt noch zur Beobachtung dort bleiben. Da er keine Alternative für die Nacht sah, ließ er sich Zimmer und Dusche zeigen. Sein Schlaf sollte von Albträumen zerrissen werden.

4

Edgar Pfeifer sah ihn ungläubig an. Es war ein anstrengender Tag. Bei freiem Eintritt und attraktiven Startern hatten sie einen enormen Zuspruch, zumal auch das Wetter mitspielte. Als Rennleiter konnte er mit dem Saisonauftakt mal wieder äußerst zufrieden sein. Seine Laune war prächtig, er genoss den Erfolg. Bis zu dem Augenblick, da Wehling, sein Geschäftsführer, das Büro mit dem herrlichen Ausblick auf die Rennbahn betrat. Wehling wirkte nervös, gereizt. Seine Worte klangen konfus. Pfeifer runzelte die Stirn.

»Wie meinst du das? Was soll nicht mit rechten Dingen zugegangen sein?«

Karsten Wehling ließ sich schwerfällig in den Ledersessel gegenüber dem Rennleiter nieder. Eine dunkle Strähne hing über seiner Stirn. Der übergewichtige Körper schien seine Vitalität mehr als gewöhnlich zu beeinträchtigen. Er roch nach Schweiß, die Strapazen des Tages waren ihm anzusehen. Wehlings sorgenvoller Blick verhieß nichts Gutes. Der Geschäftsführer der Trabrennbahn Dinslaken atmete tief durch, bevor er seinem Chef antwortete.

»Da hat jemand dran gedreht, ich weiß nicht wie, es ist eigentlich unmöglich, aber das riecht verdammt noch mal nach Beschiss und zwar ganz gewaltig«, Wehlings Atmung wurde hektisch, sein Gesicht färbte sich dunkelrot, »und das muss einer von uns gewesen sein. Edgar, da mache ich

43

nicht mit, das sage ich dir, mit mir nicht! Wir müssen die Polizei einschalten!«

Für Sekunden war es still im Büro des Ersten Vorsitzenden des Trabrennvereins. Pfeifer kannte seinen Geschäftsführer als ruhigen besonnenen Mitarbeiter. Gefühlsausbrüche dieser Art waren bei Wehling äußerst selten. Er hatte nicht die geringste Ahnung, wovon sein höchster Angestellter sprach und das machte ihn wütend. Pfeifer sprang hoch, stützte sich mit den Handballen auf seinem riesigen Schreibtisch ab und sah Wehling tief in die Augen. Mit leiser, eindringlicher Stimme sprach er auf ihn ein:

»Würdest du mir jetzt bitte sagen, wovon du sprichst?«

Dann ließ Pfeifer sich langsam in seinen mächtigen Ledersessel zurückgleiten. Karsten sah ihn überrascht an. In dieser Firma geschah doch nichts ohne Pfeifers Einverständnis oder Wissen. Sollte sein Chef wirklich so ahnungslos sein.

»Ich spreche von Wettbetrug. Jedenfalls habe ich keine andere Erklärung dafür. Da du ja offensichtlich noch nichts davon mitbekommen hast, werde ich es dir erklären.«

Wehling lockerte den Knoten seiner weinroten Krawatte und öffnete den obersten Knopf seines Hemdes.

»Es fing bereits im ersten Rennen an. Es wurden dreihundertachtzehn identische Dreierwetten abgegeben. Von vierhundertdreizehn Gesamtwetten.« Wehling atmete tief durch. »Das Kuriose daran ist, dass mit Fireball und Midnight Lady zwei absolute Außenseiter auf Platz eins und zwei gewettet wurden! Jambalaya auf drei kann man noch verstehen. Der Favorit Blackjack mit Wewering hatte am Schluss eine Quote von zehn zu sechshundert. Er hat auch gewonnen und mit ihm ganze zwei Wetter. Ich habe mir

44

beim Mittagessen mal die Mühe gemacht und alle einschlägigen Zeitungen nach Geheimtipps durchforstet, die beiden tauchen nirgendwo auf. Sind dann ja auch ziemlich am Ende eingelaufen.«

Edgar sah ihn verdutzt an. Es kam immer wieder mal vor, dass sich angebliche Topnachrichten wie ein Lauffeuer unter den Gästen verbreiteten und sich letztendlich als Strohfeuer entpuppten. Aber nur an normalen Renntagen mit ein paar Dutzend Zuschauern. Heute waren es über Tausend. Wehling hatte sich einigermaßen beruhigt und sprach weiter.

»Das war nur der Anfang, in den folgenden Rennen lief es genauso. Immer nach demselben Strickmuster. Zwei absolute Außenseiter vorne und ein Mitfavorit dahinter. Wir hatten bis zum sechsten Rennen durchschnittlich achtundneunzig Prozent Dreierwetten mit teilweise enormen Einsätzen. Normal liegt der Anteil der Dreierwetten, das weißt du so gut wie ich, bei achtzig Prozent plus minus ein paar kleine.«

Pfeifer lehnte sich zurück und atmete schwerfällig aus. Er überdachte die letzten Sätze seines Geschäftsführers noch einmal, bevor er nachhakte.

»Moment, du sagtest bis zum sechsten Rennen, was war danach?«

Darauf schien sein Gegenüber gewartet zu haben. Er klatschte in die Hände und schnellte mit dem Kopf nach vorne.

»Nichts! Das ist es ja. Urplötzlich lief alles wieder normal. Als wenn nichts gewesen wäre«, langsam ließ er sich wieder zurück gleiten.

»Noch etwas: Nach dem zweiten Rennen kam ein Kassierer zu mir und sagte, es sei ihm aufgefallen, dass sehr viele Dreierwetten identisch seien. Ich habe mich darauf-

45

hin mal so unters Volk gemischt und einige gefragt. Da treffe ich so einen braven Papi mit zwei Blagen an den Händen und der erzählt mir, dass er so rein intuitiv mal eben einhundert Euro auf diese Dreierwette platziert habe. Warum gerade auf diese Pferde, habe ich ihn gefragt. Da sagt der mir, er hätte da so ein Gefühl gehabt.«

Während er seinem Geschäftsführer zuhörte, öffnete Pfeiffer ein Fenster. Wehlings Stimme wurde nun deutlich lauter.

»Edgar, das war einer von den Typen, die normalerweise mit zwanzig Euro für alle Wetten hinkommen! Keiner von denen, die ich gefragt habe, konnte mir schlüssig erklären, warum sie oder er gerade diese Dreierwette getätigt hatten. Da kamen die tollsten Begründungen. Aber letztlich wusste niemand so genau, warum. Die hatten keinen Tipp aus den Medien, kannten keinen aus den Rennställen und nichts. Edgar, die Sache stinkt gewaltig, das sage ich dir!«

Edgar Pfeifer kratzte sich an der Stirn und lehnte sich nachdenklich zurück.

»Weiß die Presse davon?«

»Ich denke nicht, woher denn auch?«

Wehling sah ihn erstaunt an, als habe er nicht mit dieser Frage gerechnet, dann erschrak er.

»Moment Edgar, du meinst doch nicht etwa, wir sollen diese Sache totschweigen? Vergiss es! Hier ist irgendwie manipuliert worden. Solange wir nicht wissen, wie und von wem, können wir nicht zur Tagesordnung übergehen. Das kann uns Kopf und Kragen kosten. Wir müssen die Polizei einschalten und zwar sofort!«

Pfeifer war erneut aufgestanden und lief mittlerweile nervös hin und her. Mit einem Taschentuch wischte er sich Schweiß von der Stirn.

»Das kann uns noch viel mehr schaden. Hinterher entpuppt es sich als heiße Luft und wir haben die schlechte Publicity. Stelle dir mal vor, was hier los ist, wenn auch nur der Verdacht der Manipulation durch die Presse geistert. Ausgeschlossen. Lass uns die Lage ruhig und sachlich analysieren. Wer ist zu Schaden gekommen, wer hat davon profitiert?«

Wehling wollte gerade protestieren, überlegte es sich aber im letzten Moment anders. Sein Chef hatte Recht. Wenn die Presse Wind davon bekam, würden sie das Kind mit dem Bade ausschütten. Seine Augen folgten dem herumlaufenden Pfeifer. Es machte ihn nervös.

»Also zu Schaden gekommen sind hunderte von Wettern. Profitiert hat keiner davon. Die Wetten lagen ja alle daneben. Richtig Gewinn gemacht hat eigentlich nur eine Hand voll Wetter, die nicht dem Trend folgten.« Bei den letzten Worten schluckte er. Umständlich zog er ein Blatt Papier aus seiner Gesäßtasche. Während er es überflog, murmelte er undeutlich. Wehling klappte das Blatt zusammen, zog seine Stirn in Falten und schüttelte den Kopf.

»Die paar Gewinne fielen auf Einzel- und Zweierwetten, der höchste Gewinn betrug zweitausendeinhundert Euro. Dafür zieht doch keiner so ein Riesending auf. Wir müssen reagieren, je eher, desto besser!«

Pfeifer spürte seine Unsicherheit. Er konnte ihn verstehen. Aber die Panikreaktion seines Geschäftsführers würde eine nicht mehr zu bremsende Lawine auslösen. Darunter hätte der gesamte Trabrennsport zu leiden und ihr Verein würde verschüttet werden.

»Karsten«, er legte seinen rechten Arm dabei brüderlich auf die Schulter seines Angestellten, »ich schwöre dir, es bereitet mir genauso große Sorgen wie dir. Ich werde alles daran setzen, die Sache aufzuklären. Lass' uns eine Nacht darüber schlafen und später eine gründliche Untersuchung starten. Notfalls engagieren wir einen Detektiv, aber um Gottes willen nichts an die Öffentlichkeit, bevor wir die Angelegenheit geklärt haben. Es geht auch um deinen Job, einverstanden?«

Wehling zog die Mundwinkel nach unten und stand auf.

»Du bist der Boss«, sagte er noch und verließ den Raum.

5

»Drescher kommt gleich rein. Geht es dir schon besser?«

Daniel van Bloom sah ihn leicht besorgt an. Er trug heute einen dunkelbraunen Anzug und eine auffällige dunkelrote Krawatte über einem hellblauen Hemd.

»Ja, geht so.«

Joshua fühlte sich übernächtigt, aber es ging ihm tatsächlich etwas besser. Durch seine Unterschrift musste er die Verantwortung für die vorzeitige Entlassung übernehmen. Die Kopfschmerzen, mit denen er heute Morgen aufgewacht war, verschwanden nach der Einnahme der Tabletten zum Frühstück und der kalten Dusche. Der pelzige Belag auf der Zunge störte ihn noch. Erneut schüttete er sein Glas voll Mineralwasser. Glücklicherweise hatten die Kollegen, die ihm am Krankenhaus begegnet waren, noch nichts erzählt. Den schwierigen Anruf bei seiner Frau schob er noch vor sich her. Er war als Erster im Büro und hatte sich die Protokolle der Kollegen bereits durchgelesen. Keiner der Nachbarn hatte etwas gesehen oder gehört.

»Was wissen wir über diese Familie?«

Daniel lehnte sich zurück und spielte mit einem Kugelschreiber.

»Viel habe ich gestern Abend nicht herausfinden können. Vor drei Monaten hat es bei denen gebrannt. Brandstiftung übrigens. Eine Brandbombe, die mit der Paketpost kam. Die Kollegen sagten, Schändlers hätten sich damals während der Ermittlungen sehr unkooperativ verhalten. Die Sache wurde auch nicht aufgeklärt.«

»Versicherungsbetrug?«

»Haben die nicht nötig. Der Schändler hatte mehr Geld, als du in deinem Leben zählen kannst, besaß eine große Werbeagentur, die Millionenumsätze macht.«

»Ein Racheakt. Von einem Konkurrenten vielleicht?«

»Schon eher. Die Kollegen haben natürlich damals in diese Richtung ermittelt, aber negativ. Die Akten liegen hier.«

Van Bloom deutete auf einen Stapel Akten vor ihm auf dem Schreibtisch. Joshua rieb sich grübelnd das Kinn. Sein Bein begann leicht zu schmerzen. Sie hatten es ihm im Krankenhaus prophezeit.

»Was ist eigentlich mit der Kleinen, wo ist die jetzt?«

»Rosa? Richtig heißt sie Rosalinde Schändler. Sie befindet sich im Krankenhaus. Schwerer Schock. Die Ärzte meinen, sie sei vorläufig nicht ansprechbar.«

Ich bin auch nicht immer ansprechbar, dachte sich Joshua. Sie ist im Augenblick die wichtigste Person in dem Fall. Bei dem Gedanken daran bekam er Angst.

»Wird sie bewacht?«

»Nein, wird sie nicht.«

Joshua schoss nach vorne. Mit beiden Armen stützte er sich auf dem Schreibtisch ab und sah seinen Kollegen herausfordernd an.

»Sieh' mich nicht so an. Ich wollte einen Kollegen davor stellen, aber König war anderer Meinung. Er kam mir mit unnötigen Kosten, die nicht zu rechtfertigen wären. Winnie ist heute Morgen nicht da, irgend so eine Tagung.«

Joshua schnellte hoch und verließ so schnell, wie es sein schmerzendes Bein zuließ, das Büro.

König benutzte ein kleines freies Büro im Polizeigebäude, um nicht ständig zwischen Gericht und Präsidium pendeln zu müssen.

Ohne anzuklopfen stürmte er in das Zimmer des Staatsanwaltes. Dieser ließ erschrocken seinen Stift auf den Tisch fallen und holte tief Luft. Bevor er etwas sagen konnte, kam Joshua ihm zuvor.

»Herr König«, er betonte Herr besonders, »warum haben Sie die Überwachung der Tochter zweier Mordopfer abgelehnt und kommen Sie mir nicht mit Kostenfragen.«

König stand nun auch auf. Sein Gesicht begann sich rötlich zu färben, bevor er Joshua anschrie.

»Was bilden Sie sich ein, Trempe. Stürmen hier herein und brüllen mich an. Das werde ich mir nicht bieten lassen. Nicht von Ihnen!«

»Beantworten Sie mir bitte meine Frage!«

Joshua schrie in derselben Lautstärke zurück. Der Staatsanwalt schluckte kurz und setzte sich wieder hin. Joshua blieb stehen. König sprach in einem strengen, aber ein wenig leiserem Tonfall weiter.

»Aus meiner Sicht besteht keine mittelbare Gefahr für Frau Rosalinde Schändler. Wenn der Täter sie hätte ebenfalls töten wollen, hatte er die Gelegenheit dazu. Im Übrigen ist keinesfalls erwiesen, dass er von der Anwesenheit der Tochter zur Tatzeit überhaupt Kenntnis besaß. Das Gegenteil ist wahrscheinlicher. Oder glauben Sie, dass ein achtzehnjähriges Mädchen zusieht, wie ihre Mutter ermordet wird und anschließend seelenruhig in ihr Zimmer geht, um Musik zu hören? Der Mörder konnte zurecht davon ausgehen, unerkannt geblieben zu sein. Sie können da ganz beruhigt meiner Erfahrung vertrauen, Herr Trempe.«

51

Für einen kurzen Augenblick war Joshua von der Logik des Staatsanwaltes gefesselt. Der kühle Analytiker ließ jedwede Emotionen außen vor. Andererseits war nicht davon auszugehen, dass dieses Mädchen unter Schock rational reagieren konnte.

»Wer sagt denn, dass der Täter nicht von Anfang an vorhatte, sie zu töten. Vielleicht habe ich ihn nur überrascht und er ist geflüchtet.«

König blieb für Sekunden stumm.

»Davon weiß ich nichts, schließlich liegt mir der entscheidende Bericht, nämlich der von Ihnen, immer noch nicht vor.«

»Mit anderen Worten: Frau Schändler bleibt so lange in Lebensgefahr, bis dem Herrn Staatsanwalt mein Bericht vorliegt?«

König biss sich auf die Lippen. Nervös spielte er mit seinen Fingern.

»Ich glaube nicht, dass sie in Lebensgefahr ist, aber bitte, lassen Sie diese Frau bewachen und jetzt raus aus meinem Büro!«

Grußlos drehte Joshua sich herum und lief hinaus. Vor der Tür stieß er mit Max Drescher zusammen.

»Du hast ja eine komische Art, Freundschaften zu pflegen.«

»Ach leck mich doch. Komm mit und erzähl' mir was Positives!«

Daniel van Bloom legte gerade den Telefonhörer auf, als die beiden ins Büro kamen. Joshua deutete auf den Besucherstuhl und bat Max, loszulegen.

»Dann will ich mal anfangen. Zunächst zur Tatwaffe. Es handelt sich um eine Makarov PB, neun Millimeter. Neun ein viertel, um genau zu sein. Für diese Pistole gibt es spezielle Unterschallmunition für den Einsatz mit

Schalldämpfer. Die Waffe wurde praktisch in allen Ost-
blockstaaten verwendet. Kannst du in Polen auf jedem
gut sortierten Trödelmarkt kaufen. Nun zu den Spuren
am Tatort …«

»Moment«, Joshua unterbrach Drescher, »wurde für
beide Morde dieselbe Waffe verwendet?«

»Sagte ich das nicht? Verzeihung, die Herren. Ja, es war
ein und dieselbe Waffe. Zu den Spuren: Fremde Fingerabdrücke konnten wir nirgendwo sicherstellen. Mehrere
Fußabdrücke, vor allem am ersten Tatort. Sie stammen von
Sportschuhen der Firma Nike. Das Merkwürdige daran ist,
wir haben von keinem Abdruck die Fußspitze. Sie hören
jeweils ein bis zwei Zentimeter vorher auf.«

Max Drescher sah die beiden mit großen Augen an.

»Na mach schon«, drängelte Joshua, »was bedeutet
das?«

»Das bedeutet möglicherweise«, fuhr Drescher fort
und drehte dabei seine offene Hand, »dass unser Kunde
entweder einen ganz eigenartigen Laufstil hat oder ihm
die Schuhe schlicht und ergreifend zu groß waren. Was
anderes fällt mir dazu im Moment nicht ein.«

Drescher machte eine kurze Pause. Joshua schrieb einige Notizen dazu.

»Das Beste kommt jetzt: Wir haben am ersten Tatort
in unmittelbarer Nähe des Opfers zwei Zigarettenkippen gefunden, die zweifelsfrei nicht vom Opfer stammten.
Aber mit an Sicherheit grenzender Wahrscheinlichkeit
vom Täter.«

»Was macht dich so sicher?«

»Die Tatsache, dass wir vor dem Eingangsportal der
Schändlers an der Straße die gleichen Kippen gefunden
haben und die DNA identisch ist mit den Kippen vom
ersten Tatort. Ein bisschen viel Zufall, oder?«

53

»Allerdings«, grübelte Joshua laut vor sich hin, »aber für meinen Geschmack auch eine Spur zu deutlich.«

Max sah ihn mit gespielter Empörung an.

»Also euch kann man es wohl nie recht machen, was? Der Täter ist übrigens durch die Kellertür reingekommen. Die hat im Gegensatz zur Haustür nur einen einfachen Schließmechanismus. Sie war zwar auch an die Alarmanlage angeschlossen, aber die war ja außer Betrieb. Das war's fürs Erste. Nun ermittelt mal schön.«

»Moment«, Joshua stutzte, »der Täter muss doch schon einmal dort gewesen sein um die Alarmanlage zu manipulieren, oder?«

Drescher zuckte mit den Schultern. »Die Kellertür ist aufgehebelt worden, wann kann ich euch nicht sagen. Einen zweiten Hinweis auf einen Einbruch haben wir nicht gefunden. Bei einem vorherigen Einbruch hätte die Alarmanlage ja auch funktionieren müssen.«

Sie verabschiedeten Drescher. Joshua überflog seine Notizen.

»Es muss also vorher jemand legal in die Villa gekommen sein«, brummte Joshua.

Mit einem betont ruhigen und fast gelangweilten Tonfall unterbrach Daniel ihn.

»Ja, vielleicht sogar mit Wissen der Schändlers, die können wir ja nicht mehr fragen. Aber warum ist der Täter überhaupt zweimal gekommen? Den Tresor hätte er doch auch beim ersten Mal leer räumen können.«

»Stimmt«, Joshua machte eine kurze Pause und spielte dabei mit seinem Kugelschreiber, »entweder befand sich gestern etwas im Tresor, von dem der Täter wusste, oder der Raub war nur vorgetäuscht. Wir wissen zuwenig über den ersten Besuch unseres Täters. Wie konnte er unbemerkt die Alarmanlage ausschalten?«

Daniel lehnte sich zurück und verschränkte die Arme hinter dem Kopf.

»Das müssen wir herausfinden. Übrigens, Winnie hat vorhin angerufen. Er will, dass wir sofort eine SoKo zusammenstellen und du sollst sie leiten. Außerdem hat er für sechzehn Uhr eine Pressekonferenz angesetzt. Ich soll dir noch ausrichten, dass er gegen zwölf hier ist und von uns auf den neuesten Stand gebracht werden möchte. Was hat König eigentlich gesagt?«

Joshua berichtete ihm in Kurzform von seinem Gespräch mit dem Staatsanwalt. Rosalinde Schändler wurde nun geschützt, was Daniel als selbstverständlich erachtete. Dabei lehnte Joshua sich nach vorne und stützte sein Kinn mit der Hand ab. Nachdenklich sah er Daniel an.

»Der Täter ist durch die Kellertür eingestiegen und durch die Terrassentür verschwunden?«

»Ja, sieht so aus«, Daniel sah ihn dabei an, als sei es völlig logisch.

»Warum war die Haustür eigentlich angelehnt, als ich kam? Wurde sie für einen Komplizen geöffnet?«

Daniel nahm den Kugelschreiber in den Mund und lutschte angeregt daran.

»Vermutlich wollte der Täter in dem Moment vorne hinaus, als du kamst. Er hat dich gesehen und umdisponiert, um dir nicht in die Arme zu laufen.«

Das wäre eine Erklärung, dachte Joshua und sah auf seine Uhr. Halb neun. Noch über drei Stunden Zeit, bis Winnie eintreffen würde. Er stand auf und nahm seine alte Lederjacke von der Garderobe.

»Hörst du dich mal bitte in der Firma dieses Schändlers um? Vielleicht wird da auch samstags gearbeitet. Ich fahre zum Krankenhaus.«

Daniel nickte zustimmend. Joshua spürte schon lange,

dass es seinem Kollegen nicht passte, Befehle von ihm entgegenzunehmen. Auch nicht, wenn er sie noch so freundlich verpackte. Joshua setzte noch einen drauf.

»Und sage doch bitte Kalle, Marlies und Viktor Bescheid, wir treffen uns um eins zu einer Besprechung. Du bist natürlich auch eingeladen.«

Der junge Kollege vor dem Krankenzimmer von Rosa Schändler hatte sein Kinn auf die Brust gelegt und döste vor sich hin. Joshua kannte ihn, er war während der Ausbildung einige Wochen in ihrer Dienststelle gewesen. Als er sich räusperte, schoss sein Kopf hoch.

»Sie bewachen das Zimmer von Frau Schändler?«

»Ja … äh, es war keine verdächtige Person hier.«

Joshua klopfte an. Nach einigen Sekunden vernahm er leise Antwort und trat ein. Rosalinde Schändler lag in einem Einbettzimmer. Die Luft war stickig und roch nach kaltem Essen und Medizin. Die Vorhänge waren zugezogen und sorgten für gedämpftes Licht. Schwach und kaum merklich hob sie ihren linken Arm ein Stückchen hoch, um ihrem Besucher einen Stuhl anzubieten.

»Wie geht es Ihnen, Frau Schändler?«

Sie neigte ihren Kopf zur Seite und sah aus dem Fenster. Ihre Blicke wirkten leer, sie hatte glasige Augen, ihre Haut war blass. Leise und in einem gleichmütigen Tonfall antwortete sie ihm.

»Wie geht es einem Menschen, der alles verloren hat? Ich kann nicht einmal mehr heulen. Sie pumpen mich mit Beruhigungsmitteln voll.«

Joshua fühlte sich unsicher. Er fragte sich, wie es mit ihr weitergehen sollte. Ging sie noch zur Schule? War sie in der Ausbildung, studierte sie? Er hatte sich schlecht vorbereitet.

»Frau Schändler, wollen Sie uns helfen, denjenigen zu finden, der Ihnen das angetan hat? Ich kann verstehen, wenn Sie nicht dazu in der Lage sind, meine Fragen ...«

»Nein, schon gut. Ich will, dass Sie den Mörder meiner Eltern kriegen. Ich will ihm in die Augen sehen, ihn fragen, warum er das getan hat! Wenn ich Ihnen überhaupt helfen kann, ich habe doch nichts mitbekommen.«

Sie wischte sich mit einem Taschentuch über ihr Gesicht. Ihre Hand zitterte leicht. In ihrem rechten Arm steckte eine Kanüle, die über einen Schlauch mit einem Tropfer verbunden war. Joshua spürte ein Gefühl der Hilflosigkeit beim Anblick der jungen Frau. Er musste an Britt denken. Seine Tochter war nur wenige Jahre jünger.

»War in der letzten Zeit jemand bei Ihnen, um nach der Alarmanlage zu sehen?«

Rosa sah ihn verwundert an.

»Stimmt, die Alarmanlage. Wieso ging sie nicht an? Papi war so stolz darauf. Er sagte, uns könne niemals etwas passieren.«

Joshua sah ihr in die Augen. Sie schien sehr nachdenklich zu sein.

»Ja, letzte Woche Donnerstag war jemand da. Meine Mutter hat ihn hereingelassen. Er musste die Alarmanlage kontrollieren, routinemäßig. Ich war in meinem Zimmer, habe es nur am Rande mitbekommen.«

»Haben Sie den Monteur gesehen?«

»Nein, aber er kam mit einem Wagen der Firma, die unsere Anlage eingebaut hat, Lensing Gebäudeschutz. Ich habe ihn auf dem Hof stehen sehen.«

»Wusste Ihr Vater davon?«

»Das nehme ich an. Er kam erst am nächsten Tag von einer Geschäftsreise zurück. Obwohl ... ich weiß nicht, ob Mutti es ihm erzählt hat. Sie waren immer darum be-

müht, alles Geschäftliche aus ihrem Privatleben heraus-
zuhalten.«

Ruhig, mit einer beängstigenden Sachlichkeit, beantwortete sie seine Fragen. Nichts schien darauf zu deuten,
dass die junge Frau über Nacht aus dem Schoß der Familie
gerissen und in einen Albtraum gestürzt wurde.

Joshua notierte sich den Namen der Firma und den
Tag. Möglicherweise gab es eine erste Spur.

»Wissen Sie schon, wann ... wann sie beerdigt werden?«

»Nein, aber wir werden es Ihnen mitteilen. Haben
Sie denn jemand, der sich um Sie kümmert und alles regelt?«

Sie schüttelte den Kopf. Damit schien sie sich noch
nicht beschäftigt zu haben.

»Wir haben Verwandte in Bayern. Jemand müsste sie
benachrichtigen, ich kann das nicht.«

Joshua vermerkte sich Name und Wohnort der Angehörigen und versprach, sich darum zu kümmern.

Auf dem Weg zum Präsidium ging er noch in einen
Handyshop und besorgte sich Ersatz. In einer Parkbucht
hielt er an und probierte es aus. Seine Frau kam direkt
an den Apparat. Sie wusste bereits von seinem Krankenhausaufenthalt und machte ihm die bekannten Vorhaltungen. Wieso er es immer war, dem etwas zustoße und
so weiter.

Er log ihr vor, sich bereits um die Stelle beim LKA
beworben und gute Chancen zu haben. Nach kurzem
Schweigen antwortete sie fast tonlos: »Das ist schön« und
legte auf. Joshua starrte sein Handy an, als könne es seine
Fragen beantworten. Warum freute sie sich nicht darüber.
War der Abstand zwischen ihnen schon so groß?

Er wählte die Nummer des Präsidiums und ließ sich die

Adresse der Firma Lensing geben. Sie hatte ihren Sitz im Gewerbegebiet von Oppum. Nach einer halben Stunde saß er dem Firmeninhaber, Thomas Gilden, in dessen Büro gegenüber. Gilden hatte sich spontan zu diesem Treffen am Wochenende bereit erklärt.

»Herr Gilden, wir ermitteln in einem Mordfall und dazu benötige ich einige Auskünfte von Ihnen. Zu Ihren Kunden zählt die Familie Schändler aus Moers, ist das richtig?«

Gilden, ein älterer Herr mit hellgrauem Haar, sah ihn erstaunt an.

»Ja, richtig. Ist dort eingebrochen worden? Hat unsere Alarmanlage etwa nicht funktioniert?«

»Sie konnte nicht funktionieren, weil sie vorletzten Donnerstag fachgerecht außer Betrieb gesetzt wurde. Offensichtlich von einem Ihrer Mitarbeiter. Zumindest wurde eines Ihrer Firmenfahrzeuge kurz zuvor auf dem Hof der Familie Schändler gesehen.«

Wortlos stand Gilden auf und zog einen Ordner hinter sich aus dem Regal. Während er darin blätterte, setzte er sich langsam wieder hin. Kurz darauf schien er etwas gefunden zu haben und sah zu Joshua auf.

»Hier haben wir es.« Er deutete mit dem Zeigefinger auf eine Seite seines Ordners.

»Bei Schändlers waren wir zuletzt am vierten Februar, routinemäßig nach einem Brand. Danach nicht mehr. Haben Sie das Kennzeichen dieses Wagens?«

»Nein, leider nicht. Kommt es denn vor, dass sich Ihre Mitarbeiter die Fahrzeuge ausleihen, ohne dass es in Ihren Unterlagen auftaucht?«

Gilden lehnte sich zurück und seufzte. Mit der rechten Hand strich sich der stämmige Unternehmer über seine kurzen, grauen Haare. Verschwörerisch sah er Joshua an,

59

als wolle er ihm ein brisantes Betriebsgeheimnis verraten.

»Ja, das kommt schon mal vor«, antwortete er zögerlich.

»Einige nehmen den Wagen ab und zu mit nach Hause wenn es spät wird, andere erledigen unterwegs kleinere Einkäufe, in ihrer Pause natürlich. Sollte alles nicht sein, aber wir sehen darüber hinweg. Hauptsache, die Fahrtenbücher sind korrekt ausgefüllt.«

Joshua rieb sich nachdenklich das Kinn.

»Herr Gilden, wer hat alles Zugang zu den Fahrzeugschlüsseln?«

»Ach Gott, die hängen in der Zentrale. Zu Schichtbeginn nimmt sich jeder seinen Schlüssel und das Fahrtenbuch. In der Regel fahren sie immer den gleichen Wagen, damit es weniger Ärger wegen dem Tanken und den Reparaturen gibt, Sie verstehen?«

»Mmh. Ich möchte die Fahrtenbücher gerne mitnehmen. Wir müssen herausbekommen, welcher Wagen letzten Donnerstag bei Schändler war.«

Gilden sah ihn an, als hätte er nicht damit gerechnet und schüttelte langsam den Kopf.

»Ich fürchte, da muss ich Sie enttäuschen, Herr Trempe. Die meisten meiner Mitarbeiter haben frei. Am Wochenende schließen wir die Bücher ein. Den Schlüssel habe ich nicht mit. Außerdem sind noch zwei Mitarbeiter draußen, bis sechzehn Uhr. Dann haben wir alle Fahrtenbücher hier.«

»Es tut mir Leid, so lange kann ich nicht warten. Versuchen Sie bitte, Ihre Mitarbeiter so schnell wie möglich hierher zu bestellen. Ich schicke in einer Stunde einen Kollegen vorbei, der die Fahrtenbücher mitnimmt. Wenn Sie bis dahin den Schlüssel holen könnten, wäre ich Ihnen

60

dankbar. Sie bekommen sie natürlich so schnell wie möglich zurück! Ach noch was, ich brauche natürlich auch eine Auflistung aller Aufträge für den vierzehnten April, um die Fahrten abgleichen zu können.«

Gilden schluckte. Sichtbar rang er nach Worten.

»Herr Gilden, es ist wirklich Eile geboten. Wir ermitteln in zwei Mordfällen. Noch was: Hat sich einer Ihrer Mitarbeiter in den letzten Tagen merkwürdig verhalten oder hat jemand gekündigt?«

»Nein! Sie verdächtigen doch nicht etwa meine Mitarbeiter. Für die lege ich meine Hand ins Feuer. Es sind erstklassige Leute. Wir überprüfen einen neuen Mitarbeiter im Vorfeld genauestens. Dabei bescheiden wir uns nicht mit dem amtlichen Führungszeugnis, das können Sie mir glauben.«

Joshua stand auf und hielt ihm seine Hand entgegen.

»In einer Stunde, Herr Gilden, bitte! Schönen Tag noch.«

Der Firmeninhaber presste die Lippen zusammen und nickte stumm. Blass und leicht irritiert versprach er, alle erforderlichen Unterlagen schnellstens zu beschaffen.

Unterwegs zu seiner Dienststelle dachte Joshua wieder an Rosa Schändler. Wohin würde sie gehen, wenn sie aus dem Krankenhaus entlassen wird? Solange sie den Mörder ihrer Eltern nicht gefunden hatten, würde sie in Lebensgefahr schweben. Sie musste weiter unter Polizeischutz gestellt werden. Aber wo sollte sie wohnen. Das Haus ihrer Eltern dürfte eine enorme psychische Belastung für sie darstellen. Er nahm sich vor, am Nachmittag ein Gespräch mit Jutta von Ahlsen zu suchen. Die Polizeipsychologin half ihm damals, als er aus dem Krankenhaus kam. Er schätzte nicht nur ihre fachlichen Qualitäten.

Joshua klappte die Sonnenblende herunter. Die Son-

61

nenstrahlen spiegelten sich auf dem nassen Asphalt. Vor ihm sah er einen Regenbogen, der an einem Hochhaus zu enden schien. Die Autos fuhren immer noch mit Licht. Es war eine unwirkliche Szenerie.

Kurz vor dem Präsidium hielt er an einer Metzgerei an und kaufte sich zwei Brötchen und einen halben Kringel Fleischwurst.

Am Parkplatz traf er Daniel, der gerade ausgestiegen war. Der Kollege deutete auf seine Papiertüte mit dem Aufdruck der Metzgerei.

»Mittagessen oder Frühstück?«

»Frühstück. Hoffe ich. Hast du was herausbekommen?«

»Kann man sagen. Unser Schändler war einer der ganz großen in der Branche. In der letzten Zeit mutierte er immer mehr zum Haifisch. Er schluckte fast monatlich einen Mitbewerber. Nicht immer zur Zufriedenheit der kleinen Fische.«

Joshua schloss die Bürotür auf und sie setzten sich.

»Hast du da auch eventuell jemanden mit Motiv ausfindig gemacht?«

Van Bloom grinste ihn breit an. Er schien es zu genießen, scheinbar weiter gekommen zu sein als sein vermeintlicher Vordenker. Als ob er die Neugierde seines Kollegen genoss, begann van Bloom, Tee zu kochen. Dies war jedes Mal ein Ritual. Mit einem Thermometer prüfte er die Temperatur des Wassers. Nachdem es exakt achtzig Grad erreicht hatte, schüttete er es in eine kleine Glaskanne, in die er zuvor zwei gestrichene Löffel grünen Darjeelingtee gab. Nun drückte er die Starttaste seiner Stoppuhr. Der Tee durfte nicht mehr als zwei Minuten ziehen. Währenddessen stellte er eine zweite Kanne mit einem Teesieb bereit und seine Tasse auf eine Untertasse. Eine Ecke Zitrone kam in die dazu passende Presse. Nach exakt zwei Minuten gab die Stoppuhr ein deutliches Piepen von sich.

Daniel kippte den Tee in die zweite Kanne, zündete ein Teelicht an und stellte sie auf das Gestell. Das Einschenken des Tees in die Tasse beendete die Zeremonie. Mit spitzen Fingern fasste er sie am Henkel und trug sie zu seinem Schreibtisch.

Joshua versuchte erst gar nicht, ihn dabei zu unterbrechen.

»Das will ich meinen. Till Groding heißt der Kandidat«, als hätte es keine Unterbrechung gegeben, antwortete er seinem Kollegen, »hatte bis vor kurzem eine gut gehende kleine Werbeagentur in Düsseldorf. Die Betonung liegt dabei auf hatte. Jetzt hat, oder auch wieder hatte, Schändler diese Firma. Der gute Mann ist in der letzten Zeit des Öfteren in Schändlers Firma gewesen und hat dort randaliert. So sagte mir Frau Montz-Rensing, eine samstags arbeitende Texterin, wörtlich. Letzte Woche habe dieser Groding außerdem Schändler gedroht, ihn umzubringen, falls er den Kauf nicht wieder rückgängig macht.«

Joshua machte sich ein paar Notizen und begann damit, Strichmännchen auf seiner Schreibunterlage zu verewigen. Für ihn ein Zeichen intensiven Nachdenkens.

»Warum hat dieser Groding denn so einen Brass auf Schändler. Er hätte seine Firma doch nicht an ihn verkaufen müssen?«

»Das habe ich Frau Montz-Rensing auch gefragt. Sie konnte mir keine Antwort darauf geben. Ich habe mir die Telefonnummer und Adresse von Groding geben lassen. Ans Telefon geht er nicht, ich fahre heute Nachmittag zu ihm. Er wohnt in Düsseldorf.«

Das passt dir gut, dachte Joshua. Heute Nachmittag ist Pressekonferenz, da wollte keiner von ihnen gerne hin. In

63

dem Moment klopfte es und fast zeitgleich trat ihr Vorgesetzter, Winfried Elsing, ins Büro. Das gestreifte Hemd über seinem ausladenden Bauch wirkte äußerst unvorteilhaft. Dem eingefleischten Junggesellen gelang es nur selten, seinem Äußeren ein in der Damenwelt einigermaßen akzeptantes Erscheinungsbild zu verleihen. Im Sommer konnte man ihn auch schon mal in weißen Tennissocken und Sandalen bewundern. Nach einer kurzen Begrüßung kam Winnie gleich zur Sache.

»Wie ich hörte, trifft sich die SoKo gleich. Ich werde die Gelegenheit nutzen, um auf den neuesten Stand der Ermittlungen zu kommen. König wird übrigens auch da sein. Was hast du eigentlich mit dem gemacht, der zog ein Gesicht, als er hörte, wer die SoKo leitet?«

Joshua winkte genervt ab. Van Bloom zuckte nur mit den Schultern.

»Habt ihr denn schon was erreicht?«

»Ja, die Tochter des ermordeten Ehepaares und potentielle Zeugin des zweiten Mordes steht unter Polizeischutz«, gab Joshua fast einsilbig zur Antwort.

»Ja … logisch.«

Winnie wedelte mit den Armen und sah die beiden leicht hilflos an.

»Für dich, aber erkläre das mal dem Staatsanwalt.«

»Ach, daher weht der Wind.« Elsing lächelte. »Ihr kennt ihn doch. Immer darauf bedacht, dem Staat beim Sparen zu helfen.«

Joshua fand das überhaupt nicht komisch. Es ging um das Leben eines jungen Menschen und dieser Erbsenzähler dachte an die Kosten. Wahrscheinlich würde es noch einige Überredungskunst kosten, den Polizeischutz so lange auszudehnen, bis der Mörder verhaftet war. Als Winnie das Büro der beiden verließ, kramte Joshua seine Tüte von der Metzgerei hervor und breitete sie vor sich aus. Daumendick belegte er seine Brötchen mit der Fleischwurst. Vegetarier van Bloom schüttelte sich angewidert. Während Joshua mit der linken Hand sein Brötchen hielt, tippte er mit seiner Rechten den Bericht des Vortages ein. Er war gerade fertig, als ein Kollege der Wache hineinkam und ihnen einen Stapel Fahrtenbücher und einen Schnellhefter auf den Tisch legte. Van Bloom sah ihn verwundert an, Joshua nickte zustimmend. Anschließend klärte er seinen Kollegen auf.

»Wir müssen sie auf Unregelmäßigkeiten untersuchen. Von der Firma zu Schändlers sind es locker zwanzig Kilometer, zurück natürlich noch einmal. Die müssen in irgendeinem dieser Bücher fehlen.«

Daniel van Bloom nahm sich ungefähr die Hälfte der Fahrtenbücher vom Stapel und sah seinen Kollegen an, der keine Anstalten machte, ebenfalls zuzugreifen.

»Sag mir die Fahrten an, ich überprüfe sie mit dem Routenplaner.«

Fast eine Stunde lang gingen sie mühselig alle Fahrten durch. Hin und wieder waren mal einige Kilometer zu viel eingetragen, aber nicht die gesuchten vierzig. Joshua wollte gerade abbrechen, um zur Soko-Sitzung zu gehen, als sie das entscheidende Fahrtenbuch hatten. Achtunddreißig Kilometer zu viel standen dort drin. Sie verglichen die Fahrten noch einmal mit der Einsatzliste und waren sich dann sicher. Jörg Maiboom war ihr Mann. Joshua wählte die Nummer von Gilden. Er hatte sie auf seinem Notizzettel. Maiboom sei nur kurz da gewesen, um sein Fahrtenbuch abzugeben und sei danach zum nächsten Kunden gefahren. Gilden gab ihm seine Handynummer. Joshua kam allerdings nur auf die Mailbox von Maiboom.

»Haftbefehl?«

65

»Nein Daniel, das wird nicht nötig sein. Er hat gegen vier Feierabend, die Einsatzzentrale soll einen Wagen hinschicken und ihn ganz lieb bitten, mitzukommen.«

Die Besprechung der SoKo Schändler verlief routinemäßig. Joshua teilte den Ermittlungsstand mit und beantwortete Fragen der Mitarbeiter. Staatsanwalt König und Winnie Elsing hielten sich zurück. Joshua war nicht wohl dabei. Er hatte das Gefühl, von König kontrolliert zu werden. Es war das erste Mal seit langem, dass der Staatsanwalt an einer Besprechung der SoKo teilnahm.

Marlies Hennes und Viktor Dreiseitl würden sich um die wirtschaftlichen Verhältnisse der Firma Schändler kümmern. Kalle wollte noch einmal das Umfeld der Opfer befragen. Von Marlies kam eine Frage, die er schon verdrängt hatte.

»Was wird mit der Tochter, wenn sie aus dem Krankenhaus kommt?«

Joshua sah den aufmerksamen Blick des Staatsanwaltes, als er antwortete.

»Ich werde heute noch ein Gespräch mit Jutta von Ahlsen führen. Fest steht aber, dass Rosalinde Schändler bis zur Klärung des Falles unter Polizeischutz gestellt werden muss.«

Um Souveränität auszustrahlen, blickte Joshua dem Staatsanwalt bei diesem Satz für Sekunden in die Augen. Er wollte dem Blick seines Gegenübers länger standhalten, konnte es jedoch nicht. Zu seinem Erstaunen kommentierte König seine Aussage nicht. Stattdessen haftete sein Blick an Joshuas abgewetzter Lederjacke.

»Na, immerhin haben wir schon zwei Tatverdächtige. Das ist doch schon was für die Pressekonferenz«, resümierte Winnie.

Joshua wurde flau im Magen. Die ständige, oft übertriebene Hektik seines Vorgesetzten war ihm schon immer ein Dorn im Auge.

»Wir haben definitiv noch keinen Tatverdächtigen! Wir haben lediglich eine Person mit Motiv und eine weitere Person, die offensichtlich ein Fahrzeug gefahren hat, das eine Woche vor den Morden bei Familie Schändler auf dem Hof stand. Sonst nichts. Das ist ein Anfang, aber von Tatverdächtigen zu reden viel zu früh. Das mache ich nicht mit!«

Seine Antwort kam laut und resolut herüber. Elsing und König sahen sich an. Joshua rechnete mit energischem Widerspruch. Winnie stand auf und reagierte sofort.

»Na, dann sorgt dafür, dass wir der Presse etwas sagen können. Der Doppelmord hat die Meute richtig aufgescheucht!«

Staatsanwalt König nickte zustimmend. Joshua biss sich auf die Lippen und beendete die Sitzung. Auf dem Flur zog Daniel ihn am Ärmel.

»Was meinst du, soll ich die Kollegen in Düsseldorf informieren, bevor ich losfahre?«

»Ja, mach das! Ich komme mit! Lass uns gleich losfahren!«

Daniel van Bloom sah ihn erstaunt an.

»Wenn wir richtig liegen, treffen wir auf einen bewaffneten Doppelmörder. Außerdem kenne ich den Weg.«

»Und die Pressekonferenz?«

Joshua atmete schwerfällig aus und drehte den Kopf weg.

»Es ist viertel nach zwei. Bis dahin sind wir zurück.«

Auf dem Weg nach draußen rief Kalle ihnen hinterher. Schnellen Schrittes holte er sie ein. Unter seinem linken Arm klemmte ein Karton, über seinem Rechten lagen ei-

67

nige Mäntel und Pullover. Auf dem obersten Pullover, der Joshua so bekannt vorkam, lagen ein Slip und ein BH aus roter Seide.

»Hat noch jemand was abzugeben, ich bringe die Klamotten nämlich jetzt zu Petra?«

Kalles Frau betrieb einen Online-Shop bei E-Bay. Jeden Samstag sammelte Kalle bei den Kollegen Dinge ein, die Petra für sie verkaufte. Zwanzig Prozent der Einnahmen behielten sie dabei für sich.

Vorsichtig fingerte Joshua den BH von dem Wäschestapel und hielt ihn hoch.

»Von wem hast du den denn?«

Kalle nahm ihm energisch das zarte Stück aus der Hand und legte es zurück. Dabei musste er sich verrenken, um den Karton nicht fallen zu lassen. Nachdem er sich umgesehen hatte, grinste er Joshua an.

»Darf ich nicht sagen. Hab' ich der Marlies versprochen.«

6

Calvin Baker lagen die Nerven blank. Der smarte, bislang äußerst erfolgreiche Jungunternehmer schien absolut keine Erklärung für die Vorgänge der letzten sieben Tage zu haben. Seit der Deutsch-Kanadier vor vier Jahren die Firma BioPharmaca AG zusammen mit seinem Studienkollegen Steve Nelson gegründet hatte, gab es keinen derartigen Kurssprung. Sogar die Kursentwicklung während des zweiten Golfkrieges wurde in den Schatten gestellt. Innerhalb von sechs Tagen schoss der Kurs von Einsneunzig auf über vierzehn Euro. Gestern Abend dann das Fiasko. Innerhalb eines Tages stürzte das Wertpapier der Firma auf unter zwei Euro zurück. Er selbst hatte die Hälfte seines Aktienpaketes abgestoßen. Seine Stopp-Loss-Order griff noch bei acht Euro zwanzig, so dass er einen satten Gewinn verbuchen konnte. Aber genau das war nun sein Hauptproblem. Dass die Börsenaufsicht detaillierte Auskünfte haben wollte oder der Verband der Kleinaktionäre Druck auf die Firma ausübte, verursachte ihm Stress. Außerdem hatte die Anzeige eines Anlegers die Staatsanwaltschaft auf den Plan gerufen und damit hatte er ein Problem. Ein Kommissar Stauder hatte sich angemeldet. Man würde ihm Manipulation vorwerfen. Zudem könnten die hier herumschnüffeln und feststellen, dass die letzte Bilanz nicht ganz astrein war. Das bedeutete beim derzeitigen Stand das Ende der Firma. Ausgerechnet jetzt. Sie standen kurz vor der Zulassung eines Medikamentes, das die Firma für immer sanieren würde. Er zermarterte sich das Hirn. So sehr er sich auch anstrengte, er fand keine logische Erklärung für diese Vorfälle. Es gab seines Wissens nach keinerlei Gerüchte einer Übernahme und er hätte es wissen müssen. Nichts, aber auch gar nichts hätte dafür verantwortlich sein können, den Kurs dermaßen anzuheben. Im Gegenteil. Die Zulassung wurde letzten Monat noch einmal auf unbestimmte Zeit hinausgezögert, die Aktie knickte daraufhin erneut ein. Und plötzlich, wie aus heiterem Himmel, schoss sie nach oben. Baker saß an seinem riesigen Mahagonischreibtisch und vergrub das Gesicht in den Händen, als Rudolf Krieg hereinkam. Krieg war Buchhalter und der mit Abstand älteste Mitarbeiter der Firma. Im kommenden Jahr würde er in Rente gehen. Er setzte sich langsam in den großen schwarzen Ledersessel seinem Chef gegenüber. Baker nahm seine Hände herunter und lehnte sich zurück. Krieg sah ihn an wie ein Beagle, dem man den Fressnapf weggezogen hatte. Der Buchhalter faltete seine Hände wie zum Gebet und beugte sich vor.

»Was machen wir jetzt. Ich meine, hast du schon eine Erklärung für die Sache. Da ist doch was faul, oder?«

Baker schüttelte stumm seinen Kopf und sog seine Lungen voll.

»Ich habe dir direkt gesagt, das mit der Bilanz ist gefährlich. Jetzt hänge ich mit drin. So kurz vor der Rente. Niemals habe ich mir was zuschulden kommen lassen und jetzt …«

Baker schlug mit der flachen Hand auf den Tisch und schrie ihn an.

»Jetzt hör auf zu heulen, verdammt noch mal. Oder hattest du etwa Gewissensbisse, als du den Benz bekommen hast? Was hätten wir denn machen sollen? Wer zum Teufel hätte uns mit deiner Bilanz denn einen Kredit gegeben? Oder hätten wir drei Jahre Forschungsarbeit in den Wind schießen und die Firma schließen sollen?«

Krieg bekam kleine Flecken im Gesicht. Schweiß bildete sich auf seiner Stirn. Nervös zupfte er an seiner Brille. In Gedanken schien er sich bereits im Gefängnis zu sehen.

In dem Moment klopfte es und eine schlanke junge Frau mit langen kastanienroten Haaren stand halb in der Tür.

»Entschuldigung, Herr Baker. Ein Kommissar Stauder ist da. Er sagt, er hätte einen Termin mit Ihnen.«

Krieg sank in seinem Sessel zusammen. Calvin machte ihm gegenüber eine Andeutung, dass er gehen solle.

»Bitte ihn herein, Melanie.«

In der Tür wäre der Kommissar beinahe mit dem Buchhalter zusammengestoßen. Im letzten Moment wich Krieg aus und bat den Polizeibeamten mit einer einladenden Armbewegung hinein.

Der Kommissar folgte Bakers Einladung und nahm ihm gegenüber Platz. Nach einigen höflichen Floskeln kam Stauder zur Sache.

»Herr Baker, uns liegt eine Anzeige wegen Kursbetruges gegen Ihre Firma vor. Unsere Experten haben die Sache überprüft und die Staatsanwaltschaft hat den Anfangsverdacht als gegeben angesehen. Daher muss ich ermitteln.«

Der gertenschlanke, etwa einsneunzig große Kriminalbeamte zog ein Papier aus der Hemdtasche und entfaltete es. Sein rechter Zeigefinger wies eine leichte nikotingelbe Verfärbung auf. Seine Haut schimmerte gräulich.

»Tja, also Herr Baker. Wie erklären Sie sich die Tatsache, dass Ihre Aktien innerhalb einer Woche um fast siebenhundert Prozent gestiegen sind und dann in wenigen Stunden um etwa den gleichen Prozentsatz absanken?«

Baker lehnte sich entspannt zurück, breitete seine Arme weit aus und antwortete seinem Gegenüber in einem fast arrogant anmutenden Tonfall.

»Gar nicht, Herr Kommissar. Wir haben nicht die geringste Erklärung dafür. Das ist die Wahrheit.«

Stauder sah ihm eine lange Minute wortlos in die Augen.

»Aber es ist schon so, dass Sie der Geschäftsführer von BioPharmaca sind, oder irre ich mich da?«

Calvin wusste ganz genau, wie unglaubwürdig seine Aussage klingen musste. Er hatte nicht erwartet, dass er sie ihm abnahm.

»Ja, natürlich. Trotzdem ist es so, wie ich es Ihnen gesagt habe. Es gab weder Übernahmegerüchte noch den geringsten Hinweis darauf, dass unser neues Medikament in Kürze zugelassen würde oder sonst irgendetwas, was den Kurs unserer Aktien dermaßen hätte beeinflussen können. Wir zerbrechen uns selber den Kopf darüber, das können Sie mir glauben, schließlich geht es um die Existenz der Firma. Kurz bevor der Kurs in die Höhe ging, hat die Westhypo uns sogar auf underperform eingestuft. Eine gegenteilige Kursentwicklung wäre also normal gewesen.«

Stauder zückte einen Notizblock und entfernte umständlich den darin eingeklemmten Kugelschreiber.

»Wer hat hauptsächlich davon profitiert. Ich meine, hat ein Großaktionär Kapital daraus geschlagen?«

Calvin Baker ging zur Schrankwand und nahm eine Karaffe und zwei Gläser zum Schreibtisch mit. Der Kommissar winkte sofort ab, Calvin schüttete sich einen Orangensaft ein.

»Daran haben wir sofort gedacht. Nein. Wir haben ein Dutzend Anleger außerhalb der Firma, die einen größeren

Anteil halten. Zusammen fünfundvierzig Prozent. Die meisten haben ihre Aktienpakete nach wie vor und steigen uns natürlich genauso aufs Dach. Eine Sache ist besonders merkwürdig.«

Calvin nahm einen großen Schluck aus seinem Glas, Stauder sah ihn unruhig an.

»Die Kursentwicklung verlief absolut geradlinig«, er machte dabei eine langsame Bewegung mit seinem rechten Arm ähnlich eines startenden Flugzeuges, »normalerweise gibt es immer ups and downs. Ich meine, es gibt immer zwischendurch Gewinnmitnahmen. Ein Wertpapier steigt auf sechs, fällt auf fünf, steigt dann auf neun und so weiter, Sie verstehen?«

Stauder nickte.

»Nicht aber bei unserer Aktie in der letzten Woche. Kontinuierlich nach oben.«

Baker machte noch einmal den startenden Jet nach. Stauder sah ihn zweifelnd an.

»Herr Baker, haben Sie selbst Aktien verkauft.«

Calvin Baker starrte zur Decke und blies langsam seinem Atem durch die Nase aus. Dann sah er Stauder in die Augen.

»Auch wenn ich mich jetzt verdächtig mache, ja. Ja, wir haben einen erheblichen Teil unserer Aktien verkauft. Nicht gerade auf dem Höhepunkt, aber mit gutem Gewinn. Es wäre fahrlässig gewesen, nicht so zu handeln. Wir konnten so günstig unsere liquiden Mittel erhöhen und damit unserer Firma mehr Sicherheit geben.«

»Wie dringend brauchte Ihre Firma denn diese liquiden Mittel?«

Baker stutzte kurz und begann dann zu lachen.

»Ach so. Nein, nicht was Sie denken. BioPharmaca ist absolut gesund. Der niedrige Aktienkurs resultiert aus der Tatsache, dass wir zur Zeit geringe Umsätze haben. Das ist aber normal, wir stecken sehr viel Geld und Zeit in die Forschung, also quasi in die Zukunft. Wenn unser neues Medikament zugelassen wird, geht der Kurs steil nach oben. Parallel zu den Umsätzen übrigens. Sie können sich gerne unsere Bilanzen einmal ansehen, falls Sie mir nicht glauben.«

»Danke, das ist im Moment nicht nötig. Was für ein Medikament ist das denn, von dem Sie sich so viel versprechen?«

Baker atmete innerlich tief durch. Dieser Bluff könnte ihnen eine Galgenfrist verschaffen. Die nötige Zeit vielleicht, um selber Klarheit zu bekommen.

»Alzetin. Es verringert bei Alzheimererkrankten das Fortschreiten der Krankheit um bis zu achtzig Prozent.«

Stauder hatte sich alles notiert und steckte seinen Block in die Innentasche seiner Jacke. Den Kugelschreiber klemmte er gedankenverloren hinter sein rechtes Ohr.

»Gut, das wär's fürs Erste. Herr Baker, Sie hören von uns. Und falls Ihnen noch etwas einfällt ...«

Stauder überreichte ihm eine Visitenkarte und verabschiedete sich.

7

Eine halbe Stunde standen Joshua und Daniel vor dem Rheinknietunnel.

»Das muss man sich mal vorstellen«, tobte Daniel van Bloom, »da sperren die mitten am Tag eine Fahrbahn im Tunnel, um ein paar Neonröhren auszuwechseln.«

Joshua hörte nicht hin. Er hatte ganz andere Dinge im Kopf. Er überlegte, wo er die Nacht verbringen sollte und wie es wohl seinen Kindern gehen würde. Was würden sie am Wochenende unternehmen? Was hatte Janine ihnen erzählt, weshalb ihr Vater nicht da sei? Sie liebt mich, dachte er, und schmeißt mich raus. Warum? Man hätte doch noch einmal in Ruhe darüber reden können. Er musste es noch einmal versuchen. Direkt nach Feierabend, nahm er sich vor, sie anzurufen und um ein Treffen zu bitten.

Sie hatten die Rheinkniebrücke längst passiert. Joshua kannte sich hier aus. Er hatte mit Janine die ersten Jahre in Bilk gewohnt. Kronprinzenstraße, dritter Stock und sehr glücklich. Ganz in der Nähe der Oberbilker Allee. Dort, wo die Straßenbahnen im Zwanzig-Minuten-Takt zwischen Dönerbuden und Spielhallen ihre Fahrgäste aus der City ausspuckten. Ihr Pulsschlag durchdrang das Viertel bis spät in den Abend. Joshua dachte an das erste gemeinsame Frühstück mit Janine. Thunfisch auf Knäckebrot, mehr gab es nicht in seinem Junggesellenhaushalt. Er erinnerte sich daran, wie peinlich es ihm war. Janine, die zu dieser Zeit noch

75

bei ihren Eltern in Köln lebte, sagte nur lächelnd, sie hätte nicht mehr erwartet in ›Downtown Düsseldorf‹.

Joshua fuhr über die Poststraße Richtung Carlsplatz. Kurz vor der Benrather Straße fand er eine Parklücke.

»Den Rest laufen wir. Die Wallstraße ist sowieso Fußgängerzone.«

Sie liefen quer über den Carlsplatz und waren nach fünf Minuten in der Wallstraße dreiunddreißig. Daniel drückte zweimal auf die Klingel mit dem Namen Groding. Während sie warteten, zupfte er überall an seinem Jackett. Mit spitzen Fingern entfernte er ein Haar von seinen Schultern. Danach fiel sein Blick missbilligend auf eine Falte im Bereich der Taille. Pausenlos rieb er mit der flachen Hand darüber, als könne er mit seinen Händen bügeln. Joshua rollte mit den Augen und klingelte nun auch mehrmals. Sie warteten noch eine Minute, bis ein älterer Herr aus dem Haus kam.

»Entschuldigung, wissen Sie zufällig, ob Herr Groding zu Hause ist?«

Der Mann sah Daniel von oben bis unten an.

»Sind Sie von den Jehovas oder so was?«

»Nein«, mischte Joshua sich jetzt ein, »wir sind von der Polizei.«

Der Mann sah sich den Dienstausweis und anschließend Joshua an. »Stimmt, wie Jehovas sehen Sie nicht aus. Sie zumindest. Der Groding ist zu Hause. Wird auch Zeit, dass Sie kommen. Ich habe zwar nicht angerufen, hätte ich aber, wenn der seine Negermusik nicht bald abstellt. Na, dann sagen Sie dem mal schön die Meinung!«

Daniel sah den alten Mann wütend an und drängte sich wortlos an ihm vorbei. Im Treppenhaus musste Joshua laut lachen.

»Folge mir unauffällig, Jehova. Zeugen können wir immer gebrauchen.«

Van Bloom holte tief Luft, schüttelte dann aber nur mit dem Kopf.

In der zweiten Etage, linke Türe, war die Musik am lautesten.

Joshua klopfte an, entsicherte seine Waffe und hielt sie mit der rechten Hand fest. Noch immer dröhnte die Musik. Er erkannte ›Sympathie fort the devils‹ von den Rolling Stones. Joshua hämmerte jetzt so fest an die Tür, dass die Knöchel seiner linken Hand schmerzten. Sekunden später verstummte die Musik. Schritte waren zu hören und wurden stetig lauter. Daniel zog seine Waffe. Als die Tür aufging, stand ihnen ein Mann um die vierzig in T-Shirt und Jeans gegenüber. Seine Haare waren strähnig und im Gesicht trug er einen Dreitagebart, mindestens. Joshua hielt ihm seinen Dienstausweis entgegen.

»Herr Groding, nehme ich an. Dürfen wir reinkommen?«

Groding murmelte etwas Unverständliches und trat zur Seite. Joshua betrat die Wohnung, ohne Groding den Rücken zuzukehren. Van Bloom folgte seinem Partner. Er hielt seine Dienstpistole immer noch in der Hand, was Groding nicht zu bemerken schien. Daniel nahm eine beachtliche Alkoholfahne bei ihm wahr. Mit einer Handbewegung und erneutem Gemurmel gab er den Polizisten zu verstehen, durch die Tür am Ende des Korridors zu gehen. Daniel machte einen Schritt zurück und lief hinter Groding. Der Raum am Ende des Flures schien das Wohnzimmer zu sein. Eine moderne Sitzgarnitur aus schwarzem Leder stand um einen Glastisch, dessen Platte von einer griechischen Göttin gehalten wurde. Auf dem Tisch standen eine halb volle Flasche Whisky und einige Literflaschen eines Düsseldorfer Bieres. Das Zimmer roch nach Qualm, Alkohol und dem Mief eines ungelüfteten Schlafraumes. Die Rollladen waren halb heruntergelassen und hüllten den Raum in ein Halbdunkel. Von den sechs in der Decke eingelassenen Halogenlampen leuchteten nur drei. Joshua und Daniel setzten sich in die Sessel, Till Groding fläzte sich auf die Couch. Als er ihre Blicke zur Decke wahrnahm, machte er eine abfällige Handbewegung.

»Die Dinger gehen nach und nach kaputt. Ich weiß nicht, wie man die wechselt. Werde mir mal eine Stehlampe besorgen.«

Daniel wollte offenbar zu einer Erklärung ansetzen, als Joshua ihm zuvor kam.

»Herr Groding, können Sie sich denken, warum wir hier sind?«

Joshua sah ihn dabei an und bemerkte jetzt auch seine glasigen Augen.

»Wenn Sie das schon nicht wissen. Ich denke mal wegen Schändler, was?«

Daniel und Joshuas Blicke trafen sich zeitgleich.

»Wie kommen Sie darauf, Herr Groding?«

»Nur so.«

»Herr Groding, wo waren Sie gestern zwischen achtzehn und dreiundzwanzig Uhr?«

Groding sah ihn an und rülpste.

»Hier.«

»Gibt es dafür Zeugen?«

»Ja, Johnny«, antwortete er gelangweilt.

»Welcher Johnny?«

»Der da aufm Tisch.«

Joshua sah seinen Kollegen an, dieser nickte in Richtung Wohnungstür.

»Herr Groding, ich muss Sie bitten mitzukommen. Möchten Sie sich noch etwas anderes anziehen?«

Groding sah Joshua an und lächelte breit.

»Ich komme nirgendwohin mit.«

Währenddessen füllte er sein Glas langsam bis zum Rand mit Whisky. Joshua reichte es. Mit einem Satz sprang er auf und hechtete zu Till Groding herüber. Seine Hände krallten sich in sein T-Shirt und mit einem Ruck zog er ihn hoch. Der Tisch wackelte bedenklich. Whisky floss auf den Teppich und einige Flaschen kippten um. Joshua riss ihn herum und drehte Grodings rechten Arm auf den Rücken. Sekunden später hatte dieser Handschellen an den Armgelenken. Daniel grinste den verdutzten Groding an und stand auf. Als er den Bierfleck auf seinem linken Schuh sah, verging ihm das Grinsen schlagartig. Groding hatte die Situation mittlerweile realisiert und wurde hysterisch.

»Das dürfen Sie nicht. Ich will meinen Anwalt sprechen. Sofort«, schrie er los. Dabei stieß er Joshua mit den Schultern beiseite.

»So, jetzt reicht's!«

Er packte ihn an den Haaren und zerrte ihn ins Badezimmer. Dann setzte Joshua den Stöpsel ins Waschbecken und ließ Wasser ein.

»Ich glaube, du brauchst dringend eine Abkühlung, Freundchen.«

Daniel stand im Türrahmen und wirkte hilflos.

»Holst du schon mal den Wagen?«

Daniel nahm mit einem missmutigen Gesichtsausdruck den Schlüssel entgegen und ging.

Joshua legte seinen linken Arm um den Bauch Grodings und drückte mit der Rechten seinen Kopf in das Wasser. Nach dreißig Sekunden ließ er ihn wieder hochkommen. Groding atmete hektisch, verschluckte sich und hustete.

»Na, sind wir wieder friedlich?«

»Leck mich ...«

Groding verschluckte die letzten Worte. Als er ihn erneut aus dem Wasser zog, schien sein Widerstand gebrochen.

»Ich habe nichts verbrochen. Im Gegenteil, ich bin das Opfer, verdammt noch mal!«

»Die Opfer sind das Ehepaar Schändler.«

»Damit habe ich nichts zu tun.«

»Woher wusstest du dann, dass wir wegen Schändler hier sind?«

Groding stand ihm jetzt zugewandt im Badezimmer. Wasser tropfte von seinem Kopf auf seine Kleidung. Er hatte sich beruhigt, die Wirkung des Alkohols machte sich kaum noch bemerkbar.

»Es war kein Geheimnis, dass ich ihn bedroht habe. Jetzt will er mich vermutlich einschüchtern. Abwimmeln wie einen lästigen Parasiten. Darum hat er Sie vermutlich geschickt. Aber nicht mit mir. Ich werde ihm das Leben zur Hölle machen, so lange ich kann. Sagen Sie ihm das!«

Groding war wieder richtig in Rage. Joshua drehte ihn herum und befreite ihn von seinen Handschellen. Danach gab er ihm mit einer Handbewegung zu verstehen, wieder zurück ins Wohnzimmer zu gehen.

»Was soll das? Ich verstehe nicht …«

»Schon gut, lassen Sie uns wieder hinsetzen. Schändler und seine Frau sind gestern ermordet worden.«

Grodings Kopf fuhr hoch. Mit großen Augen sah er Joshua an. Unvermittelt fing er an zu lachen. Erst einmal ganz kurz, dann ein zweites Mal, bevor er in schallendes Gelächter ausbrach. Joshua spürte eine Wut in sich aufsteigen. Er schluckte sie herunter und dachte darüber nach, wie groß der Hass Grodings sein musste. Trotz allem konnte er diese Reaktion nicht begreifen. In dem

Moment kam Daniel herein. Er hatte die Wohnungstür wohl nur angelehnt und betrachtete verwirrt den lachenden Groding. Joshua warf seinem Kollegen einen Blick zu und überlegte, wie die Situation auf ihn wirken musste. Er erklärte ihm in wenigen Sätzen den Sachverhalt. Daniel konnte den Wagen nicht holen, da die Mittelstraße durch Poller versperrt war.

»Entschuldigung«, unterbrach Till Groding die beiden und hörte urplötzlich auf zu lachen, »Sie werden verstehen, dass mich sein Tod nicht sonderlich traurig macht?«

»Nein«, antwortete Joshua, »das verstehen wir nicht. Warum haben Sie ihn so gehasst?«

Statt zu antworten, stand Groding auf und lief aus dem Raum. Van Bloom, der immer noch stand, lief ihm ein paar Schritte hinterher. Er sah, wie Groding den Kühlschrank öffnete. Er kam mit einer Flasche Mineralwasser zurück und füllte sich ein Glas. Damit hatte Joshua absolut nicht gerechnet. Nach einem kräftigen Schluck antwortete er.

»Ramon Schändler hat mich ruiniert. Fertig gemacht. So richtig fertig, verstehen Sie. Es gab mal eine Zeit, da habe ich ihn für einen guten Freund gehalten. Bis er mich fertig machte.«

Er trank sein Glas leer und füllte es erneut, diesmal bis zum Rand, auf.

»Würden Sie uns das ein bisschen genauer erklären, Herr Groding?«

»Haben Sie eine Zigarette für mich?«

Groding zerknüllte eine leere Schachtel und warf sie in eine Ecke des Zimmers. Joshua zog ein Päckchen Tabak aus seiner Jeansjacke und warf es ihm zu. Umständlich drehte Groding sich eine zu dick geratene Zigarette und zündete sie an. Glut fiel auf den Teppich, er zündete noch einmal und nahm einen tiefen Zug, bevor er antwortete.

»Na schön. Ich hatte einmal eine kleine, aber gut gehende Werbeagentur. Ich habe mir all die kleinen Fische geschnappt, die die bösen Haie mir überließen. Nach einiger Zeit wurde eine große deutsche Brauerei auf mich aufmerksam. Sie wollten das volle Programm von mir. Printmedien, Rundfunk, Fernsehspots, einfach alles. Leider hätte ich dafür meine Firma erheblich erweitern müssen und enorme Vorlaufkosten wären entstanden. Das war genau die Zeit, als Freund Ramon auf der Bildfläche erschien.«

Groding nahm einen Schluck aus seinem Glas und sog gierig an der Zigarette. Wasser tropfte von seinen Haaren herab.

»Er redete mir ein, das sei die Chance meines Lebens, da müsse ich einfach zugreifen. Natürlich rannte er bei mir damit offene Türen ein. Das Problem ist nur, eine Bank zu finden, die einem auf die Zusage eines Kunden hin einen hohen Kredit gibt. Aber dafür gibt es doch Freunde, sagte Ramon.«

Grodings Betonung wurde hämisch. Man konnte den Hass aus jedem seiner Worte heraushören.

»Er übernahm die Bürgschaft über einen Kredit von eins Komma zwei Millionen Euro gegen eine Beteiligung von zwanzig Prozent an der Firma. Hörte sich prima an. Lief auch prima an. Ich hatte Grafiker und Texter eingestellt und wir arbeiteten Tag und Nacht an der Kampagne.«

Joshua nahm sich den Tabak und begann sich eine Zigarette zu drehen. Dabei ließ er seinen Blick ständig auf Groding gerichtet.

»Auf einmal kam der Hammer. Als wir unsere Entwürfe fertig hatten und die Brauerei uns den Vertrag geben wollte, erschien Ramon Schändler und teilte mir

82

mit, dass er die Bürgschaft gekündigt habe. Er brauche nun selber einen Kredit für seine Firma und es täte ihm furchtbar Leid. Ich war am Ende. Die Bank zwang mich, die Firma zu verkaufen. Sie hatten auch bereits einen Käufer.«

»Lassen Sie mich raten, wen«, meldete Daniel sich.

»Genau. Wenn auch nicht direkt, sondern über einen Mittelsmann. Auf jeden Fall gehört sie jetzt zum Konsortium von Schändler. Mittlerweile weiß ich, dass die Sache von Anfang an ein abgekartetes Spiel gewesen ist. Schändlers Agentur hatte damals mit dieser Brauerei zusammengearbeitet. Man hat ihm nach einem Jahr wegen Erfolglosigkeit den Auftrag entzogen und ihn mir angeboten. Sie wollten frische und unverbrauchte Leute für ihre Werbung. Der Auftrag hatte übrigens ein Gesamtvolumen von über fünf Millionen. Vom Imagegewinn ganz zu schweigen. Können Sie mich jetzt verstehen?«

»Ich fürchte, nur zu gut«, antwortete Joshua.

Groding sah ihn verwundert an.

»Mein Kollege meint damit, Sie haben ein glänzendes Motiv und für die Tatzeit kein Alibi.«

Groding senkte den Kopf und stützte die Hände auf seine Knie.

»Ich konnte doch gestern nicht ahnen, dass sie ermordet werden.«

Joshua nickte zustimmend.

»Herr Groding, besitzen Sie eine Waffe?«

»Dann wären Sie vermutlich schon viel eher hier gewesen«, gab er unumwunden zu. Groding machte nicht den geringsten Versuch, seine Lage zu verbessern. Er schien sich entweder seiner Sache hundertprozentig sicher zu sein oder aber glänzend schauspielern zu können.

»Wann waren Sie zuletzt in Schändlers Villa?«

Groding nahm die leere Flasche und lief erneut zum Kühlschrank. Die Polizisten sahen sich verwundert an.

»Möchten Sie auch was trinken«, rief er aus der Küche, »ist allerdings nicht sehr kalt, der Kühlschrank ist im Eimer. Schon fast eine Woche. Ist eben kein Geld mehr da im Hause Groding.«

Daniel und Joshua verneinten und als Groding ihnen wieder gegenüber saß, beantwortete er endlich die Frage.

»Ist mindestens ein Jahr her. Sind sie dort ermordet worden?«

»Frau Schändler ist dort ermordet worden, nachdem zuvor die Alarmanlage fachmännisch außer Betrieb genommen wurde.«

Till Grodings schien nach wie vor desinteressiert an den Ausführungen seines Gesprächspartners zu sein. Nachdem er sich erneut ein Glas Mineralwasser eingeschüttet hatte, sah er Joshua an und nickte anerkennend.

»Da hat sich aber jemand ganz schön viel Mühe gegeben.«

»Ja«, mischte sich Daniel jetzt ein, »und ich kann mir auch schon denken, wer das war.«

Er gab Joshua ein Zeichen, aufzubrechen. Als dieser nickte, ging er zu Groding herüber.

»Wir fahren jetzt zum Präsidium und Sie begleiten uns, Herr Groding.«

Joshua stand ganz langsam auf und rieb sich das Kinn.

»Einen Moment noch, Daniel.«

Sein Kollege hielt ein Paar Handschellen in den Händen und stutzte. Joshua ging in die Küche und öffnete den Kühlschrank. Er war randvoll mit Bierflaschen gefüllt. Unter dem Einstellrad klemmte eine Dose Heringsfilet.

84

Sie hatte das Rad vermutlich auf null gestellt. Joshua zog mit einigem Kraftaufwand die Dose heraus und drehte an dem Einstellrad. Deutlich vernehmbar nahm der Kühlschrank seine Tätigkeit wieder auf. Er ging in den Flur und winkte Daniel zu sich herüber. Van Bloom schien für einen Moment zu überlegen, ob er Groding in Handschellen mitnehmen sollte.

»Wir lassen ihn hier. Der war wirklich nicht bei Schändler.«

Daniel wollte gerade protestieren, als Joshua an ihm vorbei ins Wohnzimmer ging.

»Herr Groding, wir nehmen Sie nicht fest. Aber Sie halten sich bitte zu unserer Verfügung und verlassen nicht die Stadt.«

Till Groding sah ihn lächelnd an.

»Haben Sie das verstanden, Herr Groding?«

Groding legte seine rechte Hand wie zu einem militärischen Gruß an seine Stirn.

»Klar Chef. Obwohl, ist eigentlich schade. Wo ich doch morgen für sechs Wochen in die Südsee wollte. Bisschen relaxen. Alloah-he und so, Sie verstehen?«

Joshua hob wortlos seinen rechten Arm zum Gruß und lief an dem immer noch wie angewurzelt im Flur stehenden Kollegen vorbei zur Wohnungstür. Jetzt erst begriff Daniel, dass sie Groding nicht mitnehmen würden und lief ins Wohnzimmer. Mit dem Aschenbecher in der Hand drehte van Bloom sich zu Joshua um. Dieser nickte, als Daniel die Kippen in einem Plastikbeutel verstaute und vorsichtig in die Innentasche seines Jacketts schob.

Die Wallstraße wurde von dem geschäftigen Trubel der Altstadt weitestgehend verschont. Einen Steinwurf weiter auf der Mittelstraße liefen sie bereits im Slalom durch

85

die Menge. Daniel wunderte sich über das geschäftige Treiben am Samstagnachmittag, hatte aber mehr damit zu kämpfen, seinen davon eilenden Kollegen nicht aus den Augen zu verlieren. Kurz vor der Benrather Straße holte er ihn ein. Joshua lief schnurstracks auf ein gegenüberliegendes Hotel zu.

»Unser Auto steht dort«, Daniel zeigte mit ausgestrecktem Arm auf die Tiefgarage. Joshua gab ihm die Autoschlüssel.

»Gehe doch schon mal zum Wagen, ich muss noch was klären.«

Daniel schüttelte wortlos den Kopf und folgte ihm.

Das Hotel war ausgebucht, es war mal wieder irgendeine Messe in der Stadt. Joshuas Ärger darüber hielt sich in Grenzen. Diese Preiskategorie hätte er sich ohnehin nicht lange leisten können. Ihm kam der Gedanke an seine finanzielle Zukunft, zumindest was die nächsten Tage betraf. Die Befürchtung, es könne sich um Wochen oder gar Monate handeln, verdrängte er sofort. Ein Blick auf seine Armbanduhr verhieß den nächsten Ärger. Dreißig Minuten bis zur Pressekonferenz, da mussten alle Straßen frei sein. Ruckartig drehte er sich herum und bemerkte erst jetzt, dass sein Kollege ihm gefolgt war. Er blickte ihm nur kurz in die Augen und lief in Richtung Parkhaus.

Joshua steckte die Chipkarte in den Automaten, woraufhin sich die Schranke öffnete.

»So Kollege, jetzt kläre mich doch mal auf.«

Daniel drehte sich halb zu ihm herüber und stützte seinen linken Ellenbogen dabei auf seiner Rückenlehne ab.

»Was soll sein, Meinungsverschiedenheit mit meiner Frau, kann vorkommen.«

Joshua ließ seinen Blick geradeaus auf die Fahrbahn gerichtet. Daniel blieb provozierend ruhig.

»Meine Güte, jetzt muss ich eben ein paar Tage ins Hotel. Was soll's?«

Van Bloom stieß seinen Atem aus, schob seine Lippen nach vorne und nickte dabei.

»Klar, verstehe, darum warst du auch heute Nacht im Krankenhaus. Und jetzt findest du kein Hotel.«

Joshua antwortete ihm nicht. Nach einer kurzen Pause überraschte van Bloom ihn.

»Kannst bei mir schlafen, bis du alles geklärt hast.«

Joshua zuckte mit den Schultern. Die Idee gefiel ihm nicht, aber seinem Kollegen vor den Kopf stoßen mochte er auch nicht. Die Chance, auf die Schnelle ein bezahlbares Hotel zu bekommen, stufte er als äußerst gering ein. Daniel schien seine Zweifel zu erraten.

»Mach dir keinen Kopf. Meine Bude ist groß genug und wir müssen uns ja deshalb nicht gleich lieben.«

»Okay. Danke.«

Daniel grinste und setzte sich wieder richtig hin. Sie standen im Rheinknietunnel. Nichts schien sich zu bewegen. Joshua trommelte nervös mit den Fingern auf's Lenkrad.

»Das meinte ich aber vorhin nicht«, Daniel nahm einen erneuten Anlauf, »wieso haben wir Groding nicht mitgenommen?«

Seine Frage klang sehr energisch. Joshua überlegte, was ihn wohl mehr verärgert hatte. Dass sie Groding nicht verhaftet hatten oder dass er seinem Kollegen keinen Grund dafür nannte. Er gestand sich ein, Daniel nicht gerade wie einen gleichberechtigten Partner zu behandeln. Joshua drehte sich zu ihm herum.

»Beide Morde sind höchst wahrscheinlich von derselben Person ausgeübt worden«, Joshua hob zuerst seinen rechten Daumen, dann seinen Zeigefinger, »Schändler hatte eine komplizierte Alarmanlage, eine, die nur ein technisch versierter Spezialist außer Betrieb setzen kann.«

Hinter ihnen hupte es. Joshua schloss zu seinem Vordermann auf.

»Und wer sagt dir, dass Groding das nicht kann. Du kennst ihn doch überhaupt nicht.«

Joshua atmete genervt ein.

»Daniel, der Typ ist zu blöd, um die Lampen zu wechseln. Sein Kühlschrank, der angeblich schon die ganze Woche kaputt ist, war einfach nur ausgeschaltet. Ich wette, der bekommt noch nicht einmal einen Nagel in die Wand. Der kann Alarmanlagen noch nicht einmal buchstabieren, geschweige denn manipulieren. Und noch was ganz Entscheidendes: Warum sollte Till Groding nach dem Mord an Schändler zu dessen Villa fahren, dort einbrechen und seine Frau erschießen?«

»Nur weil wir das nicht wissen, bedeutet es noch lange nicht, dass er es nicht war!«

Das Gespräch erreichte nun eine hitzige Atmosphäre.

»Und dass er im Augenblick der einzige Tatverdächtige sein soll, macht ihn noch nicht zum Doppelmörder.«

Mit zusammengekniffenen Augen sah Daniel seinen Partner an.

»Ich hoffe, du weißt, was du tust, Sherlock.«

Sie hatten das Ende des Tunnels erreicht und waren fast auf der A 52. Der Stau löste sich auf der dreispurigen Autobahn rasch auf. Aber es waren nur noch fünf Minuten bis zur Pressekonferenz.

»Das gibt Ärger mit König«, konstatierte Daniel nach einem kurzen Blick auf die Uhr. Statt dabei verstohlen auf seine Armbanduhr zu sehen, beugte er sich umständlich zur Fahrerseite herüber und las die Zeit vom Armaturenbrett ab. Joshua machte eine abfällige Handbewegung.

»Du wirst es überleben und mein Freund wird der König sowieso nie.«

Eine halbe Stunde zu spät trafen die beiden im Präsidium ein. Im Eingangsbereich liefen ihnen bereits einige hektische Medienvertreter entgegen. Fast alle hielten sich dabei eine Hand ans Ohr. Sie sahen beinahe aus wie eine andere Spezies Mensch.

Kurz vor ihrem Büro, das sie bis zu diesem Augenblick unbehelligt zu erreichen glaubten, trafen sie auf Elsing. Seine dunkle Gesichtsfarbe ließ eine wenig geruhsame Pressekonferenz erahnen.

»Sieh mal einer an. Die Kollegen Trempe und van Bloom lassen sich auch noch mal blicken. Ich komme gerade von einer Veranstaltung, zu der sie als Hauptattraktion geladen waren. Leider musste ich die Herrschaften entschuldigen«, sein bis dahin eher ruhiger, dafür aber umso zynischer Tonfall wechselte nun abrupt Lautstärke und Klang, »ich gehe davon aus, dass Sie einen triftigen Grund hatten, der Pressekonferenz nicht nur fernzubleiben, sondern auch auf jegliche telefonische Meldung zu verzichten!«

Joshua spürte seinen Puls nach oben schnellen. Wenn er eines nicht leiden konnte, so war das, sich durch die Medien von den Ermittlungen abhalten zu lassen. Doch das würde ihm nicht erspart bleiben. Laufend kamen neue Erlasse, die eine ausgedehntere Öffentlichkeitsarbeit verlangten. Der Umgang mit den Medien müsse moderner, zeitgemäßer werden. Was immer das zu bedeuten hatte, für Joshua war klar, dass es seine Arbeit nicht erleichtern würde. Irgendwann würde ein Fernsehsender die Exklusivrechte für eine Mordermittlung erwerben und Kreuzverhöre nachmittags live übertragen.

»Wenn du es als triftig ansiehst, einen Tatverdächtigen zu befragen. Wir können unsere Arbeit nicht immer mit den Medien absprechen«, giftete Joshua zurück.

»Mit den Medien nicht, aber mit mir«, Elsing brauste jetzt richtig auf, »wie stehe ich denn jetzt da, wie so ein Dorftrottel! Apropos Befragung, wo habt ihr denn diesen Groding?«

Van Bloom verschluckte sich an seinem Kaugummi und hustete lauthals los. Joshua konnte sich die Frage seines Vorgesetzten nicht erklären.

»In Düsseldorf, wir sahen keinen Grund, ihn festzunehmen.«

Elsing sah ihn mit offenem Mund an. Seine Atmung wurde hektischer, sein Gesicht verfärbte sich noch dunkler.

»Keinen Grund? Das glaube ich jetzt nicht. In der Redaktion des ›Blitz‹ hat sich ein Zeuge gemeldet, der am ersten Tatort einen dunkelblauen BMW gesehen hat. Das Kennzeichen konnte er sich auch merken. Und nun ratet mal, wer der Halter ist, hä?«

Daniel hatte sein Husten beendet und wollte gerade antworten, als Elsing ihm das Wort abschnitt.

»Genau, Till Groding aus Düsseldorf. Ich habe den versammelten Medienvertretern mitgeteilt, dass unsere besten Leute bereits nach Düsseldorf unterwegs sind, um den Mann festzunehmen. Prima Leute habe ich da.«

Van Bloom sah Joshua provozierend an.

»Okay, es war meine Schuld. Wir fahren sofort wieder zurück.«

»Das will ich meinen. Die Kollegen aus Düsseldorf sind bereits verständigt. Eine Durchsuchungsanordnung liegt bereits vor, Haftbefehl ist erlassen.«

»Haben wir die Adresse von diesem Zeugen?«

Elsing stieß einen leisen Seufzer aus und hob hilflos die Arme.

»Nein, es war ein anonymer Anruf.«

Daniel und Joshua schwiegen bis kurz vor Düsseldorf. Joshua verstand das alles nicht. Sollte ihn sein Instinkt verlassen haben? Er traf oft Entscheidungen spontan aus dem Bauch heraus und lag meist richtig. Sein Verstand sagte ihm immer noch, dass Groding nichts damit zu tun hatte. Es machte einfach keinen Sinn. Einen Doppelmord begehen und dann friedlich in seiner Wohnung auf die Polizei zu warten. Dieser anonyme Anruf. Warum anonym? Warum erst jetzt?

Daniel nahm seine Krawatte ab und knotete sie vor der heruntergeklappten Sonnenblende neu. Der Verkehr in der Düsseldorfer Innenstadt war auf seinem Höhepunkt. Im Schneckentempo quälten sie sich von Ampel zu Ampel. Joshua wurde nervös. Sollte Elsing Recht behalten, würde er in der nächsten Zeit wohl kaum mit einer Beurteilung rechnen können, die ihm den Weg ins LKA ebnete. Plötzlich musste Joshua an seine Kinder denken, an David und Britt. Er vermisste sie sehr. Ohne seine Familie würde er nie mehr glücklich werden. Heute Abend, nahm Joshua sich erneut vor, würde er mit Janine telefonieren. Er setzte sehr viel Hoffnung in dieses Gespräch. Seine Gedanken flogen hin und her wie ein Tennisball und abrupt war er wieder bei seinem Job. Er spürte Energie in seinen Körper steigen. Zentimeter um Zentimeter, vom Kopf abwärts bis in alle Muskeln. Er war sich nun wieder ganz sicher, richtig gehandelt zu haben. Dieser Fall lag ganz anders und das würde er beweisen. So ehrgeizig und kämpferisch wie selten in letzter Zeit, brach er das Schweigen.

»Na Daniel, freust du dich schon auf deinen Mörder?«

Van Bloom zuckte zusammen. Er schien in Gedanken ganz woanders gewesen zu sein. Nachdenklich sah er ihn an.

»Mein Gott, mach dir doch jetzt keine Vorwürfe. Jeder kann sich mal irren. Das biegen wir schon wieder hin.«

Joshua grinste seinen Kollegen an. Van Bloom schien sich völlig sicher zu sein. Er hielt ihn für oberflächlich.

»Klar doch. Groding hat kein Alibi, dazu noch ein anonymer Zeuge und das Motiv. Scheint ja alles klar zu sein.«

»Es fällt dir schwer, einen Fehler zuzugeben, richtig?«

»Eigentlich nicht. Das Problem ist nur, ich sehe den Fehler nicht.«

Daniel schüttelte den Kopf und ließ sich in den Sitz zurückfallen. Umständlich zog er sich eine Falte aus seiner Hose. Danach spuckte er auf ein Papiertaschentuch und strich mit diesem über seine Schuhe.

Joshua gestand sich ein, er hätte Groding zur erkennungsdienstlichen Behandlung mitnehmen sollen. So wäre ihm diese Panne, wie es seine Kollegen jetzt offensichtlich sahen, erspart geblieben. Aber hätte er gegen seine Überzeugung handeln sollen? Das war es eigentlich, was ihm schwer fiel.

Joshua parkte dieses Mal nicht im Parkhaus, sondern fuhr durch die Fußgängerzone. Von der Kasernenstraße aus konnte man jederzeit ungehindert in die Wallstraße einbiegen. Daniel sah verwundert aus. Das hätte sein Kollege ihm auch vorhin sagen können, schien er zu denken. Auf der Wallstraße parkten drei Polizeifahrzeuge. Die

Haustür stand auf, oben angekommen, zeigten sie einem Kollegen in Uniform ihre Dienstausweise.

»Ah, die Krefelder Kollegen.«

Ein kleiner muskulöser Mann um die fünfzig kam ihnen im Flur entgegen. Er hielt Joshua seinen ausgestreckten Arm entgegen. Sein Händedruck war äußerst fest, die Innenfläche seiner Hand schweißfeucht. Angewidert wischte Joshua sich seine Hand an der Hose ab. Der Kollege, der sich als Hauptkommissar Ginster vorstellte, grinste ihn breit an.

»Ja, so ist das. Wenn man nicht alles selber macht. Ihr hättet uns mal eher einschalten sollen, jetzt ist euer Vögelchen ausgeflogen. Habe gehört, der soll zwei Morde begangen haben. In eurer Haut möchte ich jetzt auch nicht stecken.«

Ist aber auch eine richtige Frohnatur, dieser Ginster, dachte Joshua. Er war sich sicher, dass Groding wiederkommen würde. Diese Sicherheit sollte jedoch rasch verfliegen. Ginster ließ sich von einem Kollegen einen Spurenbeutel geben.

»Voilà, die Tatwaffe, wie ich annehme. Eine Makarov PB, neun Millimeter. Lag friedlich unter seinem Kopfkissen.«

»Schöne Scheiße«, entfuhr es Daniel van Bloom. Joshua sah wie in Trance auf die Tüte mit der Pistole.

»Eine Ringfahndung ist eingeleitet«, nahm Ginster den Faden wieder auf, »sein Fahrzeug haben wir bereits sichergestellt. Es befand sich im Parkhaus am Carlsplatz. Wir haben eine Monatsabrechnung von denen gefunden und sind gleich …«

»Der Wagen muss sofort zur Kriminaltechnik, da ist was faul«, unterbrach Joshua ihn.

»Natürlich, wir sind hier nicht alle blöd!«

Ginsters Grinsen war mit einem Mal verschwunden.

»Zwei Kollegen sind bereits bei der Taxizentrale an der Kölner Straße. Aber so dämlich wird er wohl nicht sein.«

»Immerhin flüchtet Groding zu Fuß oder mit öffentlichen Verkehrsmitteln, obwohl sein Auto praktisch nebenan steht.«

Daniel versuchte sich einen Reim darauf zu machen, warum Groding so handelte. Joshua ging derweil langsam durch die Wohnung und inspizierte alle Räume. Die Kollegen befanden sich im Aufbruch. Sie hatten noch einen Teil seiner Kleidung und einige Paar Schuhe mitgenommen. Joshua sah sich im Wohnzimmer um. Alles sah noch so aus wie am Nachmittag bei ihrem Besuch. Und doch schien irgendetwas anders zu sein. Ginster rief ein lautes »Tschüss und viel Spaß noch« durch den Flur. Joshua antwortete nicht, setzte sich stattdessen in den Sessel, in dem er am Nachmittag auch gesessen hatte. Daniel setzte sich neben ihm auf die Lehne.

»Was wird das denn jetzt?«

Joshua sah ihn kurz an und blickte sich wortlos weiter um. Daniel sprang hektisch auf und lief nervös im Zimmer auf und ab.

»Also, ich will dir ja nicht reinreden. Aber wir sollten uns schleunigst darum kümmern, den Mieter dieser Wohnung zu bekommen. Wenn wir ohne Groding zurückkommen, kriegt Winnie einen Herzkasper und das möchte ich nicht unbedingt erleben.«

»Irgendwas stimmt hier nicht«, murmelte Joshua. Daniel wurde langsam wütend.

»Mit dir stimmt irgendwas nicht, Joshua! Die Kollegen haben vorhin die Tatwaffe hier in dieser Wohnung gefunden. Was willst du denn noch? Gib doch verdammt noch mal zu, dass du falsch gelegen hast.«

94

Joshua stand langsam auf und ging auf seinen Kollegen zu.

»Das glaube ich nicht. Ich kann dir nicht erklären, warum. Aber ich glaube es nicht.«

Im Türrahmen des Korridors drehte er sich noch einmal um und ließ seinen Blick durch das Wohnzimmer gleiten. Es kam ihm so vor, als hielte dieser Raum eine wichtige Antwort vor ihm versteckt. Nachdenklich ging er zur Wohnungstür. Im Treppenhaus drehte er sich zu seinem Kollegen herum.

»Okay, wo fangen wir an?«

Daniel stieß erleichtert Luft aus der Nase.

»Bei den Nachbarn, würde ich sagen.«

Es stellte sich heraus, dass Groding so gut wie keine nachbarschaftlichen Kontakte pflegte. Über die Werbeagentur Schändler bekam er die Adresse seiner ehemaligen Agentur heraus. Sie befand sich auf einem alten Fabrikgelände in Oberbilk. Nach zwanzig Minuten standen sie vor dem gläsernen Neubau. Neben den ehemaligen und zum Teil verfallenen Lagerhallen einer Speditionsfirma wirkte dieses Haus wie ein Mausoleum auf einem katholischen Friedhof. Die kleine Theke im Foyer war verwaist. Joshua wollte gerade rufen, als ein junger Mann sie abholte und in sein Büro geleitete. Dennis Felgenhauer, ein junger Grafiker, begrüßte sie freundlich und bot ihnen Mineralwasser an.

»Nein danke, Herr Felgenhauer, wir kommen wegen Till Groding.«

Felgenhauers Miene verdunkelte sich. Nachdenklich sah er zur Decke, bevor er antwortete.

»Das war schon eine miese Geschichte … Der Till hat mich damals in die Firma geholt. Ich bin neben der Marita auch der Einzige, der von der alten Garde noch hier

95

ist. Die anderen wurden mittlerweile alle von Schändlers Leuten ersetzt. Ist alles Mist, aber was soll ich machen? Die Jobs liegen nicht auf der Straße.«

Van Bloom räusperte sich.

»Herr Felgenhauer, unser Besuch hat leider einen traurigen Grund. Herr und Frau Schändler sind gestern ermordet worden. In diesem Zusammenhang suchen wir Till Groding. Haben Sie eine Ahnung, wo er sich im Augenblick aufhalten könnte?«

Felgenhauer sackte in sich zusammen und wurde kreidebleich.

»Nein …, bloß das nicht«, stammelte er. Sekunden später fasste er sich wieder.

»Nein, ich weiß es nicht. In seiner Wohnung waren Sie ja vermutlich schon.«

»Ja, natürlich. Hat er Freunde oder Verwandte, bei denen er sich aufhalten könnte?«

Joshua verhielt sich die ganze Zeit ruhig, überließ seinem Kollegen die Befragung. Er wirkte leicht zerstreut, schien mit seinen Gedanken woanders zu sein.

»Verwandte, nein, ich wüsste nicht. Seine Eltern sind schon lange tot und Freunde, hm. Nein, seine Freunde waren eigentlich die Kollegen, nein ich wüsste nicht …«

Sie verabschiedeten sich von Dennis Felgenhauer und gaben ihm noch eine Visitenkarte, bevor sie die Agentur verließen.

»Tja, das wird wohl heute nichts mehr«, konstatierte Daniel, »sag mal, was ist denn mit dir los, du hast kein Wort gesagt?«

»Lass uns zurückfahren, es ist gleich sieben.«

Joshuas Stimme klang resigniert, fast enttäuscht. Er wurde das Gefühl nicht los, etwas Entscheidendes übersehen zu haben. Ein kleines, aber wichtiges Detail. Groding

96

konnte nicht wissen, dass sie wiederkamen. Warum sollte er verschwinden? Oder warum jetzt und so überhastet. Die Wohnung machte nicht den Eindruck, als wollte sie jemand für längere Zeit verlassen. Sein Auto befand sich noch in der Nähe, was ebenfalls nicht auf eine überstürzte Flucht hindeutete.

Um halb acht saßen sie im Büro. Elsing hatte seitlich von ihnen auf dem Besucherstuhl Platz genommen.

Joshua berichtete ihm alles und wies noch einmal darauf hin, dass er Groding nicht für den Mörder hielt.

»Meine Güte, Joshua. Was ist mit dir los?«, Elsing sah ihn an wie ein Vater seinen Sohn, der nicht gehorchen wollte, »die Kriminaltechnik hat eben angerufen. Es ist einwandfrei die Tatwaffe! Die DNA an den Zigaretten aus seiner Wohnung und denen von den Tatorten sind ebenfalls identisch. Ebenso stammen die Fußabdrücke bei Schändler von Sportschuhen, die wir bei ihm gefunden haben. Was willst du denn noch. Wir können nur hoffen, dass wir ihn schnell genug kriegen.«

Joshua fand keine Erklärung dafür. Langsam kamen ihm erste leise Zweifel.

»Was ist eigentlich mit diesem Maiboom. War der mittlerweile hier?«

»Ja, da war ein Jörg Maiboom. Kalle hat ihn vernommen. Der hat aber schon Feierabend gemacht. Das Protokoll müsste auf deinem Schreibtisch liegen.«

Joshua fand es auf dem Stapel Fahrtenbücher. Die mussten sie noch zurückbringen, er hatte es versprochen. Maiboom erklärte in dem Protokoll, dass er sein Dienstfahrzeug in der letzten Zeit häufig mit nach Hause genommen habe und es auf der Straße parkte. Für die Tatzeitpunkte besaß er jeweils ein Alibi, ebenso für die Zeit, als Schändlers Alarmanlage außer Betrieb gesetzt wurde. Die über-

97

schüssigen Kilometer konnte er sich nicht erklären. Entgegen der Vorschrift habe er das Fahrtenbuch meistens nur einmal im Monat ausgefüllt.

»Alibis überprüft« stand handschriftlich daneben vermerkt. Wortlos hielt er Daniel das Protokoll hin. Tatsächlich schien alles auf Groding hinzudeuten. Aber Joshua konnte sich nicht vorstellen, dass dieser Groding es geschafft haben sollte, das Auto der Security-Firma zu stehlen und die Alarmanlage zu manipulieren. Sollte Groding tatsächlich der Täter sein, so war Joshua sich sicher, müsste er einen Komplizen gehabt haben. Aber welches Motiv sollte dieser Komplize haben. Es ergab keinen Sinn. Vielleicht lag die Lösung ja in Schändlers Tresor?

8

Daniel fuhr über die Sankt-Anton-Straße in Richtung Stadtzentrum. Joshua dachte daran, dass er bislang überhaupt nicht wusste, wo sein Kollege wohnte. Er hatte noch schnell die Sporttaschen aus seinem Wagen geholt und war zu Daniel ins Auto gestiegen. Im Wagen zog es aus allen Ritzen. Das Verdeck müsste dringend erneuert werden. Daniel verstand die Blicke seines Kollegen.

»Der Wagen ist vierzig Jahre alt. Damals hat man noch nicht soviel Wert auf Verarbeitung gelegt.«

Nachdem Daniel den Rückwärtsgang eingefädelt hatte wie einen Faden in ein Nadelöhr, bogen sie in eine Parklücke ein.

»Das Schätzchen hat eben noch Charakter.«

Das zwölfstöckige Haus in der Nähe des Bahnhofes verfügte über zwei Aufzüge und ein marmorvertäfeltes Treppenhaus. Als wolle er die Stille des Hauses, die nur vom Surren der Aufzugmotoren unterbrochen wurde, erklären, merkte Daniel an, dass sie allein im ganzen Haus wären. In dem Haus befanden sich, bis auf seine Penthousewohnung ausschließlich Büros.

Joshua war sprachlos, als er die riesige Wohnung seines Kollegen betrat. Das Wohnzimmer hatte beinahe die Ausmaße eines Tennisfeldes. An der Stirnseite befand sich eine durchgehende Fensterfront, durch die man kilometerweit über die Stadt blicken konnte. Überall lagen dicke, helle Teppiche auf dem aus dunklem Granit gefliesten Fußboden. In der Mitte des Raumes befand sich eine moderne weiße Ledergarnitur, die sich großzügig um einen schlichten, aber eleganten Glastisch säumte. An einer anderen Stelle des Raumes standen mehrere wie zu einer Pyramide aufgetürmte große Gefäße mit Palmen und Farnen. Schränke gab es hier nicht. Stattdessen lockerten mehrere bunte Porzellanwassersäulen den Raum auf. Die Wände waren dezent mit modernen Bildern bekleidet und verliehen dem Raum etwas von dem Ambiente einer Galerie. Ein Fernseher mit dem Bildschirm einer kleinen Kinoleinwand und eine edle Stereoanlage befanden sich an der der Fensterfront gegenüberliegenden Wand. Davor stand in ungefähr vier Metern Abstand ein weiteres Sofa der gleichen Marke.

Der Duft einer Frühlingswiese erfüllte den Raum. Daniel nahm sich eine Fernbedienung von einer mitten im Raum befindlichen gläsernen Vitrine und Sekunden später wechselte die helle Deckenbeleuchtung in gedämpftes Licht aus unsichtbaren Quellen. Im gleichen Augenblick begann Chris de Burgh den Raum zu beschallen. Daniel bemerkte, dass Joshuas Blick an einem großen Glaspokal hängen blieb, der oben auf der Glasvitrine thronte. Er las die eingravierten Worte: »Ich kämpfe für Gerechtigkeit.«

»Mein ganzer Stolz. Einer meiner Vorfahren war Richter. Ist sehr lange her. Der Pokal ist von 1780 und seitdem in Familienbesitz. Unbezahlbar, vor allem, wenn man den ideellen Wert berücksichtigt. Meine Mutter hat ihn mir zur bestandenen Prüfung übergeben, weil ich mittlerweile der Einzige in der Familie bin, der sich beruflich für die Gerechtigkeit einsetzt.«

»Dann solltest du dir eine Frau suchen, damit die Kette nicht abreißt.« Daniel grinste und nahm den Pokal vorsichtig herunter. Suchend blickte er sich im Wohnzimmer um. Schließlich stellte er ihn vorsichtig auf den Boden neben die Stereoanlage und klemmte ihn mit einem CD-Regal etwas ein. Joshua beäugte ihn misstrauisch, verkniff sich aber einen Kommentar dazu.

Daniel führte ihn durch die Wohnung. Joshua kam es so vor, als sei er bei einem reichen Filmstar zu Gast. Allein das Badezimmer war größer und vermutlich auch teurer als sein Wohnzimmer. Natürlich gab es auch ein Gästezimmer für ihn und eine Küche, die so manchem kleinen Restaurant genügen würde. Joshua hatte nicht viel Ahnung von moderner Inneneinrichtung und dessen Auswirkung auf das Bankkonto. Aber diese Wohnung samt Inhalt würde sein Budget mehr als sprengen, das war ihm sofort klar.

»Sag mal Daniel, was machst du eigentlich so nebenbei?«

Daniel grinste ihn an.

»Ich meine, wir haben doch in etwa dasselbe Einkommen, oder habe ich da was nicht mitbekommen?«

Van Bloom musste lachen.

»Das meinst du. Nein, von meinem Gehalt könnte ich mir dieses Penthouse und die anderen Annehmlichkeiten nicht leisten.«

Sie standen in der Küche. Daniel machte den Kühlschrank auf und zog eine Flasche Mineralwasser für sich und ein Bier für Joshua heraus. Daraufhin lotste er ihn in ein geräumiges helles Büro.

»Hier mache ich mein Geld. Oder genauer gesagt weltweit an den Börsen. Seit meiner Jugend fasziniert mich das Metier. Als meine Freunde sich die ersten Mofas kauften, habe ich mir Aktien der Deutschen Bank zugelegt. Mittlerweile besitze ich ein Portfolio, das es mir gestatten würde, vorzeitig in den Ruhestand zu wechseln. Aber wer will das schon, bei den Kollegen.«

Bei dem letzten Satz prostete er Joshua zu. Dieser sah sich eine ungefähr zwei Quadratmeter große Tafel hinter dem ausladenden Schreibtisch an. Die verschiedenfarbigen Zickzacklinien sahen wie die Konturen eines Gebirges aus. Überall standen Zahlen auf den Linien. Daniel erklärte es ihm.

»Das sind Verlaufskurven von Aktienkursen. Ist sehr altmodisch, normalerweise macht man das heute auf dem PC. Aber ich habe halt gerne den sofortigen Überblick, wenn ich mein Büro betrete.«

»Aha, und das klappt immer so mit den Aktien. Ich meine, es gibt doch auch diese Crashs, oder? Ziehst du dann hier aus?«

Daniel hob die Augenbrauen und sah ihn mit verklärtem Blick an.

»Das kann natürlich passieren. Aber dann ziehst du auch aus. Denn das würde bedeuten, dass die komplette Wirtschaft am Boden liegt.«

Joshua sah ihn verwundert an.

»Ich setze mittlerweile einen Großteil auf stabile Werte. Unternehmen, die sich schon lange auf dem Weltmarkt etabliert haben. Selbst wenn es da mal einem schlechter geht. Das fangen die anderen wieder auf. Im Übrigen ist ein Crash, wenn er sich rechtzeitig ankündigt, wie ein Sechser im Lotto.«

Joshua konnte seinen Ausführungen kaum folgen.

»Warum sollte sich ein Crash rechtzeitig ankündigen? Dann wäre es ja kein Crash mehr, oder?«

»Könnte man meinen. Aber nimm doch mal zum Beispiel den letzten Golfkrieg. Kam der völlig überraschend? Nein, kam er nicht. Trotzdem haben bis kurz vorher alle an ihren Aktien festgehalten. Ist ja auch nicht so verkehrt, denn irgendwann erreichen sie ihren Kurs wieder. Aber was machen die Leute? Kaum fällt die erste Bombe, kommt es zu Panikverkäufen und eine Kettenreaktion wird in Gang gesetzt. Stopp-Loss-Order greifen automatisch und beschleunigen die ganze Geschichte.«

Daniel schien jetzt richtig Spaß an der Sache zu bekommen.

»Ich habe zum Beispiel einen Monat vor dem ersten Golfkrieg alle meine Aktien verkauft. Zusätzlich noch das Erbe meiner Eltern auszahlen lassen und mitten in diesem Krieg eingekauft. Von dem Gewinn stammt diese schöne Wohnung hier.«

Joshua lehnte am Schreibtisch und wusste nicht mehr, was er sagen sollte. Das hörte sich alles so einfach an. So als ob jeder auf diese Art reich werden könnte. Daniel holte ihm noch eine Flasche Bier aus dem Kühlschrank und sie setzten sich ins Wohnzimmer. Sie philosophierten noch über die Weltwirtschaft und die Politik. Daniel meinte, selbst Osama bin Laden hätte wirtschaftliche Hintergründe gehabt haben können. Immerhin war er ja Milliardär und da konnte es sich schon mal lohnen, die Kurse absehbar in den Keller zu treiben. Joshua kam das alles so unwirklich vor. Als wäre er in eine andere Welt eingetaucht.

»Warum kommst du eigentlich mit so einem klapprigen Oldtimer zum Dienst, statt mit einem Porsche?«

Daniel schien auf diese Frage gewartet zu haben. Ein stolzes Grinsen machte sich auf seinem Gesicht breit.

»Understatement, Joshua. Ja, so könnte man es nennen. Was soll Winnie denn denken, wenn ich einen Porsche neben seinen Opel abstelle? Halte ich sowieso nichts von.

Von Porsche meine ich, bei Winnie bin ich mir noch nicht so sicher. Außerdem habe ich unten in der Tiefgarage noch einen Jag stehen, für Sonntags.«

»Du hast was?«

»Einen Jaguar, Zwölfzylinder. Britischgrün. Kann ich dir mal zeigen.«

Joshua nutzte die Gelegenheit. Er wollte noch irgendwo was trinken gehen, seine Frau anrufen und einen Spaziergang machen. Daniel gab ihm einen Zweitschlüssel und begleitete ihn nach unten. Beim Anblick des Jaguars bekam Joshua feuchte Augen. Er beneidete seinen Kollegen darum. Daniel wedelte mit einem Schlüsselbund vor seinen Augen. Joshua überlegte kurz. Eine innere Stimme sagte ihm, es zu lassen. Er gehorchte ihr.

»Danke, aber weißt du, mein Opa hat immer gesagt: Gott schütze uns vor Sturm und Wind und Autos, die aus England sind.«

Als er in die gekränkten Augen des Kollegen sah, haute er ihm auf die Schulter und lachte.

»Ich bin jetzt schon so neidisch auf dich, wenn ich noch deinen Jaguar fahre, spreche ich kein Wort mehr mit dir.«

Joshua tippte die Nummer seiner Frau ein. Mit einem Ohr am Handy lief er ziellos durch die Innenstadt. Es meldete sich niemand. Sollte er sich doch den Jaguar leihen und zu seiner Familie fahren? Mitten in seine Überlegungen meldete sich seine Frau.

»Hallo Joshua. Nett, dass du anrufst.«

Ihre Stimme klang kühl. Nicht so vertraut und warm, wie sonst. Was war geschehen seit gestern, dachte er.

»Ja, ich freue mich auch, deine Stimme zu hören. Wie geht es dir und den Kindern? Vermisst ihr mich?«

Er biss sich auf die Zunge für seinen letzten Satz. Am anderen Ende war es für Sekunden still.

»Ja, die Kinder vermissen dich.«

»Nur die Kinder?«

»Joshua.«

Sie sprach seinen Namen in einem merkwürdigen Tonfall aus. Er würde dieses Wort noch die ganze Nacht im Sinn haben.

»Wir haben den Fall fast gelöst. Ich werde dann zu Winnie gehen und die Versetzung ins LKA anleiern, versprochen.«

Er vernahm ihren Atem. So hörte er sich nur an, wenn man sie nervte. Ihm war in dieser Sekunde auch nicht klar, welche Reaktion er erwartet hatte.

»Das wäre schön, aber ob es für uns reicht?«

Nun begann sein Puls zu rasen. Was denn noch, war es nicht das, was sie verlangte. Sie spürte seine plötzliche Verunsicherung.

»Mir ist in der letzten Zeit einiges klar geworden, Joshua. Du hast eigentlich immer nur an dich gedacht. Alle mussten Verständnis für dich und deine Arbeit aufbringen. Alles andere musste untergeordnet werden. Hast du mich einmal nach meinen Wünschen gefragt?«

Er spürte einen Kloß in seinem Hals. Sie hatte ihn völlig überrascht. Er war immer im Glauben, sie war glücklich an seiner Seite.

»Janine, lass uns in Ruhe darüber reden. Ich werde mich ändern, eine andere Stelle annehmen und viel mehr Zeit für dich und die Kinder haben. Bitte, Janine!«

Wieder hörte er, wie sie schwerfällig ausatmete.

»Okay, ich bin auch nicht gut drauf im Moment. Das ist alles zu viel für mich. Komm doch morgen Abend vorbei und wir reden darüber, in Ordnung?«

»Ja. Ja, in Ordnung.«

Ohne zu überlegen antwortete er ihr und sie beendeten das Gespräch. Ihm kam es so vor, als ob jemand den Boden unter seinen Füßen wegzöge. Warum hatte sie nie darüber gesprochen, ihm eine Chance gegeben, etwas zu ändern? Oder hatte sie es? Die Zweifel fühlten sich wie Nadelstiche an. Es begann zu regnen. Joshua lief ziellos durch die Häuserschluchten der Innenstadt. Er fühlte sich einsam und ausgesetzt. Insgeheim hoffte er, dass Groding doch der Täter war und er Zeit bekommen würde. Zeit, die er dringend brauchte, um seine Ehe zu retten. Aber das würde nur eine vorübergehende, oberflächliche Idylle bedeuten. In diesem Fall bräuchte er Winnie die nächsten Wochen nicht um eine Beurteilung zu bitten. Es war ein Teufelskreis. Der Regen drang in sein T-Shirt, er zog die Lederjacke zu. Ein älterer Mann wankte aus einer Eckkneipe und rempelte ihn an. Joshua ging in die Kneipe, setzte sich an den Tresen und bestellte ein großes Bier. Er wollte vergessen, zumindest verdrängen.

Neben ihm saß ein dunkelhaariger Mann mit mächtigem Vollbart. Joshua schätzte sein Alter auf Mitte dreißig. Er schien sich mit sich selber zu unterhalten. Als er Joshua mit seinen kleinen tief zurückliegenden braunen Augen ansah, stellte er sich vor.

»Gestatten. Georg, Philosophiestudent.«

Joshua musste unweigerlich lachen. So was in der Art hatte er sich gedacht. Er gab ihm seine Hand und stellte sich mit Vornamen vor.

»Bist du auch ein Opfer deines Bewusstseins?« Georg wartete die Antwort gar nicht erst ab.

»Natürlich bist du das. Wir sind alle Gefangene unseres Bewusstseins.«

Als der Wirt ihn fragend ansah, bestellte Joshua sich ein großes Bier.

»Hast du jemals das siebte Buch Platos gelesen?«

Joshua musste erneut lachen. Sah er wirklich so aus, als würde er antike Bücher lesen?

»In letzter Zeit nicht, warum?«

»Kennst du etwa auch nicht das Höhlengleichnis?«

Georg sah ihn mit einem vorwurfsvollen Blick an, der groteskerweise äußerst echt wirkte.

»Macht nichts. Ich kann es dir ja erklären.«

Joshua mochte solche ungebetenen Gespräche für gewöhnlich nicht. Dieses Mal war er fast dankbar für die Zerstreuung. Sein Gesprächspartner drehte auffällig an seinem leeren Bierglas. Joshua verstand und bestellte ihm ein Bier. Es schien der Preis für eine Lektion in Philosophie zu sein.

»Also«, begann Georg langatmig, »beim Höhlengleichnis geht es darum, dass eine Gruppe von Menschen in einer Höhle sitzt. Sie sind alle gefesselt und können weder ihre Glieder noch ihre Köpfe bewegen. Ihr Blick ist starr nach oben gerichtet auf ein riesiges Loch, das zur Außenwelt führt.«

Der Wirt brachte ihm schmunzelnd ein Bier und machte den Strich ungefragt auf Joshuas Deckel.

»Na Plato, hast du wieder ein Opfer gefunden?«

Georg winkte genervt ab.

»Jetzt kommt es: Zwischen ihnen und der Außenwelt lodert ein großes Feuer. Über der Öffnung laufen ständig Menschen vorbei und Geräte werden vorbeigetragen. Das Einzige, was die Menschen in der Höhle davon sehen können, sind Schatten. Sie sehen ihr Leben lang nur Schatten von der Außenwelt«, Georg nahm einen kräftigen Schluck aus seinem Glas. »Mit der Zeit kennen sie die genauen Abläufe, wissen genau, wann welcher Schatten auftaucht und spielen mit diesem Wissen.«

Georg setzte das Glas erneut an und trank es leer. Wieder sah er Joshua an. Der Wirt kannte seinen Gast anscheinend ganz genau und stellte unverzüglich ein frisches Bier vor ihn auf die Theke. Joshua überschlug kurz, dass ihm je vier Sätze dieses Referates ein Bier kosteten. Es war ihm egal.

»Und jetzt kommt's«, schon wieder, dachte Joshua, »eines Tages gelingt einem von ihnen die Flucht nach draußen. Plötzlich kann er den Himmel sehen. Er sieht den Mond und die Sterne und er stellt fest, dass die Schatten Gesichter haben. Als man ihn entdeckt, sperrt man ihn wieder in die Höhle.«

Wieder trank er das Glas halb leer.

»Nun erzählt er den anderen von seinem Gesehenen. Was glaubst du, wie haben sie reagiert?«

Während er Joshua Zeit für seine Antwort gab, trank er sein Glas leer.

»Keine Ahnung.«

»Die Menschen in der Höhle haben ihn zunächst ausgelacht, als Lügner bezeichnet. Später hätten sie ihn am liebsten umgebracht. Er wollte ihr gesamtes Weltbild zerstören. Was er ihnen mitteilte, lag außerhalb ihres Bewusstseins und konnte unmöglich wahr sein. Na, was sagst du jetzt?«

Joshua bestellte zwei Bier und grinste ihn an.

»Ich bin überwältigt.«

Georg senkte seinen Blick und murmelte.

»Ja, das geht allen so. Dieses Gleichnis gilt bis in unsere heutige Zeit.«

Joshua fiel absolut keine praktische Anwendung für dieses Gleichnis ein. Er trank sein Glas leer und sah seinen Gesprächspartner lächelnd an.

Der Student erhob sein Gesicht und deutete mit erhobenem Zeigefinger eine besondere Wichtigkeit an.

108

»Mein lieber Freund. Lasse dir gesagt sein, es sind nur die Schatten der Wirklichkeit, die wir sehen!«

Joshua bezahlte seinen Deckel und verabschiedete sich.

Kurz nach Mitternacht betrat er völlig durchnässt die Wohnung seines Kollegen. Er warf die Jacke auf das Glasregal im Wohnzimmer. Anschließend ließ er sich der Länge nach auf das weiße Ledersofa fallen.

9

»Wie weit sind wir, meine Herren? Oh, entschuldigen Sie vielmals.«

Er sah die Frau mit den kastanienroten Haaren süffisant lächelnd an. Sie verzog keine Miene. Manchmal tat es ihr Leid, diese Partnerschaft eingegangen zu sein. Aber die monatlichen Überweisungen beruhigten ihr schlechtes Gewissen und den Ekel auf ihn regelmäßig. Ein übergewichtiger stämmiger Mann mit Nickelbrille meldete sich zu Wort.

»Es läuft alles bestens, wir liegen im Plan und ...«

»Was heißt das konkret?«, fuhr der Mann, den sie nur Boss nannten, dazwischen.

»Nun, ich meine«, er wirkte nervös, der Geruch seines Schweißes breitete sich allmählich im Raum aus, »wir kommen gut voran. Dinslaken war ein voller Erfolg. Das Experiment mit dieser Bio-Firma ebenfalls«, er setzte ein zufriedenes Lächeln auf. Dieses Experiment hatte den Etat für die nächsten Jahre gesichert und die Grundlage für den weiteren Erfolg geschaffen. Jeder war sich darüber im Klaren, dass der Boss davon am meisten profitierte, aber keiner wagte, es laut auszusprechen. Man munkelte, er habe sein gesamtes, nicht unerhebliches Kapital in Aktien dieses Unternehmens investiert. »Mit dem Tankstellen-Experiment waren wir äußerst erfolgreich. ARAL Deutschland vermeldet Umsatzrückgänge von fünfzehn Prozent. Deutschlandweit wohlgemerkt. Und das, obwohl wir bislang nur in Nordrhein-Westfalen operieren. Die Konkurrenz steht sozusagen schon Gewehr bei Fuß. Wenn die wüssten …«

Der Stämmige bog sich vor Lachen, soweit es sein ausladender Bauch zuließ.

»In Ordnung. Was ist mit euch?«

Der Boss deutete auf einen smarten, schlanken und gebräunten Mann in schwarzem Anzug.

»Alles bestens, wir haben einen Neuen bei der Werbeagentur. Der weiß nur das Nötigste, zieht aber mit.«

»Alles bestens? Ich hör wohl schlecht!«

Der Boss brüllte ihn an. Sofort verstummte jedes Tuscheln im Raum.

»Falls du auf die Sache mit Schändler anspielst, das ist erledigt. Keine Zeugen und einen Täter haben wir den Bullen auch präsentiert. Unser Mann vor Ort sagte mir, der Fall würde bald abgeschlossen.«

»Und was ist mit der Kleinen, ist das keine Zeugin?«

»Glaube ich nicht, sonst hätte sie längst was gesagt.«

Der Boss ging zu ihm, packte ihn mit beiden Händen, zog ihn ein Stück hoch und schrie ihm ins Gesicht.

»Glaube? Habe ich da was von Glaube gehört? Sind wir hier in der Kirche, oder was? Was denkst du, um was es hier geht? Wir können uns keine Panne mehr erlauben. Nicht noch ein Schändler. Dieser Idiot«, er ließ ihn wie einen Sack in seinen Sitz zurückfallen und kehrte ihm den Rücken zu, »meinte, er könne uns erpressen«, blitzschnell fuhr er herum und zeigte mit ausgestrecktem Arm auf seinen Gesprächspartner, »du erledigst das, verstanden?«

»Verstanden!«

111

10

Daniel hatte seit einer Stunde nichts mehr gesagt. Mittlerweile waren sie in ihrem Büro. Um fünf Uhr war er aufgestanden und hatte sofort damit begonnen, den Flur und das Wohnzimmer zu putzen. Das Sofa wies mehrere großflächige Spuren von Feuchtigkeit auf. Er sagte dabei nichts, was für Joshua, der sich mehrmals entschuldigt hatte, das Schlimmste war. Ganz gegen seine sonstigen Gewohnheiten ging Daniel zwischendurch für eine halbe Stunde in die Kantine.

Joshua war klar, dass er sich eine andere Bleibe suchen müsste. Sie waren einfach zu verschieden. Vielleicht würde das Gespräch mit Janine ja die erhoffte Versöhnung bringen, aber ernsthaft mochte Joshua nicht daran glauben. Er fühlte sich schuldig und wusste nicht warum. Alles schien ihm zur Zeit zu misslingen. Sein Leben, das für ihn bis vor kurzem noch total in Ordnung war, drohte aus der Bahn zu geraten. Er kam sich so vor, als säße er auf dem Bahnhof seines Lebens und sämtliche Gleise waren leer. Zu allem Überfluss war die Stimmung im Kommissariat denkbar schlecht. Der Oberstaatsanwalt forderte Konsequenzen für den Fall, dass Groding nicht innerhalb vierundzwanzig Stunden verhaftet sei. Winnie versuchte erst gar nicht sie zu decken. Den Gedanken an eine Beförderung ins LKA und eine vorherige entsprechend gute Beurteilung durch seine Dienststelle verdrängte Joshua, so gut es ging. In zehn Minuten trafen

112

sie sich mit den anderen Mitgliedern der kleinen SoKo. Viel Hoffnung hatte er nicht.

»Magst du Pizza?«

Joshua schoss aus seinen Gedanken. Verwundert sah er seinen Kollegen an.

»Ich habe mir gedacht, heute Abend ein Blech Pizza für uns zu backen. Mit einem leckeren Salat und einem edlen Tropfen dazu. Guck nicht so, kannst auch ein Bier haben.«

Joshua hatte mit allem gerechnet, aber nicht mit diesem Angebot. Daniel hob beide Arme nach oben und ließ sie wieder fallen.

»Mein Gott. Ich war sauer, na und. Wärst du wohl auch, oder?«

Jetzt musste Joshua lachen. Er schüttelte dabei seinen Kopf.

»Du bist vielleicht ein komischer Vogel. Pizza mit Bier, okay.«

Kalle zündete sich gemütlich eine Zigarette an. Auf seine Bitte hin hatten sie die Soko-Sitzung in den Pausenraum verlegt. Es war mittlerweile das einzige Zimmer im gesamten Gebäude, in dem geraucht werden durfte. Daniel stellte seinen Unmut darüber zur Schau, indem er demonstrativ alle drei Fenster des Raumes weit aufriss. Kalle sah Joshua an und machte dabei mit seiner linken Hand den Scheibenwischer. Anschließend hielt er ihm seine Zigarettenschachtel hin, als suche er nach Komplizen.

Viktor begann in seinem ruhigen gemütlichen Tonfall. Den bayrischen Akzent unterdrückte er dabei so gut es ging. Solange er ruhig und sachlich referierte, gelang ihm dies auch. Er war zumeist der ruhende Pol im Team und wenn er mal laut fluchte, dann auf bayrisch, was die Anwesenden eher zum Schmunzeln anregte. Mit seinen kantigen Zügen und seiner grobporigen, rötlichen Haut konnte man ihn sich auch gut als Förster im bayrischen Wald vorstellen. Marlies nannte ihn mal den ›Crocodile Dundee aus Oberbayern‹. Viktor nahm diese Äußerung, wie vieles andere auch, mit Humor und stoischer Gelassenheit hin.

»Der Kalle und ich haben uns die Firma Schändler GmbH & Co. KG unter die Lupe genommen.«

Er sprach das »GmbH & Co. KG« dabei so aus, als sei es etwas Unanständiges. Wirtschaftsverbrechen waren sein Spezialgebiet und er sah unter der Anhäufung mehrerer Unternehmensformen bereits den versuchten Betrug.

»Wir konnten nichts Verdächtiges feststellen. Die Geschäfte brummen nicht gerade, aber sie haben viele Großkunden. Rund ein Drittel der Rundfunk- und Fernsehspots werden im Auftrag der Schändlerschen Werbeagenturen produziert. Seine Kundenkartei liest sich wie das Who is Who der deutschen Wirtschaft. Dass die Gewinne zurückgehen, liegt am allgemeinen Trend. Wobei wir in Erfahrung bringen konnten, dass die Firma Schändler GmbH & Co. KG davon noch am Geringsten betroffen ist und sich die missliche Gesamtlage nach den nächsten Wahlen sowieso ändern würde. O-Ton Philipp Breuer übrigens. Das ist der Aufsichtsratsvorsitzende der Firma.«

Kalle pflichtete jedem seiner Worte nickend bei. Anscheinend war Viktor bei der internen Abstimmung zum Sprecher der beiden gewählt worden. Mit einer Armbewegung deutete Viktor auf Marlies Hennes.

»Unser Madel hat auch noch ein paar sehr interessante Details herausbekommen.«

Marlies verzog den Mund. Sie konnte es nicht ausstehen, von ihren Kollegen wie ein Küken behandelt zu werden, auch wenn sie mit neunundzwanzig die Jüngste im Team war. Die allein erziehende Mutter erledigte ihren Job hervorragend. Marlies nahm sich eine Akte vom Tisch und fing an.

»Ich habe mir mal die Führungsetage zur Brust genommen.« Kalle räusperte sich. Sie warf ihm einen giftigen Blick zu und fuhr fort. »Dort gab es in den letzten zehn Monaten erhebliche Veränderungen. Bis auf Schändler selbst wurde die komplette Riege ausgetauscht. Üblicherweise«, sie blätterte in ihrem Ordner, »machen sie das, wenn überhaupt, in einem Rhythmus von vier Jahren. Schändler ist in den letzten Jahren sehr expansiv gewesen. Bei Übernahmen bekommen die leitenden Angestellten der Firma in der Regel zur Belohnung einen Aufsichtsratsposten, mindestens. Nicht so bei Schändler. Jedenfalls in den letzten zehn Monaten!«

Marlies machte eine kurze Pause und sah in die Gesichter ihrer Zuhörerschaft.

»Da kamen zwei Leute in den Aufsichtsrat, die bis dato mit Werbung eigentlich nicht so viel am Hut hatten. Marga Karman, vormals Mitarbeiterin bei einem großen Meinungsforschungsinstitut sowie Ansgar Skopje, seines Zeichens Leiter eines privaten Forschungsinstitutes. Sie arbeiten auf dem Gebiet der Bewusstseinsforschung und der neuronalen Netzwerktechnik. Skopje ist im Übrigen mittlerweile Teilhaber des Schändler-Imperiums und leitet die Firma nach dessen Tod protokollarisch.«

Marlies legte ihre Akte wieder zurück auf den Tisch und nahm daneben Platz. Sie strich sich ihre dunkelblonden Haare, die sie heute ausnahmsweise einmal offen trug, aus dem Gesicht.

115

Für einige Sekunden drang nur der Verkehrslärm in den Raum ein. Mit einem Seufzer sah Kalle zu den offenen Fenstern herüber, bevor er die gedankliche Bewältigung des letzten Vortrages unterbrach.

»Ehrlich gesagt weiß ich nicht, warum wir hier darüber grübeln, was mit dieser Firma Schändler los ist oder auch nicht. Ich denke, der Fall ist klar, oder täusche ich mich da?«

»Denke ich auch«, meldete Daniel sich zu Wort, »aber Joshua zweifelt daran. Und solange noch die geringsten Zweifel bestehen, müssen wir weiter in alle Richtungen ermitteln.«

Joshua war erstaunt über die Rückendeckung seines Kollegen. Er erläuterte den anderen seine Bedenken. Viktor und Marlies nickten. Daniel und Kalle zeigten keine Reaktion. Joshua beobachtete sie genau. Sie beschlossen, der Firma Schändler weiter auf den Zahn zu fühlen.

»Absoluter Vorrang«, so Joshua, »hat natürlich Till Groding. Wir müssen ihn finden. Allerdings …«, Joshua zögerte, »ich wüsste nicht wo.«

Keiner sagte ein Wort. Für einen Moment dachte Joshua, sie wollten ihn diese Suppe alleine auslöffeln lassen.

»Außerdem müssen wir uns noch um diesen Jörg Maiboom kümmern«, Kalle sah ihn an und wollte gerade etwas sagen, »ich weiß, er hat ein Alibi. Aber irgendwie muss sein Firmenwagen ja zu der Villa der Schändlers gekommen sein. Habt ihr seine Nachbarn schon befragt oder das Auto untersucht?«

Kalle schlug sich vor die Stirn.

»Okay, Chef. Bin schon unterwegs. Viktor, kommst du mit?«

Der Angesprochene verzog kaum merklich das Gesicht. Mit lautem Röcheln sog er den Tabak von seinem Handrücken in die mächtige Nase und stand auf. Im Türrahmen drehte Kalle sich noch einmal um.

»Noch was, ich habe mit Achmed gesprochen, an eine Makarov zu kommen, ist kein Problem. Zumindest, wenn man die richtigen Kontakte hat.«

Achmed Sharazan war ein türkischer Geschäftsmann, der einen Import- und Exporthandel mit Ladenlokal in der Nähe des Bahnhofes betrieb. Kalle und er tauschten regelmäßig Waren aus, die einer von beiden nicht loswurde. Was Kalle bei E-Bay nicht verkaufte, musste nur lange genug bei Achmed im Schaufenster liegen und umgekehrt. Viktor war der Ansicht, sie würden sich dabei gegenseitig über den Tisch ziehen.

Joshua winkte genervt ab.

»Danke, Kalle. Das habe ich mir schon gedacht. Und?«

»Er kennt weder Till Groding noch Ramon Schändler. Außerdem hat er noch niemals mit Waffen gehandelt.«

Das glaubst auch nur du, dachte Joshua und nickte dankend.

Daniel wollte die Düsseldorfer Kollegen um Mithilfe bitten und ging ins Büro. Marlies blieb noch sitzen.

»Du machst dir Vorwürfe, richtig?«

Joshua sah sie verwirrt an. In Gedanken war er noch bei dem Fall.

»Ich meine, weil ihr den Groding nicht sofort mitgenommen habt.«

»Dann wäre ich aus dem Schneider, falls du das meinst. Aber er war es nicht. Zumindest nicht alleine.«

»Ich hoffe, du hast Recht. Wie geht es mit deiner Familie?«

Joshua schluckte.

117

»Daniel hat es mir heute Morgen erzählt. Er sagte, es würde dich sehr mitnehmen und er hätte Angst, dass du Fehler machst. Aber bitte ...«, sie legte sich den Zeigefinger an die Lippen.

»So, hat er«, Joshua brauste auf, »und was denkst du?«

Sie sah ihm zunächst stumm in die Augen.

»Ich denke, du weißt, was du tust. Vielleicht solltest du manchen Leuten nicht zu sehr vertrauen. Ich wünsche dir jedenfalls viel Glück. Und ..., wenn ich dir irgendwie helfen kann, zögere nicht, mich zu fragen, in Ordnung?«

»Danke, Marlies.«

Joshua fühlte sich, als hätte ihm jemand mit der Faust in den Magen geschlagen. Mobbing hatte er nicht erwartet, schon gar nicht von Daniel. Vor ein paar Tagen vielleicht noch, jedoch nicht jetzt und in dieser Situation. Er überlegte kurz, ihn zur Rede zu stellen, aber dazu hatte er im Augenblick keine Kraft. Schnell verdrängte er diesen Gedanken und überlegte, wie er weiter vorgehen sollte. Während seine Kollegin sich verabschiedete, nahm Joshua sich einen Kugelschreiber vom Schreibtisch und kritzelte gedankenverloren vor sich hin. Es fiel ihm schwer, sich auf seine Arbeit zu konzentrieren, zu viel schwirrte in seinem Kopf herum. Was für einen Grund konnte es geben, die Familie Schändler zu töten? Aus welchem Personenkreis stammten der oder die Täter? Wenn seine Annahme richtig war, dass Till Groding nicht als Täter in Frage kam, hatten sie es aller Wahrscheinlichkeit nach mit Profis zu tun. Es würde bedeuten, dass sie Grodings Fahrzeug gestohlen hatten und die Tatwaffe in seiner Wohnung platziert wurde. Ebenso müsste der ominöse Anruf bei der Zeitung vom Täter stammen. Das Motiv könnte sich in dem Tresor befunden haben. Da es im Moment wenig Erfolg versprach, nach Groding zu suchen, nahm er sich vor, diesen Spuren nachzugehen. Er ging in sein Büro, um die Autoschlüssel und sein Handy zu holen.

»Hast du was erreicht?«, mit einer inneren Wut ging Joshua zum Alltag über. Daniel hatte soeben den Telefonhörer aufgelegt.

»Die Kollegen haben sein Bild an die Medien weitergegeben. Zusätzlich ist die Altstadtwache damit beschäftigt, die Bevölkerung zu befragen. Noch was, die Kriminaltechnik hat sich gemeldet, sie haben da vielleicht was für uns. Sollen wir direkt hinfahren?«

»Fahr du hin! Ich fahre zur Zeitung. Ich will wissen, wer der Anrufer war.«

»Wie du meinst, aber das wird Winnie gar nicht gefallen. Du weißt doch, Alleingänge und so.«

»Er muss es ja nicht erfahren …, oder?«

Er sprach dieses ›oder‹ provozierend leise und langsam aus. Daniel antwortete nicht, sondern zog sein Jacket über. Vor dem großen Spiegel, den Daniel selbst an der Wand hinter seinem Schreibtisch angebracht hatte, zupfte er noch kurz an sich herum und verließ grußlos das Büro.

Joshua ging direkt zu Eduard Schönborn, dem Diensthabenden Redakteur der Zeitung. Er saß vor zwei großen Monitoren und las, als Joshua an den Rahmen der offenen Tür klopfte.

»Der Herr Hauptkommissar. Was verschafft uns die Ehre?«

Ohne Umschweife und Begrüßungsfloskeln kam Joshua zum Grund seines Besuches.

»Ich möchte wissen, wer der anonyme Anrufer war!«

»Daher weht der Wind. Wie du schon erwähntest, handelte es sich um einen anonymen Anruf.«

»Falls es überhaupt einen gab.«

Schönborn sah ihn mit gespieltem Entsetzen an.

»Nanana, Trempe. Hältst du uns für ein billiges Revolverblatt?«

»Denkbar wäre es. Aber jetzt mal im Ernst. Wer war es?«

Schönborn zuckte theatralisch mit den Schultern.

»Komm schon, Eddy. Was weißt du?«

Ungeduldig und mit erhobener Stimme bohrte Joshua weiter. Der Journalist lehnte sich zurück und verschränkte seine Arme vor den Bauch. Dann holte er tief Luft.

»War eine Handynummer. Rosi hat den Anruf entgegen genommen und durchgestellt. Die Nummer hat die dumme Kuh natürlich nicht aufgeschrieben. Kannst du denen hundertmal sagen, aber was soll's«, er machte eine abfällige Handbewegung, »dunkle Stimme und verdammt kurz ab. Hat mir gesagt, er hätte am Tatort einen dunkelblauen BMW wegfahren sehen und mir das Kennzeichen genannt. Als ich es wiederholt habe, sagte er: Richtig und legte auf.«

»Hat er das so gesagt? Am Tatort?«

»Ja, warum?«

»Wie klang er? Nervös, aufgeregt oder wie?«

Eddy fingerte an seiner Krawatte.

»Jetzt, wo du es sagst. Der klang ganz kühl, kein bisschen aufgeregt. Denkst du, der hat was damit zu tun?«

»Wir werden es herausfinden. Danke für deine Hilfe, Eddy.«

Joshua stand auf und wollte gehen.

»Moment noch. Ich habe hier den Leitartikel von morgen. Es tut mir Leid, aber die Redaktionskonferenz hat so entschieden.«

Joshua beugte sich über Schönborns Schreibtisch und

überflog den Artikel. Ihm stockte der Atem. Neben einem Bild von ihm war in großen Lettern zu lesen: *Polizeipanne! Hauptkommissar lässt Mörder laufen.* Darunter wurde die Frage aufgeworfen, ob er aufgrund familiärer Probleme überhaupt noch tragbar wäre.

»Woher habt ihr das?«

»Beruhige dich. Wir haben unsere Kontakte. Und wenn du zu Hause nicht mehr erreichbar bist, brauchen wir nur eins und eins zusammen zählen. Das gehört eben zum Spiel. Aber nichts ist so schnell vergessen, wie die Zeitung vom Vortag. Also häng' das jetzt nicht zu hoch.«

Joshua spürte, wie sein Puls hochschoss. Seine Atmung wurde hektisch.

Zynisch tätschelte er die Schulter des Redakteurs.

»Danke für alles.«

Als Joshua hinauslief, schrie Schönborn ihm noch etwas hinterher. Er wollte es nicht mehr hören.

Mit durchdrehenden Rädern verließ er den Besucherparkplatz des Verlages. Nachdem seine erste Wut über den bevorstehenden Zeitungsbericht verflogen war, dachte er über den anonymen Anrufer nach. Der Mann sprach vom Tatort. Woher konnte er das wissen? Als seine Kollegen dort eintrafen, war der BMW bereits fort. Das könnte bedeuten, dass der Täter selbst oder ein Komplize bei der Zeitung angerufen hatte. Aber warum erst jetzt? Joshua fuhr in Richtung Innenstadt.

Zwanzig Minuten später betrat er das Krankenhaus. Der Kollege hockte immer noch genauso vor ihrem Zimmer, wie bei seinem letzten Besuch. Diesmal war er allerdings hellwach und begrüßte ihn freundlich.

Rosalinde Schändler saß aufrecht im Bett und las ein Buch. Als sie ihn sah, legte sie es beiseite. Diesmal war das Raumklima angenehm. Sie hatten beide Fenster aufgekippt.

»Guten Tag, Herr Trempe. Ich muss mich irgendwie ablenken, sagen die Ärzte.«

Sie deutete dabei wie zur Entschuldigung auf das Buch. Joshua kam die Situation widersinnig vor. Sie taten hier alles, die junge Frau von ihrem Schock zu heilen und er kam hierhin, um die Wunden wieder loszureißen. Innerlich rang er mit sich, es nicht zu tun.

»Frau Schändler, ich muss Sie etwas fragen. Wenn Sie dazu nicht bereit sind, verstehe ich das.«

»Versuchen Sie es.«

Joshua war erleichtert, wenngleich er sich eingestehen musste, dass seine Frage suggestiv war.

»Wir müssen wissen, was in dem Tresor gewesen sein könnte. Was war so wichtig, dass …«

»Dass meine Eltern sterben mussten? Ich weiß es nicht. Ich zerbreche mir pausenlos den Kopf darüber, ich weiß es wirklich nicht.«

Sie wirkte ausgesprochen gefasst, damit hatte Joshua nicht gerechnet. Vermutlich waren starke Beruhigungsmittel dafür verantwortlich.

»Hat Ihr Vater sich in der letzten Zeit verändert. Hat er irgendwas erwähnt, was sonderbar war. Bitte, jedes Detail kann wichtig sein.«

Rosalinde Schändler schien angestrengt nachzudenken. Sie schloss die Augen und atmete dabei tief durch.

»Hm, er sprach gelegentlich davon, dass sie vor etwas Revolutionärem stehen würden. Manchmal war er richtig euphorisch. Aber jedes Mal, wenn Mutter oder ich nachgefragt haben, blockte er ab.«

»Warum blockte er ab?«

»Ich weiß es nicht. Einmal sagte er mir, ich würde bald einen sehr berühmten Vater haben. Warum, sagte er aber nicht. In der letzten Zeit war mein Vater oft sehr verschlossen.«

122

Joshua machte sich Notizen. Zu seiner Beruhigung stellte er fest, dass seine Gesprächspartnerin immer noch relativ gelassen sprach. Lediglich der gleichmäßige, ruhige Tonfall verriet ihren Zustand. Ihm fielen mehrere Medikamentendöschen auf ihrem Beistelltisch auf. Sie bemerkte seinen Blick.

»Ich werde hier ständig in Trance gehalten. Egal, wenn's wirkt.«

Ihrer Mimik war zu entnehmen, dass es ihr keineswegs egal war.

»Hatten Sie in letzter Zeit Besuch, den Sie nicht kannten?«

»Nur Ihre Kollegin, Frau von Ahlsen.«

Joshua freute sich darüber, dass Jutta von Ahlsen sie weiter betreute. Normalerweise war sie dafür nicht mehr zuständig. Die Weiterbehandlung wurde in der Regel von einem niedergelassenen Psychiater oder Therapeuten durchgeführt.

»Das ist schön. Ich wollte aber eigentlich wissen, ob Sie zu Hause in der letzten Zeit Besuch bekamen, den Sie nicht kannten.«

»Das kam immer wieder vor. Meistens Geschäftspartner oder Leute aus seiner Firma. Ich kannte nur einige davon.«

»Was war mit Ihrer Mutter, hat sie sich in den letzten Wochen oder Monaten verändert?«

»Nein ... nein, eigentlich nicht. Obwohl, sie kam mir in der letzten Zeit ein wenig nervös und unausgeglichen vor. Ich habe da aber nicht weiter nachgehakt.«

Joshua bedankte sich und verabschiedete sich freundlich. Als er sich herumdrehen wollte, hielt sie seinen Ärmel fest.

»Was ist eigentlich mit Rico. Wer kümmert sich um ihn, er kann nämlich nicht allein sein?«

Joshua sah betreten zu Boden. Nach einigen Sekunden hob sie die Hände vor ihr Gesicht und begann ganz leise zu weinen. Ohne ein Wort verließ Joshua das Krankenzimmer. Er konnte ihr nicht mehr helfen.

Ein Satz ging ihm nicht aus dem Sinn: Du wirst bald einen berühmten Vater haben. So wie Rosalinde ihren Vater schilderte, hatte er vermutlich auch seiner Frau nicht erzählt, worum es ging. Er wird sein Geheimnis zu Hause einzig und allein dem Tresor anvertraut haben. Fakt war, dieser wurde ohne Anwendung von Gewalt geöffnet. Der Täter oder Frau Schändler mussten die Kombination gekannt haben. Joshua fielen die Ermittlungsergebnisse seiner Kollegin ein. Die Veränderungen in seiner Firma, die Vermutung, bald berühmt zu sein, wie er seiner Tochter gegenüber angab und die Tat mussten in einem Zusammenhang stehen. Es gab für Joshua keinerlei Zweifel. Er startete seinen Wagen und fuhr zur Werbeagentur Schändler.

Im Düsseldorfer Medienhafen musste er sich erst zurecht finden. Er wirkte auf ihn wie das Spielzimmer von Elitearchitekten. Immerhin hatten die Stadtväter Mut bewiesen. Es gab ohnehin schon genug einheitliche Büro- und Wohnsilos in der Stadt. Joshua dachte an die Zeit zurück, in der er als Jugendlicher mit dem Fahrrad hier lang fuhr. Vorbei an Weizenmühlen und Futtermittelfabriken, die ihren eigentümlichen Geruch verströmten, fuhr er zu seinen Freund, Joachim Holsten. Jack wohnte damals mit seinen Eltern in ›Kappeshamm‹, wie die Bewohner ihr idyllisches Dorf am Rande der Düsseldorfer Innenstadt nannten. Es war für ihn jedes Mal ein Erlebnis, mit dem Rad innerhalb weniger Minuten das hektische Treiben der Großstadt zu verlassen und in dieses beschauliche Dorfleben des Stadtteils Hamm einzutauchen. Sie spielten dort auf einer Wiese hinter der Dorfkirche bis zum Einbruch der Dunkelheit Fußball. Bis sie Neunzehnhundertvierundachtzig den Hof seiner Großeltern in der Nähe von Krefeld erbten.

Joshua hatte sich einmal verfahren, war aber jetzt auf dem ›Neuen Zollhof‹. Die silberglänzenden Gehryhäuser erkannte er schon von weitem. Sie waren asymmetrisch und in gefährlich anmutender Schräglage gebaut. Gleich einem halb zusammengefallenen Kartenhaus, das in geduckter Haltung dem nächsten Windstoß entgegenzitterte, lag der Gebäudekomplex nun vor ihm. Joshua parkte den Wagen und ging, den Blick beeindruckt nach oben gerichtet, zur Eingangstür.

Ansgar Skopje begrüßte ihn herzlich. Der gebürtige Isländer sprach fast akzentfrei Deutsch. Der schwarze Nadelstreifenanzug betonte seine schlanke Figur. Sie nahmen in tiefen Ledersesseln mit Chromgestellen Platz. Skopje verfügte über ein sehr helles, geräumiges Büro. Durch die Fensterfront an der Stirnseite bot sich eine herrliche Aussicht auf den Innenhafen. Joshua fragte ihn direkt gerade heraus, wieso es in der Firma zu den großen Veränderungen in der Führungsetage gekommen sei. Ansgar Skopje trank einen winzigen Schluck Mineralwasser und antwortete.

»Das ist eine komplizierte Angelegenheit. Vereinfacht könnte man sagen, wir wollten unsere Aufgaben professioneller angehen. Es war Schändlers Idee. Sehen Sie, der Konkurrenzkampf ist brutal geworden. Wir ringen praktisch um jeden Käufer. Schändler war der Meinung, wir sollten Wissenschaftler und Demoskopen ins Boot holen.

125

Um praktisch die Basis, das Bewusstsein des Käufers, zu erschließen und uns so erfolgreich am Markt zu positionieren. Erfolgreicher, um genau zu sein.«

»Was heißt das konkret, Herr Skopje?«

Skopje machte eine kurze Gedankenpause. Es wirkte so, als müsse er sich seine Antwort genauestens überlegen.

»Ich will Ihnen die wissenschaftlichen Details ersparen. Lassen Sie es mich so ausdrücken: Wir wollen, nein wir müssen wissen, wie die Käufer ticken. Wir müssen ihr Unterbewusstsein erreichen, bevor es die Konkurrenz macht. Habe ich mich verständlich ausgedrückt?«

»Ja. Ist es Ihnen denn schon gelungen?«

Skopje zögerte wieder.

»Wir arbeiten mit Hochdruck an dieser Aufgabe.«

Seine Antwort klang unterkühlt, ohne Betonung.

»Wer profitiert vom Tod des Ehepaares Schändler?«

Skopje stand auf und begann, nervös im Zimmer auf und ab zu laufen.

»Niemand!«

Joshua sah ihn ungläubig an.

»Ich weiß, was Sie denken. Die böse Konkurrenz. Aber die konnten nichts davon wissen. Unsere Forschungen verliefen streng geheim. Nur Schändler und ich waren vollständig eingeweiht. Frau Karman zum Teil. Ihr Tod ergibt keinen Sinn. Es erscheint mir vollkommen logisch, dass es sich um einen Racheakt gehandelt hat. Angedroht hat es dieser Groding ja oft genug!«

»Hat Groding denn Frau Schändler auch bedroht?«

Skopjes Blick verfinsterte sich. Er kehrte Joshua den Rücken zu und sah aus dem Fenster.

»Ich denke«, begann er mit leichter Verunsicherung in seiner Stimme, »er hasste die ganze Familie.«

Joshua leuchtete diese Vermutung nicht ein.

»Haben Sie ihn denn schon?«

»Nein, Herr Groding ist noch flüchtig.«

Joshuas Blick bohrte sich dabei in die Augen von Skopje. Dieser hielt dem Blick nicht stand und drehte sich erneut um. Er nahm sein Glas mit zur Anrichte neben dem Fenster und trank stumm einen Schluck Mineralwasser. Joshua zuckte kurz zusammen, als die Türe mit einem Ruck geöffnet wurde und ein stämmiger, hünenhafter Mann den Raum betrat. Er trug schulterlanges, blondes Haar, einen schwarzen Anzug und ein dunkles Sweatshirt. Seine kristallklaren, hellblauen Augen unterstrichen Joshuas Vermutung auf seine nordeuropäische Herkunft. Einzig die gebräunte Haut wollte nicht so recht ins Gesamtbild passen. Der Hüne sah Skopje an und deutete dezent auf seine Armbanduhr.

»Schon gut, Norman. Wir sind, glaube ich, fertig. Entschuldigung«, er sah Joshua an und deutete dabei auf den Besucher, »das ist Norman Hellström, mein persönlicher Sekretär.«

»Angenehm, Trempe, Kriminalhauptkommissar.«

Sein Händedruck war dermaßen stark, dass Joshuas Ehering am kleinen Finger schmerzte. Als habe er mit einer Frage gerechnet, setzte Skopje nach:

»Vielleicht haben Sie eine Sekretärin erwartet? Aber Norman ist äußerst vielseitig und somit für meine Anforderungen bestens geeignet.«

Joshua nickte fast unmerklich.

»Hat Schändler die Forschungsergebnisse mit zu sich nach Hause genommen und sie dort aufbewahrt?«

Skopje warf seinem Sekretär einen kurzen Blick zu. Joshua hatte das Gefühl, einen brisanten Punkt angesprochen zu haben. Die Antwort kam sehr schnell. Ohne das kurze Zögern, das Joshua erwartet hatte.

»Nein. Es ist hier alles bestens gesichert.«

»Aber möglich wäre es?«

»Möglich ist viel. Aber wie gesagt, sind unsere Untersuchungsergebnisse hier in besten Händen und wenn Sie mich jetzt entschuldigen würden, ich habe noch einen Termin«, er wies dabei mit seinem linken Arm zur offenen Tür.

»Auf Wiedersehen, Herr Skopje. Ich melde mich, falls noch Fragen auftauchen. Auf Wiedersehen, Herr …«

»Hellström«, antwortete Skopje.

Joshua verzichtete darauf, dem Sekretär die Hand zu geben und verließ das Büro. Er überlegte sich, ob er weiter gekommen war. Für den Fall, das Schändler wirklich keine geheimen Firmenunterlagen in seinem Tresor aufbewahrte, müsste er den Grund für den Einbruch woanders suchen. Die Aussage seiner Tochter könnte darauf hinweisen, dass Schändler eine Art Alleingang startete. Aber wozu, er war doch der uneingeschränkte Chef der Firma? Mit einer Handbewegung grüßte er Skopje und seinen Sekretär, die einige Meter vor ihm in einen schwarzen Cadillac einstiegen. Sie sahen ihn nicht. War es möglich, dass Schändler Kopien in seinem Tresor aufbewahrte, aus welchem Grund auch immer.

Joshuas Magen meldete sich. Er suchte zunächst die Kantine auf. Von weitem sah er, wie Kalle lustlos sein Essen zu einem undefinierbaren Brei verrührte. Ein Blick auf die Tafel mit dem Tagesmenü verriet ihm, dass dieser Brei dem Ursprung nach Kartoffelpüree mit Spinat war. Er bestellte sich eine Currywurst mit Pommes und setzte sich damit zu seinem Kollegen. Kalle wirkte übernächtigt. Die Ringe unter seinen Augen zeichneten sich deutlich ab. Immer wieder unterdrückte er mühsam ein Gähnen.

128

»Johanna hat uns die ganze Nacht auf Trab gehalten, sie bekommt Zähne. Petra ist auch wie gerädert.«

»Ich habe dich gewarnt«, antwortete Joshua grinsend, »gibt es denn irgendwelche Neuigkeiten?«

Kalle berichtete ihm über die nach wie vor erfolglose Suche nach Till Groding. Mittlerweile wurden im Radio Suchmeldungen nach ihm durchgegeben. Kalle regte sich darüber auf, dass Groding dabei als mutmaßlicher und möglicherweise bewaffneter Schwerstverbrecher hingestellt wurde.

»Möchte mal wissen, wer sich so einen Mist ausdenkt. Löst doch nur unnötige Hysterie aus. Außerdem stellen die uns wieder als die Deppen hin!«

Joshua freute sich über das kollegiale und integre Verhalten seines Kollegen. Für viele in der Dienststelle war er vermutlich der alleinige Sündenbock. Er klärte ihn über seine Ermittlungen auf. Kalle schob seinen Teller zur Seite und zündete sich trotz Rauchverbot eine Zigarette an. Die Kantine würde in zehn Minuten schließen. Außer ihnen war niemand mehr da. Aus der Küche hörte man das Klappern von Geschirr.

»Hm, glaubst du diesem Skopje? Ich meine, ich breche doch nicht in so einen vornehmen Kasten ein, um nur mal so auf Verdacht den Wandtresor aufzumachen.«

»Ich weiß es nicht. Aber du hast Recht. Irgendwas wird in dem Tresor gewesen sein.«

Kalle streute Asche auf den Unterteller seiner Kaffeetasse. Dann schien er sich die Sache wieder anders überlegt zu haben. Mit ausgestrecktem Zeigefinger deutete er auf Joshua.

»Nicht unbedingt. Immerhin besteht ja noch die Möglichkeit, dass der Einbruch nur aus dem Grund begangen wurde, Schändlers Frau zu töten. Der offene Tresor sollte es dann wie Raubmord aussehen lassen.«

»Schon möglich. Aber warum sollte sie getötet werden? Kalle, ich glaube, ihre letzten Worte waren die Kombination zu dem Wandsafe.«

Schmitz zuckte mit den Schultern und drückte seine Zigarette auf der Untertasse aus.

»Wenn deine Annahme stimmt, dass Schändler möglicherweise Kopien von geheimen Forschungsunterlagen in seinem Tresor hatte«, er nahm einen Schluck Kaffee und wedelte zwischendurch mit dem anderen Arm in der Luft, »dann hätten die Täter ja davon wissen müssen. Das wiederum kann nur bedeuten, dass sie aus seiner Firma kommen oder von dort beauftragt wurden.«

Joshua lehnte sich entspannt zurück. Irgendwas passte ihm an Kalles Idee nicht.

»Schändler war der Chef der Firma und somit ohnehin eingeweiht. Ob er nun schriftliche Kopien davon hatte oder nicht. Warum sollte jemand aus der Geschäftsleitung der Werbeagentur dafür sorgen, dass diese Unterlagen in falsche Hände, beispielsweise in die der Konkurrenz, kommen? Forschungsunterlagen dürfte Skopje zudem mitgebracht haben. Dafür wurde er ja offensichtlich geholt. Wenn er mit der Konkurrenz Geschäfte macht, hätte er doch gleich dorthin wechseln können. Das ergibt keinen Sinn. Aber können wir ausschließen, dass Schändler keinem anderen davon erzählt hat?«

Kalle kratzte sich am Hinterkopf.

»Natürlich nicht. Aber warum sollte er?«

»Wenn an dieser Vermutung etwas dran ist, müssen wir genau das herausfinden.«

Kalle stand auf und ging zum Kaffeeautomaten. An der Theke waren bereits die Rollladen heruntergelassen. Da immer wieder Kollegen außerhalb der Essenszeiten hierhin kamen, hatte man vor zwei Jahren mehrere Automaten neben der Theke aufgestellt. Während der Kaffee einlief, warf er einen Blick auf ein schwarzes Brett neben den Automaten. Er hatte dort einige Zettel aufgehängt, auf denen er vom Rasierwasser bis zur Armbanduhr alle möglichen Dinge anbot, die er günstig im Internet ersteigert hatte.

Kalle stellte die heißen Becher ab und füllte sechs Stückchen Würfelzucker in seinen Kaffee.

»Übrigens«, Kalle zögerte, »es tut mir Leid. Ich meine das mit dir und Janine ...«

Joshua nickte kaum merklich.

»Wenn du Hilfe brauchst, jeder Zeit. Du kannst auch bei uns wohnen, ich meine ...«

»Nicht nötig. Daniel und ich verstehen uns immer besser, trotzdem vielen Dank.«

Für einen Moment war nur der Kaffeelöffel zu hören, mit dem Kalle gesenkten Blickes in seiner Tasse rührte.

»Wir haben übrigens interessante Ergebnisse von den Düsseldorfern. Betreffend Grodings Wohnung.«

Joshua legte langsam sein Besteck neben den Teller und starrte Kalle erwartungsvoll an.

»Es standen zwei benutzte Gläser auf dem Wohnzimmertisch. Beide nebeneinander vor dem Sofa.«

Joshua schlug sich mit der Hand vor die Stirn. Das war es, was ihm in der Wohnung komisch vorkam. Daniel und er hatten nichts getrunken. In der Mitte standen drei umgestülpte, saubere Gläser. Eines benutzte Till Groding. Als sie wiederkamen, fand er vor dem Platz, an dem Groding gesessen hatte, ein zweites, offensichtlich benutztes, Glas vor.

»Und?«

»Jetzt kommt der Hammer! An beiden Gläsern befanden sich ausschließlich die Fingerabdrücke von dem

Groding, wie vergleichende Spuren in der Wohnung gezeigt haben. In einem der Gläser waren Rückstände eines Betäubungsmittels.«

Joshua sah ihn stumm an. Er wischte sich dabei den Mund ab und legte die Serviette auf den Teller. Ohne seinen Blick von Kalle zu nehmen, zog er ein Päckchen Tabak aus seiner Jackentasche und drehte sich eine Zigarette.

»Es war also noch jemand in der Wohnung. Hat man irgendwelche Spuren gefunden?«

»Ja, einige. Aber welche sind die von der ominösen Person, von der du sprichst? Da brauchen wir natürlich Vergleichsspuren. Aber was hat das zu bedeuten?«

Mit einem Satz sprang Joshua auf. Dabei stürzte sein Stuhl nach hinten weg. Er machte eine hektische Handbewegung in Richtung Kalle.

»Komm, wir müssen den Düsseldorfern Bescheid geben.«

Kalle schien ihm nicht ganz folgen zu können. Geistig zumindest, denn er lief sofort mit. Bei diesem Sprint lief heißer Kaffee über seine Hand, er schüttelte diese und der Rest des süßen Heißgetränkes ergoss sich über seinen Ärmel.

»Kannst du mir vielleicht mal stecken, was los ist?«

»Groding ist entführt worden. Frag mich jetzt nicht, von wem. Die Kollegen sollen die Nachbarn noch einmal befragen. Der wohnt mitten in der Altstadt. Sein Gast wird wohl kaum bis vor die Haustür gefahren sein. Und wenn Groding betäubt war, muss er ihn ja irgendwie zu seinem Wagen geschafft haben.«

Zwei Minuten später saßen sie in ihrem Büro. Joshua hatte gerade den Telefonhörer aufgelegt, als Daniel hereinkam. Er zog sich den Mantel aus, strich ihn von allen Seiten glatt und hängte ihn an die Garderobe. Danach erledigte van Bloom sich seines Jacketts, straffte es, zog es

132

über einen Kleiderhaken und hängte diesen an ein Regal. Genervt sah Joshua ihm zu. Van Bloom hätte soeben den Mörder nach einer wilden Schießerei stellen können, das Ritual wäre das Gleiche gewesen. Bevor er den Wasserkocher erreichte, unterbrach Joshua ihn.

»Würde es dir etwas ausmachen, mir zuerst von deinen Ergebnissen zu berichten?«

Daniel sah ihn mit einem äußerst strengen Blick an.

»Sofort. Erst der Tee. So viel Zeit muss sein.«

Nach endlos langen Minuten und einem Tee, den selbst die Angestellten des Buckingham Palastes wohl nicht besser hinbekommen hätten, brachte er die Güte auf, seinem Kollegen Bericht zu erstatten.

»Die Kriminaltechnik hat sich den BMW von Groding ausführlich angesehen.«

Er nahm sich die Tasse mit dem heißen Tee, führte sie zu seinem Mund und blies mit gespitzten Lippen hinein. Joshua fragte sich, ob er ihn provozieren wollte.

»Nichts!«

Joshuas sah ihn mit versteinerter Miene an, während Daniel sich einen kleinen Schluck Tee gönnte.

»Wie nichts?«

Langsam stellte Daniel die Tasse vor sich ab.

»Ja nichts eben. Außer den Fingerabdrücken von Groding, nichts. Keine Spuren von Gewalt oder Vandalismus, keine Leiche im Kofferraum, eben nichts. Ich frage mich sowieso, was du erwartet hast. Die sind zwar noch nicht ganz fertig, aber ich wüsste nicht, was die noch finden sollten.«

Joshua verdaute diese Auskunft kurz und berichtete ihm seinerseits von seinen Ermittlungen.

»Und nun glaubst du, der große Unbekannte hat Groding in seinem eigenen Auto entführt?«

133

»Das weiß ich nicht. Ich bezweifle nur, dass Groding mit seinem Wagen am Tatort war.«

Daniel sah ihn an. Joshua glaubte, den Ansatz eines hämischen Grinsens in seinem Gesicht zu erkennen.

»Ich enttäusche dich nur höchst ungern, aber der Fußabdruck unter deinem Erbrochenen ist identisch mit einem Paar Schuhe, das die Kollegen in Grodings Wohnung gefunden haben.«

Joshua atmete tief durch und rieb sich mit beiden Händen über sein Gesicht. Dann sprang er auf. Mit einer Armbewegung deutete er Kalle und Daniel an, ihm zu folgen.

Marlies und Viktor saßen bereits in dem Besprechungszimmer, als die drei hereinkamen. Joshua berichtete gleich über seine Ergebnisse. Daniel gab nur kurz und bündig zu Protokoll, dass er nichts Neues zu berichten wüsste. Als ob er sich entschuldigen wollte, fügte er noch an, dass Joshua ihn darum gebeten habe, diesen Part zu übernehmen. Marlies sah sich genötigt, ihrem Kollegen zur Seite zu stehen.

»Ich halte Joshuas Überlegungen für logisch. Warum hat der Anrufer sich anonym gemeldet und vor allem, was ist mit Groding? Können wir ausschließen, dass er entführt wurde?«

Daniel schüttelte mit dem Kopf.

»Das hört sich doch alles verschwörerisch an. Der potentielle Mörder wird entführt und plötzlich zum Opfer? Ich bitte euch. Was spricht denn dafür? Dass Betäubungsmittel in einem Glas war? Außerdem vergaß ich zu erwähnen, es waren Grodings Schuhe, die den wunderschönen Abdruck in Schändlers Garten hinterlassen haben.«

Joshua fühlte sich nun persönlich angegriffen. Obwohl sie immer sehr kontrovers diskutierten und es sich für

134

Außenstehende so manches Mal wie ein offener Streit an-
hören konnte, war es nie so. Nur über den Umweg der
verschiedenen Standpunkte konnten sie ihre Argumente
überprüfen. Nur so wurde jeder gezwungen, seine These
bis ins kleinste Detail zu begründen, nachvollziehbar zu
machen. So manche Sackgasse wurde so schon zu Beginn
erkannt und machte ihre Arbeit effektiver. Aber diesmal
schien es für ihn anders zu sein. Trotzdem hielt er sich
an die Regeln.

»Wenn jemand ein Betäubungsmittel nimmt, dann bestimmt nicht, um seine Wohnung zu verlassen. Das dürfte
doch klar sein, oder?«

Daniel wartete nicht die Zustimmung der anderen ab.

»Und dass die Tatwaffe in seiner Wohnung war, sein
Fahrzeug am Tatort gesehen wurde, es seine Fußabdrücke
waren, die am zweiten Tatort sichergestellt wurden und
er ein Motiv und kein Alibi hat, dürfte doch wohl auch
klar sein, oder?«

»Und dass wir ihn nicht hier haben, ist meine Schuld.
Na los, sag's schon!«

Joshuas Stimme bebte. Kalle mischte sich ein.

»Was soll das denn jetzt. Wollen wir uns gegenseitig
fertig machen, oder was? Wenn Joshua ihn nicht festgenommen hat, hatte er seine Gründe dafür und fertig. Außerdem warst du ja dabei. Du hättest ihn doch auch festnehmen können. Hinterher den großen Max markieren
ist jedenfalls auch scheiße!«

Daniel biss sich auf die Lippen und sah zur Decke.

Joshua versuchte, in einem ruhigen und sachlichen Tonfall, seine Bedenken zu erklären.

»Die Beweise sind mir zu offensichtlich. Schändler
wird in unmittelbarer Nähe eines Autobahnrastplatzes erschossen. In Sichtweite halten laufend Fahrzeuge an. Stän-

dig könnte der Täter gesehen werden. Trotzdem raucht er dort in aller Ruhe zwei Zigaretten? Selbst wenn er Schändler zu dem Zeitpunkt noch nicht ermordet hatte, musste er damit rechnen, dass ihn jemand sieht und hinterher beschreibt oder sogar erkennt. Maskiert wird er da wohl kaum rumgestanden haben.«

Sie hörten ihm aufmerksam zu. Keiner wagte es, ihn zu unterbrechen.

»Die Frage, wie ein Till Groding an eine Armeepistole aus dem Ostblock kommt und eine komplizierte Alarmanlage außer Betrieb setzt, lasse ich mal außen vor. Aber warum besitzt er Schuhe, die ihm ein paar Nummern zu groß sind?«

»Stimmt«, unterbrach Kalle die Gedanken der anderen, »laut Spurensicherung hatte der Täter einen schweren Gangfehler oder viel zu große Schuhe. Ich meine, ich kaufe mir ja auch schon mal Schuhe, die eine halbe Nummer zu groß sind. Bei E-Bay oder so. Aber …«

»Okay«, gab Daniel bei, »die Indizien sind zum Teil wirklich sehr zweifelhaft. Aber warum flüchtet er dann oder wird entführt?«

»Um noch ein Schuldeingeständnis oben drauf zu setzen, wir haben ihn ja nicht verhaftet.«

Marlies sprach Joshuas Gedanken aus.

»Nachdem die Kollegen uns all die schönen Beweise präsentiert haben?«

Viktor schien daran zu zweifeln.

»Da ist jemand ganz schön erpicht darauf, dass Groding als Mörder verurteilt wird.«

»Ja, Marlies. Die Frage stellt sich, warum verlässt dieser Jemand sich dann nicht auf ›seine‹ Beweise?«

»Genau«, Joshua lehnte sich zurück und verschränkte seine Arme, »vielleicht weiß er, dass wir Zweifel an Grodings Schuld haben.«

»Das ist doch absurd«, Daniel schüttelte den Kopf, »woher sollte er das wissen. Als wir das erste Mal bei ihm waren, wussten wir doch noch nichts von den Beweisen.«

Nach einer Minute des Schweigens bat Joshua darum, fortzufahren. Viktor teilte ihnen ihre Ergebnisse mit.

»Das Fahrzeug der Firma Lensing wurde wirklich zwischendurch vor der Wohnung der Maibooms abgeholt. Ein Nachbar lief gegen halb fünf mit seinem Hund dort vorbei und dabei ist es ihm aufgefallen. Wann es wieder dort stand, wusste er nicht. Weiter hat er nichts Verdächtiges bemerkt«, Viktor sah kurz auf seinen Notizblock, »ach so, in der Nachbarstraße habe ein auffälliger dunkler Mafiaschlitten geparkt«, seine Kollegen grinsten ihn an, »das war O-Ton, wie die beim Fernsehen immer sagen. Die Marke wusste er nicht. Es war halt so ein Amischlitten, sagte er. Eine Personenbeschreibung wäre mir lieber gewesen, aber na ja.«

»Vielleicht ist für diesen Rentner ein BMW ja auch schon ein Amischlitten«, grummelte Daniel. Kalle sah ihn an, er hob abwehrend die Hände. »Ich werde diesem Zeugen ein Bild von einem dunklen BMW zeigen, vielleicht hast du ja Recht.«

Joshua sprach noch kurz seine Vermutung zu den geheimen Forschungsunterlagen an. Bis auf Marlies waren alle der Meinung, dass es keinen Sinn ergab, zumal Schändler wahrscheinlich ein berechtigtes Interesse daran hatte, dass niemand etwas davon erfährt. Viktor war sicher, dass er sie, wenn überhaupt, nur zur Sicherheit dort aufbewahrte.

»Was ist denn mit Frau Schändler. Offenbar hat sie doch die Kombination des Wandtresors gekannt?«

Sie sahen Marlies fragend an.

»Wissen wir, wie ihre Ehe wirklich war und wie viel sie wusste?«

»Das ist ein sehr guter Einwand, Marlies«, lobte Joshua sie.

»Es würde ein völlig neues Licht auf unseren Fall werfen. Aber was sollte seine Frau mit den Unterlagen anfangen?«

Kalle griff den Faden auf.

»Angenommen, die Schändler hatte einen Freund. Jemand, der sich mit der Materie bestens auskannte. Ein Konkurrent ihrer Firma womöglich. Sie erzählt ihm von den Forschungen. Er tötet zuerst ihren Mann und beschließt am Ende, die Sache alleine durchzuziehen?«

Daniel mischte sich nun ein.

»Was für eine Sache? Wenn ich das bis hierhin richtig verstanden habe, geht es darum, effektiver zu werben. Nicht mehr und nicht weniger. Dafür einen Doppelmord?«

»War ja nur eine Idee«, in Marlies' Stimme klang leichte Resignation durch.

»Die Idee ist wichtig«, unterstützte Joshua sie erneut, »wir wissen einfach noch zu wenig über die Hintergründe.«

Daniel zog seine rechte Augenbraue hoch, sagte aber nichts.

Kurz darauf beendeten sie die Sitzung. Joshua nahm sich vor, noch einmal nach Düsseldorf zu fahren. Er wollte sich nicht auf die Kollegen verlassen, außerdem würde ihn diese Untätigkeit verrückt machen.

Daniel begann, seinen Schreibtisch aufzuräumen. Joshua sah ihm gedankenverloren zu.

»Was ist? Liegt noch was an?«

»Ich fahre noch einmal nach Düsseldorf. Das lässt mir

keine Ruhe. Kannst ja schon Feierabend machen, ich kann auch Marlies mitnehmen.«

Van Bloom holte tief Luft. Stumm nahm er sein Jackett vom Bügel und streifte es über. Anschließend nahm er seinen Mantel und stand im Türrahmen.

»Ich bin bereit, lass uns fahren.«

Natürlich waren sie wieder zur ungünstigsten Zeit unterwegs. Die Autobahnen waren stadteinwärts um diese Zeit zwar fast leer, aber die Innenstadt dafür umso verstopfter. Sie sprachen unterwegs nur über belanglose Dinge wie den Belag der abendlichen Pizza und den passenden Salat dazu. Joshua beschränkte sich hauptsächlich aufs Antworten. Ihm war nicht danach zumute, Disharmonien aus dem Wege zu räumen. Er wollte zunächst Klarheit über seine eigene Situation. Einmal schien Daniel die belanglose Oberfläche ihrer Konversation aufzukratzen, als er nach seinem Eindruck von dem Gespräch mit dem Chefredakteur fragte. Joshua blockte aber ab. Er überlegte, was ihn wohl in Düsseldorf erwartete. Die dortigen Kollegen hatten alle Nachbarn befragt, in der gesamten Altstadt das Bild Grodings herumgereicht. Es hätte jemandem auffallen müssen, wenn Groding in Begleitung und unter Einfluss eines Betäubungsmittels das Haus verlassen hätte. Joshuas Hoffnungen schwanden. Vorhin konnte er das Misstrauen der Kollegen förmlich spüren. Wäre es besser gewesen, einen Fehler zuzugeben? Welchen Fehler? Seine Überzeugung stand nach wie vor. Sie wurde bei seinen heutigen Ermittlungen noch weiter gefestigt. Er brauchte jetzt dringend einen Erfolg, um die Kollegen wieder geschlossen hinter sich zu wissen.

Daniel beschäftigte sich damit, Flusen von seiner Hose zu entfernen, die wohl nur er sah, als Joshua in die Einfahrt des Parkhauses am Carlsplatz einbog. Ein leichter Nieselregen bedeckte die Stadt. Es war die Art Regen, bei dem man am Kofferraum stand und überlegte, ob es sich überhaupt lohnte, einen Regenschirm mitzunehmen, während die Nässe sich unmerklich in die Kleidung schlich. Selbstverständlich klappte Daniel sofort seinen Schirm auf. Joshua verzichtete darauf und lief los. Nach wenigen Minuten erreichten sie die Wallstraße. Sie schien heute noch dunkler zu sein als sonst. Die Sonne erreichte diese schmale Gasse nur um die Mittagszeit. Ansonsten lag sie, eingebettet zwischen mehrgeschossigen Häusern, fast immer im Schatten. Vor dem Haus, in dem Groding wohnte, standen einige Leute unter Schirmen und diskutierten. Dutzende Zigarettenkippen lagen zwischen ihnen auf der Straße. Als Joshua und Daniel vor die Haustür traten, verstummten die Gespräche. Alle schienen sie zu beobachten. Joshua wählte die Klingel neben Groding.

»Sie möchten zu mir?«, ertönte eine dunkle Stimme direkt hinter ihm.

»Wenn Sie Herr Woelke sind, ja. Trempe, Kriminalpolizei.«

Als Joshua ihm seinen Dienstausweis hinhielt, brach Gemurmel unter den Leuten um sie herum aus. Sein Gegenüber, ein untersetzter, älterer Herr mit lichtem hellgrauem Haar, lachte kurz auf. Über seinen mächtigen Bauch spannten sich rotblaue Hosenträger.

»Ich glaube, Sie sind jetzt der Fünfte, der was von mir will. Sprechen Sie sich denn gar nicht ab, meine Herren?«

Eine Frau mittleren Alters hinter ihm kicherte. Daniel übernahm das Wort.

»Herr Woelke, wir arbeiten pausenlos und dementsprechend tauchen immer wieder neue Erkenntnisse auf. Könnten wir uns im Haus unterhalten?«

Woelke drehte sich zu den anderen herum und hob entschuldigend die Arme.

»Dann will ich mal wieder der Staatsgewalt helfen.«

Die Wohnung roch muffig. Überall waren kleine Schränkchen und Tische verteilt. Dazwischen befanden sich etliche Bodenvasen mit künstlichen Blumen. Alles war von einer feinen Staubschicht überzogen. Daniels Blick blieb an einem Regal mit Videokassetten hängen. Die Sammlung schien ausschließlich aus Pornofilmen zu bestehen.

»Kann ich Ihnen mal leihen, wenn Sie möchten. Sind echt scharfe Sachen dabei. Die bekommen Sie nicht überall.«

»Nein, danke. Herr Woelke, uns interessiert, ob Sie Herrn Groding gestern am späten Nachmittag in Begleitung eines anderen gesehen haben.«

Woelke sah ihn fragend an und wies ihnen mit einer Armbewegung einen Platz auf dem Sofa zu. Daniel schob einen Stapel alter Zeitungen beiseite. Der Aschenbecher vor ihnen war randvoll. Woelke nahm gegenüber in einem Sessel Platz und antwortete.

»Nein. Man hängt ja auch nicht die ganze Zeit am Fenster. Obwohl ...«

Mit dem Daumen ließ er den Porzellanverschluss einer Bierflasche vor sich herunterspringen und genehmigte sich einen Schluck.

»So gegen fünf ging die Wohnungstür auf. Waren auch Stimmen zu hören. Was die gesprochen haben, konnte ich nicht verstehen. Als ich an der Tür war, waren die schon drin.«

Woelke biss sich auf die Lippen. Er errötete leicht.

»Ich, äh, musste zur Toilette«, stotterte er.

141

»Schon klar. Das war es auch schon, was wir wissen wollten.«

Joshua stand auf und reichte ihm die Hand.

»Kann ich jetzt eigentlich putzen?«

Daniel und Joshua sahen ihn an.

»Ich bin mit der Reinigungswoche dran. Eigentlich gestern, aber ging ja nicht. Ihre Kollegen haben ja alles versaut, bis in den Keller. Wenigstens waren sie nicht auf dem Speicher. Komisch eigentlich, aber gut.«

»Was ist denn auf dem Speicher, Herr Woelke?«

Zum zweiten Mal wünschte Woelke sich, seine Worte doch vorher zu überdenken.

»Och … eigentlich nichts«, er machte dabei eine abweisende Handbewegung. Als er die neugierigen Blicke der Polizisten bemerkte, sprach er kleinlaut weiter. So, als würde er über eine völlig unwichtige Banalität sprechen.

»Da hat jeder Mieter noch so einen kleinen Bretterverschlag. Sind da irgendwann hingekommen, als keiner mehr seine Wäsche da oben trocknete. Ich hebe dort den Weihnachtsschmuck und solche Dinge auf.«

Joshua hoffte, der Gedanke, der ihm soeben durch den Kopf schoss, möge nicht real werden.

»Wer hat die Schlüssel zu diesen Verschlägen?«

»Die Mieter selber. Das heißt, bei Groding ist nur so ein Holzpflock durch die Lasche gesteckt. Der hat da auch nur alte Zeitschriften und so'n Krempel drin.«

Joshua und Daniel sahen sich an und liefen los. Woelke schlüpfte in seine Schuhe und war im Begriff, die Schnürsenkel zu verknoten.

»Sie bleiben bitte hier, Herr Woelke!«

Pikiert sah er die beiden an. Er wollte gerade antworten, als Joshua seine Wohnungstür von außen zuzog. Eilig hasteten sie hoch.

»Woher wollen wir jetzt wissen, welcher Verschlag es ist?«

»Hast du doch gehört. Der mit dem Holzpflock.«

Joshua hatte genug von Woelke. Er öffnete die Tür zum Speicher. In dem spärlichen Licht, das durch zwei kleine Dachluken eindrang, waberte eine große Staubwolke. Daniel betätigte einen alten Drehschalter und eine von Spinnweben umgarnte kleine Lampe erhellte den Raum. Wenige Meter vor ihnen lag eine tote Taube auf dem Boden. Die dicke Dreckschicht, die kreisförmig um den Kadaver lag, ließ darauf schließen, dass ihre Entsorgung die Mieter vor ein Problem stellte. An der linken Seite war eine Wand aus Holzspalieren. Alle zwei Meter befand sich mittig ein Vorhängeschloss. Sie sahen sich kurz an und Daniel zeigte mit dem Daumen über seine Schulter. Hinter dem Treppenhaus befand sich die andere Hälfte des Speichers. Aus dem Treppenhaus war ein näher kommendes klapperndes Geräusch zu vernehmen. Joshua öffnete die Tür und glaubte zu träumen. Eine halbe Treppe unter ihm kam Woelke an. Bekleidet mit einer schmierigen Schürze und bewaffnet mit Besen und Kehrblech.

»Wenn es Sie nicht stört, fange ich schon mal an. Von oben nach unten, kennen Sie ja bestimmt.«

Woelke grinste über das ganze Gesicht. Joshua schrie ihn an:

»Es stört aber, Herr Woelke. Sie verschwinden jetzt augenblicklich hier. Wir können hier keine Schaulustigen gebrauchen, verstanden?«

Woelke ließ sein Kehrblech fallen und schluckte. Mit zitternder Stimme antwortete er Joshua.

»Also, das brauche ich mir nicht gefallen zu lassen. Ich kann mich hier frei bewegen, Sie … Sie …«

143

»Wenn Sie hier polizeiliche Ermittlungen behindern wollen, nehme ich Sie fest. Und jetzt verschwinden Sie.«

Joshua knallte die Tür hinter sich zu. In Daniels Augen konnte er dessen Gedanken förmlich lesen. So ginge man nicht mit Zeugen um. Er hatte noch den letzten Vortrag im Hinterkopf. Das Bild der Polizei in der Öffentlichkeit und so weiter. Joshua war es im Moment egal. Er hatte Angst vor dem, was ihn erwartete. Die rechte Seite war dunkel. Er suchte einen Lichtschalter. Als er die Wand abtastete, spürte er eine Hand. Fast gleichzeitig wurde es hell. Mitten im Raum stand ein Fahrrad auf Lenker und Sattel. Das Vorderrad fehlte. Ihre Blicke streiften den Lattenrost an der rechten Seite entlang. Der vorletzte Verschlag war nicht wie die anderen mit einem Vorhängeschloss gesichert. Für den Bruchteil einer Sekunde sahen sie sich an, bevor sie zu dem Raum gingen. Daniels Hand bewegte sich zögerlich in Richtung des Holzsplintes. Mit einem Ruck schnellte Joshuas Arm nach vorne und zog den Splint heraus. Er drückte die Tür auf und ging einen Schritt hinein. Seine Knie wurden weich, sein Herz raste. Ihm wurde kalt. Aus dem Halbdunkel des Raumes sah ihn ein Augenpaar an. Der Blick war wie von Panik erfüllt. Die Augäpfel stachen etwas hervor und wirkten wie polierte Kugeln. Joshua trat näher heran. Es war Groding. Er hatte eine Wäscheleine um den Hals. Das andere Ende war an einem Dachbalken befestigt. Groding saß fast auf dem Boden. Seine Beine stiegen zum Körper hin nur leicht an. Sein Hinterteil schwebte eine Handbreit über dem Boden. Daniel lief raus und telefonierte. Joshua stand wie erstarrt vor der Leiche. Der kalte Blick bohrte sich anklagend in seinen Verstand. Irgendwas schien ihn festzuhalten. Verzweifelt bemühte er sich um einen klaren Gedanken. Hier auf diesem Dachboden schien sich gerade das Finale seines persönlichen Desasters abzuspielen. Es kam ihm vor, als öffnete sich der Boden unter ihm und ließ ihn in ein tiefes, dunkles Loch stürzen.

»Die Kollegen sind verständigt, sie kommen sofort«, Joshua zuckte zusammen. Sein Verstand lief wieder an. Er schaute sich in dem kleinen Raum um. Dabei vermied er den Blick auf den Toten. Überall waren Kisten aufgetürmt. Alle schienen mit Zeitschriften und Büchern gefüllt zu sein. Der Fußboden war mit Teppichresten ausgelegt. Daniel zog ihn am Ärmel.

»Lass uns hier rausgehen, wir zertrampeln sonst alle Spuren.«

Joshua sah ihn an. Dieser Satz ließ ihn hoffen.

»Glaubst du denn, es gibt Fremdspuren?«

Daniel zuckte die Schultern und lief auf dem Speicher auf und ab.

»Depressiv wirkte er auf mich jedenfalls nicht. Aber was wissen wir schon von seiner Psyche? Ein Abschiedsbrief liegt da nicht, aber das ist ja auch keine Vorschrift.«

Joshua wusste nicht genau, wie er diese Worte bewerten sollte. Sie taten gut, aber er traute ihnen nicht so richtig. Ein Selbstmord Grodings würde jedenfalls seine Situation garantiert nicht verbessern. Die Medien würden ihn in der Luft zerreißen und es war nur eine Frage der Zeit, bis seine Vorgesetzten dem öffentlichen Druck nachgeben würden. Fakt war nun einmal, dass Groding noch leben könnte, wenn er ihn verhaftet hätte. Sie mussten jetzt so schnell wie möglich die Person finden, mit der Groding sich zuletzt getroffen hatte. Krampfhaft versuchte er, Zusammenhänge zu konstruieren. Sollte Groding tatsächlich etwas mit den Morden zu tun haben, so könnte die unbekannte Person der ominöse Komplize gewesen sein. Es war vieles denkbar. Auch die Tatsache, dass jemand anderes die Wäscheleine um Grodings Hals gelegt hatte. Joshua sträubte sich vor dem Gedanken an einen Selbstmord. Als die Kollegen von der Spurensicherung und der Bereitschaftsarzt eintrafen, standen Joshua und Daniel schon wieder unten auf der Straße. Fast zeitgleich trafen drei Streifenwagen ein. Sofort stürzte einer der Kollegen auf die beiden zu. Es war Ginster. Daniel hielt ihm den ausgestreckten Arm entgegen.

»Guten Abend, Herr Ginster. Wie waren noch gleich Ihre Worte? Ah, jetzt habe ich es wieder: Wenn man nicht alles selber macht, nicht wahr?«

Ginster presste seine Lippen zusammen. In seinen Augen war Wut zu erkennen. Sein Adamsapfel hüpfte auf und ab. Stumm schüttelte er die Hände seiner Krefelder Kollegen.

»Geschenkt. Ich denke, wir sind jetzt quitt. Die beiden Kollegen, die unbedingt auf dem Speicher nachsehen wollten, mache ich lang.«

»Schon gut«, mischte Joshua sich ein, »habt ihr irgendwas über seinen Besucher erfahren?«

Ginster schüttelte seinen voluminösen Kopf.

»Leider nein. Ein Nachbar hat zwar was gehört, aber ansonsten, nichts.«

Sie schwiegen eine Weile. Ginster legte jeweils eine Hand auf die Schultern von Daniel und Joshua.

»Mensch, warum habt ihr den denn nicht direkt mitgenommen?«

»Uns hat er gesagt, er würde sich erst nächste Woche aufknüpfen.«

Ginster sog tief die mittlerweile trockene Luft ein. Für eine Sekunde legte er seinen Kopf in den Nacken und schloss die Augen.

»Entschuldigung, so war das nicht gemeint.«

Daniel blickte auffällig auf seine Schweizer Armbanduhr. Die Breitling hatte Kalle ihm für vierhundert Euro verkauft. Joshua hatte jedes Zeitgefühl verloren. Er konnte nicht begreifen, wie sein Kollege so einfach auf Freizeit umschalten konnte. Er kam Daniel zuvor.

»Wir können hier nichts mehr tun, ich möchte noch zur Kriminaltechnik, wo wir einmal hier sind.«

Daniels Mundwinkel sackten ab.

»Was versprichst du dir davon? Ich war doch heute Vormittag da und habe dir doch gesagt, dass sie keine Spuren gefunden haben.«

»Vorläufig, hast du gesagt«, Joshua verabschiedete sich mit einer Handbewegung von Ginster und lief los, »irgendwas müssen sie gefunden haben, wenn der Wagen wirklich am Tatort war.«

»Ja, die Spuren vom Mörder. Und der liegt vermutlich dort oben.«

Joshua erwiderte nichts und lief unbeirrt über den Carlsplatz in Richtung Parkhaus. Zwanzig Minuten später waren sie da. Der Parkplatz des Landeskriminalamtes war fast leer. Sie liefen direkt in den Keller. Herbert Knarr hing gerade seinen Kittel in den Spind, als sie ihn begrüßten. Ohne sie länger als nötig anzusehen, erwiderte er ihre Begrüßung und kümmerte sich weiter darum, sich bekleidungsmäßig auf die Außenwelt vorzubereiten.

»Ich habe euch den Bericht vor einer Stunde zugefaxt«, sagte er trocken.

»Wir waren seitdem nicht im Büro, kannst du uns bitte in groben Zügen den Inhalt mitteilen?«

Knarr sah zuerst Joshua, dann Daniel an.

»Hast du deinem Kollegen nichts erzählt?«

»Doch, aber …«

»Er sagte, dass ihr noch nicht ganz fertig wart.«

147

Knarr seufzte und setzte sich im Unterhemd an einen kleinen Tisch. Unbeirrt begann er, sich die Schuhe anzuziehen. Nachdem er den ersten Schuh angezogen hatte, blickte er zu Joshua hoch.

»Könnte tatsächlich etwas dran sein. Die Betonung liegt auf könnte. Die Abdeckung unterhalb der Lenksäule wurde schon mal losgeschraubt. Es befinden sich winzige Kratzspuren an den Schrauben. Die Kabelschuhe der Zündkabel sind unversehrt, allerdings sind die Isolierungen nicht korrekt über die Klemmen gezogen.«

Daniel runzelte die Stirn. Joshua reagierte sofort.

»Das Zündschloss ist also kurzgeschlossen worden?«

Knarr sah ihn lächelnd an.

»Überbrückt, wenn schon. Ja, möglich. Genauso gut wäre aber auch ein ausgetauschtes Zündschloss denkbar. Immerhin sind an dem Fahrzeug äußerlich keinerlei Spuren von Gewalt zu erkennen.«

»Vielleicht hatte Groding den Wagen nicht abgeschlossen und der Täter brauchte somit lediglich das Zündschloss zu überbrücken und wegfahren.«

Knarr schüttelte leicht den Kopf.

»Unwahrscheinlich.«

Joshua sah ihn erstaunt an. Ihm wollte nicht einleuchten, was daran so abwegig sein sollte.

»Nach drei Minuten aktiviert sich bei diesem Fahrzeug die elektronische Wegfahrsperre. Überbrücken ist dann nicht mehr. Der Wagen muss danach mit dem Originalschlüssel gestartet werden, theoretisch.«

Knarr dehnte dieses ›theoretisch‹ und machte Joshua damit wieder Hoffnung. Bevor er nachhaken konnte, sprach der Kriminaltechniker weiter.

»Mittlerweile kursieren in einschlägigen Kreisen handliche Geräte, die das Infrarot- beziehungsweise Funksignal, das von den Fahrzeugschlüsseln ausgesandt wird, auffangen und abspeichern. Mit einem eingebauten Sender lassen sich die Fahrzeuge völlig spurenfrei öffnen. Die Wegfahrsperre deaktiviert sich selbstverständlich auch gleich mit. Wie mit dem richtigen Schlüssel eben. Neue Diebstahlsicherungen zu entwickeln, bedeutet für die Industrie lediglich noch, sich einen kleinen Vorsprung auf das ›Fachpersonal‹ zu erarbeiten.«

Für Joshua war die Sache jetzt klar. Es war die Antwort, auf die er gehofft hatte. Daniel zögerte noch.

»Wie groß sind diese Geräte denn?«

»Unterschiedlich. Meistens sind sie in Form und Größe von einem Laptop kaum zu unterscheiden.«

Unterwegs nach Krefeld diskutierten sie die Ereignisse durch. Daniel tendierte schon lange dazu, Groding für den Mörder zu halten. Die Möglichkeit, jemand könnte bewusst sein Auto gestohlen haben, um eine falsche Spur zu legen, erschien ihm absurd. Dazu war die restliche Beweislast zu erdrückend. Nach dem Mord an Schändler könnte Groding auch in einen Schockzustand geraten und wie in Trance rauchend am Tatort stehen geblieben sein. Ebenso könnte er sich bewusst Schuhe besorgt haben, die zu groß waren, um eine falsche Spur zu legen. Nur für die Sache mit der Alarmanlage fiel ihm keine plausible Erklärung ein.

»Gib auf, Joshua. Der Fall ist geklärt.«

»Geklärt?«

Daniel klappte die Sonnenblende herunter und prüfte in dem kleinen Spiegel den Sitz seiner Krawatte. Er drehte sich zu seinem Kollegen herum. Joshuas Blick wirkte verbissen.

»Ja, mein Gott. Was willst du denn noch? Vergiss deine

Verschwörungstheorien doch endlich. Wer sollte denn den Wagen von Groding klauen und all die anderen Spuren legen und vor allem warum?«

»Wer? Der anonyme Anrufer natürlich. Warum finde ich noch heraus. Wie kann man nur so borniert sein und auf solche Tricks hereinfallen. Dem Groding wurde ein Doppelmord untergeschoben.«

»Ah ja? Und weil wir ihn nicht verhaftet haben, hat er sich nun selbst bestraft, oder was? Wer ist denn hier borniert? Wer ignoriert denn die dicksten Indizien?«

Joshua machte eine abfällige Handbewegung und stellte das Radio an. Gegen achtzehn Uhr dreißig erreichten sie ihre Dienststelle. Im Flur kam ihnen Kalle entgegen. Sein Gesichtsausdruck verhieß keine guten Nachrichten.

»Da seid ihr ja. Hier ist vielleicht was los. Die lieben Kollegen aus Düsseldorf haben eine Pressemitteilung herausgehauen. Der Alte hat für morgen früh eine Pressekonferenz angesetzt. Hat aber auch was Gutes. Der Fall ist erledigt. Bisschen Schreibkram noch und aus die Maus.«

»Wer sagt, dass der Fall erledigt ist?«

Joshuas Gesicht verfärbte sich.

»König persönlich. Er wertet den Selbstmord als Schuldeingeständnis und nachdem sich noch ein Zeuge gemeldet hat«, Kalle sah in die fragenden Gesichter seiner Kollegen, »das wisst ihr ja noch gar nicht. Ein LKW-Fahrer aus Gera. War an dem Rastplatz pinkeln und hat gesehen, wie ein dunkelblauer BMW mit quietschenden Reifen dort weggefahren ist. Düsseldorfer Kennzeichen, mehr wusste der Typ nicht, aber König hat es gereicht.«

Daniel klopfte Joshua auf die Schultern.

150

»Na denn. Komm, lass uns Feierabend machen.«

Joshua ignorierte diesen Satz. Eine Befürchtung kam in ihm hoch.

»Wird Rosalinde Schändler noch bewacht?«

Kalle lachte kurz auf, als habe Joshua etwas sehr Naives gefragt.

»Natürlich nicht. Das hat König sofort veranlasst. Kennst doch den alten Schotten.«

Joshua wurde nervös. Fieberhaft überlegte er seine weitere Vorgehensweise. Er musste Rosalinde Schändler in Sicherheit bringen. Aber wohin? Er zog Daniel am Arm in Richtung Ausgang.

»Hey, wo willst du hin?«

»Ins Krankenhaus, die kleine Schändler ist in Gefahr!«

Van Bloom riss sich los und blieb abrupt stehen.

»Jetzt reicht es mir aber! Niemand ist in Gefahr. Wenn du weiter deinen Spinnereien hinterherrennen willst, meinetwegen. Aber ohne mich. Das grenzt ja schon an Paranoia!«

»Denk was du willst. Dann fahre ich eben alleine.«

Daniel kehrte um und ging zurück. Kalle stand immer noch da und hatte alles mitbekommen.

»Warum ist der eigentlich so verrückt auf den Fall?«

Daniel zuckte mit den Schultern.

»Ich denke, er macht sich Vorwürfe.«

Gemeinsam liefen sie die Treppe zum ersten Stockwerk hoch. Kalle schüttelte immer wieder mit dem Kopf.

»Das passt nicht zu ihm. Du kennst ihn noch nicht so lange. Joshua hat überhaupt keine Probleme damit, einen Fehler zuzugeben. Darum arbeite ich so gerne mit ihm zusammen. Da muss irgendwas dran sein.«

151

»Glaube ich nicht. Er hat Stress zu Hause und jetzt noch der Fehler mit Groding. Der verrennt sich da in was.«

Das Krankenhauspersonal sammelte in den Zimmern das Geschirr vom Abendessen ein. Joshua ekelte sich vor diesem Gemisch aus Essensduft und Krankenhausmief. Er lief sehr schnell, als wenn sie gerade jetzt verschwinden könnte. Als er ihr Zimmer betrat, war er erleichtert. Eine junge Frau saß vor ihrem Bett. Nachdem sie ihn bemerkten, verstummten sie.

»Guten Abend, Herr Kommissar. Das ist eine Freundin, Sandra Volkert.«

Die zierliche junge Frau stand auf und gab ihm die Hand.

»Ich wollte sowieso gerade gehen, bitte sehr.«

Sie bot ihm ihren Stuhl an und verabschiedete sich von beiden. Joshua kam direkt zur Sache.

»Sie können nicht länger hier bleiben. Ich kann Ihnen keinen Polizeischutz mehr bieten. Trotzdem glaube ich …, ich meine, es besteht die Möglichkeit, dass Sie in Gefahr sind.«

»Ja, ich habe mitbekommen, dass kein Polizist mehr vor der Tür sitzt. Man hat mir gesagt, der Mörder hätte Selbstmord begangen und ich sei jetzt nicht mehr in Gefahr. Ich verstehe das nicht.«

»Es ist auch nicht so einfach. Wir sind uns nicht sicher, ob es der Mörder war. Das heißt, ich bin mir nicht sicher«, setzte er kleinlaut hinzu.

»Bitte, ich würde Sie jetzt gerne in Sicherheit bringen.«

Sie zog ihre Augenbrauen zusammen. Joshua wurde bewusst, wie schön sie war. Schön und unschuldig. Er

152

freute sich darüber, dass es ihr schon wieder besser ging. Auch wenn ihm klar war, dass dieser Abend tiefe Narben in ihre Seele gerissen hatte.

»Wohin wollen Sie mich denn bringen?«

Ihr schien die Gefahr bewusst zu sein, sonst wäre sie wohl davon ausgegangen, er würde sie zurück nach Hause bringen, stellte Joshua erleichtert fest. Gleichzeitig dachte er darüber nach, wohin er sie denn bringen könnte. Daniel würde es nicht zulassen. Seine Familie kam auch nicht infrage.

»Ich bringe Sie zu meinen Eltern«, antwortete er kurz entschlossen, »die wohnen auf dem Land. Da findet Sie so schnell niemand. Außerdem wird mein altes Zimmer mal wieder bewohnt.«

Er lachte und gab ihr einen Klaps auf die Schulter. Unsicher stand sie auf. Sie schien von Zweifeln geplagt zu sein. Joshua half ihr, den Koffer zu packen. Zwischendurch räusperte sie sich. Als Joshua sie ansah, lupfte sie an ihrem Nachthemd. Er ging hinaus auf den Flur. Fünf Minuten später kam sie mit dem Koffer in der Hand hinaus. Sie trug eine hellblaue, geblümte Bluse zu einer weißen Jeans. Sie wollten gerade losgehen, als sie von hinten die Stimme der Stationsschwester hörten.

»Darf ich fragen, wohin die Reise gehen soll?«

Rosalinde und Joshua drehten sich zu der Stimme um. Eine zierliche kleine Frau in einem weißen Kittel sah sie mit braunen Augen streng an.

»Das ist Schwester Kerstin«, flüsterte Rosalinde ihm ins Ohr. Joshua erklärte ihr, dass er Frau Schändler mitnehmen müsse und persönlich auf sie aufpassen würde. Den wahren Grund nannte er ihr nicht.

»Tut mir Leid, das kann ich nicht zulassen. Frau Schändler muss noch mindestens eine Woche bei uns bleiben.«

Joshua hatte keine Zeit für langwierige Diskussionen mit der Angestellten des Krankenhauses.

»Schwester Kerstin, die junge Dame ist bereits volljährig und kann somit selbst entscheiden, wann und wohin sie gehen möchte. Sehen Sie das etwa anders?«

Die resolute Dame stemmte ihre Arme in die Hüfte und schluckte. Sie warf beiden der Reihe nach einen abfälligen Blick zu, bevor sie klein beigab.

»Wie Sie wollen. Aber Sie unterschreiben bitte unten, dass Sie auf eigene Verantwortung dieses Krankenhaus verlassen wollen!«

»Selbstverständlich. Dennoch einen schönen Tag, Schwester Kerstin.«

Ohne ein Wort zu sagen, drehte die Krankenschwester sich um und ging zurück. Rosalinde grinste ihn an. Es war das erste Mal, dass er sie mit einem fröhlichen Gesichtsausdruck sah. Sie unterschrieben an der Pforte noch ein entsprechendes Formular und gingen zu Joshuas Wagen. Er trug in der einen Hand ihren Koffer, mit der anderen hielt er ihre linke Hand. Insgeheim hoffte Joshua, dass ihn keiner erkennen würde. Als sie vom Parkplatz fuhren, bemerkten sie nicht, dass sie im Abstand von drei Fahrzeugen von einer hellen Limousine verfolgt wurden.

11

Daniel hatte den Pizzateig fertig belegt. Dabei ging er nicht gerade sparsam mit den Zutaten um. Italienische Kräuter aus dem Gefrierfach, Parmesankäse, Artischockenherzen vom Feinkostladen, Parmaschinken und frische Tomaten. Dazu einen Salat, bestehend aus frischem Radicchio und Lollo Rosso. Soeben hatte er noch den Vino Nobile aus dem Kühlschrank geholt und in den Flaschenkühler gestellt. Er sah auf die Küchenuhr. Halb acht. Um acht, so nahm er an, würde Joshua wohl spätestens erscheinen. Nach diesem Essen und der einen oder anderen Flasche Wein würde sich sein Kollege wohl entspannen, da war sich Daniel sicher. Er schob das Blech mit der Pizza in den Backofen und ging mit einem Glas Wein in sein Büro. Direkt die erste E-Mail ließ ihn hektisch werden. Er hatte mehrere Newsletter abonniert, die ihn ständig über die neuesten Besonderheiten an den Börsen rund um den Globus informierten. Dazu bekam er eine Reihe, zum Teil sehr zuverlässige Börsentipps. Darauf und auf seinen Instinkt konnte Daniel sich in der Vergangenheit fast blind verlassen. Mit einer Ausnahme: Der BioPharmaca AG. Gegen jeden Trend und völlig unerklärlich für alle Börsenexperten schnellte deren Kurs auf das Siebenfache hoch und das innerhalb weniger Wochen. Während sich Fachleute aus sämtlichen Gebieten der Finanzwelt die Köpfe heiß diskutierten, sank der Kurs der Aktie eben-

155

so schnell wieder ab. Die Mutmaßungen und Gerüchte darüber köchelten noch immer, wenn auch auf kleiner Flamme, und jetzt?

Über Nacht verdreifachte die Aktie ihren Kurs und stand jetzt bei sechs Euro zwölf. Und wieder war der Anstieg unerklärlich. Es hieß sogar, die Staatsanwaltschaft würde gegen die Firma ermitteln. Normalerweise ein Dolchstoß für jedes börsennotierte Unternehmen. Nicht so in diesem Fall. Daniel verfolgte den Kurs an der Frankfurter Börse via Internet live mit und musste tatenlos zusehen, wie er immer weiter kletterte. Es kribbelte in seinen Fingern. Nur wenige Tastendrücke, eine Minute, maximal zwei, und er würde am Erfolg dieser Firma partizipieren. Seine Vernunft wehrte sich noch vehement dagegen. Trotz der aktuellen Kursentwicklung wurde das Wertpapier von keinem Analysten hochgestuft. Im Gegenteil, die meisten rieten zum Verkauf. Diese Aktie war zum zweiten Mal im Begriff, die ungeschriebenen Gesetze der Börse auf den Kopf zu stellen.

Daniel suchte minutenlang in einer Datei nach einer Telefonnummer. Er nahm sich den Hörer und rief Joachim Holsten vom Landeskriminalamt an. Sie waren zusammen bei der Bundeswehr gewesen, hatten danach noch eine Weile mehr sporadischen Kontakt. Nach einigen Begrüßungssätzen und Smalltalk, kam van Bloom seinem Anliegen näher. Langsam und geschickt lenkte er das Thema in Richtung Börse:

»Was weißt du von einer Firma BioPharmaca AG?«

»Die wird es wohl nicht mehr lange geben. Die Kollegen haben da so einiges an Belastungsmaterial sichergestellt. Kreditbetrug, Bilanzfälschung und so weiter.«

»Du rätst mir also davon ab, ihre Aktien zu erwerben?«

»Absolut. Frage mich aber bitte nicht nach der ominösen Kursentwicklung. Da knabbern unsere Experten schon eine ganze Weile dran rum. Übrigens, was macht denn der Fall Schändler?«

Daniel stutzte. Welches Interesse sollte das LKA daran haben?

»Ist geklärt. Der Mörder hat sich selbst gehimmelt, warum fragst du?«

»Weil Schändler bei unseren Ermittlungen auch auftauchte. Er hatte ein fettes Aktienpaket von BioPharmaca. Gekauft bei einsneunzig, verkauft bei zwölf. Hat knapp zwölf Millionen dafür eingestrichen. Ein Schelm, wer böses dabei denkt. Wer war denn sein Mörder?«

»Till Groding aus Düsseldorf. Ein Werbefuzzi. Schändler hat ihn über den Tisch gezogen und daraufhin ist der ausgerastet.«

Sie sprachen noch über ein paar Kleinigkeiten, allerdings mehr um der Höflichkeit genüge zu tun und verabschiedeten sich freundlich. Daniel dachte über das Gespräch nach. Sollte da irgendein Zusammenhang bestehen. Auf keinen Fall durfte er Joshua davon erzählen. Er würde nur unnötig Öl in sein Verschwörungsfeuer gießen.

12

Joshua unterhielt sich angeregt mit Rosi, wie er sie nennen sollte. Er bot ihr ebenfalls an, ihn beim Vornamen zu nennen, um ihr Vertrauen zu gewinnen. Gelegentlich sah er in den Rückspiegel, nahm seinen Verfolger aber nicht wahr. Sie waren schon fast auf dem Hof seiner Eltern, als die weiße Limousine mit gemäßigtem Tempo an der Einmündung vorbeifuhr und einige Meter weiter wendete. Als sie erneut vorbeifuhr in Richtung Innenstadt, wurden Rosi und Joshua von seinen Eltern begrüßt. Er hatte sie unterwegs von seinem Plan unterrichtet. Sie erklärten sich spontan einverstanden. Sein Vater wollte alles ganz genau wissen, den gesamten Fall. Während Rosi im Gästezimmer ihren Koffer auspackte, verschwand seine Mutter in der Küche. Sie war strikt dagegen, dass das junge Mädchen in seinem Zimmer schlafen sollte. Joshua saß mit seinem Vater im Wintergarten. Er hatte ihnen ein Glas Bier eingeschenkt und sich für seine Äußerungen vom Vortag entschuldigt. Wobei entschuldigt ein wenig übertrieben ausgedrückt war. Man könnte eher sagen, er hatte seine Äußerungen relativiert. Joshua störte es nicht. Es war ohnehin schon mehr, als er erwartet hatte. Im Übrigen war er auf diesen Burgfrieden angewiesen. Nachdem er einen kräftigen Schluck getrunken hatte, meinte sein Vater, er könne selbstverständlich bei ihnen übernachten. Einige Minuten später griff sein Vater das Thema noch einmal auf.

158

»Joshua, ich kann dich verstehen. Es ehrt dich, dass du zu deiner Familie stehst. Aber dass Janine nicht die Nerven hat, mit einem Polizisten zu leben, dürfte dir doch wohl spätestens jetzt klar sein.«

Joshua nahm einen tiefen Schluck und begann, sich eine Zigarette zu drehen. Vielleicht hatte Janine ja einfach nur eine schwache Phase.

»Vater, ich werde versuchen, mich zum LKA versetzen zu lassen.«

Sein Vater sah ihn nachdenklich an.

»Glaubst du, damit sind eure Probleme gelöst? Die deiner Frau vielleicht, aber was ist mit dir. Ich weiß doch genau, wie sehr du an deinem Beruf hängst.«

»Beim LKA arbeiten auch Polizisten«, gab er trotzig zurück.

Sein Vater hob resigniert die Arme.

»Einen Dickkopf hattest du immer schon, aber jetzt zur Sache. Was ist das für ein Fall?«

Joshua erzählte ihm in allen Einzelheiten davon. Sein Vater lehnte sich zurück, zündete sich eine Zigarre an und hörte ihm aufmerksam zu. Er trug wie immer eine dunkelbraune Strickweste über einem Oberhemd. Joshua fragte sich oft, warum sein Vater auch zu Hause eine Krawatte trug. Er hatte den Übergang zum Pensionär eigentlich nie wirklich vollzogen, nicht nur, was die Kleidung betraf. Seine Mutter ging nicht aus freien Stücken sofort in die Küche, um etwas vorzubereiten, sondern weil er ihr ein Zeichen gab. Er behandelte sie oft wie eine Untergebene, was Joshua stets missfiel. Sie hatte sich in all den Jahren daran gewöhnt und nahm es gar nicht mehr wahr. Janine behauptete, sein Vater hätte ihren Willen gebrochen. So dramatisch war es wohl nicht.

Da Joshua den Fall aus seiner Sicht schilderte, drängte

er seinem Vater natürlich eine subjektive Sichtweise auf. Dieser ließ sich dadurch aber nicht beirren. Nach einer kurzen Gedankenpause äußerte er seine Meinung dazu.

»Ich muss dir Recht geben, was die Indizien betrifft. Alle könnten, ich sagte könnten, fingiert sein. Das trifft aber auf sehr viele Indizienprozesse zu. Selbstverständlich darf man da nicht zu oberflächlich herangehen. Auf der anderen Seite musst du meines Erachtens nach objektiver werden.«

Joshua hörte fast andächtig zu. Er nutzte oft die Erfahrung seines Vaters. Seine Ratschläge schmeckten meist bitter, aber sie halfen auch oft.

»Es mag ja sein, dass deine Vermutung zutrifft, ich glaube es sogar, aber du solltest dir mehr Sicherheit holen. Wie genau kanntest du Groding? Was weißt du über seine Vergangenheit? Wäre es möglich, dass er technisch hoch versiert ist, aber zuletzt äußerst phlegmatisch war? Wäre es zudem möglich, dass er äußerst gerissen war und dich bewusst auf eine falsche Fährte gehetzt hat? Hast du das alles überprüft, bevor dein Urteil feststand?«

Joshua sackte in sich zusammen. Sein Vater hatte Recht. Viel zu häufig ließ er sich von seinem Instinkt leiten. Viel zu viele Entscheidungen traf er aus dem Bauch heraus. Momentan sah er nur die Fakten, er musste mehr im Nebel der Hintergründe stochern. Er wollte seinem Vater noch von Daniel erzählen, von Mobbing und reißerischen Zeitungsartikeln. Ihn überkam jedoch das Gefühl, sich damit eine Blöße zu geben. Sein Vater würde ihm raten, die Ellenbogen auszufahren, zu boxen und zu treten, seine Position herauszustellen, wie er es immer nannte. Plötzlich fiel ihm das Treffen mit seiner Frau ein. Er sah auf die Uhr, kurz vor neun. Hastig sprang er auf und lief im Zimmer umher, während er die heimische Nummer in sein Handy hackte. Seine Frau meldete sich nach dem ersten Klingeln.

»Hallo Liebes. Es tut mir Leid, es ist was dazwischen gekommen, aber ich fahre sofort los.«

Stille am anderen Ende. Eine Stille, die ihm in den Magen fuhr.

»Das ist doch immer so. Na schön. Magst du aufgewärmte Steaks?«

Joshua schluckte. Er hatte nicht damit gerechnet, dass sie für ihn kochen würde.

»Ja, ich mag alles, was du machst.«

»Schmeichler. Ich habe noch zwei in der Truhe, mache ich halt neue, bis gleich. Und Joshua …«

»Ja«

»… schon gut, bis gleich.«

Sein Vater grinste ihn an.

»Bin gespannt, wie du das deiner Mutter beibringst, die dürfte gleich mit dem Abendbrot fertig sein?«

»Mach du das, ich muss los!«

»Aber …«

Joshua rannte zu seinem Wagen und fuhr vom Hof. Unterwegs gingen ihm die Sätze seines Vaters durch den Kopf. Die Probleme würden durch eine Versetzung zum LKA nur verlagert. Nicht seine Frau, sondern er wäre es, der mit der Situation unglücklich sein würde. Auf der anderen Seite wurde ihm vorhin klar, wie Recht Janine hatte. Er hätte beinahe den Termin versäumt, in den er soviel Hoffnung setzte. Dieser Abend war eine Chance für ihn und ihre Ehe. Vielleicht die Letzte. Sie wäre ihm fast durchgegangen.

Die Dämmerung verschlang einen weiteren Tag. Einen von denen, auf die er gerne verzichtet hätte. Die einbrechende Nacht würde nicht dunkel genug werden, um seine Probleme zu verstecken. Die Hoffnung auf ein versöhnliches Gespräch mit Janine wischte seine Traurigkeit beiseite.

Erleichtert über die erneute Nachsicht seiner Frau parkte er vor seiner Haustür. Joshua ärgerte sich darüber, dass er keine Blumen oder eine Kleinigkeit für die Kinder mitgebracht hatte.

Als seine Frau die Tür öffnete, stürzten David und Britt an ihr vorbei und fielen ihm in die Arme. Joshua schossen Tränen in die Augen.

»Jetzt ist aber gut, lasst den Papa doch erstmal reinkommen«, besänftigte Janine die beiden Kinder. Sie gab ihrem Mann einen nichtssagenden Kuss auf die Wange und ging vor ins Wohnzimmer. Der Tisch war romantisch gedeckt. Ein paar Rosen in der Mitte zwischen zwei Kerzen.

»Die Kinder haben schon gegessen«, bemerkte sie, als sie seinen Blick auf die zwei Gedecke wahrnahm. »Ich wollte eine gemütliche Atmosphäre, damit wir uns nicht gleich streiten, ansonsten hat das nichts zu sagen«, schob sie noch entschuldigend hinterher. Joshua konnte sich nicht vorstellen, warum sie sich streiten sollten. Während Janine das Essen aus der Küche holte, ließen ihn Britt und David nicht zur Ruhe kommen. Sie benahmen sich, als sei er Monate fortgewesen.

»So, jetzt lasst euren Vater mal in Ruhe essen!«

Während des Essens tauschten sie einige Nettigkeiten aus und erkundigten sich nach dem gegenseitigen Wohlbefinden. Als Joshua anfing, über ihre Beziehung zu sprechen, blockte sie ab. Sie wollte nach dem Essen in Ruhe mit ihm darüber sprechen, wenn die Kinder im Bett wären. Janine empfand genau das als Hauptgrund für ihre Misere. Sie hatten nie Zeit füreinander. Joshua willigte ein und ließ sich den Nachtisch schmecken. Anschließend räumten sie gemeinsam den Tisch ab. Janine drückte ihm eine Flasche Rotwein und einen Korkenzieher in die Hand und ging mit zwei Gläsern bewaffnet mit ihm ins Wohnzimmer. Joshua konnte seine Freude darüber kaum verbergen. Janine würde ihn niemals nach dem Genuss des Rotweines noch fahren lassen. Sie wollten es sich gerade auf dem Sofa gemütlich machen, als sich sein Handy meldete. Janine verzog ihr Gesicht und verdrehte die Augen.

»Ich hatte gehofft, du würdest dein Handy wenigstens heute Abend ausschalten.«

Joshua wurde verlegen. Er streckte sich lang auf dem Sofa aus und zog sein Handy aus der Hosentasche.

»Wird nichts Wichtiges sein, eine Sekunde. Trempe … WAS? Ich komme sofort!«

Kreidebleich steckte er sein Handy zurück in die Tasche. Sein Blick wirkte apathisch. Er wankte. Janine sprang auf und gab ihm Halt.

»Meine Eltern … man hat sie überfallen. Mein Vater …«

Er schob seine Frau zur Seite und rannte zu seinem Wagen. Janine stand blass im Türrahmen. Sie konnte nichts sagen.

Mit einhundertvierzig Stundenkilometern fuhr er über den Krefelder Nordring. Ein Taxi konnte ihm an einer Kreuzung im letzten Moment ausweichen. Der Taxifahrer vertraute dem grünen Licht der Ampel. Joshuas Blut hämmerte in einem Wahnsinnstempo durch seine Venen. Der Kollege konnte ihm nicht viel sagen. Nur das ein Schusswechsel stattfand. Seine Mutter hatte den Notruf gewählt. Sie sagten, sein Vater sei getroffen worden.

Der ehemalige Bauernhof seiner Großeltern wurde schon von weitem sichtbar. Halogenstrahler leuchteten alles aus, durchsetzt vom flackernden Blaulicht der Einsatzfahrzeuge. Das Bild brannte sich in sein Hirn. Er fühlte sich wie mitten in einem Albtraum. Ein Kollege der Verkehrssicherung sperrte die Zufahrt zum Hof ab. Joshua schoss um ihn herum. Auf dem Hof rutschte sein Wagen in einen Holunderstrauch. Joshua sprang aus dem Fahrzeug und rannte zum Haus. Daniel kam ihm entgegen.

»Wo sind meine Eltern?«, schrie er ihn an.

»Im Krankenhaus, halb so schlimm. Beruhige dich. Dein Vater hat einen Streifschuss und deine Mutter einen Schock.«

Joshua atmete tief durch. Seine Befürchtungen waren der blanke Horror. Langsam fasste er den ersten klaren Gedanken.

»Wo ist Rosi?«

»Jetzt beruhige dich doch erstmal, Joshua. Dich trifft keine Schuld.«

Joshua sah ihn mit starrem Blick an. Hinter van Bloom kamen zwei Männer aus dem Haus. Sie trugen einen einfachen, hellgrauen Sarg. Joshua schlug die Hände vor sein Gesicht. Seine Ehe war ihm wichtiger wie das Leben dieses Mädchens. Die Welt schien sich um ihn herum zu drehen. Ihm kam es so vor, als würden alle mit dem Finger auf ihn zeigen. Wie konnte er die Verantwortung für das Leben dieses Menschen nur seinen Eltern übertragen. Er hatte sie auf dem Gewissen und seine Eltern zusätzlich in Lebensgefahr gebracht. Sein Körper bebte. Daniel hatte seinen Arm auf seine rechte Schulter gelegt. Er spürte ihn nicht. Er nahm nur allmählich wahr, wie sein Kollege beruhigend auf ihn einredete. In seinem Gehirn befanden sich nur noch Bruchstücke von Gedanken. Mit seinem inneren Auge blickte er durch ein Kaleidoskop. Joshua spürte, wie sein Kreislauf verrückt spielte.

Langsam und ohne den geringsten Einfluss auf sein Gefühl kehrte sein Entsetzen, seine Ohnmacht sich in Wut um. Wer tat so etwas? Wer konnte nur so brutal vorgehen? Vor seinen Augen drehte sich alles, seine Knie wurden weich, seine Hände begannen zu zittern. Daniel legte einen Arm um seine Hüfte und hielt ihn fest.

Mittlerweile waren Elsing und Staatsanwalt König eingetroffen. Daniel hielt seinen Kollegen am Arm. Nach einigen Sekunden war er wieder Herr seiner Sinne. Als er den Staatsanwalt sah, kam unkontrollierbare Wut in ihm hoch. Sein Blick verfinsterte sich, er versuchte sich langsam, von Daniel zu lösen.

»Besser, du verschwindest jetzt ganz schnell, bevor du die Beherrschung verlierst«, zischte Daniel ihm zu.

Joshua riss sich mit einem Ruck von seinem Kollegen los, als König auf ihn zukam. Man hatte den Staatsanwalt offensichtlich schon bestens informiert. Er trug eine weinrote Strickjacke, die seinen korpulenten Körper noch fülliger erscheinen ließ. Ohne Begrüßung fuhr er Joshua an.

»Trempe, ich bin sehr gespannt auf Ihre Erklärung. Was hat das zu bedeuten? Was bilden Sie sich eigentlich ein? Dafür sind Sie …«

Er konnte seinen letzten Satz nicht mehr aussprechen. Joshuas rechte Faust donnerte mit Wucht in sein Gesicht. Elsing wollte den taumelnden Staatsanwalt noch auffangen, aber es gelang ihm nicht. Der Länge nach und mit aufgeplatzter Oberlippe landete er auf dem staubigen Boden des Hofes. Das Stimmengewirr der Kollegen verstummte. Elsing sah nacheinander den Staatsanwalt und Joshua fassungslos an. Dieser verschwand wortlos in sein Auto und fuhr vom Hof.

Unterwegs telefonierte Joshua mit zwei Krankenhäusern und fuhr schließlich zum Alexianer. Sein Vater kam gerade aus der Notaufnahme. Sein rechter Oberarm war von einem dicken Verband umhüllt. Er rannte zu ihm.

»Vater, es … es.«

»Schon gut, wo ist deine Mutter?«

Joshua wusste es nicht. Er fragte einen vorbeilaufenden Arzt. Aber dieser konnte ihm nicht helfen. Völlig von Sinnen lief er durch die Flure des Krankenhauses. Seine Umwelt nahm er nur noch durch einen Schleier der Verzweiflung wahr. Eine OP-Schwester gab ihm schließlich die Auskunft, seine Mutter sei auf die Station gebracht worden. Nachdem Joshua an der Anmeldung die Zimmernummer und Station erfuhr, stand er mit seinem Vater im Aufzug.

»Joshua, es tut mir Leid, ich habe versagt.«

»Wie bitte? Wie kommst du denn da drauf?«

»Ich konnte das Mädchen nicht beschützen.«

»Du hattest keine Chance.«

Sein Vater schien ebenfalls einen leichten Schock zu haben. Seine Augen wirkten glasig. Er hatte darauf bestanden, nur ambulant behandelt zu werden. Als sie den Aufzug verließen, nahm Joshua seinen Unterarm, um ihn zu stützen. Er zog ihn weg.

»Ich bin nicht gebrechlich.«

Die Zimmertür stand weit auf. Ein junger dunkelhäutiger Arzt stand am Bett seiner Mutter. Sein Vater drängelte sich an ihm vorbei. Sie hatte einen Schlauch in der Nase, war an einem Gerät angeschlossen. In ihrem rechten Arm steckte eine Kanüle, durch die sie eine Infusion bekam. Der Arzt sah zu ihnen auf.

»Guten Abend. Sind Sie Angehörige?«

»Ja, ich bin der Ehemann und das ist mein Sohn«, antwortete sein Vater, den Blick nur kurz von seiner Frau abwendend.

166

»Wir haben ihr ein starkes Beruhigungsmittel gegeben. Sie hat einen schweren Schock. Normalerweise müsste sie auf die Intensivstation, aber dort ist zur Zeit alles belegt. Auf alle Fälle braucht sie jetzt absolute Ruhe!«

Joshua und sein Vater sahen den Mediziner mit sorgenvoller Miene an.

»Das wird schon wieder«, versuchte er sie zu beruhigen, »in ein paar Tagen ist sie wieder auf dem Damm. Sie können jetzt nichts für sie tun.«

Der Arzt kam um das Bett und legte seinen ausgestreckten Arm um die beiden Männer. Mit sanftem Druck schob er sie zurück.

»Bringst du mich nach Hause?«

Joshua stutzte. Er hatte nicht erwartet, dass sein Vater sich so leicht abwimmeln ließ. Ihm war es recht, seine Mutter war hier bestens aufgehoben. Auf dem Weg durch die Eingangshalle des Krankenhauses kamen ihnen Daniel und Kalle entgegen. Sie machten ernste Gesichter. Joshua war klar, warum sie hier waren. Der Überfall war nicht lange her. Die Chance, den oder die Täter zu fassen, sank von Minute zu Minute. Sie brauchten jetzt dringend die Aussage seines Vaters. Einige Minuten später saßen sie im Foyer des Krankenhauses. Joshua gab seinen Kollegen ein Zeichen und befragte seinen Vater.

»Sie waren zu zweit. Beide ungefähr einen Meter achtzig groß und stämmig. Es ging alles sehr schnell. Einer der beiden hielt uns mit seiner Waffe in Schach, der andere durchsuchte das Haus. Auf einmal fielen mehrere Schüsse. Ich rannte los, wollte zu dem Mädchen. Der andere schoss auf mich und ich stürzte. Sie rannten aus dem Haus und weg waren sie.«

Sein Vater blieb erstaunlich ruhig und sachlich.

»Hast du sie erkannt?«

»Nein, sie hatten Motorradmasken auf. Schwarze Masken, die unten mit einem roten Band abschlossen. Es waren keine neuen Masken. Ich meine, etwas gräulich waren sie schon. Als ob sie bereits mehrmals gewaschen wurden. Die Täter waren groß und stabil, trugen schwarze Kleidung. Mehr weiß ich leider nicht, aber ich habe das Autokennzeichen. Das habe ich mir notiert, als sie auf den Hof kamen. Mache ich bei jedem fremden Fahrzeug, aber das weißt du ja. Es handelte sich um einen weißen Mercedes.«

Joshua hatte sich immer über die Marotte seines Vaters lustig gemacht. Er sagte immer, dass sein Vater jedes Postauto am Kennzeichen erkennen würde. Diesmal konnte es der entscheidende Hinweis sein. Obwohl er daran zweifelte. Joshua dachte darüber nach, warum sie seine Eltern leben ließen. Das konnte nur bedeuten, dass sie ihnen nicht gefährlich werden konnten. Das Fahrzeug der Täter war sicherlich gestohlen.

Daniel notierte sich das Kennzeichen und zückte sein Handy. Mit dem Telefon am Ohr ging er vor das Portal der Klinik.

»Wenigstens bestätigt dieser Überfall deine Theorie, dass Groding nicht der Mörder war«, konstatierte sein Vater trocken. Kalle sah Joshua an. Dieser Satz von seinem Vater schien ihn zu verwundern. Er wusste von dessen beruflichen Karriere und dass Joshua sich oft mit ihm über einen Fall unterhielt, schien aber selbst noch gar nicht auf den Gedanken gekommen zu sein.

»Verdammter Mist! Wir hätten dir von Anfang an glauben sollen, vielleicht wäre das dann nicht passiert.«

Joshua nickte stumm. Daniel kam nach einer Minute wieder herein.

»Das Fahrzeug gehört einem gewissen Albert Bechter.

Dieser hat den Wagen letzte Woche schon als gestohlen gemeldet.«

»War mir klar«, antwortete Kalle, »sonst säßen wir wohl nicht hier mit Herrn Trempe.«

Kalle sah Joshuas Vater an und schluckte.

»Oh, Entschuldigung …«

»Schon gut. Ich war lange genug bei euch. Ich werde natürlich versuchen, mich an jede Kleinigkeit zu erinnern, jedes Detail. Zum Beispiel fällt mir auf, dass sie es vermieden zu sprechen, das könnte vielleicht wichtig sein. Und wenn mir noch irgendwas einfällt, melde ich mich. Jetzt würde ich gerne nach Hause, ich hatte einen anstrengenden Tag.«

Er deutete ein Grinsen an. Sein Humor wirkte aufgesetzt. Kalle und Daniel standen sofort auf. Sie erkundigten sich noch nach Joshuas Mutter und verabschiedeten sich voneinander. Daniel zog Joshua zu sich heran und flüsterte: »Ruf den König an und entschuldige dich. Wie ich den kenne, wird der ein Riesending daraus machen. Vielleicht kannst du noch was hinbiegen. Stress und so.«

»Hinbiegen? Ich hör wohl nicht richtig?«, Joshua sprach in einer Lautstärke, die alle mithören ließ, »der ist doch schuld an allem. Rosi Schändler würde noch leben ohne seinen Bockmist. Das werde ich ihm sagen und nichts anderes!«

»Wenn du da mal nicht den Kürzeren ziehst«, gab Kalle zu bedenken. Seine Gestik drückte Sorge um seinen Kollegen aus.

Im Auto erzählte er seinem Vater von dem Faustschlag gegen den Staatsanwalt. Seine Wut auf den Advokaten sprudelte nur so aus ihm heraus. Besonders die Tatsache, dass sein Dienststellenleiter sich während der ganzen Ermittlungen so distanzierte, regte ihn auf. Der Senior strich sich mit der Hand das schüttere Haar nach hinten.

169

»Das ist typisch für Elsing«, er arbeitete damals als Hauptkommissar unter seinem Vater, »das mochte ich noch nie an ihm. Nach oben kuschen und nach unten austeilen. Der Staatsanwalt hat ihm zwar wenig zu sagen, aber Beziehungen. Das reicht für Elsing ...«

Joshua pflichtete ihm nickend bei.

»Trotzdem hast du ein Problem. Wenn die beiden zusammenhalten und das werden sie, bist du deinen Posten so gut wie los.«

Joshua wusste genau, was auf ihn zukommen würde. Anzeige wegen Körperverletzung, Disziplinarverfahren und so weiter. Den Fall würde er abgeben müssen. Ausgerechnet jetzt und nachdem seine Vermutung sich auf so schmerzvolle Weise bewahrheitet hatte. Die Kollegen von der Spurensicherung räumten ihre Sachen zusammen. Joshua überlegte, ob er jemals wieder in diesem Haus würde schlafen können. Ihm schossen die Bilder von Rosi durch den Kopf. Sie hatte ihm vertraut und er führte sie in den Tod. Eine große Leere breitete sich in ihm aus. Er konnte keinen vernünftigen Gedanken mehr fassen. Wie ferngesteuert schlurfte er zum Kühlschrank und nahm sich eine Flasche Bier. Joshua ging in den Wintergarten und setzte sich zu seinem Vater.

»Ich weiß nicht, wie du dich jetzt fühlst. Ich habe so was nur in der Theorie durchgemacht. Man sagte uns immer, Ablenkung sei die wirksamste Hilfe. Also: Warum haben die Täter sich nicht unterhalten?«

Das nennt er Ablenkung, war der erste Gedanke, den sein Verstand wieder aufnahm. Sofort kamen weitere hinzu.

»Vielleicht hättest du die Stimmen erkannt?«

»Hm. Das glaube ich nicht. Es waren Profis, da bin ich mir sicher. Und in solchen Kreisen verkehre ich nicht.«

»Aber du hättest die Stimmen wieder erkennen können.«

»Das bedeutet, sie wollten uns schonen. Warum?«

»Du hast Recht. Ich meine, sie gingen bisher mit äußerster Brutalität vor. Warum musste Rosalinde Schändler sterben? Wir haben sie bereits vernommen, das ergibt doch keinen Sinn?«

»Mord ergibt nie einen wirklichen Sinn.«

Gunther Trempe schüttete sich ein Glas Rotwein ein und zündete die Zigarre an, die in seinem Mundwinkel hing.

»Nehmen wir mal an, sie wussten, dass du Polizist bist und dein Vater ein pensionierter Polizist. Das würde bundesweit für Aufregung sorgen, erst recht in Verbindung mit den drei übrigen Morden. Es ist traurig, aber der Fall würde dann mit einer besonderen Intensität verfolgt.«

Joshua trank sein Bier aus der Flasche. Er hatte ihr soeben den letzten Schluck entnommen, als die Kollegen von der Spurensicherung sich verabschiedeten. Wie würden die anderen sich morgen verhalten? Würden sie sich von ihm distanzieren, ihn fallenlassen? Oder würden sie jetzt erst recht an ihn glauben und ihn stützen? Wie würde Winnie reagieren. So, wie sein Vater ihn beschrieb, wird er wohl seine Dienstwaffe und den Ausweis einkassieren. Das durfte nicht geschehen. Joshua wollte die Mörder um jeden Preis stellen. Auf dem Hof schlugen Autotüren zu. Er war nun mit seinem Vater alleine in dem großen Haus. Joshua zuckte zusammen. Ihm fiel Janine ein. Sie würde sich vermutlich wieder große Sorgen machen. Er zog sein Handy aus der Innentasche seiner Lederjacke und tippte ihre Nummer ein.

»Trempe.«

Sie sprach den Namen sehr schnell, hastig aus. Joshua berichtete ihr so beruhigend wie möglich von den Ereignissen. Als er Rosalinde Schändler erwähnte, stockte ihm der Atem. Für Sekunden konnte er nicht mehr weiterreden. Seine Frau verstand sofort.

»Es ist bestimmt nicht deine Schuld.«

»Ja … ich melde mich wieder.«

Er steckte das Handy ein und sah mit leerem Blick auf den Tisch. Vor wenigen Stunden wollten sie hier noch zu viert sitzen und zu Abend essen. Wäre er doch bloß nicht so egoistisch gewesen. Sofort versuchte er, seine aufkommenden Schuldgefühle zu verdrängen. Sie durften keinen Platz in seinem Inneren finden. Seine Lage war ohnehin verkorkst genug. Joshua dachte an die menschenverachtende Brutalität, mit der die Täter zu Werke gingen. Er versuchte sich ein Motiv für solche Taten vorzustellen. Sein Blut schien sich zu erhitzen. In seinen Gedanken projizierte sich ein grinsender Mann, der mit der Waffe in der Hand vor ihm stand. Bereit dazu, ein Menschenleben auszulöschen, ohne mit der Wimper zu zucken. Einfach so, weil es seinem Zweck diente. Sein Gesicht war verschwommen, nur sein Grinsen konnte man erahnen. Joshua versuchte, hinter diesen Nebel zu sehen, jemanden zu erkennen. Er fühlte, wie sein Körper damit begann, Adrenalin zu produzieren.

Er hielt es nicht mehr aus und sprang hoch. Im Keller zog er sein Hemd aus und ließ es auf einen alten Stuhl fallen. Mit brachialer Gewalt schlug er zu, immer und immer wieder. Der mächtige Sandsack wedelte leicht hin und her. Joshua ließ ihn nicht auspendeln. In einem wilden Stakkato hämmerte er mit beiden Fäusten auf ihn ein. Schweiß rannte in kleinen Rinnsalen über seine Brust. Besinnungslos schlug er weiter zu und begann dabei zu tänzeln. Sein

Verstand war einzig und alleine damit beschäftigt, seine Motorik zu kontrollieren. Die Haare klebten auf der Stirn, die Atmung wurde schwerfälliger. Immer noch ließ die Intensität seiner Schläge keinen Deut nach. Sein Unterbewusstsein schien abgeschaltet. Benommen starrte er mit leerem Blick auf den pendelnden Sack. Nach einer Viertelstunde setzte Joshua, einen lauten Schrei ausstoßend, seinen letzten Schlag. Völlig erschöpft klammerte er sich an den Sandsack. Total ausgepowert ging er in den Vorratskeller und holte sich eine Flasche Bier. Ermattet sank er auf einen Stuhl und trank sie in einem Zug leer. Er fühlte sich immer noch schuldig. Erneut suchte er den Vorratskeller auf. Diesmal nahm er drei Flaschen mit.

Das tote Gesicht von Groding erschien vor seinen Augen. Die junge hübsche Rosalinde Schändler, für deren Tod er verantwortlich war. Gierig zog er an der Flasche. Seine Augen wurden feucht. Sein Kreislauf quittierte die schnelle Alkoholaufnahme mit Schwindel. Es gab keine Ablenkung, er musste da durch. Er dachte daran, dass seine Tochter nur ein paar Jahre jünger war. Sie hatte ihm vertraut. Jetzt brachen alle Dämme, er stützte sein Gesicht in seine offenen Hände und weinte hemmungslos.

Es war schon tief in der Nacht, als Joshua endlich in den Schlaf fand. Immer wieder wachte er schweißgebadet auf. Die Albträume zerrissen seine Seele. Um fünf kam er endlich zur Ruhe und schlief noch eine Stunde, bis der Wecker ihn in die Wirklichkeit zurückholte.

Frisch geduscht erschien Joshua in der Küche. Sein Vater hatte ein Frühstück vorbereitet und extrastarken Kaffee gekocht. Joshua fühlte sich nicht sehr wohl. Sein Mund war ausgetrocknet. Die schrecklichen Träume drangen wieder in sein Bewusstsein. Immer wieder tauchte das Bild der jungen Rosi auf. Zwischendurch starrte Till Groding ihn mahnend an, mit einem Strick um den Hals und ohne Augen. Wie musste Janine sich fühlen? Seit Jahren verfolgten sie Albträume. Immer wieder, wenn er nicht pünktlich nach Hause kam und mal wieder vergaß, sie anzurufen.

Er hatte keinen Appetit. Sein Vater hatte Brötchen aufgebacken und sah ihn mitleidig an. Er sagte nichts. Gunther Trempe spürte, wie sein Sohn sich jetzt fühlte. Joshua trank noch eine zweite Tasse Kaffee und drehte sich eine Zigarette.

»Möchtest jetzt den Fall am liebsten alleine lösen, stimmt's?«

Joshua zuckte mit den Schultern. Eigentlich hatte sein Vater Recht. Am liebsten würde er jetzt losfahren und den Mörder finden. Ohne zu ruhen, Tag und Nacht würde er ihn jagen, bis er ihm gegenüberstände. Aber das war aussichtslos. Joshua stand auf und verabschiedete sich von seinem Vater. Er nahm seine abgewetzte Lederjacke vom Haken und schlenderte zum Auto. Kurz vor seinem Wagen bemerkte er, dass das Tor zu der Scheune halb offen stand. Er blickte hinein. Im Dämmerlicht, das durch einige kleine verdreckte Fenster einfiel, erkannte er sein altes Motorrad. Eine Moto Guzzi California, sein Jugendtraum. Seit dreizehn Jahren stand sie hier und wurde kaum bewegt. Er brachte es nicht übers Herz, sie abzugeben. Wenn David und Britt mal das Elternhaus verließen, würde er sie wieder fahren. Eine dicke Staubschicht umhüllte die bullige Italienerin ebenso wie seine Träume. Melancholisch schloss er die Scheune und stieg in seinen Wagen.

13

Daniel begrüßte ihn kurz und knapp und teilte ihm Elsings Wunsch mit, ihn dringend zu sprechen. Joshua wunderte sich über die Gleichgültigkeit, die diese Nachricht in ihm auslöste.

Im Büro des Dienststellenleiters stand Staatsanwalt König an der Fensterbank gelehnt. Zwischen Oberlippe und Nase klebte ein dickes Pflaster. Dazu verzog er äußerst mürrisch sein Gesicht. Er sah Joshua ganz kurz an und nickte ausdruckslos.

Elsing bot ihm keinen Platz an, er wies ihn an, sich hinzusetzen.

»Schon gelesen?«, er warf ihm die Tageszeitung auf den Schoß. Der Artikel, den er am Vortag exklusiv in der Redaktion des Blattes lesen durfte, prangte zusammen mit einem Bild von ihm auf der Titelseite.

»Danke, kenne ich schon. Sollte ich deshalb kommen?«

»Auch. Vielleicht hast du dem Herrn König was zu sagen?«

Es klang so, als hätte er gefragt: Möchtest du dich bei dem Onkel nicht entschuldigen? Elsings Art widerte ihn an.

Joshua sah zu König herüber. Der Staatsanwalt verzog keine Miene. Offensichtlich hatte Winnie bereits die Wogen weitestgehend geglättet und König eine Entschuldigung seinerseits offeriert. Joshua sah König in die Augen.

175

Dieser blickte fordernd. Das war der Augenblick, in dem Joshua endgültig beschloss, in die Offensive zu gehen.

»Nein. Da die Zeugin, für die kein Polizeischutz mehr notwendig war, nun ermordet ist, erübrigt sich jedes weitere Gespräch«, König zog die linke Augenbraue hoch, Joshua wendete sich Elsing zu, »ich denke, Herr König wird eine solche Situation demnächst genauer prüfen.«

Elsing schluckte. König erhob seine Stimme.

»Herr Trempe, das wird ein Nachspiel haben. Darauf können Sie sich gefasst machen«, König schnappte hastig nach Luft, »wer hat Frau Schändler denn entführt und dadurch die Mörder auf sie gezogen?«

»Herr König, ich habe niemanden entführt. Frau Schändler ist auf eigenen Wunsch vorzeitig aus dem Krankenhaus gegangen. Dies hat sie durch ihre Unterschrift bestätigt. Ihr Aufenthaltsort war hinlänglich bekannt. Ich musste sie von dort wegbringen aufgrund der neuen Situation, die Sie durch Ihr verantwortungsloses Handeln hervorgerufen haben!«

König stieß sich von der Fensterbank ab und lief zur Tür.

»Das reicht, ich werde dafür sorgen, dass Ihr Verhalten Konsequenzen hat«, König stand bereits im Türrahmen und hielt die Klinke der offenen Tür in der Hand.

»Machen Sie das. Übrigens«, Joshua hielt den Zeitungsartikel hoch, »die sind ständig auf der Suche nach Schlagzeilen. Vorhin hat mich ein Redakteur angerufen und gefragt, wieso der Polizeischutz für Frau Schändler aufgehoben wurde und wer dafür verantwortlich sei. Ich habe ihm gesagt, er soll mich später noch mal anrufen. Ich denke, das war in Ihrem Sinn?«

König lief rot an. Er atmete schwer.

»Sie wollen mich erpressen?«

Die Worte kamen bebend über seine Lippen.

»Nein, nur informieren. Einen schönen Tag noch, Herr Staatsanwalt.«

König ging wortlos und schmiss die Tür hinter sich zu. Joshua fühlte sich etwas besser.

»Sag mal, hast du sie noch alle. Willst du dir hier alle zu Feinden machen, oder was? Den Polizeischutz habe *ich* letztendlich aufgehoben, das weißt du genau!«

»Ja, auf sanften Druck von oben. Außerdem macht es die Sache nicht besser. Ihr habt Scheiße gebaut und wollt es auf mich abwälzen.«

Winnie verbog eine Büroklammer. Scheinbar wollte er eine Schleife hineinbiegen. Ein untrügliches Zeichen für Nervosität.

»Joshua, versuche doch einmal die Lage aus unserer Sicht zu sehen. Die Beweislast gegen Groding war erdrückend. Der Selbstmord … na ja. Ich meine, wie hättest du denn an meiner Stelle reagiert?«

Joshua überlegte, ob es zu viel verlangt war, seinen Leuten mehr zu vertrauen als dem Staatsanwalt. Offensichtlich war es so.

»Auf jeden Fall müssen wir dich aus der Schusslinie nehmen. Kannst du dir vorstellen, was hier bald los ist?«, er deutete dabei auf die Zeitung. »Was hältst du davon, wenn du mal zwei Wochen Urlaub nimmst? Überstunden hast du ja genug. Dann kannst du deine privaten Angelegenheiten auch wieder bereinigen.«

Elsing sprach über Joshuas Ehe, als sei sie mit Schmutz befleckt. Er wollte ihn loswerden, wahrscheinlich auf Drängen von König.

»Urlaub? Ich höre wohl schlecht? Vier Morde und ich soll mich verdrücken? Ich gehe nicht eher in Urlaub, bis dieser Fall geklärt ist!«

»Joshua«, seine Stimme wurde eine Spur energischer, »erstens sind es bis jetzt drei Morde und zweitens bin ich ehrlich gesagt der Meinung, dass du zur Zeit nicht in der Lage bist, diese aufzuklären.«

»Das bin ich sehr wohl. Außerdem glaubst du doch wohl selber nicht an den Selbstmord von Groding?«

Elsing schlug mit der flachen Hand auf den Tisch.

»Verdammt noch mal, entweder nimmst du jetzt Urlaub, oder ich versetze dich vorübergehend zur Sitte!«

Joshua stand auf, warf Winnie einen abfälligen Blick zu und verließ wortlos das Büro. Daniel staunte nicht schlecht, als Joshua ihm von dem Gespräch berichtete.

»Das gibt es doch nicht. Der Fall fängt jetzt erst richtig an und der Alte schickt dich in Urlaub?«

Keine Sekunde schien er daran zu denken, dass er es wäre, der eventuell die Ermittlungen leiten würde. Sie mussten jetzt so schnell wie möglich eine große Sonderkommission auf die Beine stellen. Er schien leicht verwirrt.

»Was ist denn nun? Fährst du weg, oder …«

»Keine Bange, es bleibt alles beim Alten«, unterbrach Joshua ihn.

»Ich muss mich noch bei dir entschuldigen. Du hattest wohl von Anfang an Recht. Ich habe mit einem Bekannten vom LKA telefoniert. Der sagte, Schändler besaß große Anteile an BioPharmaca.«

Joshua verstand kein Wort. Daniel klärte ihn über das Gespräch mit seinem Freund auf, ohne ihn beim Namen zu nennen und über die sensationellen Kursschwankungen dieser Firma. Als er von dem Millionengewinn hörte, den Schändler dadurch erzielte, wurde er hellhörig.

»Gehörte diese BioPharmaca zu den Kunden Schändlers?«

178

»Habe ich schon überprüft, die taucht dort nirgendwo auf.«

Joshua setzte sich auf die Stuhlkante und strich sich eine Strähne aus dem Gesicht. Ein Frisörbesuch war wieder fällig. Heute Morgen hatte er seine Haare hinten zu einem Zopf gebunden.

»Kann dieser Aktiengewinn kein Zufallstreffer sein?«

»Halte ich für völlig ausgeschlossen. Ich hätte nicht einen Euro in die Firma gesteckt und ich kenne mich ein bisschen damit aus. Joshua, der Schändler hat zwei Millionen Euro genau zum richtigen Zeitpunkt investiert und fast zum günstigsten Zeitpunkt verkauft. Das stinkt verdammt nach Insiderkenntnissen.«

»Wäre das ein Motiv? Ich meine, schadet er jemandem damit?«

»Nein, der Wert der Aktien ist ja sozusagen fiktiv zu sehen. Wer sollte sich beschweren, wenn sein Geld sich plötzlich vermehrt. Gut, hinterher, als das Papier genauso schnell wieder abstürzte, kamen alle aus den Löchern, die versäumt haben, rechtzeitig zu verkaufen. Aber Verlust, vom Ausgangskurs ausgehend, haben sie auch nicht großartig gehabt. Verloren haben diejenigen, die in der Hochphase des Wertpapiers eingekauft haben. Aber wer bei einem derart hohen Kurs kauft, kalkuliert ein gewisses Risiko mit ein.«

Joshua tippte den Namen der Firma in eine Suchmaschine des Internets ein. Sekunden später notierte er sich Adresse und Telefonnummer. Er nahm sich vor, direkt am nächsten Morgen dorthin zu fahren.

Joshua schrieb seinen Bericht und rief Kalle an. Zehn Minuten später trafen sie sich im Aufenthaltsraum. Marlies musste nach Hause. Ihre Eltern waren heute zu einem Geburtstag in der Nachbarschaft eingeladen und

179

konnten nicht auf ihren Sohn aufpassen. Die Kollegen tolerierten es, dass sie gelegentlich ausfiel, um sich ihren Mutterpflichten zu widmen. Lediglich Winnie ließ ab und an eine Bemerkung fallen, dass dieser Beruf nichts für allein erziehende Mütter wäre. Viktor brachte einen Kuchen mit und Daniel kochte gerade Kaffee. An Sonntagsschichten machten sie den Dienst so erträglicher. Während Daniel heißes Wasser in den Filter goss, sah er Kalle mit gerunzelter Stirn an. Kalle hatte vor einem Monat eine moderne Espressomaschine für weniger als den halben Preis bei Ebay ersteigert. Die Kollegen legten alle dafür zusammen. Seit zwei Wochen versuchte die Haustechnik nun, das edle Gerät wieder funktionstüchtig zu machen. Dass es keine Garantie auf diesen Privatkauf gab, erwähnte Kalle nicht, als er mit der Kaffeedose sammeln ging.

Joshua erzählte seinen Kollegen von dem Disput mit König und Elsing. Kalle verzog das Gesicht, als hätte Viktors Frau beim Backen Salz und Zucker verwechselt.

»Also König wird bestimmt nicht mehr dein Freund.«

»Das muss er ja auch nicht«, meldete sich Daniel, »aber er kann ihm jetzt verdammt viel Ärger machen. Die Reaktion bei deinen Eltern war auch absolut unprofessionell, Joshua.«

Joshua wollte sich gerade einmischen, als Viktor ihm in die Parade fuhr.

»Also Daniel. Du magst ja Recht haben. Aber König trägt für mich die Hauptschuld am Tod der kleinen Schändler. Ich gebe zu, wir hatten alle unsere Zweifel an Joshuas Theorie. Aber solange nur die geringsten Zweifel bestehen, darf man den Personenschutz nicht aufheben.«

Daniel pflichtete ihm bei und entschuldigte sich bei Joshua. Joshua sprach noch einmal den Fall Groding an.

»An seinem BMW haben die Kollegen aus Düsseldorf keinerlei Spuren erkennen können, die darauf schließen lassen, dass der Wagen gestohlen wurde. Muss allerdings auch nicht.«

Er erzählte ihnen von der Möglichkeit, ein Fahrzeug ohne Gewalteinwirkung oder Einbruchspuren zu stehlen.

»Wenn Groding tatsächlich der Mörder von Ramon Schändler war, hatte er Komplizen. Wenn sein Motiv aber Rache war, welches hatten dann seine Komplizen?«

»Ehrlich gesagt«, antwortete Daniel, »halte ich es nach Lage der Dinge auch für immer unwahrscheinlicher, dass Groding der Mörder war.«

»Das bedeutet«, schloss Kalle, »Groding ist selbst Opfer und wir suchen nach vierfachen Mördern.«

Sie berieten noch eine Stunde, ohne den kleinsten Schritt weiter gekommen zu sein. Gegen sechzehn Uhr beendeten sie den Arbeitstag mehr oder weniger ergebnislos.

Joshua hatte die Idee, mit Janine und den Kindern noch irgendwas zu unternehmen. Seine Frau wollte aber zu ihren Eltern fahren. Enttäuscht steckte er sein Telefon wieder ein und fuhr zum Krankenhaus. Dort hatte er ebenfalls keinerlei Erfolg. Man wollte seine Mutter augenscheinlich mit einer Schlaftherapie gesunden. Seinen Vater hatte er knapp verpasst. Auf seiner ziellosen Fahrt durch Krefeld holte ihn die Müdigkeit ein. Er fuhr zu Daniels Wohnung. Daniel war nicht da. Er holte sich ein Bier aus dem Kühlschrank, legte sich auf das Sofa, schaltete den Fernseher ein und entzog sich anschließend schlafend der bitteren Realität.

Joshua wollte noch einen letzten Versuch starten, seine Familie zurück zu gewinnen. Die Worte seiner Kinder,

Engelbert sei ihr neuer Papi, brannten wie Feuer in seinem Herzen. In dem Augenblick, als zwei uniformierte Kollegen ihn aus Königs Wohnung zerrten, erwachte Joshua. Sein T-Shirt klebte nass an seinem Körper. Es war stockdunkel und angenehm still um ihn. Er blickte auf die Leuchtziffern des DVD-Rekorders. Vier Uhr dreißig. Joshua stand auf und tastete sich zum Lichtschalter am Türrahmen. Benommen ging er ins Bad. Die Angst entwich seinen Gedanken und machte der Erleichterung Platz.

Nach der kalten Dusche fühlte er sich besser. Er setzte Kaffee auf und entdeckte ein paar Fertigbrötchen zum Aufbacken. Am weit geöffneten Küchenfenster sog er die kühle Morgenluft in sich hinein. Während der Kaffee durchlief, ging er in Daniels Büro und schaltete den Monitor ein. Der Computer lief noch, Daniel lud sich irgendwelche Dateien herunter. Im Internet forschte er nach BioPharmaca. Es gab hunderte Seiten zu dieser Firma. Er entschloss sich für deren Homepage. Schnell fand er heraus, dass sie kurz vor der Markteinführung eines viel versprechenden Medikamentes zur Linderung der Alzheimererkrankung standen. Als er Geräusche hörte, schaltete er den Monitor aus. Der Duft des frischen Kaffees schien Daniel früher als sonst aus dem Bett gelockt zu haben. Nach einem ausgiebigen Frühstück verabschiedete er sich bei Daniel, der ihn verwundert ansah.

»Ich habe Urlaub. Einen angenehmen Arbeitstag wünsche ich dir.«

14

Die BioPharmaca AG hatte ihren Sitz in Düsseldorf. Joshua jagte mit Vollgas über die fast leere Autobahn. Es musste einen Zusammenhang geben zwischen den Morden und dieser Firma. Zwölf Millionen waren Motiv genug, auch wenn oberflächlich keiner zu Schaden kam. Vielleicht verfügte Schändler über brisante Fakten, mit denen er jemanden erpresste.

Der gläserne dreigeschossige Bau an der Grafenberger Allee wirkte imposant. Joshua parkte auf dem Kundenparkplatz vor dem Eingangsportal und ging hinein. Für eine Sekunde stockte er. Ihm war klar, dass er sich auf dünnem Eis bewegte. Weder durfte seine Dienststelle davon erfahren, noch hatte er die Düsseldorfer Kollegen unterrichtet.

Das Foyer wirkte hell, das Licht der Halogenlampen spiegelte sich im Marmor der Wände. Joshua legte seinen Dienstausweis auf die Theke und bat um ein Gespräch mit dem Leiter der Firma. Das junge Mädchen mit dem Piercing in der Nase wirkte zunächst verwirrt. Unbeholfen nahm sie den Dienstausweis und sah ihn an.

»Herr Trempe, oh Entschuldigung, Herr Hauptkommissar Trempe. Normalerweise bräuchten Sie da einen Termin. Aber im Moment geht hier sowieso nicht viel. Fahren Sie doch bitte in den dritten Stock und melden Sie sich bei der Frau Gernot. Das ist die Sekretärin von Herrn Baker. Vielleicht kann sie Ihnen helfen.«

Joshua nahm den Dienstausweis wieder an sich und folgte ihrem Vorschlag. Er war zu ungeduldig, auf den Aufzug zu warten und rannte die drei Etagen hoch.

Die schlanke, junge Frau begutachtete seinen Ausweis und zögerte. Dann strich sie sich ihre langen, blonden Haare aus dem Gesicht und griff zum Telefonhörer. Kurz darauf führte sie ihn in das Büro ihres Chefs.

Calvin Baker bot ihm einen Platz an.

»Was wollen Sie denn noch? Ihre Kollegen haben doch schon alles mitgenommen?«

Baker wirkte überspannt. Sein Krawattenknoten war gelockert und der oberste Knopf seines weißen Hemdes geöffnet.

»Ich bin aus einem anderen Grund hier als meine Kollegen. Ich ermittle in einer Mordsache. Herr Baker, kannten Sie einen gewissen Ramon Schändler?«

Baker setzte sich ihm gegenüber.

»Jetzt kommen Sie mir auch noch mit Mord. Wie weit wollen Sie denn noch gehen? Wen soll ich denn ermordet haben?«

Der schlanke Geschäftsmann mit den pechschwarzen Haaren flüchtete sich jetzt in Zynismus. Die unangemessene Lautstärke seiner Antwort zeugte von Nervosität. Joshua zögerte, um seinem Gesprächspartner Gelegenheit zu geben, sich zu beruhigen. Dabei sah er einem aus verchromtem Stahl stilisierten Turner auf dem Schreibtisch zu, wie er vom Magnetismus angetrieben, unermüdlich Saltos schlug. Langsam hob Joshua seinen Kopf und sah Baker wieder in die Augen.

»Kein Mensch spricht davon. Ich möchte lediglich von Ihnen wissen, ob Sie Ramon Schändler kannten.«

»Nicht persönlich. Er hat vor kurzem ein erhebliches Aktienpaket erworben. Kurz bevor der Kurs in die Höhe schoss und dann«, Baker stutzte plötzlich, »und dann hat er sie verkauft, bevor sie abstürzten.«

Baker lehnte sich nach vorne und stützte das Gesicht in seine Hände. Gleich darauf ließ er sich wieder zurückfallen und schüttelte mit dem Kopf.

»Der muss es gewusst haben«, murmelte Calvin Baker.

»Was musste er gewusst haben, Herr Baker?«

Calvin Baker sah Joshua mit einem Gesichtsausdruck an, der Arroganz und Mitleid in sich vereinte.

»Er wird genau gewusst haben, wann er verkaufen muss, ganz einfach.«

Die Bewegungen seiner Hände unterstützten jedes seiner Worte. Seine Antwort klang läppisch, als ob er seinem Gesprächspartner einen Zusammenhang erklärte, der vollkommen klar sein sollte.

Joshua grübelte. Sein Wissen über die Geschehnisse an den Börsen hielt sich in engen Grenzen. Er hätte jetzt gerne Daniel bei sich gehabt. Er bemühte seine Logik und versuchte sich an den Crashkurs seines Kollegen zu erinnern.

»Aber wieso stürzte Ihre Aktie denn so rasant ab? Das kann doch wohl kaum an Schändler alleine gelegen haben, oder?«

Baker presste seine Lippen zusammen. Er bewegte ganz langsam seinen Kopf nach hinten. Durch die geöffneten Fenster drang dumpf der Lärm der Straße nach oben.

»Könnte schon. Wir haben sehr viele Kleinaktionäre. Die sind wie ein Schwarm Vögel auf einer Stromleitung. Ein Schuss und alle fliegen weg. Diesen Schuss könnte Schändler ausgelöst haben, hat er aber nicht.«

»Was macht Sie so sicher?«

»Schändler hat bei zwölf verkauft, wir lagen kurz zuvor bei vierzehn. Den Anfang haben also andere gemacht.«

»Wer könnte das gewesen sein?«

Baker lachte kurz auf.

»Denken Sie an die Vögel. Der Kurs wurde durch nichts gestützt. Es gibt von unserer Seite keinerlei Erklärungen dafür. Es war ein Drahtseilakt der Anleger. Schändler wollte vielleicht auch bei vierzehn verkaufen und war nicht schnell genug.«

Joshua begriff nicht, wieso plötzlich alle diese Aktie wieder loswerden wollten. Daniel hatte ihm erklärt, dass es sich dabei nicht um typische Gewinnmitnahmen handelte, warum auch immer. Er fragte Baker nach seiner Meinung dazu.

»Es können sehr wohl Gewinnmitnahmen einzelner den Ausschlag gegeben, den Schuss quasi ausgelöst haben. Kleinaktionäre tendieren dazu, ihre Stopp-Loss-Order zu nahe am momentanen Kurs zu setzen. Dadurch lösen sie manchmal, vor allem wenn nicht genügend Substanz dahinter steht, eine Kettenreaktion aus.«

»Könnten Sie mir das bitte vereinfacht erklären?«

Baker atmete tief durch.

»Also gut. Die meisten Aktionäre haben nicht die Zeit, permanent die Kursentwicklungen ihrer Aktien im Auge zu behalten. Diese Aufgabe übernimmt die Bank für sie. Um unliebsamen Überraschungen vorzubeugen, können sie eine so genannte Stopp-Loss-Order erteilen. Sie weisen damit die Bank an, ihre Aktien zu verkaufen, sobald sie auf einen vorher definierten Wert gesunken sind. Dadurch können sie größere Verluste vermeiden. Dabei sollten sie aber die gewöhnlichen Kursschwankungen berücksichtigen, was viele Kleinaktionäre eben nicht machen. Nehmen wir an«, Baker lehnte sich nach vorne, »der Kurs der

Aktie sinkt von vierzehn Euro auf dreizehn Euro fünfzig. Einige tausend Kleinaktionäre haben für diesen Kurs ihre Stopp-Loss-Order angegeben. Was passiert? Etliche Aktien werden automatisch verkauft, der Kurs sinkt natürlich dadurch abermals, die nächsten Stopp-Loss-Order greifen und so weiter. Das alles geht so schnell, dass es ihnen passieren kann, trotz der Anweisung an die Bank, bei dreizehn zu verkaufen, nur noch zehn zu bekommen. So wird es wohl auch für Schändler gelaufen sein. Könnte ich mir jedenfalls gut vorstellen.«

Joshua dachte über diesen Vortrag nach. Ganz einleuchtend erschien es ihm dennoch nicht.

»Das könnte doch aber mit jeder Aktie passieren.«

»Nein, das geht nicht. Der Kurs einer Aktie pendelt sich über kurz oder lang immer am Marktwert des Unternehmens ein, beziehungsweise stellt diesen dar. Da gibt es immer genügend Interessenten, die für einen günstigen Kurs ihr Portfolio auffüllen möchten. Größere Unternehmen sind außerdem unabhängiger gegenüber Kleinaktionären. Im Ernstfall gibt es auch noch die Möglichkeit, Stützungskäufe zu tätigen, welche auch oft wahrgenommen wird.«

Joshua hatte das Gefühl, sich von dem Grund seines Besuches zu entfernen. Wie kam Schändler auf die Idee, dermaßen viel Kapital in diese Firma zu stecken, welches Wissen steckte dahinter?

»Herr Baker, gab es vorher irgendeine Verbindung zu Schändler? Vielleicht über Ihre Mitarbeiter?«

»Nein. Wie ich bereits erwähnte, kannte ich diesen Herrn nicht.«

Joshua glaubte ihm nicht. Nach Lage der Dinge stand die Firma vor dem Ende. Schändler hatte zumindest an dem Höhenflug der Aktie maßgeblichen Anteil. Letztendlich hatte sein Auftreten die Firma ruiniert. Wenn auch nur indirekt. Für einen ehrgeizigen Geschäftsmann wie Baker vielleicht ein Motiv. Finanziell hatte die Firma ebenso von dem unerwarteten Kursanstieg profitiert. Die Frage, inwieweit er privat und wer überhaupt die Nutznießer dieser Achterbahnfahrt waren, würden ihm die Kollegen vom LKA bald erklären können. Er nahm sich vor, seinen Freund Jack zu kontaktieren. Ein Treffen mit ihm war ohnehin überfällig.

»An wen fallen eigentlich die Patentrechte im Falle eines Konkurses von BioPharmaca?«

Baker sah ihn an wie einen Aasgeier.

»Noch sind wir nicht in Konkurs.«

»Gut, wir wollen auch hoffen, dass das so bleibt. Aber falls doch?«

Calvin Baker entleerte genervt seine Lunge.

»Dann sind sie Teil der Konkursmasse. Sie würden von einem möglichen Käufer mit erworben.«

Joshua fiel ein, auf welche Weise Till Groding seine Firma verloren hatte. Was wäre, wenn Baker ihm nur die halbe Wahrheit sagte. Wenn Schändler bereits als Käufer auf der Matte stand. Baker und seine Firma würden die Früchte jahrelanger harter Forschungsarbeit an einen skrupellosen Geschäftemacher verlieren.

»Herr Baker, eine Frage noch. Wo waren Sie letzten Donnerstag, zwischen sechzehn und zweiundzwanzig Uhr?«

Baker stand auf und ging zur Tür. Dort zögerte er kurz.

»Hier im Büro. Alleine. Es tut mir Leid, dass ich Ihnen kein Alibi liefern kann. Aber in der derzeitigen Situation schlafe ich fast immer im Büro.«

»Können Sie vielleicht jemanden benennen, der Sie in dieser Zeit angerufen hat, war Ihre Sekretärin noch da?«

»Herrje nein und wenn Sie mich jetzt entschuldigen würden, ich habe noch zu tun. Oder möchten Sie mich vielleicht auch noch verhaften?«

»Nein, wieso auch noch?«

»Unseren Buchhalter haben Sie ja schon. Ich war entsetzt, als ich von seinen Bilanzfälschungen erfahren habe.«

Baker wirkte nicht besonders glaubwürdig auf Joshua. Er verabschiedete sich von dem Unternehmer und lief an ihm vorbei in Richtung Aufzug. Der Schreibtisch der Sekretärin war verwaist. Unten im Foyer ging er noch einmal zu der jungen Dame an den Tresen. Sie blickte hoch und fragte, ob sie ihm helfen könne.

»Ja, vielleicht. Frau Gernot sollte mir noch die Termine aufschreiben, an denen Herr Schändler da war. Sie saß aber nicht an ihrem Schreibtisch und ich wollte Herrn Baker nicht noch einmal stören. Muss ich dafür noch mal wiederkommen?«

Joshuas Stimme klang freundlich, fast zart. In seiner Jugendzeit brachte er mit dieser Masche Mädchenherzen zum Schmelzen.

»Das ist kein Problem, ich kann von hier aus nachsehen, einen Moment.« Zufrieden stellte Joshua fest, dass er es noch nicht völlig verlernt hatte.

»Soll ich sie Ihnen ausdrucken? Ich habe allerdings nur die der letzten drei Monate.«

»Danke, das reicht mir.«

Mit zwei Blättern in der Hand verließ Joshua das Gebäude. Für einen kurzen Augenblick überlegte er, mit diesen Unterlagen noch einmal zu Baker zu gehen, versprach sich dann aber wenig davon. Baker würde sich auf den Stress der letzten Tage berufen und sich wieder daran erinnern. Joshua wollte seine Trümpfe nicht vorzeitig ausspielen.

Der Fall bekam erste Konturen. Risse, in die man greifen konnte. Schändler und Baker kannten sich. Viel mehr noch, sie hatten gemeinsame Interessen. Die Frage stellte sich jetzt, wie sie es geschafft hatten, den Kurs der Aktie dermaßen zu beeinflussen. Joshua spürte einen Fehler in seinem Ansatz. Nicht sie haben es geschafft, sondern Schändler. Warum sonst sollte Baker diese Sache nicht alleine gemacht haben? Noch etwas fiel ihm auf. Sie schienen unsicher zu sein. Schändler hätte mühelos mehr als zwei Millionen investieren können. Nach den Ermittlungen seiner Kollegen hätte Schändler locker die Hälfte des Aktienbestandes erwerben können. Oder musste geteilt werden? Joshua fuhr die Auffahrt zur Rheinkniebrücke hoch. Daniel hatte ihm gesagt, Schändler besäße fünf Prozent der BioPharmaca Aktien. Das bedeutete, der gesamte Wert der Aktien lag am Anfang bei vierzig Millionen und auf dem Höhepunkt seiner Entwicklung bei fast dreihundert Millionen.

Zweihundertsechzig Millionen Euro, Joshua murmelte diese Zahl leise vor sich hin. Es sind schon Menschen für weniger umgebracht worden, sinnierte er. Selbst wenn die Aktien nicht auf dem Höchststand verkauft werden konnten, es würde immer noch reichen. Für mehr als einen. Joshua glaubte den Grund zu erahnen, warum Schändler nur fünf Prozent gekauft hatte. Er durfte nicht mehr erwerben. Es musste Komplizen geben. Die Werbeagentur Schändler, fuhr es ihm durch den Kopf. Der Vorstand um Ansgar Skopje. Leute, die mit Werbung nicht viel zu tun hatten, an der Spitze eines Konzerns der Werbebranche. Er griff zum Handy und wählte die Nummer von Kalle.

»Kalle, bitte tue mir mal einen Gefallen. Versuche herauszubekommen, von welcher Firma Ansgar Skopje kommt.«

Er spürte, wie Kalle grinste.

»Hallo Urlauber. Ja, mir geht es auch gut, danke. Schönen Gruß von Winnie, der steht gerade neben mir. Ich werde die Karten bestellen. Ich rufe dich an, wenn alles klar ist, okay?«

»Okay, danke.«

Joshua drückte auf den roten Hörer und musste schmunzeln. Er wusste genau, dass er sich auf Kalle verlassen konnte. Sein Kollege kam sie öfter mal mit seinen beiden Kindern besuchen oder sie gingen gemeinsam in den Zoo. Die Kinder waren fast im gleichen Alter wie Britt und David und auch die Frauen verstanden sich ausgezeichnet. Marlies konnte nicht nachvollziehen, warum sie nach so vielen Jahren noch ein drittes Kind haben wollten. Karl-Heinz konterte, dass die beiden nun aus dem Gröbsten raus seien und es mal wieder Zeit wurde. Joshua konnte sich diese Sichtweise auch nicht erklären und hatte ihn immer wieder scherzhaft gewarnt. Janine unkte, dass es in ihrer Beziehung vielleicht kriselte und sie sich deshalb für den dritten Nachwuchs entschieden hätten. Zumindest die Tatsache, dass sie seit der Schwangerschaft mit Johanna wieder turtelten wie frisch verliebte Teenager, sprach dafür.

Joshua überlegte, wo er jetzt eigentlich hin sollte. Kalles Anruf würde nicht lange auf sich warten lassen. Eventuell würde er in die falsche Richtung fahren. Joshua steuerte den Rasthof Geißmühle an. Er bestellte sich einen Kaffee und ein überraschend frisches Brötchen. Als er sich damit an einen der Stehtische stellte, wurde er lautstark begrüßt. Werner Verheugen, sein langjähriger Mitstreiter, stand dort und frühstückte ebenfalls. Werner hatte ihn damals in der Dienststelle angelernt. Er hatte eine gesunde rötliche Gesichtsfarbe und sah auch sonst so aus, als könne er Bäume ausreißen. Er fragte sofort nach der Dienststelle und den ehemaligen Kollegen. Joshua berichtete ihm von Daniel van Bloom, der jetzt an seiner Stelle saß.

»Aber was machst du denn überhaupt so?«

Verheugen druckste zunächst verlegen herum, schließlich gab er an, für eine Detektei zu arbeiten.

»So plötzlich gar nichts mehr zu machen nach fast fünfzig Dienstjahren, nee, das war nichts für mich.«

»Und? Hast du einen spannenden Auftrag?«

Werner lachte. Joshua schien falsche Vorstellungen von dem Beruf zu haben. Die hatte er am Anfang allerdings auch.

»Kann man sagen. Jedenfalls spioniere ich zur Zeit mal nicht untreuen Ehemännern hinterher.«

Werner nahm einen Schluck aus seiner Tasse, Joshua wurde ungeduldig. Geduld hatte Werner früher dauernd von ihm gefordert. Frisch von der Polizeihochschule kommend, meinte Joshua, jeden Fall möglichst einige Stunden später lösen zu müssen. Werner pflegte immer zu sagen, die Spinne läuft auch nicht den ganzen Tag in ihrem Netz hin und her. Dann würde sie vermutlich verhungern.

»Ist eine komische Sache. Die Trabrennbahn Dinslaken hat uns beauftragt. Sie vermuten Wettbetrug. Da hat praktisch das gesamte Publikum aufs falsche Pferd gesetzt. Warum weiß niemand. Ich habe jedenfalls herausgefunden, dass ein Mann aus Duisburg ganz heftig davon profitiert hat. Hat mehrmals Dreierwetten auf Favoriten getätigt und abgesahnt. Das konnte ich deshalb herausfinden, weil dieser Mann an dem Tag für die Beschallungsanlage zuständig war und sich das Personal an ihn erinnerte.«

Joshua rührte leicht gelangweilt in seinem Kaffee.

»Wenn du aus Duisburg kommst, hast du dich aber verfahren, Werner.«

192

Joshua grinste ihn an und verschlang den Rest seines Käsebrötchens.

»Nein, nein. Der Kerl ist zu Hause nicht zu erreichen. Seine Nachbarin sagte mir, dass er in Düsseldorf arbeitet. Da bin ich halt hingefahren. Riesengroße Werbeagentur. Schändler GmbH & Co. KG. Nie von gehört. Da stehen Autos auf dem Parkplatz, ich kann dir sagen.«

Joshua hustete. Er hatte sich eine Zigarette gedreht und wollte sie gerade anzünden. Noch eine Spur, die zu Schändlers Agentur führte?

»Kannst du mir sagen, worum es da in Dinslaken genau ging?«

»Willst du mir helfen?«

Joshua klärte ihn in groben Zügen über ihren Fall auf. Werner wirkte sehr interessiert. Man musste ihn voriges Jahr praktisch zwingen, in den Ruhestand zu gehen. Seine Frau war vor fünf Jahren verstorben. Kinder hatten sie keine. Dabei könnte man ihn sich sehr gut als liebenswerten Opa vorstellen. Seine ruhige, besonnene Art und die Toleranz und Freundlichkeit, mit denen er seinen Mitmenschen begegnete, hatten Verheugen nicht nur in der Dienststelle sehr beliebt gemacht. In einer pathetischen Rede zu seiner Pensionierung sagte Winnie voriges Jahr, er würde eine große Lücke hinterlassen. Werner Verheugen lebte alleine in einem kleinen Häuschen in Linn. Fast wirkte er so, als beneide er Joshua um seine Arbeit.

»Also gut. Es ging wohl tatsächlich etwas nicht mit rechten Dingen zu an diesem Sonntag. Sie hatten einen übermäßig hohen Anteil an Dreierwetten, das kann ja noch angehen. Das Merkwürdige daran ist aber, so gut wie keine Wette ist auf die Favoriten getätigt worden und die meisten Wetten waren identisch. Auf den Ausgang der Rennen hatte das keinen Einfluss. Es lief wie immer, die

193

Favoriten waren meistens vorne dabei. Geschädigt wurden praktisch auch nur die Wetter selbst, da die Gewinne natürlich auf die wenigen richtigen Wetten ausgezahlt wurden. Da konnte man mit einer ganz normalen Einzelwette auf einen Favoriten seinen Einsatz verzehnfachen und noch mehr.«

Joshua wusste, dass die Frage nach dem Warum müßig war, er stellte sie dennoch. Werner zuckte erwartungsgemäß mit den Schultern.

»Ich weiß es nicht, das soll ich ja gerade herausfinden. Meinst du, es gibt Parallelen zu eurem Fall?«

Joshua wollte gerade antworten, als sich sein Handy meldete. Es war Kalle. Er berichtete ihm von seiner Recherche. Ansgar Skopje kam von einem freien Institut aus Kamp-Lintfort. Sie arbeiteten dort auf dem Gebiet der Hirnforschung. Es war ihnen gelungen, namhafte Neurologen für ihre Dienste zu gewinnen. Sie hatten in letzter Zeit größere Erfolge bei der Bekämpfung von Suchtkrankheiten und sogar der Legasthenie verzeichnet. In Medizinerkreisen wurde ihnen jedoch vermehrt mit Skepsis begegnet.

Joshua wollte das Gespräch gerade beenden, als Kalle sich noch einmal meldete.

»Noch was: Kommst du heute Abend zur kleinen Soko-Sitzung?«

Joshua stutzte.

»Ich habe doch Urlaub.«

»Nee, ist klar. Und in deiner Freizeit jagst du Mörder. Wir treffen uns um fünf bei Viktor.«

»Warum bei Viktor?«

»Na, weil du Urlaub hast. Wenn du nicht langsam mit dem Denken anfängst, lösen wir den Fall nie.«

Zufrieden beendete er die Verbindung. Sie hielten also

zu ihm. Das war zwar in der Vergangenheit auch immer so, aber dieses Mal hatte er leichte Bedenken gehabt.

»Wo waren wir stehen geblieben? Ach ja. Es gibt Parallelen. In beiden Fällen geschehen Dinge, die rational nicht zu erklären sind. Und in beiden Fällen spielt Schändler eine Rolle«, Joshua dachte kurz darüber nach, dass Werner ja eigentlich an demselben Fall arbeitete, »wir haben heute Nachmittag bei Viktor eine private Soko-Sitzung, hast du nicht Lust zu kommen? Die werden Augen machen.«

Man konnte Werner seine Freude ansehen.

»Nein, das geht doch nicht. Ich bin draußen …«

»Es ist ein privates Treffen unter Kollegen. Da gehörst du immer noch dazu.«

Joshua klärte ihn in wenigen Sätzen über seine vorübergehende Beurlaubung auf, verschwieg dabei aber den Zusammenhang mit Rosalinde Schändler und König.

Werner Verheugen willigte ein. Sie verabschiedeten sich bis zum Nachmittag. Joshua zog es nach Kamp-Lintfort. Die Adresse hatte er sich notiert. Hirnforschung und Werbung, welche Verbindungsstellen gab es da? Ihm fielen die Sätze von Ansgar Skopje ein. Wir müssen das Bewusstsein der Käufer erreichen, hatte er gesagt. Als Wissenschaftler meinte er damit wohl eine andere Intensität als ein Werbefachmann. Wie weit konnte man das menschliche Bewusstsein beeinflussen? Eine neutrale, ehrliche Antwort würde er in Kamp-Lintfort wohl nicht bekommen. Sie mussten sich also über kurz oder lang an Experten auf diesem Gebiet wenden. Der Sitz des Institutes lag in einem modernen Gewerbepark. Man siedelte hier zunehmend Hightech-Firmen an. Ausgerechnet hier, gegenüber der alten Zeche. Zwischen diesen Industrieformen lag nicht nur die Friedrich-Heinrich-Allee. Es

195

lagen Welten zwischen dem Bergbau auf der einen und modernen Instituten, Elektronik- und Grafikbetrieben auf der anderen Seite.

Die Größe des Gewerbeparks wurde Joshua erst bewusst, als er fast eine Viertelstunde nach dem Institut suchte. Wie in einem Schneckenhaus führten die Wege ihn immer tiefer hinein. Endlich stand er vor dem unauffälligen Flachbau. Das Anwesen war von einem hohen Metallzaun umrahmt. Auf einem Pfosten an der Einfahrt thronte eine große Kamera, an der ein rotes Lämpchen blinkte. Drei kleine Parkplatzreihen, durch unscheinbare Grünstreifen getrennt, lagen direkt vor dem Eingangsbereich. Joshua parkte seinen Wagen und ging zum Eingang. Auch dort nahm eine Kamera alle Besucher in Empfang. Er gelangte, nachdem die Tür automatisch geöffnet wurde, in einen kleinen Empfangsraum. Rechts und links vor Kopf verliefen zwei lange Gänge. Am Ende des rechten Ganges befand sich eine Tür mit Zahlenschloss. Zwei Gestalten verließen gerade diesen Raum. Sie sahen so ähnlich aus, wie seine Kollegen von der Spurensicherung bei der Arbeit. Weißer Ganzkörperanzug, Haarnetz und Mundschutz. Er trat vor die kleine Theke, die mittig vor den beiden Gängen platziert war.

»Kann ich Ihnen helfen, junger Mann?«

Die brünette Empfangsdame versah ihre Worte mit einer Art Hintergrundmelodie. Sie erschien ihm einige Jahre jünger als er. Sollte das breite Sortiment der von ihr benutzten Kosmetika allerdings erfolgreich dem Zweck dienen, sie jünger wirken zu lassen, so könnte ihr tatsächliches Alter sein eigenes locker übertreffen. Er zückte seinen Dienstausweis und hielt ihn unter ihre Augen.

»Kripo Krefeld, Mordkommission. Ich würde mich gerne mit dem Leiter dieses Institutes unterhalten.«

»Also ich weiß nicht, ob ich Ihnen da weiterhelfen kann.«

Die Hintergrundmelodie hatte sich verflüchtigt. Ihre Augen änderten den Ausdruck von einem überfreundlichen Klimpern in eine gewisse Coolness. Noch immer sah sie ihn an.

»Wer weiß das denn, junge Frau?«, flötete Joshua ihr entgegen.

Das war zu viel. Ihre Mundwinkel fielen schlagartig nach unten, der freundliche Anfangston verkehrte sich nun ins Gegenteil.

»Ich meinte damit, ich weiß nicht, ob der Doktor für Sie zu sprechen ist.«

Joshua beugte sich über die Theke und flüsterte verschwörerisch:

»Kann man das denn irgendwie herausbekommen? Telefonisch vielleicht?«

Sein Blick deutete auf das Telefon neben ihr. Wortlos griff sie nach dem Hörer und hackte förmlich mit ihren langen, rot lackierten Fingernägeln eine Nummer in die Tastatur.

»Herr Doktor«, säuselte sie los, »hier ist ein äußerst unfreundlicher Herr von der Kripo, der Sie sprechen möchte«, sie sah ihn dabei missbilligend an, »ja in Ordnung, Herr Doktor.«

»Folgen Sie mir bitte!«

»Na, geht doch«, antwortete er leise. Nicht leise genug, sie schluckte. Die Chance auf ein gemeinsames Abendessen mit dieser Dame schien jetzt gegen Null zu tendieren. Glücklicherweise war sie nicht sein Typ. Sie stakste vor ihm her den linken Gang herunter. Das Laufen in den Stöckelschuhen schien ihr auf dem glatten Parkettboden leichte Probleme zu bereiten. Joshua ertappte sich bei dem

Gedanken, warum diese Dame ausgerechnet von einem Institut eingestellt wurde, das sich die Erforschung des menschlichen Hirns zur Aufgabe gemacht hatte. An der vorletzten Tür klopfte sie kurz an und trat ein. Joshua ging hinterher.

»Herr Doktor …«

»Danke, Frau Ruben.«

Joshua stellte sich kurz vor und bat seinen Gastgeber ein paar Fragen stellen zu dürfen. Doktor Bönisch war eine stattliche Erscheinung. Mit seinen fast zwei Metern Größe und seinem enormen Bauchumfang wirkte er auf Joshua fast wie ein ehemaliger Bundeskanzler. Mit einer Handbewegung bot er ihm einen Stuhl an und nahm selbst hinter einem riesigen Schreibtisch Platz. Er beugte sich nach vorne und sah Joshua über den vergoldeten Rand seiner Brille fragend an.

»Herr Doktor Bönisch, woran arbeiten Sie hier?«

Bönisch breitete die Arme aus und antwortete jovial:

»Wir sind ein freies und unabhängiges Forschungsinstitut. Wir beschäftigen uns hauptsächlich mit der Hirnforschung, was ein breites Feld ist, wie Sie sich vorstellen können.«

»Frei und unabhängig? Womit finanzieren Sie ihre Forschung?«

»Wir geben unsere Forschungsergebnisse an die Wirtschaft weiter, teilweise arbeiten wir auch in deren Auftrag. Sie haben natürlich Recht, die Finanzierung ist ein wichtiges Kriterium. Forschung, speziell unsere, ist nicht gerade preiswert.«

Joshua zückte einen Notizblock und einen Kugelschreiber und notierte sich die Aussagen des Doktors. Mit der Freiheit und Unabhängigkeit schien es nicht weit her zu sein.

»Wer gibt Ihrem Institut denn Aufträge und welcher Art sind sie?«

Bönisch grinste ihn an. Joshua glaubte in diesem Grinsen eine Spur Arroganz zu erkennen.

»Das kann ich Ihnen natürlich nicht sagen. Diskretion wird bei uns groß geschrieben.«

»Gehörte Ramon Schändler zu Ihren Auftraggebern?«

»Nein.«

Die Antwort kam sofort. Zu schnell, um Joshuas Bedenken auszuräumen.

»Kannten Sie Ramon Schändler?«

»Wie ich schon sagte, nein.«

»Sie verneinten die Frage, ob er zu Ihren Auftraggebern gehörte.«

»Ich kannte ihn auch nicht und jetzt entschuldigen Sie mich bitte, ich habe zu arbeiten.«

Bönisch stand auf und hielt ihm den ausgestreckten Arm hin. Joshua ärgerte sich, er war noch gar nicht zu seinem eigentlichen Anliegen vorgestoßen.

Plötzlich fiel ihm etwas auf.

»Herr Bönisch, Ansgar Skopje, einer Ihrer ehemaligen Mitarbeiter, ist doch zur Werbeagentur Schändler gewechselt. Haben Sie das nicht gewusst?«

Sein Blick wurde kälter.

»Doch, natürlich. Das muss aber doch nicht bedeuten, dass ich Schändler kannte. Oder glauben Sie, der hat ihn hier persönlich abgeholt?«

Joshua stand jetzt auch auf, gab Bönisch die Hand zur Verabschiedung und ging. Er musste nach einer anderen Möglichkeit suchen, an relevante Informationen zu kommen.

Für eine Minute saß er hinter dem Steuer seines Wagens und dachte nach. Die kurze, knappe Antwort auf seine Frage nach Schändler. Warum hatte Bönisch nicht eine Sekunde gezögert? Warum hatte er nicht gesagt, sein Mitarbeiter sei dorthin gewechselt, aber persönlich kannte er Schändler nicht?

Nein. Kurz, knapp und ohne zu zögern verneinte er diese Frage. Geradezu so, als habe er sie erwartet. Warum wechselte Skopje, ein Wissenschaftler, wirklich zu der Werbeagentur? Das herauszufinden dürfte nicht leicht werden. Beide Seiten blockten ab.

Joshua startete seinen Wagen und fuhr los, ohne zu wissen, wohin. Auf einmal hatte er ein Ziel. Seine Familie, da war noch eine Entschuldigung offen und die damit verbundene Hoffnung auf eine Wiederholung dieser Unterhaltung. Er steuerte wieder auf die Autobahn zu. Zwanzig Minuten später stand er vor dem Haus, das noch vor einigen Tagen sein zu Hause bedeutete. Joshua atmete tief durch und stieg aus. Unterwegs hatte er noch einen großen Strauß Blumen gekauft und stand nun mit diesem vor der Haustür.

Er wollte gerade klingeln, als die Nachbarin ihn ansprach.

»Guten Morgen, Herr Trempe. Das sind aber schöne Blumen. Hat Ihre Frau Geburtstag?«

Das war keine Frage, das war der Anfang eines Verhörs. Warum sieht man Sie denn gar nicht mehr? Sind Sie etwa ausgezogen? Was wird denn jetzt mit den armen kleinen Kindern?

»Nein, sie hat immer Blumen verdient.«

»Ah, das ist aber schade. Sie ist vorhin mit den Kindern weggefahren. Soll ich ihr etwas ausrichten, Herr Trempe?«

Joshua biss die Lippen zusammen. Er würde es heute

Abend noch einmal versuchen. Sie jetzt über ihr Handy anzurufen, hätte wenig Sinn. Sein Blick fiel auf den bunten Strauß.

»Können Sie meiner Frau bitte die Blumen geben, wenn Sie wiederkommt? Ich melde mich später noch mal.«

Er hielt der verdutzten Nachbarin den Strauß hin. Ihre Mundwinkel glitten nach unten, als sie ihn entgegennahm. Offensichtlich hatte sie nicht damit gerechnet, gar keine Informationen zu bekommen. Immerhin wusste sie jetzt, dass Joshua keinen Schlüssel mehr hatte. Sie murmelte noch ein paar Worte und verschwand.

Wieder saß Joshua in seinem Wagen und versuchte, seine Gedanken zu ordnen. Versunken blätterte er in seinem Notizblock. Langsam malte er eine Skizze auf eine leere Seite. Einen Kreis in der Mitte, in den er den Namen Schändler schrieb. Von dort ausgehend zog er Striche rundherum und malte an deren Ende neue Kreise. In diese schrieb er die Namen BioPharmaca, Rennbahn Dinslaken, Forschungsinstitut Bönisch, Groding. Bei dem letzten stutzte er. Welche Rolle spielte Till Groding in dem Ganzen? War er Täter oder Opfer? Er hoffte, dass seine Kollegen zu dem Treffen am Nachmittag einen Bericht der Gerichtsmedizin mitbringen konnten. Joshua suchte nach Zusammenhängen. Das Institut von Bönisch und Ramon Schändler hatten Skopje als gemeinsame Schnittmenge. Aber das war noch nicht alles. Er erinnerte sich wieder an Skopjes Aussage, sie müssten das Bewusstsein ihrer Kunden erreichen. Bewusstseinsforschung wiederum dürfte ein Aufgabengebiet dieses Institutes sein. Zwischen der BioPharmaca und der Rennbahn schien es keinen Zusammenhang zu geben. Bei beiden geschahen Dinge, die sehr merkwürdig waren. Bönisch hatte gesagt, diese Art Forschung koste sehr viel Geld. Vielleicht gab es einen Zusammenhang mit den Kursschwankungen der BioPharmaca. Er musste herausfinden, ob die BioPharmaca zu den Kunden dieses Institutes gehörte. Joshua ärgerte sich, nicht eher darauf gekommen zu sein und fuhr erneut nach Kamp-Lintfort. Bönisch würde ihm vermutlich keine Auskunft darüber geben, aber seine Mimik und Reaktion könnte vielleicht aufschlussreich sein.

Frech grinsend teilte die Empfangsdame ihm mit, Bönisch sei außer Haus und würde heute nicht mehr zurückkehren. Wohin er gefahren sei, entzöge sich leider ihrer Kenntnis. Das Wort ›leider‹ betonte sie dabei besonders ironisch. Von der Firma BioPharmaca hatte sie noch nie gehört. Es gelang ihm noch, auf dem Parkplatz einige Mitarbeiter des Institutes zu befragen. Niemand kannte diese Firma.

Joshua fielen Janine und ihre Angstzustände ein. Sie waren vor ein paar Monaten bei einem Neurologen, der eine absolute Kapazität auf diesem Gebiet war. Jutta von Ahlsen hatte ihn empfohlen, sie behauptete, er sei der Beste auf diesem Gebiet. Doktor Hans Wickum in Wesel. Joshua sah auf die Uhr. Kurz nach eins. Vielleicht hatte seine Mittagspause noch nicht begonnen. Wickum hatte eine zweite Praxis im evangelischen Krankenhaus in Wesel. Joshua rief die Telefonauskunft an und ließ sich mit dem Krankenhaus verbinden. Er hatte Glück. Wickum war noch in seiner Praxis. Joshua erklärte ihm sein Anliegen und worum es ging.

»Bis zwei geht meine Mittagspause, wenn Sie es schaffen. Ansonsten morgen oder …«

»Schon gut, ich schaffe es, bis gleich.«

Joshua startete den Wagen und fuhr los. Fünfzig Minuten bis Wesel müssten zu schaffen sein. Als er sich an einer Ampel im Innenspiegel sah, erschrak er. Erst jetzt fielen ihm die langen Bartstoppeln auf, die fast sein gesamtes Gesicht übersäten. So wollte er nicht zum Arzt seiner Frau gehen. Der Drogeriemarkt hatte geschlossen, an der Tankstelle konnten sie ihm nicht weiterhelfen. Joshua wurde nervös. Endlich bekam er an einem Kiosk einen Fünferpack Rasierklingen und eine kleine Spraydose Rasierschaum. Auf einem LKW-Parkplatz kurz hinter Kamp-Lintfort hielt er an und klappte den Innenspiegel herunter. Mit etlichen Verrenkungen bekam er schließlich eine halbwegs brauchbare Rasur hin.

Abschließend nahm er sein Taschentuch und wischte sich die Reste Schaum aus dem Gesicht. Noch fünfunddreißig Minuten, Joshua raste los. Endlos lange Minuten musste er auf der Umgehungsstraße um Alpen hinter einem Traktor herfahren, die Zeit verrann. Kurz vor Büderich hatte er freie Fahrt. Joshua trat das Gaspedal durch. Noch eine Viertelstunde, das könnte reichen. Seinen verbissenen Gesichtsausdruck sollte er zwei Wochen später auf einem mäßigen Schwarzweißfoto wiedererkennen. Dieses Erlebnis dem vermeintlichen Erfolg unterordnend, fuhr er mit neunzig Stundenkilometern durch Büderich. Kurz vor dem Ortsausgang tauchte eine endlos lange Reihe Bremslichter vor ihm auf. Joshua schlug fluchend aufs Lenkrad. Wie sich eine Stunde später herausstellte, hatte auf der Rheinbrücke vor Wesel ein Auffahrunfall zur Sperrung der zweispurigen Rheinüberquerung geführt. Gegen fünfzehn Uhr betrat Joshua die Praxis von Doktor Wickum. Der Mediziner war sehr beschäftigt und Joshua blieb nichts anderes übrig, als sich in die Reihe der Wartenden einzuordnen. Er hatte Glück, lediglich vier Patienten waren vor ihm. Eine Stunde lang erinnerte Joshua sich daran, wie er früher die Urlaube mit seiner Familie verbrachte, bis er hineindurfte. Joshua wirkte wohl dermaßen erschöpft, dass der Mediziner ihm den Grund seiner Verspätung nachfühlend verzieh. Um seinen Gesprächspartner nicht unnötig aufzuhalten, kam Joshua auch direkt zur Sache. Er klärte Wickum ziemlich detailliert über die sonderbaren Vorfälle bei BioPharmaca und der Trabrennbahn Dinslaken auf. Der Neurologe rieb sich nachdenklich sein Kinn.

»Sie sprechen eine kollektive Kognition an?«

Joshua zog die Stirn in Falten.

»Eine gemeinsame Erkenntnis, quasi ein einheitliches Bewusstsein?«

»So was in der Art, Herr Doktor. Kann irgendetwas diese Leute beeinflusst haben? Vielleicht eine Art Massenhypnose?«

Er schüttelte langsam und nachdenklich den Kopf , »Nein, nicht in diesem Ausmaß. Einzelne Personen vielleicht, aber nicht eine derart große Menge. Obwohl es so ganz abwegig nicht ist, allerdings mehr theoretisch und auf einer anderen Ebene.«

»Sie machen mich neugierig, Herr Wickum.«

Der Arzt lachte und setzte sich hinter seinen Schreibtisch. Mit einer Geste bot er Joshua an, sich ebenfalls zu setzen.

»Nun, es gibt so genannte subliminale Botschaften. Diese entwickeln sich immer mehr zum Lieblingskind, vor allem der freien Forschungsinstitute. Es handelt sich dabei um Botschaften, die in Bild oder Ton versteckt werden. Sie sollen die Mandelkerne des limbischen Systems im Gehirn erreichen und dort entsprechend ausgewertet werden. Mit anderen Worten, der Empfänger dieser versteckten Botschaften soll in irgendeiner Weise reagieren.«

Joshua hörte ihm mit offenem Mund zu.

»Wie weit ist diese Wissenschaft, ich meine, was ist möglich?«

Wickum grinste.

»Jedenfalls nicht das, was Sie sich gerade vorstellen. Im Jahr 2000 hat Al Gore im amerikanischen Wahlkampf diese Technik eingesetzt. Sie haben in Fernsehspots im Zusammenhang mit der gegnerischen Partei das Wort ›Rats‹ eingeblendet. So kurz, dass es niemand bewusst sehen konnte. Selbst die Fernsehanstalten haben es nicht bemerkt. Es gibt Leute, die behaupten, dieser Spot habe drei Prozent Stimmen gebracht. Der empirische Nachweis darüber blieb allerdings aus.«

»Wäre es denkbar, dass diese Technik in der Werbung eingesetzt würde?«

»Denkbar ist alles. Aber erstens ist sie bei weitem noch nicht so ausgereift, wie sie von manchen Science-Fiction- Fans dargestellt wird und zweitens gilt es in fast allen Ländern der Erde als Täuschungsversuch und ist somit nicht zulässig. Stellen Sie sich darauf ein, dass Ihrem Fall eine konventionelle Lösung zugrunde liegt, Herr Trempe.«

So wird es wohl sein, dachte Joshua. Aber diese Erklärungen würden mit ein wenig Phantasie wunderbar in seinen Fall passen.

»Warum forscht man dann eigentlich an diesen subliminalen Botschaften, wenn man sie letztendlich doch nicht verwerten kann?«

»Warum wurde die Atombombe entwickelt? Es gibt auch medizinische Ambitionen. Die Russen versuchen derzeit mit dieser Beeinflussung des Unterbewusstseins die Alkoholsucht zu heilen. Französische Forscher haben damit erste Erfolge bei der Behandlung von Legasthenie verbucht. Leider stellt der Staat immer weniger Gelder

205

für die Forschung zur Verfügung. Das hat zur Folge, dass viele Institute für die freie Wirtschaft arbeiten. Und die sind nicht in erster Linie an der Heilung von Alkoholsucht interessiert, wie Sie sich denken können.«

»Es lebe der Kommerz«, antwortete Joshua zynisch.

»Ist nicht unbedingt verkehrt. Oder möchten Sie bei Ihrer nächsten Krankheit zu einem Druiden gehen, der Ihnen Medikamente aus dem Zauberwald zusammenbraut?«

Joshua bedankte sich herzlich bei dem Arzt und ging hinaus. Sein Magen knurrte, er dachte an seine letzte Mahlzeit, zwei Käsebrötchen heute Morgen.

Zwanzig nach vier. Zu spät, er musste zu Viktor durchfahren. Vielleicht hatte sein Kollege ja ein paar Schnittchen vorbereitet?

Viktor wohnte mit seiner Frau in einem kleinen alten Fachwerkhaus in Anrath bei Krefeld. Sie hatten es vor fünfzehn Jahren günstig erstanden. Allerdings mussten sie die gleiche Summe noch einmal in die Restaurierung stecken. In dieser Zeit verabschiedete sich Viktor von seinem Traum, nach seiner Pensionierung wieder in seine bayrische Heimat zu ziehen. Die Liebe zog ihn in jungen Jahren an den Niederrhein, aber eben diese Liebe wollte keinesfalls nach Bayern ziehen. Anfangs tat er sich schwer, litt unter Heimweh. Im Laufe der Jahre fühlte er sich aber immer heimischer.

Das große Grundstück wurde von hohen Fichten umsäumt, die jeden Durchblick verwehrten. Joshua war eine Viertelstunde zu früh. Er wunderte sich deshalb auch nicht, dass noch kein Auto der Kollegen vor der Tür stand. Er

206

hatte gerade geklingelt, als Frau Dreiseitl kam und ihn freundlich empfing. Sie führte ihn durch das Haus in den Garten. Am Ufer eines riesigen Teiches, der das halbe Grundstück ausfüllte, lag eine geräumige Holzhütte. Sie hatten schon des Öfteren Viktors Geburtstag dort gefeiert. Zu vorgerückter Stunde landeten bei diesen Gelagen immer einige Gäste im Teich. Zuletzt kam es dabei zu gewissen Verstimmungen mit der Frau des Hauses, weil Marlies nackt im Teich lag und Viktor seine Hände schützend unter ihren Rücken hielt.

Als Joshua eintrat, sah er erstaunt in die Runde. Marlies, Kalle, Viktor und Daniel saßen bereits um den klobigen Holztisch und prosteten sich zu.

»Hallo. Was ist das denn? Habt ihr nichts zu tun?«

Sofort breitete sich Gelächter in der Runde aus.

»Das hat Winnie uns auch schon gefragt«, meldete sich Kalle, »als wir um vier gegangen sind. Wir haben ihm gesagt, dass unser Dienst zwischen fünfzehn und siebzehn Uhr endet. Und da wir alle um sieben angefangen haben … Der hat vielleicht blöd geguckt.«

Sie begannen zu grölen und prosteten sich erneut zu. Neben dem Tisch stand ein kleiner Zapftisch mit einem Fass Bier. Sie standen alle hinter ihm, stellte Joshua zufrieden fest. Sie ließen Winnie auflaufen. Joshua konnte sich nicht daran erinnern, dass sie während einer Mordermittlung schon mal dienstplanmäßig Feierabend gemacht hatten. Im Gegenteil, oft schliefen sie zwischendurch ein paar Stunden auf einer Pritsche im Keller. Winnie hätte natürlich Überstunden anordnen können, wusste aber vermutlich genau, dass die Kollegen sie bestenfalls abbummeln würden. Ihm waren die Hände gebunden. Wenn seine Bediensteten nicht mit seinen Entscheidungen einverstanden waren, konnte er ziemlich alleine dastehen. Sie

207

gaben ihm in dem Fall unmissverständlich zu verstehen, dass sie hinter Joshua standen.

»Wie seid ihr eigentlich hergekommen?«

»Mit dem Taxi. Wir wollen anschließend noch ein bisschen trinken und quatschen.«

Marlies genoss es jedes Mal, mit den Kollegen zu feiern. Sie hatte kaum Freunde. Der Beruf nahm sie die ganze Woche in Anspruch und das Wochenende gehörte uneingeschränkt ihrem Sohn. Ausnahmsweise war sie heute, wenn auch sehr dezent, geschminkt. Sie trug ein leicht verblasstes T-Shirt von Greenpeace mit dem legendären Ausspruch der Creek-Indianer. Wenn sie es mit ihrem Sohn vereinbaren konnte, engagierte sie sich gelegentlich für diese Umweltorganisation. Kalle stierte unverhohlen auf ihre Brust und las laut die Weisheit vom letzten gerodeten Baum und der Tatsache, dass man Geld nicht essen kann, vor. Marlies verzog ihr Gesicht. Dann unterbrach Viktor ihn.

»Genau, Marlies. Außerdem brauchen wir ja morgen erst um neun zum Dienst. Gleitzeit.«

Sofort machte sich wieder lautes Gelächter breit. Joshua freute sich über die Solidarität seiner Kollegen, dennoch mussten sie zuerst arbeiten.

»Ich danke euch für eure Loyalität und will euch auch nicht den Spaß verderben, aber lasst uns doch bitte zuerst alles besprechen. Habt ihr den Bericht von der Gerichtsmedizin?«

Marlies kramte in einem Stoffbeutel, zog einen Schnellhefter hervor und überreichte ihn Joshua.

»Bitte sehr, der Bericht in Kopie für dich.«

Joshua ließ den Stapel Blätter durch Daumen und Zeigefinger gleiten und sah sie fragend an.

»Schon gut. Groding ist offensichtlich ermordet worden. An beiden Oberarmen sowie den Handgelenken befanden sich größere Hämatome. Das Beste ist aber: Groding scheint sich trotz Betäubungsmitteleinfluss noch verteidigt zu haben. Unter seinen Fingernägeln wurden Hautsegmente gefunden, die nicht von ihm stammen. Die Kollegen können mit diesen Spuren eine vergleichende DNA-Analyse durchführen, wenn wir ihnen was liefern.«

»Wunderbar«, Joshua bedankte sich und erzählte ausführlich von seinen Ermittlungen. Zwischendurch nahm er sich immer wieder ein Mettbrötchen. Viktor schenkte ihm Bier ein. Als er fertig war, pfiffen einige anerkennend.

»Ich glaube«, meldete sich Daniel, »die Herren Baker und Bönisch haben dich ganz schön veralbert.«

Die anderen nickten zustimmend. Kalle kam ein anderer Gedanke.

»Vier Morde. Also Leute, mit irgendwelchen billigen Motiven brauchen wir da nicht mehr zu rechnen. Da steckt was Organisiertes hinter. Aber hallo!«

»Ja«, nahm Viktor den Faden auf, »vor allem, wenn es, wie Joshua sagt, eventuell um über zweihundert Millionen geht. Bei der Größenordnung könnten wir es schon mit Profikillern zu tun haben. Insbesondere, wenn man die Brutalität und Perfektion ihrer Taten berücksichtigt.«

»Nein!«

Das Gemurmel verstummte sofort mit diesem Nein von Joshua. Es war, als schalte jemand mitten in einer spannenden Sendung den Fernseher aus. Alle sahen ihn jetzt an.

»Dann würden meine Eltern nicht mehr leben. Das waren keine Profis. Die haben Nerven gezeigt und genau da müssen wir ansetzen.«

209

Für einige Sekunden war es ruhig, dann johlten die Kollegen. Hinter Joshuas Rücken stand Werner Verheugen.

»Guten Tag zusammen. Joshua hat mich eingeladen.«

Joshua hatte zwar von dem Treffen mit Werner erzählt, nicht aber, dass er ihn zu dieser Besprechung eingeladen hatte. Nach einer ausführlichen Begrüßung teilte Kalle ihm in wenigen Sätzen ihren groben Erkenntnisstand mit. Das meiste wusste er ja bereits von Joshua.

»Sag mal, Joshua«, Marlies spielte nachdenklich mit ihren Haaren. Sie hatte sie heute zu einem Zopf zusammengebunden, der vornüber hing, »warum haben sie denn die kleine Schändler umgebracht? Ich meine, die Mörder mussten doch davon ausgehen, dass wir sie längst verhört haben.«

»Das macht mir auch Kopfzerbrechen. Sieht so aus, als würden sie Interna kennen.«

»Wie kommst du denn da drauf?«, Viktor sah ihn entgeistert an.

»Der menschliche Schutzmechanismus sorgt in der Regel nach einem Schock dafür, dass das auslösende Ereignis beziehungsweise die Erinnerungen daran, verdrängt werden«, Joshua nahm sich noch ein Mettbrötchen und einen Schluck Bier, »es kann sehr lange dauern, bis das Erinnerungsvermögen zurückkommt, es kann aber auch schnell gehen. Je nach Konstitution des Opfers und Art des Ereignisses. Das bedeutet für mich, die Mörder mussten gewusst haben, dass Rosalinde Schändler uns noch nicht weiterhelfen konnte. Ansonsten wären sie ein solches Risiko wohl nicht eingegangen.«

»Ich weiß nicht«, warf Kalle ein, »drei Morde oder vier. Wenn sie dafür einen potenziellen Zeugen loswerden können. Warum nicht?«

»Die Nerven, Kalle. Das sind keine Profis. Sie zeigen

Nerven, also werden sie auch Fehler machen. Und genau darauf müssen wir achten. Außerdem ist da noch der Fall Groding. Er ist zwischen unserem ersten und dem zweiten Besuch ermordet worden. War das Zufall, oder wusste der Täter, dass wir wieder kommen und Groding verhaften wollten?«

»Wenn das stimmt«, Marlies ließ sich in ihren Stuhl zurückfallen, »kennen die Täter tatsächlich Interna.«

»Richtig«, meldete Werner Verheugen sich zu Wort, »zumal wir es nicht mit einem Einzeltäter zu tun haben. Es scheint eine ganze Organisation zu sein, falls unsere Theorie stimmt.«

»Das glaube ich schon«, meldete Daniel sich, »Baker und Bönisch geben an, sie kannten Schändler nicht, was ja offensichtlich falsch ist. Hinzu kommt noch die Geschichte mit der Trabrennbahn in Dinslaken. Da taucht ebenfalls eine Verbindung zu Schändler auf. Und dieser Skopje scheint mir auch dubios. Nur was die Insiderkenntnisse betrifft, sind wir meiner Meinung nach zu voreilig. An Rosalinde Schändler kamen die Täter doch vorher gar nicht dran. Zu Hause hat Joshua sie überrascht und im Krankenhaus stand sie unter Personenschutz. Erst als König den aufgehoben hat, konnten sie zugreifen. Der Tatzeitpunkt im Fall Groding kann Zufall gewesen sein,« er blickte Joshua nun in die Augen, »wenn die Täter Interna aus den laufenden Ermittlungen kennen, hätten sie doch auch wissen müssen, dass du Frau Schändler die Nachricht vom Tod ihres Mannes überbringen wolltest.«

Joshua sah zögernd in die Runde.

»Vielleicht hast du Recht und ich sehe Gespenster.«

»Quatsch«, Kalle verschluckte sich an seinem Bier und hustete, »die Möglichkeit ist nicht ausgeschlossen. Ich meine, wir sollten sie weiter im Auge behalten.«

Kalles Satz stieß auf Zustimmung aller Anwesenden. Joshua war über die Rückendeckung sehr erfreut. Jedoch störte ihn, dass sie alle seinen Vermutungen blindlings glaubten. Bei anderen Fällen gab es am Anfang fast immer mehrere Spuren. Sie diskutierten jede Einzelne kontrovers durch. Nur so konnte man jedes Detail finden. Nun aber verfolgten sie alle diese eine Spur. Das könnte fatale Folgen haben. Es würde zu der Bequemlichkeit führen, Kleinigkeiten am Rande nicht mehr weiter zu beachten. Eine möglicherweise entscheidende Spur schon im Ansatz zu übersehen. Joshua selber war dermaßen überzeugt davon, dass die Täter in dem geschäftlichen Umfeld von Schändler zu suchen waren, dass er gar nicht anders konnte. Mit dem Mord an Groding hatte er private Hintergründe, die zur Tat hätten führen können, abgehakt. War er zu voreilig? Was wusste er schon über den Privatmann Ramon Schändler? Was war mit seiner Frau? Konnten sie ausschließen, dass sie das eigentliche Ziel war? Joshua erläuterte seine Bedenken und bat seine Kollegen darum, noch einmal gründlich das private Umfeld der Mordopfer zu untersuchen. Und sei es nur, um etwas ausschließen zu können. Marlies räusperte sich. Alle sahen sie gespannt an.

»Kann die Umfeldermittlung nicht noch warten? Nachdem was du uns geschildert hast und der Theorie, die du«, sie zögerte einen kaum spürbaren Moment »die wir haben, müsstest du die Täter mit deinem Auftreten ganz schön nervös gemacht haben. Sollten wir Bönisch, Baker und Skopje nicht überwachen?«

Der Vorschlag machte Sinn. Auf der anderen Seite bestand die Möglichkeit, die Täter verfügten tatsächlich über Insiderkenntnisse. Sie waren sich einig, in der Dienststelle nur noch verhalten Informationen weiterzugeben.

»Was meinen die anderen?«

»Ich könnte mich morgen Vormittag um Skopje kümmern, muss sowieso zu der Firma«, Werner klang kleinlaut.

»Wir könnten uns doch teilen, zwei observieren Baker und Bönisch und die anderen ermitteln weiter im privaten Umfeld.« Daniels Vorschlag klang einleuchtend und wurde mit allgemeinem Nicken zur Kenntnis genommen.

»In Ordnung, aber …«, Joshua zögerte, »für die Observierungen dürfte neun Uhr sehr spät sein.«

»Kein Problem, wir können auch eher«, Viktor grinste schelmisch in die Runde.

»Übrigens«, Joshua sah Werner Verheugen an, »wie ist es denn bei dir gelaufen?«

Verheugen verschluckte den Rest eines halben Mettbrötchens und wischte sich den Mund ab.

»Daniel Weinfeld, so heißt der Bursche, will von nichts wissen. Er behauptet, es habe ihn selber gewundert, dass die Quoten für die Favoriten so enorm hoch waren. Hat sich weiter nichts dabei gedacht und wie geplant auf diese Gäule gewettet. Ja, und richtig abgesahnt. Er ist gelernter Tontechniker und macht diese Jobs in seiner Freizeit, um sich ein bisschen dabei zu verdienen. Ich werde mich morgen aber noch ein wenig in dieser Agentur umhören.«

Joshua sah zögernd zu ihm herüber. Werners Gestik deutete Zweifel an.

»Ich dachte auch, es wäre leichter. Also viel Zeit habe ich nicht für euch, mein Job geht vor.«

»Da ist noch was«, Marlies meldete sich noch einmal zu Wort, »wer erbt eigentlich jetzt die Schändler-Millionen?«

Sekunden der Ruhe vergingen, Joshua schlug sich mit der Hand vor die Stirn. Wie konnte ihm das durchgehen? Dahinter verbarg sich ein nicht zu unterschätzendes Motiv.

»Ich werde mich morgen früh als Erstes darum kümmern«, beendete Marlies die von ihr aufgeworfenen Überlegungen.

»Danke Marlies, ich bin sehr gespannt.«

Sie waren genauso ›im Fall‹ wie immer. Es ging ihnen einzig darum, Elsing seine Grenzen aufzuzeigen. Während alle auf Daniel sahen, der mit spitzen Fingern die Petersilie von seinem Käsebrötchen fischte und sie pedantisch im Kreis auf einem Unterteller anordnete, beendete Joshua die Besprechung.

»Lasst uns jetzt zum gemütlichen Teil übergehen.«

15

Unterdessen staunte Joachim Holsten nicht schlecht. Was die beiden Herren ihm da eben erzählten, spannte den Bogen weiter, als sie es bisher für möglich hielten. Einen Aktienkurs zu beeinflussen bedarf es mitunter nur eines kleinen Steines, der in Bewegung zu bringen war, um eine Lawine auszulösen. Eine Kommunalwahl, bei der ein absoluter Außenseiter auf sechzig Prozent der Stimmen kam, dafür würde es sicherlich auch noch Erklärungen geben, ebenso für die Jahreshauptversammlung dieses Energieriesen, bei der der komplette Vorstand scheinbar grundlos abgewählt wurde. Aber das hier nahm andere Ausmaße an. Der Geschäftsführer von Aral Deutschland erklärte ihm gerade im Beisein seines Firmenanwaltes unglaubliche Verschiebungen der Marktanteile innerhalb weniger Tage. Achtzehn Prozent Umsatzeinbußen bundesweit waren ihnen unerklärlich.

»Wir haben mittlerweile neueste Zahlen auf den Tisch bekommen, die unseren Betrugsverdacht nachhaltig erhärten«, erklärte der gedrungene, leicht untersetzte Geschäftsführer, dessen wallendes pechschwarzes Haar unnatürlich wirkte.

»Die Umsatzeinbußen sind ausschließlich auf dieses Bundesland zurückzuführen. Unsere Umsätze sind in Nordrhein-Westfalen und etwa fünfzig Kilometer Umgebung um über sechzig Prozent eingebrochen«, er atmete schwer und wischte sich mit einem Taschentuch die Stirn ab, »es laufen und liefen keinerlei größere Werbekampagnen, weder bei uns noch bei der Konkurrenz. Unsere Marketingabteilung ist völlig ratlos.«

Jack, wie ihn die Kollegen beim LKA nannten, auch. Im Augenblick konzentrierten sich die Ermittlungen auf eine einzige Spur. Der inzwischen ermordete Werbemillionär Ramon Schändler hatte in der Vergangenheit mehrfach die Firma BioPharmaca finanziell gestützt. Umgekehrt hatte sich Calvin Baker, der Gründer der Firma, später mit erheblichen Einlagen bei Schändler eingekauft. Als es plötzlich zu dem überraschenden Kursanstieg kam, war Schändler einer der Nutznießer davon. Über zahllose zu seinem Imperium gehörende Firmen hatte er sich einen Aktienanteil von fast vierzig Prozent gesichert und mit sechsfachem Gewinn veräußert. Insiderwissen konnte ihm nicht nachgewiesen werden. Jack nahm sich vor, seinen Freund Joshua zu treffen. Ein Betrug konnte im Moment zwar nicht nachgewiesen werden, erst recht keine Beteiligung von Ramon Schändler oder Mitarbeitern seiner Firma, aber irgendwas ließ in ihm die Vermutung eines Zusammenhanges keimen. Jack nahm die Anzeige auf und versprach, der Sache mit oberster Dringlichkeit nachzugehen. Die Mimik seiner Besucher drückte wenig Vertrauen und schon gar keine Hoffnung aus. Sie verabschiedeten sich kurz darauf und Jack ging wieder in sein Büro zurück.

Nora Grinten, seine Kollegin, sah lustlos auf den Monitor. Zwischendurch, wenn sie sich über die Tastatur beugte, fielen ihre langen dunkelroten Haare über die Schultern und schränkten ihr Blickfeld ein. Sie trug ein enges dunkelgrünes T-Shirt, das jeden Zentimeter ihrer Traumfigur akzentuierte. Ihre rauchige Stimme trug mit dazu bei, die Phantasie der männlichen Kollegen über das dienstlich notwendige Maß anzuregen. Jack erzählte ihr von den Vorfällen bei Aral.

»Meinst du nicht, wir sollten uns mal mit den Kollegen der Mordkommission Krefeld kurzschließen? Immerhin taucht deren Mordopfer auch in unseren Ermittlungen auf …«

»Die im Sande verlaufen sind«, unterbrach sie ihn. Sie hatten tatsächlich nichts erreicht. Mit Ausnahme der Jahreshauptversammlung. Dort gab es einen Tontechniker, der hauptberuflich bei Schändler arbeitete. Leider ergab auch diese Minispur keine verwertbaren Ergebnisse. Äußerst merkwürdig war die Tatsache, dass bei dieser Versammlung ein Ansgar Skopje in den Vorstand dieses Energiemultis gewählt wurde und einen Tag nach der Wahl sein Amt niederlegte. Skopje war leitender Angestellter bei Schändler. Jack hatte ihn dazu befragt und er gab an, aus Zeitgründen sein Amt niedergelegt zu haben, da er durch den plötzlichen Tod von Ramon Schändler stärker in die Firma eingebunden wurde, als er angenommen hatte. Ein logisches Argument, aber Joachim Holsten blieben dennoch Zweifel. Er stellte sich die Frage, wer einen Nutzen vom Tod Schändlers haben könnte. Jack griff zum Telefon und wählte die Nummer von Trempe.

16

Joshuas Kopf dröhnte. Bis tief in die Nacht hatten sie noch bei Viktor zusammengesessen. Er sah auf seine Armbanduhr und zuckte zusammen. Zehn Uhr durch. Mit einem Satz sprang er aus dem Bett, worauf sein Gehirn mit dröhnendem Schmerz protestierte, und lief in die Küche. Auf dem Tisch stand eine Thermoskanne, ein Glas Wasser und eine Tasse. Daneben lagen eine Packung Aspirin, ein Schlüssel und ein Zettel. Würdest einen prima Ehemann abgeben, dachte Joshua. Er schmiss eine Tablette ins Glas und überflog den Zettel.

»Schlaf dich erstmal aus, Urlauber. Kaffee müsste noch warm sein, Brötchen liegen im Backofen. Kannst den Jaguar nehmen, dein Wagen steht ja noch bei Viktor. Gruß – Daniel.«

In einem Zug leerte Joshua das Glas, schüttete sich einen Kaffee ein und ging bedächtig mit der Tasse ins Bad. Über dem Waschbecken hing das Bild eines Obdachlosen und sah ihn zerknittert an. Joshua verzichtete auf warmes Duschwasser. Er spürte, wie sein Kreislauf begann, seine Normalform zu erreichen. Er nahm sich wahllos ein Handtuch und trocknete sich ab. Im Gesicht angekommen, musste er laut lachen. Rosa eingestickt standen die Worte ›Für den lieben Daniel‹ auf dem Handtuch.

Ein Blick in den Spiegel verriet ihm, dass sein Bart oberhalb einer Entfernung von einem halben Meter kaum zu erkennen war und eine erneute Rasur somit nicht zwingend erforderlich wäre. Er steckte gerade mit einem Arm im T-Shirt, als sein Handy sich meldete. Den Klingeltönen folgend fand er es im Wohnzimmer in seinem rechten Schuh.

»Jack hier«, bellte es aus dem Handy, »wie geht es dir?«

»Musst du so schreien, mir geht es ausgezeichnet«, immer noch auf die Wirkung der Aspirin wartend, sprach er so, als könne jede unnötige Kieferbewegung seinen Kopf in die Luft sprengen. Von dem anderen Ende der Verbindung vernahm Joshua ein hämisches Lachen.

»Hast du Zeit?«

»Sobald ich angezogen bin. Wo treffen wir uns?«

Sie verabredeten sich in Bims Marktwirtschaft am Rande der Düsseldorfer Altstadt. Dort trafen sie sich schon früher zum gemeinsamen Frühstück nach durchzechten Nächten.

Joshua stand fast ehrfurchtsvoll vor der grünen Raubkatze. Er stieg, von der Hoffnung begleitet, der Wagen sei vollkaskoversichert, ein und startete den Motor. Kaum hörbar schnurrten die zwölf Zylinder los.

Wenige Minuten später stand er auf der Autobahn. Verwundert schaltete er das Radio ein. Es musste sich um einen Unfall handeln, der Berufsverkehr war um diese Zeit längst durch. Die Nachrichten überschlugen sich. Sämtliche Autobahnen in Nordrhein-Westfalen waren verstopft. Präzise Erklärungen dafür konnte niemand liefern. Von drohenden Anschlägen war die Rede, Bekennerschreiben blieben allerdings bislang genauso aus wie die Anschläge selbst oder auch nur die geringsten Anzeichen dafür. Der Stau ging mittlerweile in zähfließenden Verkehr über. Joshua rief Jack an und teilte ihm sein Dilemma mit. Das

219

wäre auch ein Grund, warum sie sich treffen würden, erwiderte dieser. Joshua konnte keinen Zusammenhang erkennen, während im Radio ein Sprecher des Verbandes der Bahnbenutzer tatsächlich einen kollektiven Streik der Bahnkunden nicht ausschließen wollte. Permanente Verspätungen und eine diffuse Preisgestaltung hätten den Frust dieser Menschen schon seit geraumer Zeit ansteigen lassen. Mit Tempo fünfzig steuerte Joshua den PS-Boliden weiterhin auf der linken Spur Düsseldorf entgegen. Nach einem mäßigen Musiktitel meldete sich ein Sprecher des Bundeskriminalamtes zu Wort. Es gäbe definitiv keinerlei Hinweise auf einen Anschlag. Prophylaktisch wurde in diesen Minuten damit begonnen, sämtliche ICE-Trassen in diesem Land zu überprüfen.

Joshua fuhr durch das Kaarster Kreuz auf die A 52. Ein Sprecher der Bahn beeilte sich immer wieder zu betonen, dass sie alles unter Kontrolle hätten und nicht die geringsten Zweifel an der Sicherheit ihrer Kunden bestünden. Joshua kam mittlerweile immer zügiger voran und durchfuhr den Rheinknietunnel. Als die Wahlwerbung einer großen deutschen Volkspartei begann, drehte er das Radio leiser. Er konnte den Sinn dieser Wahlwerbungen nicht begreifen. Die Menschen im Lande hatten fünf Jahre lang Zeit, sich eine fundierte Meinung über die Arbeit von Regierung und Opposition zu bilden.

Er tippte die heimische Telefonnummer in sein Handy. Nach dem vierten Klingelton meldete sich der Anrufbeantworter. Hier ist der Anschluss von und gleich darauf sprach jedes Familienmitglied seinen Namen. Auch er, was ihn beruhigte. Joshua hinterließ eine Entschuldigung für den verpatzten Abend und den Wunsch auf eine Wiederholung ohne vorzeitigen Abbruch.

Die Suche nach einem Parkplatz gestaltete sich wie erwartet schwierig. Die Poststraße war zugeparkt und als er um die Ecke bog, sah er seinen Freund rauchend vor dem Bistro stehen. Jack machte keine Anstalten, in den Jaguar zu schauen. Joshua parkte den Wagen direkt vor der Tür im Halteverbot und stieg aus.

»Morgen Jack.«

Der Angesprochene sah mit großen Augen zuerst Joshua und dann den Jaguar an.

»Morgen Joshua, ist deine Erbtante gestorben?«

Joshua legte den linken Arm auf seine Schulter, gab ihm die Hand und lotste ihn hinein.

»Ist der Wagen von Daniel, meinem Kollegen, der braucht nicht so auf die Kohle zu achten wie wir.«

Sie nahmen über Eck auf einer der mit rotem Kunstleder bezogenen Bänke Platz und bestellten sich einen Milchkaffee.

»Vielleicht leiht Daniel mir ja auch mal den Wagen, wenn wir Kollegen sind.«

Joshua sah ihn mit zusammengekniffenen Brauen an.

»Hat er dir nichts gesagt? Der hat sich doch auf die Stelle von Jonas beworben. Wie es aussieht, bekommt er den Job. Wäre das nichts für dich gewesen?«

Langsam stellte Joshua die Tasse zurück auf den Tisch. Seine natürliche hellrote Gesichtsfarbe wich einem helleren, fast weißen Farbton. Er fühlte sich, als habe ihm jemand einen Leberhaken versetzt. Seine Hoffnung, durch eine Versetzung auf genau diesen Posten seine Ehe zu retten, schien mit diesem einen Satz zu zerplatzen.

»Was ist denn, geht es dir nicht gut?«

»Doch, doch, es ist nur …«

»Ja?«

»Ich wollte mich auch auf diesen Posten bewerben.«

»DU?«

221

Jack war konsterniert. Wie oft hatte Joshua ihm erzählt, dass er sich in seiner Dienststelle sauwohl fühlte. Die ersten Jahre hatte Jack alles versucht, ihm das LKA schmackhaft zu machen, ohne Erfolg.

Joshua erzählte ihm die ganze Geschichte. Er musste sich dabei eingestehen, zu lässig mit dieser Chance umgegangen zu sein. Anstatt sofort ein Versetzungsgesuch zu stellen, zauderte er, wartete auf die günstigste Gelegenheit. Er war noch nicht aus dem Spiel, aber es war fünf vor zwölf und es gab einen Konkurrenten. Ausgerechnet Daniel. Warum hatte er nichts davon gesagt? Ich habe es ja auch nicht, dachte er frustriert. Jack wirkte ein wenig hilflos.

»Das ist ja nicht die letzte Stelle, die bei uns ausgeschrieben wird, du musst nur Geduld haben. Das kriegen wir schon hin.«

»Sag das mal Janine.«

Joachim Holsten verzog die Mundwinkel.

»Soll ich mal mit ihr reden? Sie kennt mich doch auch schon ewig.«

»Nein, ich glaube, das wäre nicht gut. Das muss ich alleine in Ordnung bringen. Aber trotzdem danke.«

Sie bestellten sich einen zweiten Milchkaffee und ein kleines Frühstück. Jack lud ihn zu seinem Geburtstag in zwei Wochen ein und sie quatschten über Versäumnisse aus ihrer Jugend, die unbedingt einmal nachgeholt werden mussten. Das nahmen sie sich ungefähr dreimal im Jahr vor und dabei blieb es auch. Anschließend kamen sie endlich zum Thema. Jack klärte ihn über die Ergebnisse ihrer Ermittlungen auf und Joshua war verwundert, wie eng ihre Fälle zusammenhingen. Joshua teilte ihm seinerseits ihren Ermittlungsstand und seine persönliche Meinung dazu mit.

»Warum bist du dir so sicher, dass es keine Profikiller waren? Deine Eltern könnten sie auch nicht interessiert haben, weil sie nichts gesehen haben. Die Männer waren maskiert, das Auto gestohlen, wie du sagtest?«

»Es ist zu einfach, zu offensichtlich. Bei dem Mord an Frau Schändler wurde die Verbindung durch die identische Waffe hergestellt und den äußerst auffälligen Fußabdruck«, Joshua wischte sich Krümel vom T-Shirt, »beim Mord an Ramon Schändler wurden die Spuren deutlicher gelegt. Zigarettenkippen von Groding direkt neben der Leiche, ein anonymer Anrufer bei der Zeitung, der Grodings Fluchtwagen gesehen haben will. In seiner Wohnung dann die Stiefel und die Tatwaffe. Jack, die Spuren waren so deutlich manipuliert, sie mussten einfach falsch sein. So offensichtlich gehen keine Profis vor!«

Joachim kratzte sich nachdenklich an der Nase.

»Die Alarmanlage setzt aber auch kein Amateur außer Kraft, ebenso wie der Einbruch in Grodings Wohnung und erst recht der Diebstahl des BMWs.«

Joshua trank den Rest seines Kaffees und bestellte sich einen neuen.

»Ich sage ja nicht, dass es Amateure waren. Es waren meiner Meinung nach keine Auftragskiller. Wir haben natürlich unsere Computer mit den Merkmalen der Taten gefüttert, aber nichts.«

»Okay, was haben wir? Einige Herren in edlem Zwirn, die sich gelinde gesagt merkwürdig benehmen und ein paar Spuren, die zu Schändlers Firma führen. Was machen wir?«

»Skopje, Baker und Bönisch werden von unseren Leuten observiert. Die Frage stellt sich, was dahinter steckt. Offenbar werden Menschen durch irgendeine Art und Weise beeinflusst. Vielleicht eine Art Hypnose oder so was? Was war überhaupt mit der Bahn? Du hast da so eine Andeutung am Telefon gemacht.«

Holsten nickte. Er nahm noch schnell einen Schluck aus seiner Tasse.

»Das passt wunderbar in deine Vermutung. Ich habe heute Morgen mit dem BKA telefoniert. Es gibt keinen Grund, warum die Menschen heute scharenweise die Bahn meiden und ins Auto steigen. Mittlerweile gibt es die üblichen Wichtigtuer mit ihren sinnlosen Erpresser- und Bekennerschreiben. Aber wenn da was dran wäre, hätte es gestern oder heute Morgen ganz früh in den Medien vermeldet werden müssen.«

Die Kellnerin machte mit zwei leeren Tellern in der Hand neben Joshua eine Pause und hörte ihnen zu. Jack sah sie unvermittelt an und verstummte. Die junge Dame zog leicht errötend weiter.

»Sie haben im Radio darüber berichtet, Bahnkunden gefragt, warum sie heute mit dem Auto gefahren sind. Alle behaupteten, es wären Anschläge angekündigt, aber niemand konnte genau sagen, woher er das hat.«

»Das meine ich ja, Joshua. Wenn diese Anschlagdrohungen wahr wären, müssten alle zugleich davon geträumt haben. Wir haben sämtliche Radio- und Fernsehsender befragt, ebenso die Redaktionen sämtlicher in NRW erscheinenden Tageszeitungen. Niemand wusste etwas von bevorstehenden Anschlägen oder hat davon berichtet!«

»Also tatsächlich eine Art Massenhypnose?«

Joshua berichtete von seinem Gespräch mit Doktor Wickum.

»Massenhypnose ist in dem Ausmaß wirklich nicht möglich. So viel haben unsere Experten bereits herausgefunden. Ansonsten halte ich mittlerweile alles für möglich. Wir haben einen Spezialisten auf dem Gebiet der

Bewusstseinsforschung. Cedric beschäftigt sich schon seit Jahren damit. Ist so ein Spleen von ihm. Einige von uns hielten ihn deshalb für einen Spinner. Ich hoffe, der kann uns weiterhelfen. Ich würde mich freuen, wenn ihr dabei seid. Unsere Behörde möchte übrigens mit euch zusammenarbeiten. Ich denke, ihr bekommt bald Besuch von uns.«

»Würde mich freuen, wir sind viel zu knapp besetzt. Ich werde allerdings nicht dabei sein, ich habe Urlaub.«

»Wie bitte?«

Jack sah ihn verwundert an. Joshua erzählte ihm von Groding, Rosi Schändler und den Faustschlag ins Gesicht des Staatsanwaltes.

»Da wäre dein Versetzungsgesuch tatsächlich zu einem denkbar ungünstigen Augenblick gekommen. Aber daran muss man doch was drehen können? Ich meine, du warst doch im Recht, bei Groding und der kleinen Schändler. Na ja, die Wahl der Mittel, das dem Staatsanwalt verständlich zu machen …«

Er drehte seine offene Hand im Kreis und lächelte dabei.

»Lass gut sein, ich werde auch so auf dem Laufenden gehalten.«

Jack sah auf die Uhr und wurde hektisch. Bei der Verabschiedung nahmen sie sich vor, zumindest in telefonischem Kontakt zu bleiben. Als sie vor die Tür traten, sahen sie zwei Polizisten einem Abschleppwagen zuwinken. Joshua bekam mit, wie sie darüber sprachen, dass gerade diese Bonzen Geld für ein Parkhaus haben müssten. Als Joshua per Funk den Wagen entriegelte, verstummte ihr Gespräch. Jack hielt dem Älteren der beiden, der an der Beifahrertür lehnte, seinen Dienstausweis unter die Nase.

»LKA, darf ich mal«, sanft drängte er den verdutzten Kollegen beiseite und öffnete die Beifahrertür. Joshua lief um den Wagen herum, grüßte den anderen Kollegen freundlich und stieg ein.

»Kannst mich da vorne am Parkhaus wieder rauslassen.«

Im Spiegel sah er die verwirrten Kollegen, die anscheinend nicht genau wussten, was sie jetzt mit dem Abschleppwagen anstellen sollten.

Auf der Autobahn kurz vor Krefeld meldete sich sein Handy.

»Daniel hier. Was macht mein Jag?«

»Schnurrt wie ein Kätzchen. Was gibt's?«

»Einiges, ich sitze mit Marlies bei ›Mama Leone‹, wann kannst du hier sein, unsere Mittagspause dauert nicht ewig?«

Joshua schmunzelte. Bei dem Italiener verbrachten sie häufig ihre Mittagspausen, wenn nichts Besonderes anlag.

»In zehn Minuten, over«, Joshua drückte auf den roten Telefonhörer und das Gaspedal. Der Schub presste ihn in den Sitz.

Marlies und Daniel verzehrten die Reste eines göttlichen Tiramisus, als Joshua sie begrüßte. Er setzte sich neben sie und bestellte einen Cappuccino. Er sah Daniel an und rang mit seinen Gefühlen. Wann würde er es ihm sagen? Er fragte sich, wer denn wohl während ihrer gemütlichen Mittagspause weiter observierte. Ungefragt gab Daniel ihm eine Antwort auf seine Gedanken.

»Ich habe Skopje observiert. Der sitzt im Moment bei Bönisch und dort ist Kalle. Wenn sich was tut, ruft er an.« Er sah Marlies an, die sofort übernahm.

»Erstens: Skopje und Bönisch waren mehrfach bei Schändlers zu Besuch. Die Nachbarn haben beide erkannt. Zweitens: Frau Schändler hatte einen Bruder. Dieser lebt in Santa Monica, USA. Ich habe bei den amerikanischen Kollegen nachgefragt und die waren sehr auskunftsfreudig. Er hat dort ein Institut, das sich mit dem Einsatz von subliminalen Botschaften befasst. Ich habe mich schlau gemacht, das sind …«

»Ich weiß Bescheid«, Joshua winkte ab und forderte sie auf, weiter zu reden. Daniel sah ihn bewundernd an. Joshua klärte ihn über das Gespräch mit Doktor Wickum aus Wesel auf.

»Er ist auf diesem Gebiet wohl sehr erfolgreich. Immerhin so erfolgreich, dass der CIA sich seiner angenommen hat. Der Einsatz solcher versteckter Botschaften ist in den USA seit dem Wahlkampf von El Gore streng verboten«, stolz sah Marlies die beiden an und legte sich eine Strähne aus dem Gesicht, »angeblich forscht Carl Enkel, wie der gute Mann heißt, aber ausschließlich für die Medizin.«

Joshua pfiff durch die Zähne.

»Allerdings …, nach meinem Kenntnisstand ist diese Methode bei weitem noch nicht ausgereift genug, um gefährlich zu werden.«

»Du meinst nach dem Kenntnisstand deines Provinzneurologen?«

Er sah Daniel giftig an.

»Doktor Wickum ist ein anerkannter Fachmann auf diesem Gebiet. Aber«, Joshua legte sein Kinn in beide Hände, »welche Relevanz hat das für unseren Fall? Ist das Institut von Bönisch vielleicht eine Zweigstelle des Amerikaners?«

Marlies sah ihn pikiert an.

»Was verlangst du denn noch an einem Vormittag?«

»Vormittag ist gut«, Daniel grinste sie an.

Marlies holte tief Luft und sah ihren Kollegen wutentbrannt an.

»Jetzt fang du auch noch an. Einmal im Leben komme ich zu spät zum Dienst. Kann ich denn riechen, dass die Straßen alle verstopft sind?«

»Schon gut, ihr habt tolle Arbeit geleistet. Übrigens kommen morgen einige Kollegen vom LKA und bringen einen Experten auf diesem Gebiet mit.«

Joshua erzählte ihnen von seinem morgendlichen Treffen mit Joachim Holsten und dem Ermittlungsstand seiner Behörde. Marlies regte sich darüber auf, dass mal wieder jeder sein Süppchen kochte und der eine vom anderen nichts wusste. Daniel hob kaum merklich eine Augenbraue, als er den Namen Holsten hörte.

»Etwa Joachim Holsten?«

»Ja. Kennst du den?«

»Wir waren zusammen beim Bund. Woher kennst du ihn denn?«

»Aus dem Sandkasten. Er hat mir mal seine Schaufel geliehen und seitdem sind wir Freunde. Und demnächst arbeiten wir zusammen.«

Joshua ahnte, was ihnen bevorstand. Obwohl die Zusammenarbeit mit den Kollegen des Landeskriminalamtes in der Vergangenheit hervorragend funktionierte, hielten sich beständig Ressentiments dagegen. Wahrscheinlich lag es darin begründet, so vermutete Joshua, dass die Kollegen des LKA von den Medien stets gefeiert wurden, während man ihre Arbeit distinguiert verschwieg.

»Übrigens«, unterbrach Daniel seine Gedanken, »Elsing hatte heute Morgen einen mittleren Tobsuchtsanfall.

Er meinte, dass wir ihn hintergehen würden und du weiter an dem Fall dran seiest.«

»Wie kommt der denn darauf?«

»Keine Ahnung, aber wir sollen dem geschätzten Kollegen Trempe ausrichten, dass er ihm den Arsch aufreißt, falls das zutreffen sollte.«

»Ich finde, Winnie hat eine sehr vulgäre Ausdrucksweise. Das in Gegenwart einer Dame.«

Marlies lachte ihn an.

»Also diesen Ausdruck für mich finde ich jetzt schlimmer.«

Joshua sah Marlies nachdenklich an. Sie trug ihre Haare offen. Ihr fröhliches Lachen wirkte verführerisch. Vor einigen Jahren, als sie in die Dienststelle kam, hatte sie ihn einmal unverblümt gefragt, ob er noch zu haben sei.

»Sag mal Marlies, warum bist du eigentlich heute Morgen nicht mit dem Zug gefahren?«

Marlies teilte sich mit ihrer Mutter ein Auto. Sie brachte morgens ihren zehnjährigen Sohn samt Auto zu ihr und lief von dort zum Bahnhof. Es war eine praktische Lösung für die junge Frau. Als allein erziehende Mutter wollte sie nicht ganz auf ein Auto verzichten und ihrer Mutter reichte der Wagen für gelegentliche morgendliche Besorgungen, wenn Randolf in der Schule war. Marlies war sichtlich verwirrt über diese Frage.

»Also ... ich hatte irgendwie ein komisches Gefühl. So eine Ahnung, als ob etwas passieren würde. Vielleicht so eine Art siebter Sinn. Jedenfalls hatte ich ... ja ich hatte Angst, mit dem Zug zu fahren. Aber ich verstehe deine Frage nicht. Ist es denn so schlimm, ich meine, dass ich zu spät gekommen bin?«

»Ganz und gar nicht. Schlimm oder komisch ist nur der siebte Sinn, den hatten heute Morgen nämlich Millionen andere auch. Hast du kein Radio gehört?«

»Nur beim Frühstück, wie immer. Unterwegs nicht mehr, ich wollte nachdenken.«

Die Mittagspause war zu Ende, als Daniels Handy Mozarts kleine Nachtmusik in einer arg blechern klingenden Vertonung von sich gab. Mit der linken Hand nahm er das Gespräch an, mit der Rechten seine Serviette ab.

»Einen Moment«, rief er ins Handy. Er richtete sich auf, schüttelte nicht vorhandene Krümel von seinem Anzug, wischte sich den Mund ab und sprach weiter.

Bönisch und Skopje waren in ein Auto gestiegen und fuhren in Richtung Autobahn. Kalle blieb dran, so seine kurze Mitteilung an Daniel. Joshua nickte zufrieden. Sie verließen den Italiener, als Elsing ihnen vor der Eingangstür begegnete. Sprachlos sah er die drei an.

»Hallo Winnie, auch Hunger?«

Elsing schluckte. Er rang sichtlich nach Worten.

»Das glaube ich jetzt nicht. Bei uns ist die Hölle los. Das Telefon bimmelt ununterbrochen und die Damen und Herren Kollegen gehen gemütlich speisen. Was machst du überhaupt hier?«

Wütend sah er Joshua in die Augen.

»Ich war gemütlich speisen, wie du ganz richtig erkannt hast. Was dagegen? Aber eines interessiert mich: Wenn in der Dienststelle die Hölle los ist, warum geht ihr Leiter dann spazieren?«

Elsing wurde knallrot. Marlies und Daniel traten einen Schritt zurück.

»Das geht dich einen Scheißdreck an! Und wenn ich rauskriege, dass du weiter in dem Fall ermittelst, dann ...«

»Reißt du mir persönlich den Arsch auf. Danke, die Mitteilung hat mich bereits erreicht. Morgen bekommt ihr übrigens Besuch vom LKA. Ich habe zu tun. Schönen Tag noch, Winnie.«

Völlig sprachlos stand Elsing Sekunden später alleine vor dem Eingang des Italieners.

»Musste das sein?«

Daniels Stimme hatte einen ungewohnt unfreundlichen Unterton.

»Was meinst du wohl, wer das jetzt ausbaden muss?«

»Sorry, hast Recht. Aber der kriegt sich wieder ein.«

Während sie die Straße überquerten, erklang Mozart erneut aus der Innentasche von Daniels Jackett.

»Was? So ein Mist!«

Joshua begriff sofort.

»Sie haben ihn abgehängt, richtig?«

Daniel nickte. Er steckte sein Handy wieder ein und blickte zum Himmel.

»Sie haben auf einem Rastplatz angehalten. Zwei Minuten später kam ein schwarzer Cadillac und hat Kalle zugeparkt. In dem Moment sind Skopje und Bönisch losgefahren. Der Caddy ist ein Firmenwagen von Schändler. Gefahren hat ihn ein gewisser Norman Hellström.«

»Das ist der Sekretär von Skopje«, erklärte Joshua.

»Das war ja ein Volltreffer«, stellte Marlies fest. Daniel blickte sie fragend an.

»Ja«, erwiderte Joshua, »wir scheinen auf der richtigen Spur zu sein. Würde mich nur noch interessieren, wohin die wollen.«

»Ich tippe mal auf Baker«, meldete sich Daniel zurück.

»Das werden wir ja erfahren, da steht doch Viktor.«

Joshua fuhr in Daniels Wohnung. Er brauchte jetzt eigentlich sein Büro. Zu viele lose Gedanken und Vermutungen mussten zu Papier gebracht werden. Vorher rief er noch Jack beim LKA an und teilte ihm die Ergebnisse von Marlies mit. Er klang sehr interessiert und versprach, sich sofort mit den Amerikanern in Verbindung zu setzen.

Joshua öffnete das Fenster von Daniels Büro bis zum Anschlag, stellte eine leere Getränkedose, die er aus dem Abfalleimer zog, auf den Schreibtisch und zündete sich eine Zigarette an. Im Stau hatte er sich aus Langeweile ein Dutzend gedreht. Joshua ging die Erläuterung von Marlies nicht mehr aus dem Kopf. Es war das zweite Mal, dass von diesen Botschaften die Rede war. Er zog seinen Notizblock aus der Jacke und suchte die Aufzeichnungen von dem Gespräch mit Doktor Wickum. Subliminale Botschaften stand dort ganz oben und mit mehreren Kringeln umrandet. Joshua schaltete den PC ein. Er wollte versuchen, im Internet an Informationen zu gelangen. Während der Computer hochfuhr, holte er sich eine Flasche Mineralwasser aus dem Kühlschrank. Nach dem vielen Kaffee fühlte er sich nicht besonders gut. Ihm fehlte die Bewegung. Die Bolzerei mit David auf der alten Wiese hinter dem Weiher. Die Fahrradtouren, das Joggen. Er ließ sich hängen, was seine Laune täglich verschlechterte. Janine hatte sich immer noch nicht gemeldet, schoss es ihm durch den Kopf. Sie musste den Anrufbeantworter doch schon längst abgehört haben und seine Handynummer hatte sie auch. Mit leerem Blick starrte er auf den Monitor, der sich mit Symbolen füllte.

Mit einem Ruck riss er sich aus seiner Melancholie und suchte nach dem Internetzugang. Wahllos klickte er sich durch die verschiedenen Menüebenen. Er überlegte, wo er den DFÜ-Ordner finden könnte und verhaspelte sich immer mehr in Untermenüs. Plötzlich sprang ihm ein Ordner mit dem Titel ›Kollegen‹ in die Augen. Er öffnete ihn und staunte. Etliche Dateien mit den Namen seiner Kollegen befanden sich dort. Er klickte den Ordner mit seinem Namen an. Es öffnete sich ein Fenster, das ihn dazu aufforderte, ein Passwort einzugeben. Joshuas Hand schlug auf die Schreibtischplatte. Zu gerne würde er den Inhalt dieser Datei einsehen. Er gab auf und fuhr den Rechner wieder herunter. Daniel wurde ihm langsam unheimlich. Warum legte er Ordner über seine Kollegen an? Was für Daten sammelte er darin? Joshua konzentrierte sich wieder auf seine Arbeit. Er nahm sich das Telefon und rief Viktor an. Bei ihm war die Lage unverändert. Skopje und Bönisch waren nicht dort eingetroffen. Joshua legte auf und sah auf die Uhr. Bei normalem Verkehr hätten sie längst da sein müssen. Aber warum sollte Skopje seinen Sekretär kommen lassen, um einen Verfolger abzuschütteln. Nicht, weil er sich mit Baker treffen wollte, war Joshua sich jetzt sicher. Dann kam ihm ein Verdacht. Er wählte die Nummer von Kalles Handy.

»Wieso wussten sie davon, dass sie verfolgt werden? Bitte, das ist jetzt kein Vorwurf, aber konnten sie dich bemerken?«

Kalle überlegte ein paar Sekunden und Joshua hoffte, er würde es nicht falsch auffassen.

»Darüber habe ich auch schon nachgedacht. Ich habe extra keinen Dienstwagen benutzt, habe immer sehr großen Abstand gehalten und drei, vier Wagen zwischen uns gehabt. Ich weiß absolut nicht, wie sie darauf gekommen sind.«

Das hatte Joshua befürchtet. Sie waren ihnen einen Schritt voraus. Ihm fielen die Hautsegmente ein, die unter den Fingernägeln von Groding gefunden wurden. Sie mussten einen DNA-Vergleich mit den drei observierten Personen und dem Sekretär von Skopje machen. In seinem Inneren meldete sich Hoffnungslosigkeit bei dieser Idee. Sie zeigten keinerlei Anzeichen von Nervosität. Den erfolgreichen Versuch von Skopje, seinen Kollegen abzuhängen, wertete Joshua nicht als solches. Er nahm einen kräftigen Schluck aus der Flasche, als sein Handy sich meldete. Es war Elsing. Kurz und knapp verlangte er von Joshua, sofort zur Dienststelle zu kommen.

Elsing sah ihn nur an, ohne ihn zu grüßen, als Joshua sein Büro betrat. Sein Gesichtsausdruck war starr. Nicht die Spur eines Gefühles war darin zu lesen. Sein Blick wirkte hämisch. Joshua betrachtete das Hemd seines Vorgesetzten. An der Stelle des Bauches, an der sein Hemd die größte Spannung verkraften musste, hatte sich ein Knopf gelöst und baumelte, an einem dünnen Faden hängend, herunter. Unaufgefordert setzte Joshua sich seinem Dienststellenleiter gegenüber.

»Du brauchst es dir gar nicht großartig gemütlich machen«, in seiner Stimme klang Hohn, »ich hatte dich gewarnt. Du warst gestern bei einem Herrn Bönisch und hast diesen befragt. Dienstlich befragt wohlgemerkt. Dein Urlaub ist ab sofort beendet, Du meldest dich bitte morgen früh um acht bei Ralf Lindenfeld, KK 9, zum Dienst. Das wär's.«

Joshua packte die Wut. Nur mit Mühe schaffte er es, sich nichts anmerken zu lassen. Diesen Triumph gönnte er Elsing nicht. Wortlos stand er auf und ging hinaus. KK 9, Sitte. Das Verhältnis zu Elsing war eigentlich immer gut, was hatte sich geändert? Konnte er ihm Groding wirklich vorwerfen, nach dem derzeitigen Aktenstand?

Joshua lief zum Parkplatz. Kurz stützte er sich mit

ausgestreckten Armen vom Lenkrad ab und atmete tief durch. Anschließend startete er den Motor und fuhr zum Krankenhaus.

Am Bett seiner Mutter saßen sein Vater und Janine. Joshua freute sich, sie hier anzutreffen und begrüßte sie mit einem Kuss auf die Wange. Janine trug kein Parfüm, diesen Duft mochte er am liebsten.

Sie hatte immer ein gutes Verhältnis zu seiner Mutter gehabt. Mit Vater hatte sie oft Streit, sie mochte den alten Sturkopf nicht, wie sie immer wieder betonte.

»Das ist lieb, dass ihr alle hier seid«, seine Mutter strahlte, es schien ihr besser zu gehen.

»Janine sagt, du möchtest dich zum Landeskriminalamt versetzen lassen.«

Joshua sah seine Frau an. Sie versuchte, ein Lächeln zu verbergen, er konnte ihr die Freude aber ansehen.

»Ja, das möchte ich, sobald wir diesen Fall abgeschlossen haben.«

»Das ist auch das Beste«, sie sprach leise und bedächtig, »ich kann Janine jetzt voll und ganz verstehen. Dein Vater und ich haben ihr oft Unrecht getan«, Janine legte ihre Hand auf die ihrer Schwiegermutter, »nein wirklich, das meine ich ernst. Wenn dein Vater noch im Dienst wäre, würde ich darauf bestehen. Ich habe Angst. Richtig große Angst um meinen Sohn. Hoffentlich klappt das mit der Versetzung.«

Einige Tränen liefen über ihr Gesicht. Ihre Stimme begann zu zittern. Sein Vater räusperte sich.

»Janine, ich muss mich bei dir entschuldigen. Ich habe das falsch gesehen. Es ist keine Schwäche, sich um seinen Mann zu sorgen. Ich bin ein sturer alter Trottel.«

»Nein, das bist du nicht«, ihre rechte Hand drückte

seine, »du bist nur so erzogen worden. Deine Einsicht zeugt von Größe.«

Joshua schluckte bei so viel Pathos.

Auf dem Flur zog Joshua seine Frau an sich. Sein Vater verstand und ging einige Schritte vor.

»Können wir unseren Abend wiederholen. Ich habe so ein schlechtes Gewissen.«

»Erlauben das denn deine Ermittlungen?«

Sie blieb stehen und sah ihn mit ernstem Blick in die Augen. Joshua seufzte. Noch ein gebrochenes Versprechen konnte er sich nicht erlauben.

Nervös suchte er nach einem sicheren Zeitpunkt.

»Wenn du kein fürstliches Mahl erwartest, komm einfach, wenn es geht.«

Joshua nahm sie in den Arm und küsste sie auf die Wange. Sein Vater stand zwei Meter neben ihnen und sah dabei zu. Joshua sah ihn an, als würde er bei irgendetwas ertappt.

»Einen Kuss erwarte ich ja gar nicht, es wäre aber schön, wenn ihr mir noch die Hand gebt, ich muss nämlich los.«

Joshua schüttelte seine Hand und Janine drückte ihm einen Kuss auf die Wange, bevor er hinausging.

Joshua wollte sich gerade von seiner Frau verabschieden, als sich sein Handy meldete. Sie winkte stumm und ging.

»Hallo Joshua, Jack hier. Enkel ist mit zwei Mitarbeitern seit drei Wochen in Deutschland. Den genauen Aufenthaltsort kennen die Kollegen vom CIA nicht. Die schicken morgen einen ihrer Leute rüber. Sie meinten, die Sache sei äußerst brisant; Enkel ist mit seinen Forschungen schon sehr viel weiter, als allen recht sein kann. Sie vermuten schon lange, dass er seine Forschungen ins Ausland verlagern will, weil es ihm in den Staaten zu heiß wird.«

Joshua setzte sich auf eine Bank vor dem Krankenhaus und fummelte mit einer Hand umständlich sein Päckchen Tabak aus der Jackentasche. Während er mit einer Hand eine Zigarette drehte, erzählte er Jack von seiner Versetzung zur Sitte.

»Damit bin ich wohl raus aus dem Spiel, Jack.«

»Was? Spinnen die? Pass auf, was hältst du davon, wenn du bei uns mit einsteigst?«

»Das wird meine Dienststelle nicht zulassen.«

»Brauchen die gar nicht. Wir haben einen exzellenten Draht zum Innenministerium. Ein Anruf und du wirst zu uns abbestellt. Was ist?«

»Dann mache ich mal schnell die Leitung frei. Bis bald, Kollege.«

»In Ordnung. Kannst dich schon mal von deinem Dienststellenleiter verabschieden.«

König wird toben, die Versetzung zur Sitte kam mit Sicherheit auf seinen Druck zustande, davon war er überzeugt. Genussvoll zündete er die arg konische Zigarette an und inhalierte den Rauch mit Blick zum wolkenfreien Himmel. Ein Pärchen in seinem Alter spazierte vorbei und grinste ihn zweideutig an. Er hatte zumindest schon mal einen Fuß in der Tür des LKA. Damit konnte er bei Janine punkten. Natürlich würde er nicht erwähnen, dass es nicht der versprochene Schreibtischposten war, sondern die Fortführung seiner Mordermittlung auf einer höheren Ebene. Langsam lief er zum Parkplatz und genoss diesen Augenblick. Vor einer Minute noch fast bei der Sitte und nun kurz davor zum LKA zu wechseln.

Joshua steuerte eine Dönerbude an und bestellte sich einen großen Fladen und eine Cola.

17

Die beiden dunklen Limousinen passten nicht in das heruntergekommene und verdreckte ehemalige Fabrikgelände. Bönisch wurde es unheimlich. Man sagte ihm lediglich, der Boss wolle ihn sprechen. Eine Begründung würde ihm mehr Sicherheit geben. Skopje stieg aus und begleitete ihn zu einer der leer stehenden Hallen. Sie durchquerten den riesigen Raum, der durch verdreckte Scheiben diffus erleuchtet wurde. Die wenigen Sonnenstrahlen vermischten sich mit der staubigen Luft zu einer schmutzigen Wolke. Vor einer verrosteten Spinnmaschine lagen eine alte Wolldecke und ein verwaschener, zerschlissener Schlafsack auf dem Fußboden. Daneben befanden sich einige leere Flaschen und alte Zeitungen. Am Ende der Halle gelangten sie in einen kleinen Raum, der wohl früher mal als Büro gedient hatte. Alte verdreckte Tische und Schränke standen herum. Die Wände waren schmutzig und von Spinnweben übersät. Der Boss und sein Assistent standen hinter einem Schreibtisch und erwarteten ihre Besucher. Bönisch überlegte, warum sie sich gerade hier trafen. Die einzigen Erklärungen, die ihm dafür einfielen, verdrängte er sofort wieder, sie machten ihm Angst. Einige Sonnenstrahlen, die sich durch die verschmutzten Fenster unter der Hallendecke ihren Weg ins Innere bahnten, beleuchteten den Wissenschaftler wie ein Spot. Sein Gegenüber war aus einem Halbschatten heraus nur schemenhaft zu erkennen.

»Bönisch, ich hörte, es gibt Schwierigkeiten«, seine Stimme wirkte bedrohlich, »und Schwierigkeiten mag ich nicht. Also?«

Bönisch begann zu schwitzen. Sein Puls wurde schneller. Es lag doch nicht an ihm. Was konnte er dafür? Danach wurde nicht gefragt. Er spürte einen Tropfen Schweiß, der seine Wange hinunterlief.

»Es wird mir zu gefährlich. Die Polizei war gestern bei mir und sie haben uns beschattet.«

Der Boss sah zu Skopje herüber, ohne ein Wort zu sagen.

»Kein Problem, wir haben sie abgeschüttelt.«

»Ihr habt sie abgeschüttelt, soso.«

Jetzt wurde auch Skopje nervös. Er kannte diesen leisen, betont freundlichen Tonfall. Den wählte der Boss immer vor einem Wutausbruch. Noch sprach er in diesem ruhigen, für Leute die ihn kannten, beunruhigenden Tonfall weiter.

»Ich nehme an, eure Handys waren kaputt, oder ihr hattet kein Netz, was?«

Das letzte Wort wurde schon erheblich lauter und unfreundlicher.

»Äh, doch … ich verstehe nicht …«

Bönisch schrak zusammen, sein Herz bebte, als er los schrie.

»Habt ihr vielleicht auch ein großes Plakat aufs Heck geklebt? Liebe Bullen, ihr seit auf der richtigen Spur, ja?«

Skopje sah betreten zu Boden. Daran hatte er nicht gedacht. Sie hatten sich dadurch natürlich erst recht verdächtig gemacht.

»Und nun zu dir Bönisch. Du vertraust uns also nicht mehr.«

»Ich … doch, ja doch.«

239

Seine Stimme wurde urplötzlich wieder freundlich.

»Das kannst du auch, Bönisch. Der leitende Ermittler, ein gewisser Trempe, ist abserviert zur Sitte. Wird dir also höchstens gefährlich, wenn du dich an Kindern vergreifst, klar?«

Bönisch nickte zustimmend. Die Schweißflecken unter seinen Achseln nahmen mittlerweile unangenehme Ausmaße an. Sein weißes Oberhemd klebte ihm am Körper, die Krawatte schien ihn erwürgen zu wollen. Aber er glaubte, das Gröbste überstanden zu haben. Ein Anflug von Erleichterung befiel ihn. Er atmete tief durch.

»Was mir mehr Sorgen bereitet, ist die Tatsache, dass das LKA sich mittlerweile mit uns beschäftigt. Trempe hat dort einen Freund, dem er das gesteckt hat. Wir sollten uns also beeilen. Das Bahnfahren ist den Leuten ja gestern gründlich vergangen. Wir sind sehr zufrieden. Wie weit seid ihr für einen bundesweiten Test?«

»Kein Problem, müsste eigentlich genauso funktionieren.«

Bönisch erkannte den funkelnden Blick seines Gesprächspartners und begriff seinen Fehler sofort.

»Es funktioniert, hundertprozentig, Boss!«

»Dazu brauchen wir aber erhebliche finanzielle Mittel.«

Er sah Skopje an, als habe er auf diesen Satz gewartet.

»Womit wir beim Thema sind, mein lieber Freund. Uns ist aufgefallen, dass ein großer Batzen Aktien an eine Firma mit dem Namen ›AllPromotions‹ gegangen ist. Eine Firma, die zum Schändler-Konsortiums gehörte.«

Skopje wurde bleich.

»Ja, das ist richtig. Schändler hat sie voriges Jahr gegründet, um …«

»Um unser Geld ein wenig, äh, sauberer zu bekommen. Nun ist es aber vorige Woche zu einem kleinen

Besitzerwechsel dieser Firma gekommen. Und kurz darauf waren, schwuppdiwupp, die Konten dieser Firma leer. Hast du dafür vielleicht eine Erklärung. Immerhin hast du doch mittlerweile die Generalvollmacht bei Schändler?«

Skopje wurde es heiß, sein Körper vibrierte. Der Flug nach Argentinien war für heute Abend gebucht. Sein Ausstieg war genau geplant. Mit sechs Millionen neu anfangen. Die ganze Angelegenheit nahm eine Dimension an, der er nicht gewachsen war. Keiner hatte sich bislang in die Geschäfte bei Schändler eingemischt. Er verstand das alles nicht. Ja, das war es. Norman Hellström. Er hatte mitbekommen, dass ich am Flughafen war. Plötzlich wurde Ansgar Skopje schmerzlich bewusst, dass der Privatsekretär, den der Boss ihm so großzügig spendierte, sein Aufpasser war. Seine Atmung wurde ungleichmäßig, das Herz schien ihm den Brustkorb zu zersprengen, als der Hüne die Makarov mit aufgeschraubtem Schalldämpfer aus dem Jackett zog.

»Kommen Sie«, sprach der Boss zum leichenblassen und ebenfalls zitternden Bönisch, »Sie fahren mit uns zurück. Herr Skopje ist leider verhindert.«

Er riss den ihm gegenüber stehenden Bönisch an der Schulter herum und drückte ihn nach vorne. Als sie die Halle betraten, vernahmen sie ein dumpfes Plop und Sekunden später Schritte. Bönisch sackte zusammen, fiel der Länge nach auf den verstaubten Hallenboden. Sie ohrfeigten ihn einige Male und zogen ihn hoch. Wie benommen torkelte er mit ihnen zum Auto.

Bönisch saß im Fond und war noch immer wie benommen.

»Bönisch, wissen Sie, was mir an Ihnen nicht gefällt?«

»Nein«, gab er mit zitternder Stimme zurück.

241

»Dass Sie Angst haben. Eine Scheißangst. Wer Angst hat, neigt zu Fehlern, ist Ihnen das klar?«

Bönisch versuchte sich zu beherrschen. Er keilte seine Finger ineinander, damit sie nicht mehr zitterten. Er hatte wirklich Angst. Soviel wie nie zuvor. So sehr er sich auch bemühte, er bekam seinen zitternden Körper nicht unter Kontrolle.

»Ich werde mich zusammenreißen. Es ist nur ... alles so ungewohnt. Ja genau, das ist es, ungewohnt.«

»In Ordnung. Ich werde Ihnen jemand an die Seite stellen. Einen persönlichen Sekretär. Norman Hellström. Der ist ja jetzt gewissermaßen arbeitslos. Ich denke, der wird gut auf Sie aufpassen, wenn Sie verstehen, was ich meine?«

Bönisch verstand sehr gut. Sie wollten ihn also ab sofort ständig kontrollieren. Seit dem heutigen Tag bereute er, eingestiegen zu sein. Aber seit dem heutigen Tag schien es auch keine Möglichkeit mehr zu geben, wieder auszusteigen. Sie brauchten ihn. Vermutlich war das der einzige Grund, weshalb er jetzt nicht neben Skopje im Dreck der Halle lag. Was aber, wenn sie ihn nicht mehr bräuchten? Er sah aus dem Fenster. Alles begann sich langsam und gleichmäßig zu drehen.

In der Krefelder Innenstadt, auf dem Parkplatz eines Supermarktes, ließen sie ihn aus dem Wagen. Unterwegs hatten sie ihm ein Taxi bestellt, das bereits auf ihn wartete.

»Lass die Halle noch säubern, vielleicht brauchen wir diesen Treffpunkt noch«, er sprach so gefühllos, als würde es um die Entsorgung von Sperrmüll gehen.

18

Elsing schnaubte vor Wut. Ausgerechnet Trempe wollten sie. Soeben kam eine Anweisung vom Innenministerium, Hauptkommissar Trempe ist ab sofort dem LKA Düsseldorf unterstellt. Als wenn das noch nicht genug wäre, arbeiteten sie jetzt gemeinsam an dem Fall. Der, wie es aus dem Fax hervorging, das Elsing gerade zerknüllte, von landesweitem Interesse sei. Trempe würde hier also morgen mit seinen neuen Kollegen auftauchen. Es würde einem Triumphmarsch gleichen. Elsing stand nun die Aufgabe zu, es Joshua mitzuteilen. Mehrmals hatte er bereits das Telefon in der Hand und versuchte, der Situation entsprechend, einen möglichst sachlichen Text zu formulieren, der ihm sein Gesicht einigermaßen wahren ließ. Diesen Text schien es jedoch nicht zu geben. Er fühlte sich hintergangen und der Lächerlichkeit preisgegeben. König war heute mit Gerichtsverhandlungen beschäftigt und hatte anschließend private Termine. Der würde morgen Augen machen. Auf einmal kam ihm die rettende Idee. Er griff hastig zum Hörer und wählte Trempes Festnetznummer.

»Elsing, guten Tag Frau Trempe. Ich kann Ihren Mann leider nicht erreichen, er scheint sein Handy ausgeschaltet zu haben, vielleicht hat er ja auch keinen Empfang. Dabei ist es wichtig.«

»Kein Problem, kann ich ihm was ausrichten?«

»Das wäre nett. Er ist ab sofort dem LKA unterstellt

und möchte sich bitte morgen früh dort bei einem Herrn Adalbert melden.«

Glücklich, wie schon lange nicht mehr, notierte sie die Rufnummer, die Elsing ihr durchgab.

Joshua würde liebend gerne noch einmal zu Bönisch fahren. Er zog es aber vor, Jacks Rückmeldung abzuwarten, um nicht im letzten Moment noch alles zunichte zu machen. Bönisch schien unter Druck zu stehen. Er wirkte auf ihn gelassen, fast eine Spur überheblich. Warum meldete er sich offensichtlich bei seiner Dienststelle, um sich zu beschweren? Joshua wischte sich den Mund ab und trank einen Schluck. Er hatte ihn freundlich und bestimmt befragt, keinen Grund für eine derartige Reaktion gegeben. Joshua stieg ins Auto und fuhr zur Wohnung von Daniel. Er beschloss, sich eine Strategie zurecht zu legen und seine Gedanken neu zu ordnen.

Als er die Wohnung betrat, vernahm er leise Musik aus einem der hinteren Räume. Er folgte ihr bis in ein kleines Zimmer, in dem es nach feuchter Wäsche roch. Eine ihm unbekannte Musik beschallte die Wohnung in Zimmerlautstärke. Es klang nach Klassik.

»Was machst du denn hier?«, Joshua sah seinen Kollegen verwundert an. Daniel stand an einem Bügelbrett und war gerade damit beschäftigt, ein Unterhemd zu bügeln. Joshuas Blick blieb an einem Stapel fein säuberlich gefalteter Unterhosen haften.

»Das siehst du doch, ich bügle. Ist Feierabend und Hunger habe ich noch nicht. Da kann ich die Zeit auch anders nutzen. Bügelst du nie?«

»Jedenfalls keine Unterwäsche.«

Joshua dachte an Janine. Der ganze Haushalt blieb an ihr hängen. Vielleicht wollte sie deswegen wieder arbei-

244

ten gehen. Vielleicht konnten sie sich von dem höheren Gehalt demnächst eine Putzfrau erlauben. Er nahm sich vor, mit ihr darüber zu reden. Joshua riss sich aus seinen Gedanken und sah Daniel an.

»Kannst du gleich mal zu diesem Bönisch nach Kamp-Lintfort fahren. Ich möchte wissen, warum er sich über meinen Besuch beschwert hat. Wir sollten ihm auf die Füße treten, leider kann ich das im Augenblick nicht selber erledigen.«

Joshua erzählte ihm von dem Gespräch mit Winnie und dass er ab morgen im KK 9 seinen Dienst verrichten sollte. Das Telefonat mit Jack verschwieg er ihm. Daniel sah ihn betreten an. Joshua hatte nicht den Eindruck, als ob sich sein Kollege verstellte und das kam ihm komisch vor.

»Machst du eben Dienst nach Vorschrift bei der Sitte. Wir können auch nach Feierabend weiter an unserem Fall bleiben. Außerdem hast du dort ja auch Freigang.«

Joshua nickte ihm zu und wollte gerade das Zimmer verlassen.

»Ich habe mir heute die Konten des Schändler-Imperiums zur Brust genommen.«

Joshua drehte sich herum und sah ihn fragend an.

»Nun, bei den Firmenkonten kannst du eine Drehtür einbauen, da ist eine Fluktuation, das ist nicht mehr normal. Unsere Kollegen von der Wirtschaft befassen sich gerade damit.«

Daniel schaltete das Bügeleisen aus und schob ihn langsam in die Küche. Die Musik wurde mit jedem Schritt lauter. Er stellte Joshua eine Tasse und eine Thermoskanne auf den Küchentisch und goss sich ein Glas Mineralwasser ein.

»Ich habe die Unterlagen überflogen und da ist mir etwas aufgefallen, möchtest du ein Glas?«

245

Joshua atmete tief aus.

»Schon gut. Also da gab es bis vor kurzem noch eine Firma mit dem Namen ›AllPromotions‹, die zum Schändler-Konzern gehörte. Diese Firma ist vorige Woche auf Ansgar Skopje überschrieben worden. Skopje hat sechs Millionen Euro von diesem Firmenkonto auf ein Konto einer argentinischen Bank überwiesen.«

»Das ist ja hochinteressant, was sagt Skopje denn dazu?«

»Das ist noch interessanter: Skopje ist seit heute verschwunden. Er ist nicht in der Firma erschienen und kein Mensch weiß, wo er steckt. Urlaub hat er jedenfalls nicht. Seine Sekretärin sagte mir, die drehen am Rad, weil sämtliche Termine platzen.«

»Sekretär.«

»Wie bitte?«

»Skopje hat keine Sekretärin, sondern einen Sekretär. Norman Hellström heißt der Kerl.«

»Also am Apparat seines Vorzimmers war eine Dame, das weiß ich genau. Ich habe übrigens eine Durchsuchungsanordnung für Skopjes Wohnung beantragt. Verdacht der Untreue, mindestens. König prüft sie gerade. Übrigens ist Werner jetzt frei.«

Joshua verstand zunächst nicht, was Daniel meinte.

»Werner Verheugen sollte doch Skopje observieren. Der kann doch jetzt unmöglich Befragungen in der Firma durchführen. Er sagte, dass er sich jetzt erstmal um seinen Fall kümmern wird und wir ihn anrufen sollen, wenn wir seine Hilfe brauchen.«

Eine klare, helle Stimme legte sich resolut über ihr Gespräch. Joshua zuckte kurz zusammen. Daniel wirkte unbeeindruckt.

»Was ist das denn?«, Joshua deutete mit ausgestrecktem Arm auf die kleine Stereoanlage auf der Anrichte.

»Cecilia Bartoli. Klasse, was? Das ist übrigens ›Non vo gia che vi suomino‹ aus der Oper ›La cifra‹, Bartoli singt die Lisotta.«

»Klar, habe ich mir schon gedacht.«

»Ist ja schon gut«, Daniel schaltete den CD-Player ab. Im Stehen trank er sein Glas leer und verabschiedete sich von Joshua. Im Flur nahm er vorsichtig die Schuhspanner aus seinen Schuhen und verstaute sie in einem Schrank in der Diele. Anschließend benutzte er einen langen Schuhanzieher mit einem aus Elfenbein geschnitzten Schlangenkopf und schlüpfte elegant in seine schwarzen Lackschuhe. Joshua sah ihm grinsend zu. Ihm fiel ein, dass er immer noch nicht wusste, wie er mit Daniels PC ins Internet kam. Es stellte sich heraus, dass Joshua ein kleines Symbol in der Taskleiste übersehen hatte. Nach den verschlüsselten Dateien fragte er seinen Kollegen nicht.

»Was ist mit dem Jaguar?«

Daniel winkte im Gehen ab.

»Wenn wir mal Zeit haben, holen wir deinen Wagen, Viktor stört er nicht.«

Mich stört es auch nicht, dachte Joshua, der immer mehr Gefallen daran fand, mit Daniels Limousine zu fahren.

Er musste nach Düsseldorf, schoss es ihm durch den Kopf. Schändlers Konzern war der Schlüssel zum Fall und genau dort spielte im Moment die Musik. Jack hatte sein Handy nicht eingeschaltet. Seine Kollegin versprach, ihm Bescheid zu geben. Joshua kribbelte es in den Fingern. Diese Untätigkeit machte ihn nervös. Er konnte weder bei der Durchsuchung dabei sein, noch hatte er Zugriff auf die polizeiinterne Datenbank. Um jeden Handgriff musste er seine Kollegen bitten. Er durchsuchte das Internet nach kollektiven Bewusstseinsveränderungen und subliminalen Botschaften. Die meisten Seiten, die er fand, waren von fanatischen Verschwörungstheoretikern oder dubiosen Vereinen. Die wenigen seriösen Angebote entkräfteten seine Vermutung. Es gab immer wieder Meldungen zu diesem Thema, aber die Wissenschaftler betonten unisono die beschränkten Möglichkeiten dieser Methoden. Joshua überlegte, ob seine Vermutung einfach nicht mehr als eine verzweifelte Hoffnung war. Die Hoffnung auf eine plausible Erklärung für die mysteriösen Vorfälle. Was sollte sonst dahinter stecken, wenn plötzlich alle Leute auf dieselben Pferde wetteten, wenn Aktienkurse offenbar grundlos nach oben schossen und genauso unerklärlich wieder abstürzten? Warum fuhr plötzlich keiner mehr mit dem Zug und mieden so viele Autofahrer die ARAL-Tankstellen? Joshua fiel es schwer, an einen banalen Grund dafür zu glauben, ebenso wenig Vertrauen hatte er mittlerweile in seine These der Bewusstseinsveränderung. Joshua nahm sich ein leeres Blatt Papier und starrte darauf. Welche Menschen waren betroffen, wer spielte mit? Plötzlich kam ihm ein Gedanke.

Warum hatte er nicht schon früher daran gedacht? Um ihn durchzuspielen, zeichnete er Kreise, in die er Stichwörter schrieb. Tankstellen, Bahn, Pferdewetten, Aktien und Wahl schrieb er hinein. Bei den Aktien war er sich nicht sicher, aber alle anderen Dinge ereigneten sich nur in Nordrhein-Westfalen und der näheren Umgebung. Wenn Menschen also dazu genötigt oder beeinflusst wurden, eine bestimmte Tankstellenkette zu meiden, warum dann nicht bundesweit? Ebenso verhielt es sich mit dem Boykott der Bahn. Er nummerierte die Ereignisse nach ihren Daten. Ihm fiel auf, dass sie immer eine Stufe größer wurden. Mit der Manipulation von Pferdewetten auf einer kleinen Trabrennbahn oder der Wahl des Aufsichtsratsvorsitzenden fing es an, mit der Beeinflussung von vielleicht Millionen Bahnbenutzern hörte es auf, bis jetzt. Bei dem letzten Gedanken wurde ihm mulmig. Was war noch alles möglich? Vor allem wie? Jemand musste über die Möglichkeit verfügen, den Willen von möglicherweise Millionen Menschen in diesem Land zu verändern, für seine Zwecke zu steuern. Es gab nur eine Möglichkeit, war Joshua überzeugt, so viele Menschen so schnell zu erreichen, über die Medien. Plötzlich schien sich alles zusammenzufügen. Puzzleteile wanderten durch sein Gehirn und fügten sich zu einem Bild. Skopjes Aufgabe war es also, die Verbindung zwischen Forschung und Medien herzustellen. Bönisch und seine Leute lieferten das Rohprodukt und Skopje vollendete das Werk. Schändler war dahinter gekommen. Er war dagegen oder wollte einen gehörigen Anteil und musste verschwinden. Vielleicht musste die Familie Schändler sterben, weil sie zu viel wusste. Joshua fühlte sich, als hätte jemand einen Schmutzfilm von seinen Augen entfernt. Die Rolle von BioPharmaca war nun klar. Über diese Firma beschafften sie sich das nötige Kapital und hatten gleichzeitig die Chance für einen Großversuch. Seine Gedanken wurden vom Klingeln seines Handys unterbrochen.

»Jack hier, was gibt es denn so Dringendes, Kollege?«

»Kollege? Heißt das …«

»Ja, du gehörst ab morgen zu uns. Hat man dir noch nichts gesagt?«

Joshua ließ sich erleichtert in den ledernen Bürostuhl zurückfallen. Er erzählte Jack von seinen Gedanken zu dem Fall. Dieser konnte seine These nachvollziehen, wollte aber nicht an die Möglichkeit glauben, Menschen derart beeinflussen zu können.

»Allerdings ist bei diesen Dimensionen ein Mordmotiv

mehr als denkbar. Warten wir ab, was unsere Experten morgen dazu sagen.«

Joshua wählte die Durchwahlnummer von Marlies. Er wollte wissen, ob König die Durchsuchungsanordnung schon unterschrieben hatte.

»Nein, obwohl Daniel ihn schon heute Morgen darum gebeten hatte. Ich werde gleich mal zu ihm gehen. Was anderes, war Daniel in dem Raum, in dem Till Groding lag?«

»Nein, er hat draußen gewartet, warum?«

»Merkwürdig ...«

»Was meinst du?«

Marlies schien es unangenehm zu sein, weiterzureden. Ihre Worte klangen bedrückt.

»Der endgültige Bericht ist heute Morgen gekommen, und ... na ja, sie haben in dem Staub praktisch nur zwei Fußspuren gefunden. Deine und einmal Größe dreiundvierzig, glatte Sohle.«

»Du meinst, Daniel war in dem Raum?«

»Ich sage dir nur, was hier steht«, ihre Stimme klang jetzt irgendwie erleichtert, »scheint so, als trage der Täter die gleichen Schuhe wie Daniel.«

Er hielt Marlies' Anspielungen für eine Überreaktion. Sie tappten seit Tagen völlig im Dunkeln. Marlies war noch nicht so erfahren. Sie zählte eins und eins zusammen, ohne die einzelnen Fakten zu hinterfragen.

»Marlies, kannst du dir vorstellen, wie viele Schuhe es in der Größe dreiundvierzig und mit einer glatten Sohle gibt? Haben sie sonst nichts entdeckt, was uns weiterhelfen könnte?«

Er vernahm ein deutliches Seufzen.

»Eventuell. Sie haben ein paar Fremdfasern an der Leiche von Groding gefunden. Es handelt sich dabei, Moment«, er hörte Papier rascheln, »um hochverzwirnte Schurwolle. Sie wird in der Form bislang nur von der Firma Burberrys verarbeitet. Ich habe mal im Internet recherchiert. Ein Sakko dieser Firma kostet alleine schon an die tausend Euro. Unser Mörder scheint also einen exquisiten Geschmack zu haben.«

»Wenn er den gleichen Schuhgeschmack wie Daniel hat, auf jeden Fall. Der zahlt dreihundert Euro für ein Paar.«

Joshua machte sich auf den Weg nach Düsseldorf. Vorher telefonierte er noch mit Daniel und bat ihn darum, ihm rechtzeitig vor der Durchsuchung von Skopjes Wohnung Bescheid zu geben. Joshua wollte noch einmal zur Firma Schändler. Till Groding war ein Einzelgänger. Wer konnte also von seinen Morddrohungen gegen Schändler wissen außer seinen Kollegen? Er musste irgendetwas über das Privatleben von Groding herausbekommen. Sein Mörder kam aus seinem direkten sozialen Umfeld, war Joshua sich sicher. Außerdem konnte er dort auch eventuell etwas über den Verbleib von Skopje erfahren. Das Radio war aus, er vernahm das Ticken der Borduhr und hoffte, dass er gegen drei Uhr noch genügend Mitarbeiter in der Werbeagentur antraf. Er dachte darüber nach, warum König sich so viel Zeit für die Durchsuchungsanordnung nahm. Das war nicht seine Art. Im Gegenteil, er ermahnte sie ständig zur Eile. Joshua tippte die heimische Nummer in sein Handy. Janine klang überaus freundlich, als sie seine Stimme vernahm.

»Ich wollte dich auch gerade anrufen. Ich habe eine tolle Neuigkeit für dich.«

Joshua konnte es kaum glauben. Endlich schien der Albtraum zu Ende zu gehen und er könnte seine Familie wieder in seine Arme schließen. Zu groß war seine Hoffnung, um einen anderen Grund hinter dieser Neuigkeit zu vermuten.

»Dein Chef hat angerufen, du gehörst ab morgen schon zum LKA. Wie hast du das denn so schnell hingekriegt? Okay, du hast es mir gesagt, aber so richtig geglaubt habe ich daran nicht …«

Joshua ließ das Handy resigniert sinken. Mittlerweile befand er sich auf dem Standstreifen der Autobahn. Er redete sich ein, nur einen winzigen Schritt von seiner Familie entfernt zu sein und bekam seine Hoffnung zurück. Die Bedingung hatte er schließlich erfüllt, fast jedenfalls. Mit aufgesetztem Humor und einer Spur von Lässigkeit unterbrach er seine Frau.

»Hast du denn meine Bettwäsche noch drauf?«

Die plötzliche Stille ließ seinen Puls hochfahren. Warum sagte sie nichts? Es war doch so ausgemacht. Sie selbst hatte doch …

»Joshua, lass uns in Ruhe darüber reden, in Ordnung?«

»Wieso, du hast doch gesagt, wenn ich beim LKA bin, dann …«

»Joshua, bitte. Heute Abend, ist dir das recht?«

Einsilbig sagte er zu und sie verabschiedeten sich. Joshua begriff allmählich, dass es mehr war als der Job, der sie trennte. Die Unwissenheit über die wahren Gründe zermürbte ihn allmählich. Zwischen ihren Seelen tat sich ein Abgrund auf, dessen Boden er schon lange nicht mehr sehen konnte. Sie mussten reden. Schonungslos und über alles. Ein paar Tage Urlaub, nur Janine und er, träumte Joshua. Aber daran war nicht zu denken. Er war mitten in einer komplizierten Mordermittlung, seine Familienprobleme hatten zu warten. Nervös hoffte er, dass sich die Schlucht zwischen ihm und Janine während dieser Zeit nicht unüberbrückbar ausdehnte.

Der Jaguar überquerte den Rhein vor der Düsseldorfer Altstadt. Joshua versuchte, sich auf den Fall zu konzentrieren. Er stellte sich die Gesichter von Skopje und Bönisch vor. Welchen Blick haben die Augen eines Mannes, der vier Menschen ermordet hat? Er sah den gefühllosen Blick von Norman Hellström vor sich. Augen voller Kälte. Er hatte es versäumt, ihn nach seinem Alibi zu fragen. Joshua stellte fest, wie sehr ihn die Trennung von seiner Familie mitnahm. Er ermittelte vordergründig, zuweilen hektisch. Die Einfahrt zum Hafen säumten zu beiden Seiten Wahlplakate. Jede Laterne, jeder Papierkorb, alle möglichen Flächen waren mit Plakaten zugeklebt. Als Joshua auf den Firmenparkplatz wollte, musste er zunächst eine Reihe von Fahrzeugen dort herausfahren lassen. Er parkte direkt vor dem Eingangsportal.

»Herr Skopje ist noch nicht erschienen. Wir machen uns die größten Sorgen«, flötete eine schlanke, gut aussehende Blondine am Empfang. Ihre Stimme passte nicht zu ihrer Aussage. Sie hörte sich wie die freundlich-monotone Stimme der Flughafenansagerin an.

»Könnte ich vielleicht seinen Sekretär, Herrn Hellström, sprechen?«

»Tut mir Leid, aber Herr Hellström arbeitet nicht mehr bei uns. Kann ich sonst noch was für Sie tun?«

Ihr Tonfall verriet nun eine Spur von Nervosität. Möglicherweise waren ein halbes Dutzend blinkende Lämpchen an ihrer Telefonanlage der Grund dafür. Routiniert verband sie in wenigen Sekunden die Telefonate. Joshua rieb sich nachdenklich sein Kinn. Skopje verschwand und Hellström direkt hinterher. Die Blondine sah ihn wieder fragend an.

»Können Sie mir sagen, warum Herr Hellström nicht mehr hier arbeitet, seit wann und wo er jetzt ist?«

»Puh … also gestern war er noch hier. Warum er hier aufgehört hat und wo er jetzt ist, keine Ahnung.«

»Könnte ich denn jemanden von der Geschäftsleitung sprechen?«

»Also das tut mir jetzt furchtbar Leid, aber ohne Termin ist da gar nichts zu machen.«

Joshua zog seinen Dienstausweis aus der Jackentasche und hielt ihn ihr hin. Erschrocken sah sie ihm in die Augen.

»Trempe, ich ermittle in einem Mordfall. Ist das Termin genug?«

Die Empfangsdame griff zum Telefonhörer und fragte nach einer Frau Karman. Kurz darauf erklärte sie ihm den Weg in das Büro der Dame. Marga Karman, wie sie sich vorstellte, trug ein eng anliegendes, anthrazitfarbenes Kostüm. Ihre brünetten Haare waren hochgesteckt. Ihre dunkle Stimme wirkte streng. Sie bot Joshua einen Platz vor ihrem Schreibtisch an. Er kam gleich zur Sache und fragte sie nach Ansgar Skopje und Norman Hellström. Frau Karman verzog ihr Gesicht, sie atmete tief durch und zündete sich eine Zigarette an.

»Die Sache mit Skopje hat uns tief getroffen. Wir hielten ihn für absolut integer und nun so was.«

»Er ist also mit sechs Millionen Euro abgehauen?«

Marga Karman zog ihre zierliche Brille herunter und sah ihn darüber an.

»Sie scheinen ja bestens informiert zu sein. Haben Ihre Kollegen das in unseren Unterlagen gefunden? Wie dem auch sei«, sie gab ihm keine Chance zu antworten, »es scheint so, als ob Sie Recht haben. Skopje hat vorhin angerufen, er befindet sich irgendwo in Argentinien. Wir erstatten natürlich Anzeige gegen ihn, obwohl es kaum etwas bringen wird.«

Joshua machte sich fortwährend Notizen. Warum sollte Skopje ausgerechnet jetzt flüchten? Wurde es ihm zu heiß? Hatte er etwas mit den Morden zu tun oder war er ein Bauernopfer?

»Warum hat er Sie angerufen, was wollte er?«

Die Unternehmerin zuckte mit den Schultern.

»Es ist vielleicht seine Art ›Adieu‹ zu sagen. Vielmehr hat er auch nicht gesagt. Wissen Sie, wir verstanden uns nicht sonderlich gut. Er wollte mir wohl einfach noch einen mitgeben, verstehen Sie?«

»Wie geht es jetzt weiter? Wer leitet die Firma nun?«

»Darüber muss der Aufsichtsrat noch entscheiden. Bis dahin leite ich die Firma protokollarisch.«

»Wo befindet sich Norman Hellström zur Zeit, ist der etwa auch flüchtig?«

»Nein. Hellström arbeitet seit heute Morgen wieder bei seiner alten Firma und zwar als persönlicher Sekretär von Doktor Bönisch.«

Joshua zuckte zusammen.

»Da hat er aber schnell reagiert. Woher wusste Herr Hellström denn heute Morgen schon, dass Skopje nicht wieder kommen würde?«

Joshua spürte die aufkommende Unruhe bei seiner Gesprächspartnerin. Hastig drückte sie ihre Zigarette aus.

»Das war schon länger geplant. Die Sekretärsstelle bei Skopje ist Sparmaßnahmen zum Opfer gefallen. Zudem wussten wir ja schon gestern von der Untreue unseres Mitarbeiters. Skopje ist mit der Flucht seiner Entlassung lediglich zuvor gekommen.«

»Wer wird Skopjes Aufgaben übernehmen?«

Joshua erinnerte sich an sein Gespräch mit Skopje. Er stellte sich als Bindeglied zwischen Wissenschaft und Wer-

255

bung dar. Diese Verbindung würde neu hergestellt werden müssen.

»Niemand. Skopje war für ein ganz bestimmtes Aufgabengebiet verantwortlich. Er hat hervorragende Arbeit geleistet. Diese Arbeit kann aber als beendet angesehen werden. Es geht fortan einzig um die praktische Anwendung. Dafür brauchen wir keine Kapazität seines Schlages. Sie werden verstehen, dass ich nicht detaillierter antworten kann. Es handelt sich um sehr wichtige Betriebsinterna.«

Joshua hatte das Gefühl, auf eine Mauer gestoßen zu sein. Sie schien ihm etwas zu verschweigen. Er versuchte, diese Mauer mit Gewalt einzureißen.

»So wichtig, dass Menschen dafür sterben mussten?«

Sie zündete sich erneut eine Zigarette an und hustete kurz, als sie den Rauch aus ihren Lungen ließ. »Ich fürchte, ich verstehe Sie nicht ganz, Herr Trempe.«

»Frau Karman, wir ermitteln in vier Mordfällen. Immer wieder taucht in diesen Ermittlungen der Name Ihrer Firma auf. Ich muss Sie also bitten, mir alles zu sagen, was Sie wissen.«

Frau Karman lachte kurz auf.

»Dann können Sie anschließend Ihren Dienst quittieren und eine Werbeagentur gründen. Einen Teufel werde ich tun. Ich denke, ich habe Ihre Fragen ausreichend beantwortet, Herr Trempe. Wenn Sie mich nun entschuldigen würden, ich habe zu arbeiten.«

Joshua sah ein, dass er bei dieser Dame nichts mehr erreichen würde und stand auf. Ihm fiel noch ein Detail auf.

»Sagen Sie mir nur noch, woher Sie meinen Namen kennen.«

»Hatten Sie sich nicht vorgestellt?«

»Ich habe es versäumt und Ihre Kollegin hat mich als einen Herrn von der Polizei angekündigt.«

Marga Karman wurde nervös, sie verhaspelte sich ein wenig.

»Dann … dann werde ich Sie wohl aus der Zeitung kennen. Da stand ja neulich so ein interessanter Artikel über Sie drin.«

Sie stellte ein provokantes Lächeln zur Schau. Joshua wünschte ihr noch einen schönen Tag und ging hinaus. In der Zeitung wurde sein Nachname mit T. abgekürzt. Eigentlich konnte sie ihn gar nicht kennen. Angesichts der bedeutend rätselhafteren Ereignisse der vergangenen Tage maß er diesem Umstand allerdings keine größere Bedeutung mehr bei. Seine Gedanken drehten sich um Skopje und Hellström. Da Skopje ohnehin nicht erreichbar war, konzentrierte er sich auf seinen Sekretär. Auf dem Weg zum Parkplatz zog er sein Handy aus der Jackentasche und wählte Daniels Nummer.

Daniels Stimme wurde zum Teil von Fahrgeräuschen verschluckt. Er war bereits auf dem Rückweg.

»Bönisch gab an, sich nicht über dich beschwert zu haben. Er hat übrigens jetzt einen eigenen Sekretär.«

»Ich weiß, Norman Hellström. Was machte Bönisch für einen Eindruck auf dich?«

Die Fahrgeräusche wurden deutlich leiser. Offensichtlich hatte Daniel das Verdeck geschlossen.

»Was du alles weißt. Also ich hatte den Eindruck, Bönisch macht sich jeden Moment in die Hose. Ein Kerl wie ein Baum und nervös, wie eine Espe praktisch. Dieser Hellström hat ihn keine Sekunde aus den Augen gelassen. Ich habe den mal vorgeladen, irgendwas verheimlicht der uns.«

»Wer?«

»Eigentlich beide. Aber vorgeladen habe ich Bönisch.

Für morgen früh um acht. Die Leute vom LKA kommen übrigens gegen neun. Bis dahin können wir uns den Herrn Doktor vorknöpfen. Übrigens habe ich seinen neuen Sekretär mal aus Spaß zu seinen Alibis für jede einzelne Tat gefragt. Da zieht der spontan einen Umschlag aus der Tasche und sagt, da stehe alles drin.«

Joshua wunderte sich nicht sonderlich darüber. Es war vorhersehbar, dass sie ihn ebenfalls nach seinen Alibis befragen würden. Nur diese Abgeklärtheit, mit der er reagierte, damit hatte Joshua nicht gerechnet.

»In Ordnung, überprüfe die Alibis. Wir brauchen aber auch noch eine DNA-Probe von diesem Bürschchen.«

»Schon klar. Der Mann ist Raucher. Eine seiner Kippen habe ich mitgenommen, die geht gleich ins Labor.«

Sie beendeten das Gespräch und Joshua versprach sich nicht viel von diesem DNA-Vergleich. Der Fall schien derart große Dimensionen anzunehmen, dass es geradezu abwegig wäre anzunehmen, sie würden den Mörder praktisch auf einem Silbertablett vor ihnen agieren lassen. Ebenso abwegig war für ihn der Gedanke, Skopje sei der alleinige Täter und hätte sich nun abgesetzt. Es machte auf ihn den Eindruck, als habe man der Polizei einen Brocken hingeschmissen, um sie von einer größeren Sache abzulenken. Sechs Millionen Euro könnten ein Motiv sein, aber es war nur ein kleiner Teil der Summe, die als Gewinn durch die Kapriolen der BioPharmaca-Aktien im Spiel war. Als er in den Jaguar einsteigen wollte, sah er die blonde Empfangsdame mit einer Tasche über der Schulter über den Parkplatz kommen. Einer Eingebung folgend, lief er zu ihr hin.

»Entschuldigung, haben Sie Feierabend?«

Die junge Frau blieb stehen und sah ihn mit großen Augen an.

»Ja, warum? Wollen Sie mich verhaften?«

»Nein, im Gegenteil. Da drüben ist eine Eisdiele. Darf ich Sie einladen?«

Sie grinste ihn freundlich an.

»Sie gehen aber ran. Obwohl … warum eigentlich nicht?«

In dem Moment meldete sich Joshuas Handy.

»Kalle hier. Wir haben die Durchsuchungsanordnung und fahren jetzt los. Birkenweg sechzehn in Traar.«

»Okay, ich komme sofort.«

»Es tut mir furchtbar Leid, aber ich muss los«, Joshua kramte umständlich in seiner Jacke und fummelte eine alte Visitenkarte hervor.

»Bitte rufen Sie mich doch an, ich muss unbedingt mit Ihnen reden.«

»Mal sehen«, sie grinste ihn an und kniff dabei ein Auge zu.

Joshua kannte die Gegend sehr gut, seine Eltern wohnten in der Nähe. Der Birkenweg führte zunächst durch ein kleines Wäldchen und ging anschließend in eine Allee über. Das Wechselspiel von Licht und Schatten ließ ihn blinzeln. Nach einigen hundert Metern sah er bereits die Fahrzeuge seiner Kollegen. Als er die alte Jugendstilvilla betreten wollte, kam Kalle ihm entgegen.

»Hallo Joshua. Sieht so aus, als ob wir zu spät kommen.«

»Was heißt das?«

»Ganz einfach, es war bereits jemand vor uns hier. Vor etwa zwei Stunden. Die Wohnung ist ziemlich verwüstet. Unter anderem ist eine zerdepperte Küchenuhr um vierzehn Uhr zwanzig stehen geblieben. Ein Nachbar hat gegen vierzehn Uhr dreißig einen weißen Mercedes mit quietschenden Reifen wegfahren sehen und sich die Nummer notiert. Rate mal, welches Fahrzeug das ist.«

»Ich kann es mir denken. Sonst nichts?«

Joshua ging während dieser Frage an Kalle vorbei in das Haus.

»Sonst nichts? Wir sind doch selber gerade erst hier. Wäre unser Herr König eher in den Quark gekommen, hätten wir wohl mehr.«

Die Wohnung sah aus, als hätte ein Panzerfahrer Einparkübungen in ihr veranstaltet. Schränke waren umgeschmissen, Matratzen aufgeschnitten, überall lagen Schubladen und deren Inhalte auf dem Boden verstreut. In einem Zimmer befand sich ein geöffneter Computer auf einem Schreibtisch, einige Kabel hingen heraus.

»Die Festplatte fehlt, fein säuberlich ausgebaut.«

Daniel stand hinter ihm. Joshua erzählte ihm von dem Gespräch mit Marga Karman. Daniel runzelte die Stirn.

»Die Firma Schändler hat über ihren Anwalt Strafanzeige gegen Skopje erstattet. Ich habe einen Haftbefehl beantragt. Den werde ich mal auf international erweitern. Obwohl das für Argentinien wenig nützen dürfte.«

»Wenn er dort ist.«

»Du glaubst der Karman nicht?«

Joshua biss die Lippen zusammen und zuckte mit den Schultern.

»Wir werden das überprüfen müssen.«

»Schon gut, ich kümmere mich drum, für mich gibt's hier sowieso nichts mehr zu tun.«

Die Kollegen der Spurensicherung stellten ein Gerät von der Größe eines Fernsehers auf den Wohnzimmerteppich. Anschließend justierten sie es durch drehen an kleinen Rädchen. Joshua sah ihrem Treiben neugierig zu. Drescher stellte sich aufrecht hin und grinste Joshua an.

»Mit diesem Gerät kann man Fußabdrücke auf Teppichfasern sichtbar machen. Gelingt zwar selten, ein brauchbares Ergebnis zu bekommen, aber dieses Mal haben wir Glück. Bevor du jetzt drängelst, ihr bekommt so schnell wie möglich Bescheid.«

Joshua ging zu Kalle herüber, der gerade ein Telefonat beendete.

»Wir müssen schnellstmöglich herausfinden, wonach die hier gesucht haben und was fehlt. Dieser Skopje muss doch irgendwelche Bezugspersonen haben, die uns weiterhelfen könnten.«

»Also es wird eine ganze Menge fehlen. Es befindet sich nicht ein Aktenordner in der Wohnung. Keine private Post, nicht einmal die letzte Telefonrechnung. Wir haben seine Haarbürste zum DNA-Vergleich mitgehen lassen, aber sonst?«

Kalle wirkte hilflos und frustriert. Sie hatten sich alle mehr von dieser Durchsuchung versprochen. Es war die erste Gelegenheit, gegen eine Person der Firma Schändler vorzugehen. Joshua spürte Resignation in sich aufsteigen. Sie hatten vier Morde aufzuklären und waren noch keinen entscheidenden Schritt weiter. Und doch schienen sie auf der richtigen Spur zu sein. Skopjes Verschwinden war wohl die erste ernst zu nehmende Reaktion auf ihre Ermittlungen. Langsam schritt er in der Wohnung umher. Er hatte schon viele Räume nach einem Einbruch betreten. Irgendwas war hier anders. Er stand nun in einem kleinen Büro. Sein Blick fiel auf eine Schublade mit Schloss. Sie stand offen und war unbeschädigt. Er ging noch einmal ins Wohnzimmer zurück. Kalle begleitete ihn stumm. Auf einem Sideboard befand sich eine Stahlkassette. Auch sie war geöffnet ohne Spuren von Gewalt erkennen zu lassen.

»Die Täter haben sich anscheinend sehr viel Zeit gelassen. Sie haben zuerst die Schlüssel gesucht anstatt die Kassette aufzubrechen oder mitzunehmen.«

»Stimmt. Die Festplatte ist auch vorsichtig ausgebaut worden. Eilig hatten sie es nicht. Sie konnten ja auch nicht wissen, dass wir kommen.«

Joshua verzog nachdenklich sein Gesicht. Kalle hatte natürlich Recht, es konnte Zufall sein.

»Ist die Fahndung nach dem Fluchtfahrzeug raus?«

»Natürlich«

Würde Bönisch der Nächste sein? Eine innere Vermutung sagte ihm, dass Bönisch morgen nicht kommen würde. Es war paradox, aber Joshua musste wohl einem Verdächtigen Polizeischutz geben. Für die Täter musste klar sein, dass Bönisch nun ins Fadenkreuz der Ermittlungen geriet. Es gab nur einen Ausweg, er musste Bönisch sofort vorladen. Während er durch den Flur lief, informierte er Kalle über sein Vorhaben, Bönisch zu besuchen. Wenige Minuten darauf fuhr er in Gartenstadt auf die Autobahn. Eine Viertelstunde später wollte er auf den Parkplatz des Institutes fahren, als er in den Augenwinkeln einen hellen Mercedes die einspurige Straße neben dem Gebäude entlang fahren sah. Blitzschnell setzte er zurück und stellte sich quer vor die Ausfahrt. Ein Schild wies darauf hin, dass dieser Weg zur Warenannahme führte. Der Fahrer des Mercedes wartete offensichtlich darauf, dass ein Tor geöffnet wurde. Joshua erkannte die Umrisse von zwei Personen in dem Wagen. Er setzte ein Stück zurück und fuhr in die Zufahrtsstraße. Fast im selben Augenblick beschleunigte der Mercedes und fuhr geradeaus weiter. Joshua trat aufs Gaspedal, der Jaguar schoss nach vorne. Er konnte das Kennzeichen nicht erkennen, war sich aber sicher, um welches Fahrzeug es sich handelte. Schleudernd schoss die helle Limousine um die Ecke des Gebäudes. Joshua bremste zu spät. Er vernahm einen dumpfen Aufprall, als das Heck des Jaguars in der Kurve ausscherte. Der Mercedes verschwand auf das links angrenzende Firmengelände einer Spedition. Als Joshua das Gelände erreichte, sah er noch die Bremslichter seines Vordermannes zwischen Reihen geparkter LKWs und Anhänger verschwinden. Ohne zu zögern riss er Sekunden später das Lenkrad herum und bog ebenfalls dort ein. Den Gabelstapler konnte er nicht mehr rechtzeitig erkennen. Mit einem schrillen Geräusch schrammten die Eisengabeln an der linken Seite des Jaguars entlang. Joshua machte eine Vollbremsung und sah sich um. Der Mercedes war verschwunden. Langsam rollte er wieder an und fuhr im Schritttempo an den parkenden Sattelzügen vorbei, sah dabei rechts und links in leere Parkbuchten. Nach zweihundert Metern sah er den Mercedes rechts neben sich auf einem langen LKW-Parkplatz stehen. Im gleichen Augenblick knallte es mehrmals und einige Geschosse durchschlugen Seitenscheiben und Bleche des Wagens. Joshua warf sich auf den Beifahrersitz. Mühevoll zog er seine Dienstpistole aus dem Schulterhalfter, während sie weiter schossen. Der Motor des Mercedes heulte auf. Das Geräusch kam näher. Joshua wagte es nicht, seinen Kopf zu heben. Ein Aufprall ließ den Jaguar erschüttern und Joshua in den Fußraum fallen. Das Motorgeräusch entfernte sich. Joshua sah hoch und den Mercedes gerade noch um die Ecke biegen, an der er vorher mit dem Gabelstapler kollidiert war. Sie hatten das Heck seines Wagens erwischt und ihn herumgeschoben, um aus ihrer Lücke zu kommen. Joshua griff zum Handy. Marlies war am Apparat und versprach, umgehend eine

Ringalarmfahndung einzuleiten. Joshua startete den Wagen und fuhr den gleichen Weg zurück. Als er am Ende der Reihe um die Ecke bog, sah er einige Männer um einen am Boden liegenden Menschen stehen. Neben ihnen stand ein verlassener Gabelstapler schräg auf der Fahrbahn. Er stieg aus und erkundigte sich, was passiert sei. Der Fahrer des Mercedes hatte ihren Mitarbeiter überfahren. Er schien schwer verletzt zu sein, der Notarzt war bereits alarmiert. Joshua gab ihnen die Anweisung, sich zur Verfügung zu halten und telefonierte noch einmal, um einige Kollegen dorthin zu beordern. Er hielt vor einem großen Rolltor, stieg aus und drückte auf einen roten Plastikknopf. Einige Sekunden später öffnete sich das Tor langsam. Ein junger Mann in einem dunkelgrünen Arbeitsanzug sah ihn erstaunt an. Sein Blick schien allerdings mehr dem Jaguar zu gelten. Joshua hielt ihm seinen Dienstausweis dicht vor sein Gesicht.

»Kripo Krefeld, Trempe. Wer waren die beiden Männer in dem weißen Mercedes?«

»Welche Männer? Was für ein Mercedes? Ich verstehe nicht.«

»Junge, jetzt mime hier nicht den Ahnungslosen«, Joshua schrie ihm ins Gesicht, »es geht um Mord. Vor ein paar Minuten hielt hier ein weißer Mercedes mit zwei Insassen genau vor diesem Tor. Du sagst mir jetzt sofort, wer diese beiden Männer sind oder ich kriege dich wegen Beihilfe dran, verstanden?«

Der junge Mann wurde sichtlich unruhig, seine Augenlider flackerten. Ängstlich trat er einen Schritt zurück.

»Das … das weiß ich wirklich nicht. Ich bin gerade erst wieder hier. Ich … ich sollte für zehn Minuten verschwinden, weil eine streng geheime Lieferung kommen

264

würde. Vor einer Minute hat man mir gesagt, ich könne wieder an meine Arbeit gehen und …«

»Wer hat dir gesagt, dass du verschwinden solltest?«

»Ich weiß nicht, ich sollte kein Wort darüber …«

Joshua krallte seine Hände in den Arbeitsanzug des jungen Mannes und zog ihn ganz nah zu sich heran. Er schrie ihm ins Gesicht.

»Wer?«

»Der neue Sekretär von Herrn Doktor Bönisch. Herr Hellström.«

»In Ordnung. Wie komme ich von hier in das Büro von Bönisch?«

Der junge Lagerist war kreidebleich.

»Da dürfen Sie nicht …«, Joshua sah ihm tief in die Augen, »okay. Aber von mir wissen Sie das nicht. Ich flieg raus, wenn …«

»An deiner Stelle würde ich mich schon mal auf dem Arbeitsmarkt umsehen, danke. Und keine Warnungen. Du verhältst dich ganz ruhig und weißt nicht mehr, dass ich hier war, hast du das verstanden?«

Joshua ließ den nickenden Jungen zurück und folgte seiner Wegbeschreibung durch das Gebäude. Unterwegs rief er in der Dienststelle an und berichtete in Kurzform von den Ereignissen und dass er dringend Verstärkung und die Spurensicherung bräuchte. Außerdem bat er sie darum, sich schnellstmöglich um eine Durchsuchungsanordnung für das Institut zu kümmern. Marlies versprach ihm, alles zu erledigen und teilte ihm noch mit, dass sie einige Neuigkeiten hätten und sich unbedingt heute noch austauschen müssten. Joshua schlug einen kurzfristigen Termin vor und legte auf. Er versuchte seine Gedanken zu ordnen. Wenn es stimmte, dass Bönisch in Gefahr sei, sollte er vorhin möglicherweise von seinen Mördern abgeholt werden. Von den Männern, die zumindest Rosalinde Schändler getötet haben. Nach Skopje war Bönisch nun das zweite Sicherheitsrisiko. Ihm fielen Marga Karmans Worte ein, die Stelle von Skopje würde nicht mehr neu besetzt, seine Arbeit sei erledigt. Das könnte bedeuten, dass sie Bönisch ebenfalls nicht mehr benötigten. Auch Hellström gehört zum Kreis der Täter, überlegte Joshua. Sie hatten leider gegen beide nichts in der Hand, um sie festzunehmen. Es war einfach zu früh, Hellström würde schneller wieder draußen sein als drin und sofort verschwinden. Hellström musste mittlerweile von seiner Anwesenheit wissen. Er war dadurch in Zugzwang. Dass es hier bald von Polizei nur so wimmeln würde, dürfte ihm ebenfalls klar sein und dass er Bönisch dann nicht mehr zum Schweigen bringen kann … Joshua erschrak. Er zog seine Waffe und ging langsam zu Bönisch's Büro.

19

Das niveauvolle Ambiente und die erstklassige Küche dieses Restaurants in Kaiserswerth in der Nähe von Düsseldorf wurde von seinen Gästen zumeist für ganz besondere Anlässe gewählt. Sie war völlig überrascht, als er sie gerade hierhin einlud. Gab es etwas zu feiern, waren sie bereits weiter, als sie es ihr gegenüber zugaben? Ausgeschlossen, redete sie sich ein. Ihrer inneren Überzeugung nach war sie mehr als nur eine bedeutungslose Randfigur in diesem Plan.

Mit einem breiten Grinsen legte er die letzte Austernschale auf den Teller in der Tischmitte. Die schlanke rothaarige Frau gegenüber wunderte sich über seine Ausgeglichenheit. Sie hatte mit Ärger gerechnet. Schließlich lief momentan nicht alles nach Plan.

»Was ist mit deinen Leuten«, er wischte sich mit einer weißen Stoffserviette den Mund ab, »Tom und Jerry nennst du sie, glaube ich. Obwohl Dick und Doof vielleicht angebrachter wäre?«

Okay, dachte sie, die Sache mit Bönisch haben sie vermasselt. Aber wer konnte denn ahnen, dass Trempe ausgerechnet zu dem Zeitpunkt dort auftauchte? Dafür hatten sie bis dahin hervorragende Arbeit abgeliefert.

»Sie sind immerhin unerkannt geblieben. Wenn Trempe dort nicht urplötzlich aufgetaucht wäre, hätten sie den Job längst erledigt. Bönisch macht mir jetzt mehr Sorgen.«

Er zündete sich eine mächtige Zigarre an und blies den Rauch quer über den Tisch.

»Norman kümmert sich darum, ich habe ihm gerade Anweisungen gegeben. Zwölf Tage noch, Schätzchen. Dann haben wir es geschafft. Was wird aus deinen Leuten, halten die dicht?«

Die Dame in dem langen schwarzen Kleid nippte an ihrem Rotwein.

»Warum nicht. Schließlich bekommen sie einen anständigen Posten. Falls sie doch übermütig werden sollten, weiß ich das schon zu regeln.«

Der Ober brachte eine neue Flasche Wein und goss ihm ein.

»Was ist mit Trempe? Der nervt mich langsam. Dass er dem LKA unterstellt wird, hätte nicht passieren dürfen.«

»Der scheint sein Fach zu verstehen. Vielleicht sollten wir ihn eine Weile aus dem Verkehr ziehen. Ich werde mich darum kümmern.«

»Ich verlasse mich auf dich.«

Freundlich nickte sie ihm zu. Gedanklich suchte sie nach einer Möglichkeit, Trempe für die restlichen zwölf Tage ruhig zu stellen.

»Noch was: Es wäre nett, wenn du nachher noch mit zu mir kommst. Ich brauche ein wenig Entspannung.«

Sie versteckte ihr gequältes Lächeln zur Hälfte in ihrem Weinglas und nickte kaum merklich.

268

20

Die Bürotür von Bönisch war unverschlossen, Joshua trat ein. Seine Befürchtung bewahrheitete sich, die beiden waren nicht mehr hier. Er rannte die Gänge des Instituts entlang, um sie zu finden. Aus einer Tür vor ihm trat eine Frau mittleren Alters in einem Schutzanzug auf den Flur. Als sie die Waffe in seiner Hand sah, blieb sie wie angewurzelt stehen. Joshua zückte seinen Dienstausweis.

»Kripo Krefeld, Trempe. Haben Sie Doktor Bönisch gesehen?«

Die Dame atmete durch und nahm eine entspannte Haltung ein.

»Doktor Bönisch ging vorhin mit seinem Sekretär zum Parkplatz. Hat er was verbrochen?«

»Nein, danke.«

Joshua kehrte um und stürmte in die andere Richtung. Als er aus der Empfangshalle auf den Parkplatz gelangt war, stoppte er abrupt. Seine Atmung war kurz und hektisch. Seit der Trennung von Janine ging nichts mehr seinen Gang. Selbst das tägliche Jogging fehlte ihm. Er wies seine Dienststelle telefonisch an, die Fahndung nach Norman Hellström und Doktor Bönisch einzuleiten.

»Und sie sollen alles in Bewegung setzen, den weißen Mercedes zu finden. Straßensperren, Hubschrauber, das volle Programm. Weit können die noch nicht sein.«

Er beendete das Gespräch und sah, dass die Kollegen von der Spurensicherung auf den Parkplatz kamen. Joshua erklärte ihnen den Weg zu Daniels Jaguar. Gleich danach kamen zwei Streifenwagen und kurz dahinter Daniel und Viktor. Nachdem er ihnen die Vorfälle erläutert hatte, meldete Viktor sich zu Wort.

»Winnie rotiert. Er möchte so schnell wie möglich Berichte sehen und über alles informiert werden. Außerdem erscheint König gleich hier. Er will dich persönlich nach dem Grund fragen, dieses Institut durchsuchen zu lassen.«

»Das werde ich ihm schon erklären. Ich möchte, dass in der Zwischenzeit alle Mitarbeiter dieser Firma befragt werden, womit sie von der Firma Schändler beauftragt worden sind, was es mit dieser Bewusstseinsforschung auf sich hat, nach ihren Alibis, wer sie bezahlt und einfach alles. Ich will endlich Klarheit, vorher verlässt hier keiner das Gelände!«

»Das kann dauern, am besten rufe ich mal Marlies und Kalle an.«

Sie teilten sich auf und gingen von Büro zu Büro. Joshua ließ sich von der Empfangsdame zuvor eine Namensliste aller Mitarbeiter in dreifacher Ausfertigung geben. Jeder hatte ungefähr zwanzig Mitarbeiter zu befragen. Wie sich sehr schnell herausstellte, wusste jeder Einzelne nur soviel, wie für seinen Arbeitsbereich notwendig war. Ein Mitarbeiter um die fünfzig sagte, er habe von etwas Revolutionärem gehört. Jedenfalls konnte er sich nicht an ein derartig geheimes Forschungsprogramm der Vergangenheit erinnern. Einer seiner Kollegen wusste von amerikanischen Forschern, mit denen die Geschäftsleitung in Kontakt stand. Es handelte sich dabei um das Forschungsinstitut von Carl Enkel. Zumindest dieser Zusammenhang war bestätigt, ansonsten kam es Joshua

270

so vor, als stochere er in den Innereien eines Geheimnisses, ohne die geringste Ahnung von dessen Ausmaß zu haben. Von der Firmenleitung konnte er niemanden erreichen. Bönisch hatte zwei Vertreter und beide weilten zur Zeit in Amerika. Ohnehin konnten sie lediglich das Personal in den Büros befragen. Das Labor war hermetisch abgeriegelt, der Zutritt wurde ihnen verweigert. Er wollte gerade in das nächste Büro gehen, als sein Handy sich meldete. Es war König, der in der Eingangshalle auf ihn wartete. Unterwegs keimte wieder Hoffnung in ihm auf. Er war davon überzeugt, eine Durchsuchung dieses Labors würde endlich Licht in den Fall bringen und die Hintergründe aufdecken.

Lässig stand König mit den Händen in den Taschen an einem Pfeiler lehnend, als Joshua das Foyer betrat. Neben ihm standen Marlies und Kalle, die scheinbar gerade eingetroffen waren.

»Schönen guten Tag, Herr Trempe«, Königs übertrieben höflicher Tonfall wirkte abstoßend, »wenn Sie die Freundlichkeit hätten, mich über den neuesten Ermittlungsstand in Kenntnis zu setzen, wäre ich Ihnen sehr verbunden.«

Da König seine Hände immer noch in seiner Hose vergraben hatte, verzichtete Joshua darauf, ihm seine Hand hinzuhalten.

»Die mutmaßlichen Mörder von Rosalinde Schändler und Einbrecher in Skopjes Wohnung waren hier. Laut Aussage eines Mitarbeiters dieses Institutes wurden sie hier von Herrn Norman Hellström, dem Sekretär des Leiters Herrn Doktor Bönisch, erwartet. Hellström ist flüchtig, vermutlich in Begleitung Bönischs. Die Fahndung wurde bereits eingeleitet. Hellström war bis gestern der persönliche Sekretär von dem ebenfalls seit gestern vermissten Skopje. Dieser wiederum war bis vor kurzem in diesem Institut hier tätig.«

Joshua setzte sich neben König auf die Lehne eines schwarzen Ledersofas und atmete durch.

»Es besteht der dringende Verdacht, dass von diesem Institut hier Forschungsergebnisse an die Firma Schändler weitergegeben worden sind, die letztendlich als Motiv für vier Morde dienten. Details kennen wir noch nicht. Ich denke, das wird nach der Untersuchung dieses Labors hier anders sein.«

König sah ihn zunächst nur an, sagte aber nichts. Der Staatsanwalt stieß sich von dem Pfeiler los, schlenderte hin und her und stellte sich dann vor Joshua. Mit einem leichten Grinsen blickte er auf ihn herab.

»Es wird keine Durchsuchung dieser Räume geben, Trempe.«

Kalle und Marlies sahen sich verwundert an. Joshua sprang plötzlich hoch. Instinktiv hob König schützend seinen rechten Arm. Kalle schmunzelte.

»Was heißt das?«

»Was Sie bis jetzt haben, sind Vermutungen. Wissen Sie, was es heißt, ein Forschungsinstitut zu durchsuchen? Dort lagern hochsensible Daten, die der strengsten Geheimhaltung unterliegen. Da kommen Sie mit irgendwelchen Mutmaßungen daher und verlangen daraufhin eine Durchsuchungsanordnung. Ihnen fehlt es an Erfahrung und Reife, Trempe.«

König stand jetzt dicht vor ihm. Joshua kam es so vor, als wolle er ihn provozieren. Er musste sich eingestehen, dass es ihm schwer fiel, seine Gefühle unter Kontrolle zu halten. Aus seiner Sicht behinderte der Staatsanwalt die Ermittlungen massiv. Einen Grund dafür konnte er sich allerdings nicht vorstellen. Es sei denn, er ließe nun per-

272

sönliche Gefühle an ihm aus. Das würde nicht zu König passen. Er handelte stets kühl und abgeklärt. Allerdings kam es in der Vergangenheit auch nie zu einer derartigen Eskalation ihrer Streitereien wie auf dem Hof seiner Eltern.

»Herr König, wir ermitteln hier gegen eine Wand. Unsere Spuren führen eindeutig in dieses Labor.« Joshua zeigte mit dem ausgestreckten Arm in dessen Richtung.

»Meine geringe Erfahrung sagt mir, dass wir nicht weiterkommen, ohne es zu durchsuchen.«

König nickte nur abfällig und ließ ihn alleine. Joshua war jetzt außer sich vor Wut. In diesem Augenblick kam Daniel zu ihnen. Er war blass, seine Augenlider zitterten. Nervös zupfte er an dem Knoten seiner Krawatte.

»Was hast du mit dem Jag gemacht?«

Seine Frage klang leise, fast depressiv. Das hatte Joshua völlig verdrängt.

»Daniel, … es tut mir Leid. Ich konnte sie doch nicht einfach entkommen lassen. Ich werde dir den Schaden natürlich ersetzen.«

Joshua fragte sich gerade, ob seine Haftpflichtversicherung oder die Dienststelle dafür aufkommen würde. Falls nicht, hätte er ein Problem.

Daniel reagierte völlig unerwartet. Er legte Joshua den Arm auf die Schulter und begann zu lachen. Zunächst unsicher, verkrampft, dann herzhaft und laut.

»Ist okay, der Jag ist Vollkasko versichert. Denen habe ich schon soviel Geld in den Rachen geworfen, die können jetzt auch mal was abdrücken. Hauptsache, dir ist nichts passiert.«

Joshua atmete erleichtert durch.

»Habt ihr was erreicht?«

»Die meisten haben Scheuklappen auf, kennen nur ihre

273

eigenen Aufgaben. Aber einer konnte ein paar interessante Aussagen machen. Sieht so aus, als ob du mit deiner These gar nicht mal so falsch liegst.«

Joshua wollte sich eine Zigarette drehen, hielt aber inne.

»Er sagte mir, sie forschen auf dem Gebiet der subliminalen Botschaften. Sie hätten bereits einige Erfolge verbuchen können. Die konkreten Forschungsergebnisse verlassen allerdings nicht das Labor. Da gibt es nur einen kleinen Kreis Eingeweihter. Einer von ihnen war Ansgar Skopje. Der Mann wunderte sich darüber, dass sie ihn zu Schändler ziehen ließen. Gerade Skopje, er war besessen von dieser Arbeit.«

Joshua spürte eine innere Anspannung. Sie waren ganz dicht davor und kamen nicht weiter, weil König sich verweigerte. Inzwischen traf Viktor ein. Er trug eine bayrische Trachtenjacke. Joshua dachte, ob er wohl demnächst in Knickerbocker zum Dienst erscheinen würde. In knappen Sätzen tauschten sie sich aus. Er hatte insgesamt dieselben Aussagen bekommen wie seine Kollegen. Mit einer Ausnahme.

»Eine Mitarbeiterin brauste richtig auf, als sie den Namen Ansgar Skopje hörte. Angeblich wollte er, beziehungsweise die Firma Schändler, dieses Institut aufkaufen. Sie sagte wörtlich, erst macht der mit unserer Arbeit die große Kohle und später will er uns schlucken.«

»Was meinte sie damit?«

Joshua hatte sich inzwischen eine Zigarette angesteckt. Die Dame vom Empfang brachte ihm mit grimmiger Miene den Untersetzer eines Blumentopfes.

»Sie ist der Meinung, dass er diese Bewusstseinsforschung für die Werbung ausnutzt, Käufer damit auf mieseste Art und Weise, wie sie sich ausdrückte, beeinflusst.«

274

»Wofür sollte diese Forschung denn sonst gut sein?«
Kalles Einwand war leider berechtigt, dachte Joshua.

»Eigentlich nur zu medizinischen Zwecken. So genau habe ich das aber auch nicht verstanden. Schließlich müssen die doch von irgendwas leben? Die Forschungsgelder, die ihnen von Staat und Land zur Verfügung gestellt werden, reichen schon lange nicht mehr. Und sie sollen noch weiter gekürzt werden.«

Sie kamen hier nicht mehr voran. Da sie aber nun mal komplett waren und sich noch besprechen wollten, beschlossen sie, gemeinsam zu Viktor zu fahren. Der Vorschlag kam von Joshua. Den Jaguar hat die Kriminaltechnik eingeschleppt und sein Golf stand ja noch bei seinem Kollegen. Joshua gab vor, etwas vergessen zu haben und bat die Kollegen, am Parkplatz auf ihn zu warten. Kurz darauf war er in dem Büro von Bönisch. Ihm war vorhin aufgefallen, dass ein Schlüsselbund auf dem Fußboden unter dem Schreibtisch lag. Er steckte es ein und ging hinaus. Ein Polizeihubschrauber kreiste über der Stadt.

Eine halbe Stunde später saßen sie wieder in Viktors Gartenlaube.

»Das letzte Mal«, sinnierte der Gastgeber, »ab morgen bist du ja wieder bei uns.«

Viktor stellte ein paar Getränke auf den dicken Holztisch und seine Frau machte in der Küche ein paar Schnittchen.

»Nun mal raus mit euren Neuigkeiten«, eröffnete Joshua die Soko-Sitzung.

»Also«, begann Daniel, »Skopje ist laut Passagierliste gestern Abend von Düsseldorf aus über Frankfurt nach Buenos Aires geflogen.«

»Verdammter Mist, den sehen wir nicht mehr wieder«,

war Joshua sich sicher. Daniel senkte beschwichtigend seine Hände.

»Moment. Ich sagte laut Passagierliste. Ich bin zum Flughafen gefahren und wollte die Crew sprechen. Die von dem Flug Frankfurt-Buenos Aires konnte ich noch nicht erreichen. Dafür aber zwei Stewardessen von dem Flug Düsseldorf-Frankfurt. Denen habe ich ein Bild von Skopje unter die Nase gehalten. Sie waren beide hundertprozentig sicher, diesen Mann noch niemals gesehen zu haben. Was sagt ihr jetzt?«

Kalle, Marlies und Viktor klatschten in die Hände. Daniel wurde verlegen.

»Alle Achtung, gute Arbeit Kollege. Das verbessert unsere Lage allerdings nicht gerade.«

»Stimmt«, antwortete Marlies, »wir müssen ihn ja noch finden.«

»Das auch. Aber das ist möglicherweise das kleinere Problem.«

Marlies sah ihn erstaunt an. Frau Dreiseitl kam mit einer großen Glasschale voller belegter Schnittchen hinein.

»Joshua meint, einer muss ja dann mit einem falschen Pass nach Argentinien geflogen sein. Wer könnte wohl einen Grund dazu haben?«

»Richtig, Kalle. Möglicherweise hat sich gestern Abend unser Mörder abgeseilt. Wir müssen auf jeden Fall mit Hilfe der Crews der beiden Flüge eine Phantomzeichnung anfertigen.«

Daniel rieb sich mit seinem Taschentuch einen Spritzer Mineralwasser von seiner Jacke. Er trug heute einen hellgrauen Leinenanzug, darunter ein dunkelblaues Hemd und eine grau-blaue Krawatte. Marlies fragte ihn zu Beginn, ob er sich nicht einmal normal kleiden könne. Er bedauerte nur, dass sein Geschmack nicht ihr Niveau erreichte.

»Ich werde mich morgen darum kümmern.«

Marlies schob den Rest eines Käseschnittchens in ihren Mund, leckte sich den Daumen ab und fuchtelte mit dem anderen Arm in der Luft herum. Alle sahen sie erwartungsvoll an.

»Es gibt da ein Problem zu dem Fall Groding«, begann sie spannungsvoll. Joshua schwante nichts Gutes. Er hoffte inständig, sie würde die unterschwellige Verdächtigung gegenüber Daniel nicht noch einmal wiederholen. Es gab einige Ungereimtheiten, Joshua hatte des Öfteren in dieser Ermittlung das Gefühl, die Täter hätten einen Vorsprung, der auf Insiderinformationen schließen ließ. Um aber derartige Verdächtigungen offen auszusprechen, bedurfte es mehr als einer identischen Schuhgröße.

»Unsere Düsseldorfer Kollegen haben auf dem Dachboden von Grodings Wohnung lediglich zwei Fußspuren sichergestellt.«

Die Blicke der Kollegen wandten sich von ihr ab zu Joshua und Daniel hin.

»Wenn wir davon ausgehen, dass der Täter dieselbe Schuhgröße und ähnliches Schuhwerk wie Daniel hatte, fehlen uns immer noch zwei Spuren.«

Für Sekunden schwiegen alle. Marlies setzte offenbar voraus, dass jeder die Ermittlungsakte ganz genau kannte. Karl Heinz Schmitz erkannte den Zusammenhang als Erster. Er verfügte über ein ausgezeichnetes Detailgedächtnis, womit er seine Kollegen immer wieder verblüffte.

»Du meinst die Spuren der beiden Kollegen, die angeblich auf dem Speicher nachgesehen haben?«

Joshua schlug sich vor die Stirn. Das hätte ihm nicht durchgehen dürfen.

277

»Ja genau, die meine ich. Warum geben die Kollegen vor, dort nachgesehen zu haben, ohne dass es der Wahrheit entsprach?«

»Das werden wir sie persönlich fragen. Ich kümmere mich darum, wenn ihr nichts dagegen habt.«

Sie nickten Kalle zu. Joshua kam ein unangenehmer Verdacht. Er bemühte sich, ihn bis zu Kalles Rückkehr zu verdrängen.

»Noch etwas haben wir herausgefunden«, Marlies sah Viktor dabei an, der sofort verstand.

»Aufgrund einer Überlastung meiner Kollegin habe ich für sie die Erbschaftsangelegenheit recherchiert«, Viktor schmunzelte in die Runde. Sein gezwirbelter Schnurrbart betonte dabei seine ausladenden Gesichtszüge. Marlies stemmte die Arme in die Hüfte und sah ihn entrüstet an.

»Nun ja, ich kenne den Notar der Familie von früher. Er hat damals den Kaufvertrag für unser Haus aufgesetzt. Mittlerweile arbeitet er ausschließlich für Schändler. Aber zur Sache: Ramon Schändler hat alles seiner Frau vererbt. Diese wiederum hat ein Testament zugunsten ihrer Tochter verfasst und für den Fall, dass keiner aus der Familie das Erbe antreten kann, fällt das gesamte Vermögen der Familie Schändler an die PdV, die Partei des deutschen Volkes.«

Zufrieden grinsend sah Viktor in die Runde. Joshua war überrascht. Möglicherweise hatten sie während der gesamten Ermittlungen den falschen Ansatz gehabt. Die Morde an Schändlers Ehefrau und seiner Tochter erschienen plötzlich in einem völlig anderen Licht. Zum ersten Mal gab es dafür ein handfestes Motiv. Allerdings standen die bisherigen Ermittlungsergebnisse sowie der Mord an Till Groding nun wie unpassende Puzzleteile im Raum.

»Vorsitzender dieser Partei ist ein gewisser Bastian Nagel. Über den konnte ich in unserer Datenbank nichts herausbekommen. Die Partei tritt übernächsten Sonntag zur Landtagswahl an. Sie haben in achtundachtzig Wahlkreisen die nötigen einhundert Unterschriften bekommen. Zudem stehen sie auf der Landesreserveliste. Es ist schwierig, einen Termin bei diesem Nagel zu bekommen. Das sei mitten im Wahlkampf unmöglich, teilte seine Sekretärin mit. Er ist mit seinen Gefolgsleuten aber morgen Vormittag in Duisburg. Da werde ich ihn mir mal zur Brust nehmen.«

Kalle wippte nervös auf seinem Stuhl hin und her.

»Wie viel erben die denn von den Schändlers?«

»Schwer zu sagen. Für sein Firmenimperium gab es im letzten Jahr ein Übernahmeangebot in Höhe von fünfundvierzig Millionen US-Dollar. Der tatsächliche Wert dürfte mittlerweile weit darüber liegen. Dazu kommt natürlich noch das nicht unbeträchtliche Privatvermögen. Thomas ten Voort, sein Notar, meinte, da könne man auch noch mal von einem Betrag in zweistelliger Millionenhöhe ausgehen.«

Kalle pfiff durch die Zähne. Joshua versuchte, die neuen Erkenntnisse mit dem bisherigen Ermittlungsstand abzugleichen. Kalle unterbrach seine Gedanken.

»Das ist ja ein prächtiges Mordmotiv.«

Joshua zuckte mit den Schultern. Kalle ließ seinen Stuhl nach vorne fallen und beugte sich über den Tisch hinweg zu ihm herüber.

»Mindestens sechzig Milliönchen. Mann Joshua, was willst du denn noch?«

»Wenn es um Geld geht, ja.«

»Wie bitte? Ich hör wohl schlecht. Um was soll es denn bei sechzig Millionen oder noch mehr sonst gehen?«

Joshua rieb sich das Kinn. Er wusste es nicht. Er hatte

279

nicht mehr als seine innere Stimme. Die sagte ihm, dass es um mehr ging als diese Erbschaft. Sein Verstand arbeitete auf Hochtouren. Welche Rolle spielten Skopje und Bönisch? Warum sollte Schändler sein Vermögen einer Partei vererben? Es konnte nur ein Motiv für diese Verbrechen geben.

»Vielleicht geht es um Macht.«

Kalle sah ihn verständnislos an. Daniel pflichtete ihm bei.

»Das könnte passen. Ich denke da an diese mysteriösen Vorkommnisse, bei denen Menschen offensichtlich beeinflusst wurden. Ich will den Teufel nicht an die Wand malen, aber wenn es gelingt, an einem Morgen Millionen Menschen davon abzuhalten, mit der Bahn zu fahren, was wäre dann bei einer Wahl möglich?«

Kalle sah ihn erschrocken an. Eine bedrückende Stille breitete sich aus. Marlies lehnte sich über den Tisch und begrub ihr Gesicht in ihren Händen. Joshua wusste, was ihre Bedrückung auslöste. Keiner wagte es auszusprechen, aber sie wären aus dem Fall. BKA und BND müssten eingeschaltet werden. Die Zeit war zu knapp, um die Ermittlungen einem so mächtigen Apparat zu übertragen.

»Das ist natürlich möglich. Aber bis jetzt nur eine These. Wir müssen uns auf jeden Fall diese Partei vorknöpfen. Das kann nicht bis morgen warten. Wir müssen diesen Nagel irgendwie auftreiben und vernehmen!«

»Ja, müssen wir«, Viktor schlug mit der Hand auf den Tisch, »und wir müssen wissen, warum die Kollegen aus Düsseldorf gelogen haben. Dazu müssen wir Skopje finden, wir müssen herausbekommen, wer in dem Flieger nach Buenos Aires saß und erfahren, was in dem Institut von Bönisch wirklich abgeht. Abgesehen davon wäre es wichtig zu erfahren, warum alle Welt plötzlich nicht mehr Bahn

280

fährt und was Carl Enkel mit der ganzen Sache zu tun hat. Und das alles am besten bis gestern. Mensch Joshua, wir sind zu fünft, wie stellst du dir das vor?«

Joshua hob resigniert die Arme und seufzte.

»Morgen bekommen wir ja Verstärkung.«

»Das kenne ich. Beim letzten Mal kamen die mit zwei Kollegen und haben an uns vorbei ermittelt. Darauf setze ich keinen Pfifferling.«

Joshua nahm es ihm nicht übel. Er kannte seinen Kollegen gut genug. Viktor war ein hervorragender Polizist. Sein Ehrgeiz schlug aber allzu schnell in Frust um, wenn sie eine Zeit lang nicht entscheidend weiterkamen. Seine Sorge um die schlechte Zusammenarbeit mit den Kollegen vom LKA teilte er nicht. Joshua war sich sicher, mit seinem Freund Jack und seinen Kollegen hervorragend zu harmonieren. Viel mehr Sorgen bereitete es ihm, dass der Fall nun eine politische Dimension anzunehmen schien. Wenn Daniels Andeutung sich bewahrheiten würde, und so abwegig war sie wirklich nicht, so mussten sie den größten Wahlbetrug der Nachkriegsgeschichte verhindern. Joshua überlegte, welcher Straftat man den Drahtziehern solcher Botschaften wohl bezichtigen würde. Wo lag die Grenze zwischen Werbung und Betrug. Schließlich gehörte es schon lange zu den Praktiken der Werbebranche, unterschwellige Botschaften zu verbreiten. Vieles würde davon abhängen, ob die Empfänger solcher Botschaften noch über ihre Meinungsfreiheit verfügten oder nicht. Die Befürchtung keimte in ihm, dass die Täter sich in einer juristischen Grauzone bewegten. Joshua verwarf diese Gedanken wieder, seine Aufgabe war ohnehin die Klärung der Mordfälle und da gab es keine Grauzonen.

Das Treffen war beendet, Joshua und Daniel beschlossen gemeinsam, diesen Bastian Nagel ausfindig zu machen.

Es brannte ihm eigentlich unter den Nägeln. Er wollte unbedingt noch einmal in das Büro von Bönisch. Das musste jetzt warten, ebenso wie Janine, stellte er mit einem leichten Anflug von Resignation fest. Immer öfter erkannte Joshua, wie Recht sie hatte. Es blieb ihm tatsächlich kaum Zeit für seine Familie. Seit dem Auszug aus der gemeinsamen Wohnung hatte er nicht einmal die Zeit gefunden, mit ihr über alles in Ruhe zu reden.

Während Daniel versuchte, im Präsidium den Aufenthaltsort von Nagel herauszubekommen, rief Joshua seine Frau an. Er entschuldigte sich zunächst bei ihr, dass er mal wieder keine Zeit für ein klärendes Gespräch hatte. Mit ruhiger Stimme heuchelte sie Verständnis.

»Da hat übrigens eine Dame für dich angerufen. Du wolltest dich heute Mittag mit ihr in einer Eisdiele treffen. Ich soll dir ausrichten, dass sie heute Abend für dich Zeit hat. Sie erwartet dich um zwanzig Uhr bei unserem Italiener in Düsseldorf.«

Sie sprach ›unserem Italiener‹ mit einer Gelassenheit aus, die ihn tief traf. Im ›La Grotta‹ in Düsseldorf erlebten sie beide viele romantische Abende bei Kerzenschein und gutem italienischen Essen. Warum regte sie sich nicht auf, löcherte ihn nicht mit Fragen? War er ihr schon so egal? Wie kam diese Frau ausgerechnet auf dieses Lokal? Joshua verschlug es die Sprache. Er hätte sich dafür ohrfeigen können, ihr die Karte mit seiner Privatnummer gegeben zu haben.

»Bist du noch dran?«

»Ja, Janine. Ich werde nicht mit dieser Frau essen gehen. Ich wollte sie vernehmen und da ist etwas dazwischen gekommen. Ich habe heute …«

»Du brauchst dich nicht zu rechtfertigen.«

»Ich möchte es aber. Ich liebe dich. Nur dich.«

Stille drang vom anderen Ende zu ihm durch. Eine Stille, die ihn fast verzweifeln ließ.

»Wir müssen reden, sobald das hier vorbei ist, okay?«

»Ja, sicher. Bis dann.«

Janine hatte aufgelegt. Wieso waren sie nicht mehr dazu in der Lage, länger als eine Minute miteinander zu reden? Joshua verstand es nicht. Sie musste doch erkennen, wie sehr er sich bemühte. Er kam nicht einmal dazu, nach den Kindern zu fragen. Zweifelnd betrachtete er sein Handy. Zögernd begann er erneut, die heimische Nummer einzutippen, brach dann aber ab. Seine Ehe schien ihm augenblicklich zerbrechlich und wertvoll zugleich. Er müsste eigentlich jetzt die Zeit finden, die sie brauchte. Das würde in den nächsten Tagen wohl ein Traum bleiben, dachte er und steckte sein Telefon resigniert ein.

Daniel hatte inzwischen herausbekommen, wo Nagel sich aufhielt und gab ihm ein Zeichen zum Aufbruch.

»Wohin fahren wir eigentlich?«

»Nach Oberhausen. Die PdV hat dort eine Kundgebung.«

»Hast du denn eine Audienz bekommen?«

»Das war kein Problem. Das Wort ›Vorladung‹ scheint im Wahlkampf ein enormes Gewicht zu haben.«

Amüsiert sahen sie sich an.

»Mach das mal mit dem Ministerpräsidenten. Deine Tage im Polizeidienst wären schnell gezählt.«

Nach einer halben Stunde standen sie im Parkhaus des Oberhausener Centros. Sie wunderten sich, dass eine neu gegründete Partei wie die PdV für eine Wahlveranstaltung gleich eine ganze Arena benötigte.

Vor dem Eingangsbereich standen ein halbes Dutzend Bodyguards. Sie zeigten ihre Dienstausweise und baten darum, Herrn Knofs, den Parteisekretär zu sprechen. Man geleitete sie durch abgelegene Flure zu einem Büro. Ein dunkelblonder, drahtiger Mitarbeiter der Partei mit ernstem Gesichtsausdruck begrüßte sie.

»Van Bloom, guten Abend Herr Knofs. Das ist mein Kollege Trempe. Ist Herr Nagel zu sprechen?«

»Ich habe ihm bereits Bescheid gegeben. So bald er es einrichten kann, kommt er. Darf ich Ihnen in der Zwischenzeit etwas anbieten?«

Joshuas Laune verschlechterte sich zusehends. Er hasste es, hingehalten zu werden.

»Wollen wir mal hoffen, dass Herr Nagel es bald einrichten kann, sonst müssen wir ihn leider vorladen. Unsere Zeit ist nämlich auch begrenzt, wissen Sie?«

»Ja natürlich. Vielleicht kann ich Ihnen in der Zwischenzeit weiterhelfen?«

»Kannten Sie Ramon Schändler?«

Joshua kreuzte die Beine übereinander und zückte seinen Notizblock.

»Aber sicher. Herr Schändler war schließlich ein Parteifreund.«

»Sagen Sie«, Daniel übernahm nun, »wie ist es eigentlich zu erklären, dass Ihre Partei in so kurzer Zeit eine so enorme Beliebtheit erreicht hat? Die Arena in Oberhausen mietet man sich ja nicht für drei Dutzend Parteifreunde?«

Knofs räusperte sich und kontrollierte dabei den Zustand seiner Fingernägel.

»Offensichtlich haben wir den Nerv des Volkes getroffen.«

»Herr Knofs, Ihre Partei gibt es seit knapp vier Monaten. Sie treten in fast neunzig Wahlkreisen an. Sie ziehen hier eine Riesenshow ab. Das sieht danach aus, als wurde dafür eine Menge Kapital benötigt.«

»Herr Schändler war nicht nur Parteifreund, er war auch einer unserer Gönner. Darüber hinaus leitete er, wie Sie ja sicherlich wissen, eine der größten Werbeagenturen des Landes. Dadurch war es uns in relativ kurzer Zeit möglich, unsere Gedanken zu publizieren.«

»Um welche Gedanken handelt es sich denn dabei, Herr Knofs?«

Joshua sah ihn fordernd an.

»Nun ja, unser Parteiprogramm liegt hier überall aus, Sie können es sich gerne mitnehmen.«

»Herr Knofs, Sie können es uns doch sicherlich in groben Zügen erläutern?«

Knofs wand sich in seinem Ledersessel. Er drückte sein Kreuz durch und faltete seine Hände wie zum Gebet.

»Ich will es mal in Kurzform versuchen. Zunächst werden wir die Arbeitsmarktpolitik völlig neu gestalten. Unser Motto lautet: ›Arbeitsplätze statt Überstunden.‹ Jede Überstunde wird dabei mit einer Sonderabgabe belegt, die in ein Programm zur Förderung neuer Arbeitsplätze führt. Wäre doch auch was für die Polizei, nicht wahr?«

Er grinste sie dabei an, als wolle er eine neuartige Zahnpasta verkaufen.

»Des Weiteren wollen wir das Gesundheitssystem nach amerikanischem Vorbild revolutionieren. Jeder Bürger wird praktisch Privatpatient. Für Härtefälle gibt es natürlich einen sozialen Ausgleich. Wir hoffen auf einen kostenbewussteren Umgang mit medizinischen Leistungen. Außerdem, dies hat Herrn Schändler besonders gefallen, werden wir es ausländischen Fachkräften leichter machen, auf dem deutschen Arbeitsmarkt Fuß zu fassen. Dadurch werden wir wieder eine technisch hoch entwickelte …«

In diesem Augenblick betrat ein kleiner, schlaksig wirkender Mann in Begleitung zweier Herren in Kleider-

285

schrankformat das Büro. Mit durchdringender Stimme und stechendem Blick begrüßte er Daniel und Joshua.

»Sie sind also die Herrschaften, die mich vorladen wollten.«

Joshua stand auf und gab ihm die Hand.

»Wir möchten lediglich unter vier Augen mit Ihnen reden.«

Nagel musterte ihn ausgiebig. Sein Blick ließ offenkundiges Missfallen an Joshuas Kleidung erkennen. Mit einer Armbewegung deutete er seinen Leuten an, sie alleine zu lassen. Wenn ihre schlimmsten Befürchtungen sich bewahrheiten würden, dachte Joshua, stand der zukünftige Ministerpräsident des Landes vor ihm. Seine Motivation, das zu verhindern, stieg sprunghaft an. Sie setzten sich um einen kleinen Glastisch. Per Blickkontakt einigten sie sich darauf, dass Daniel beginnen sollte. Er fragte Nagel direkt nach seinen Alibis zu den Mordfällen. Der Politiker schüttelte verächtlich den Kopf und klärte sie über das Wahlkampfprogramm auf. Er schien für jeden Zeitpunkt mehr als genug Alibis zu haben. Mit jedem seiner Worte und Gesten drückte er Verachtung für die Polizisten aus.

»Herr Nagel, mich interessiert die schnell ansteigende Popularität Ihrer Partei. Wer ist für Ihre Werbespots verantwortlich?«

»Die Werbeagentur unseres ehemaligen Parteifreundes Ramon Schändler. In seiner Firma wurde das komplette Marketing unserer Partei entwickelt. Der Erfolg gibt uns Recht. Darüber hinaus dürfen Sie natürlich nicht vergessen, dass wir ein Programm haben, das den Wähler überzeugt. Das ist schließlich und letztendlich auch die Basis für unsere Popularität.«

»Die Firma Schändler steht in Kontakt zu einem Forschungsinstitut in Kamp-Lintfort«, Joshua sah ihn jetzt provozierend an, »das sich mit der Manipulation des menschlichen Bewusstseins beschäftigt. Was wissen Sie darüber, Herr Nagel?«

Nagels Augen verkleinerten sich, sein Blick wurde kühl.

»Wollen Sie uns Betrug vorwerfen?«

»Wir wollen die Wahrheit herausbekommen.«

»Meine Herren, meine Zeit ist sehr beschränkt. Haben Sie eigentlich nichts Wichtigeres zu tun, als ehrbare Politiker aufzuhalten, diesen politischen Saustall in unserem Land auszumisten?«

Joshua, dem es bislang äußerst schwer fiel, ruhig zu bleiben, fuhr ihn nun an.

»Herr Nagel, mir reicht's. Wir haben vier Mordfälle zu klären. Ihre Partei ist nach der brutalen Ermordung der Familie Schändler Alleinerbin ihres gesamten Vermögens. Darin erkennen wir ein Motiv. Es wäre fahrlässig, nicht in diese Richtung zu ermitteln.«

Plötzlich wurde die Bürotür aufgerissen und zwei Bodyguards sprangen herein.

»Alles in Ordnung, Herr Nagel?«

Nagel winkte lässig ab.

»Ja schon gut, Georg. Der junge Mann ist nur ein bisschen übermotiviert. Damit werde ich alleine fertig.«

Augenblicklich verließen die beiden das Büro wieder. Nagel bedachte Joshua mit einem breiten Grinsen. Joshua ballte seine Fäuste. Daniel gab ihm ein Zeichen, zu gehen.

»Herr Nagel«, meldete Joshua sich noch einmal im Gehen, »wir werden Ihre Alibis überprüfen. Kennen Sie einen Herrn Bönisch oder Skopje?«

»Skopje arbeitet, glaube ich, bei Schändler. Bönisch sagt mir nichts.«

»In Ordnung. Wir wünschen Ihnen noch einen schönen Abend.«

Ohne ein Wort zu sagen, sah Nagel ihnen nach.

Im Parkhaus am Centro stutzte Daniel. Er lief um einen silberfarbenen Mercedes herum.

»Was ist los?«

Joshua verstand nicht, wonach sein Kollege suchte.

»Das ist der Wagen von König.«

Daniel deutete auf einen Aufkleber am Heck der Limousine. »Rochade Krefeld, der Schachklub, in dem König Mitglied ist.«

»Na und?«

»Weiß ich auch nicht. Aber König ist nicht der Typ, der zum Shoppen oder für einen Kinobesuch ins Centro fährt.«

»Meinst du, der ist auch bei der Versammlung?«

Daniel zuckte mit den Schultern. Das konnte er sich noch weniger vorstellen.

»Feierabend?«

Joshua sah auf die Uhr. Viertel vor zehn. An ein Treffen mit seiner Frau war nicht mehr zu denken. Sie fuhren zu Daniel.

Joshua beobachtete, wie sein Kollege mit geschickten Handgriffen zwei Spanner in seine Schuhe steckte. Danach zog er seine Jacke aus, strich ein paar Mal mit der flachen Hand drüber und hängte sie über einen Bügel in den Schrank.

»Sag mal, Daniel, woher hast du eigentlich deine Schuhe?«

»Die lasse ich von einem Schuhmacher in Brügge anfertigen, warum? Ach so, du denkst, ich …«

»Nein, wirklich nicht. Wäre es möglich, dass der Täter seine Schuhe auch von dort bezieht?«

Daniel lachte auf und ging in die Küche.

»Wohl kaum. Es wäre ein zu großer Zufall. Der Kerl ist auch schon über siebzig und arbeitet nur noch für Stammkunden. Außerdem gibt es viele Schuhe in der Größe mit einer glatten Sohle.«

Joshua nickte und öffnete sich eine Flasche Bier. Daniel hatte einen Nudelauflauf vorbereitet und schob diesen in die Mikrowelle. Joshua kam es so vor, als habe er einen wichtigen Hinweis nicht ernst genug genommen. Daniel setzte sich ihm gegenüber und goss sich ein Glas Rotwein ein. Joshua spielte mit seinem Feuerzeug. Seine Gedanken hingen an Rosalinde Schändler. Immer noch plagte er sich mit Schuldzuweisungen. Ihm war nicht klar, wie seine Kollegen wirklich über diese Sache dachten. Wenn sie während einer Besprechung schwiegen, schien dieser Vorwurf im Raum zu schweben. Er stützte seinen Kopf in beide Hände und grübelte. Wie konnte es dazu kommen? Warum haben sie ihr nicht von Anfang an mehr Beachtung geschenkt? Er dachte über König nach. Im Laufe der Jahre glaubte er ihn zu kennen. Er hatte es nie leicht mit ihm, aber seine Entscheidungen waren am Ende immer logisch. Warum wollte er den Personenschutz für Rosa Schändler aufheben? Joshua versuchte, sich in die Lage des Staatsanwaltes zu versetzen. Welche Gründe konnte er gehabt haben? Wie hat er sonst in vergleichbaren Situationen reagiert? Dann fiel ihm etwas auf.

»Er hat mich nicht gefragt«, murmelte er.

»Was sagst du?«

Joshua sah ihn mit klarem Blick an.

»Er hat mich nicht gefragt. König. Er hat mich nicht gefragt.«

»Ich fürchte, ich kann dir nicht folgen.«

»Vor drei Jahren hatten wir einen Mord an einem jungen Türken aufzuklären. Es handelte sich um eine Familienfehde. Seine Freundin hatte den Täter gesehen. Als wir den mutmaßlichen Mörder hatten, war sie sich aber nicht sicher. Der Täter legte ein Geständnis ab, obwohl wir praktisch nichts in der Hand hatten. Der Polizeischutz für das Mädchen sollte aufgehoben werden. Da kam König zu mir und fragte mich nach meiner Meinung. Ich teilte ihm mit, dass ich Zweifel hatte. Und was machte König?«

Daniel schüttete sich Rotwein nach und antwortete ihm gelangweilt.

»Er zog unsere Leute ab.«

»Eben nicht. Er sagte mir, solange noch die geringsten Zweifel bestehen, wird der Personenschutz aufrecht gehalten. Die Sicherheit der Zeugin hat oberste Priorität!«

Daniel wirkte jetzt nachdenklich. Joshuas Gedanken kreisten immer noch um Rosalinde Schändler. Warum musste sie sterben? Warum hatte König sie fallen gelassen? Hatte er es wirklich? War die Sachlage nicht eindeutig? Was war mit Winnie? Sein Dienststellenleiter hatte ihm immer vertraut, sich immer vor ihn gestellt. Den Eindruck hatte er zuletzt nicht mehr.

»Vielleicht hat er dich nicht gefragt, weil die Indizien klar waren. Der Mord sah ja zunächst wie ein Selbstmord, ja wie ein Schuldeingeständnis aus. Es war für ihn möglicherweise so eindeutig, dass er dich nicht mehr zu fragen brauchte.«

»König ist kein Polizist. Er ist ein Analytiker. Schuldeingeständnissen vertraut er nicht, er will unwiderlegbare Beweise. Darum hat er mich damals nach dem Geständnis auch gefragt. Das alleine war ihm suspekt. Verstehst du mich, Daniel?«

Daniel entledigte sich seiner Krawatte, legte sie akkurat

auf ein Regal neben dem Küchentisch und öffnete zwei Knöpfe an seinem Hemd.

»Wie ist es denn damals ausgegangen?«

»Der vermeintliche Täter wollte seinen Sohn schützen und hat deshalb das falsche Geständnis abgegeben.«

»Ein Grund mehr für deine Zweifel.«

»Nicht nur das. Warum hat er uns keine Durchsuchungsanordnung für das Institut von diesem Bönisch gegeben? König hätte uns das Schlafzimmer des Kanzlers durchsuchen lassen für den geringsten Verdacht. Brisante Forschungsergebnisse«, Joshua machte eine abfällige Handbewegung, »das hätte ihn nie gestört. Nichts ist brisanter als ein Mord, hat er mal gesagt.«

Daniel sah ihn mit zweifelnder Miene an.

»Du weißt doch genau, wie unsere Behörde zum Sparen angehalten wird. Gerade König nimmt sich das doch sehr zu Herzen. Ich glaube, du überbewertest seine Reaktion. Er war ja auch nicht alleine mit seiner Meinung. Die Kollegen dachten doch auch …«

Joshua winkte erneut ab. Für ihn blieb es ominös.

»Wieso hält Winnie sich da komplett raus?«

»Wir können ihn ja morgen fragen. Mich interessiert im Moment, warum die beiden Kollegen behaupten, den Speicher von Groding untersucht zu haben, obwohl es nicht so ist.«

Joshua begann zu schwitzen. Bei einem Fall dieser Kategorie schien nichts mehr undenkbar zu sein.

21

Nicht die kleinste Wolke war an diesem sonnigen Maimorgen zu sehen. Die Meteorologen meldeten frühlingshaftes Wetter mit Temperaturen über zwanzig Grad. Joshua beschlich eine merkwürdige Unruhe. Er fragte sich, wie Winnie ihn heute empfangen würde. Immerhin hatte sein Chef ihn zur Sitte abgeschoben und nun kam er als Mitarbeiter des Landeskriminalamtes in die Dienststelle. Es war kurz vor acht Uhr und lediglich zwei Parkplätze waren noch frei. Daniel schloss das Verdeck und nahm sich aus dem Handschuhfach eine Tube Haargel. Joshua wurde ungeduldig, als sein Kollege anfing, seine Haare mit einem kleinen Kamm fast einzeln zurecht zu legen.

»Ich gehe schon mal, das scheint noch etwas zu dauern.«

»Bin ja schon fertig. Hättest dich wenigstens rasieren können.«

Joshua schluckte. War das jetzt ein Witz?

»Ja Mutti.«

Im Büro fand Joshua einen Zettel auf seinem Schreibtisch.

»Treffen um 8.30 Uhr / Kantine – Elsing.«

Daniel, der ihm über die Schulter sah, konnte sich einen Kommentar dazu nicht verkneifen.

»Na bitte. Die ersten zarten Knospen der Kommunikation blühen ja schon wieder.«

Joshua biss die Lippen zusammen und verdrehte die Augen. Bönisch war wie sie es erwartet hatten, nicht erschienen. Daniel sah in den Spiegel und strich sich noch einmal ganz vorsichtig über die Haare. Anschließend zupfte er mit spitzen Fingern ein Haar von seiner Schulter und folgte Joshua in die Kantine.

Etwa zwanzig Menschen waren dort versammelt, unter ihnen Staatsanwalt König und Winnie Elsing. Jack erkannte seinen Freund sofort und kam auf ihn zu.

»Guten Morgen, Herr Kollege. Freut mich, dass wir jetzt zusammenarbeiten.«

Elsing, der nur drei Meter entfernt stand, verzog sein Gesicht, als hätte er in eine Zitrone gebissen. Jack begrüßte auch Daniel aufs freundlichste und stellte ihnen seine Kollegen vor. Neben Jack zählten noch Nora Grinten, Bruno Hilbich, Reiner Hönnscheidt und der Experte für unterbewusste Wahrnehmungen, Cedric Miller, zum Stamm des LKA. Mit einer Armbewegung deutete Jack nach vorne, wo zwei Tafeln und ein Beamer aufgebaut waren.

»Cedric hat einiges an Überraschungen für uns. Ihr werdet staunen.«

Links neben dem provisorisch aufgebauten Equipment lehnte König an der Fensterbank und beobachtete sie argwöhnisch. Daniels flüchtigen Gruß erwiderte er nicht. Kalle winkte die drei zu sich herüber. Er saß mit Viktor und Marlies an einem Tisch ganz vorne und hatte ihnen Plätze freigehalten. Viktor schob ihm eine Mappe herüber.

»Ist heute Morgen von der Kriminaltechnik gekommen.«

»Und?«, Joshua hatte keine Lust, die Kladde durchzulesen.

293

»Die Kugeln in Daniels Jaguar stammen von einer Makarov. Und zwar genau der, mit der Rosalinde Schändler erschossen wurde.«

Joshua schluckte. Er dachte verärgert daran, den Mördern tatsächlich so nah gewesen zu sein. Wortlos schob er die Mappe wieder zu Viktor, als Marlies ihm auf die Schulter tippte.

»Ich habe vorhin mit den Kollegen aus Düsseldorf telefoniert«, flüsterte Kalle, »sie behaupten auf dem Speicher gewesen zu sein und nichts bemerkt zu haben.«

»Hast du ihnen vom Ergebnis der kriminaltechnischen Untersuchung erzählt?«

»Nein, das wollte ich mit dir absprechen, denn eigentlich müssten wir sie jetzt vorladen.«

Joshua fuhr sich mit der Hand durch die Haare. Kollegen vorladen, noch dazu von einem anderen Revier, das war eine heikle Angelegenheit. Möglicherweise war es nur eine Leichtsinnigkeit der beiden. Er nahm sich vor, nach Düsseldorf zu fahren und sie persönlich zu befragen. Jack stand jetzt vorne am Pult und räusperte sich. Das Stimmengewirr verstummte allmählich. Alle sahen nach vorne, während Elsing die Deckenbeleuchtung ausschaltete. Holsten begrüßte die Kollegen und stellte seine Leute einzeln vor. Er bat Joshua nach vorne, um den bisherigen Ermittlungsstand vorzutragen. Joshua wunderte sich über den Ablauf. Normalerweise begann jemand aus seiner Dienststelle und begrüßte die Gäste. Er zog einige Notizzettel aus seiner Jackentasche und begann sein Referat. Joshua ›vergaß‹ dabei seine Gedanken vom gestrigen Abend zu erwähnen, machte aber die These der kollektiven Bewusstseinsveränderung deutlich. Aus den Augenwinkeln beobachtete er, wie einige der Kollegen schmunzelten. Abschließend übergab er wieder an Joa-

294

chim Holsten. Dieser begann seine Ausführungen mit einer Überraschung.

»Gestern Abend ist uns mitgeteilt worden, dass Carl Enkel sich wieder in den USA befindet. Er verweigert unseren amerikanischen Kollegen bislang jede Auskunft darüber, auf welchem Weg er eingereist ist. Allerdings befand sich auf der Passagierliste eines Fluges von Buenos Aires nach Los Angeles der Name Ansgar Skopje. Unsere Kollegen drüben befragen zur Zeit das Flugpersonal.«

Hinter ihm an der Wand erschien das Bild von Enkel. Er sah Skopje täuschend ähnlich.

Joshua empfand eine merkwürdige Erleichterung. Der Täter befindet sich wahrscheinlich noch hier, war sein erster Gedanke. Allerdings sprach nichts dagegen, dass dieser Enkel es war, im Gegenteil. Sie mussten schnellstmöglich von ihren amerikanischen Kollegen eine DNA-Analyse Enkels bekommen.

»Soviel dazu und nun zu der These unseres Kollegen Trempe. Diese kollektive Beeinflussung des menschlichen Bewusstseins wird, oder könnte durch so genannte subliminale Botschaften hervorgerufen werden. Unser Kollege Cedric Miller befasst sich im Rahmen der Wirtschaftskriminalität schon seit geraumer Zeit damit. Man könnte fast sagen, es ist sein Hobby.«

Gelächter der Zuhörer drang nach vorne, Cedric grinste und übernahm.

»Ich gebe zu, das ist nicht abwegig. Zumindest behauptet meine Frau dasselbe. Das Thema ist nicht ganz leicht zu erläutern, ich werde mich aber bemühen, es Ihnen verständlich zu machen. Was sind subliminale Botschaften? Wissenschaftlich gesehen fallen sie am ehesten in das Gebiet Psycholinguistik. Die Geschichte dieser Botschaften geht bis in die fünfziger Jahre zurück.«

Die Anwesenden machten es sich bequem, man schien einen langen und eintönigen Vortrag zu erwarten. Cedric startete den Beamer.

»Hier einer der ersten Versuche. Bei einer Filmvorführung in einem amerikanischen Kino wurde für Bruchteile von Sekunden das Wort ›Popcorn‹ eingeblendet. Man erhoffte sich dadurch einen gesteigerten Umsatz dieses Nahrungsmittels. Das traf auch zu. Es stellte sich allerdings heraus, dass die Probanden bereits im Vorfeld von diesem Versuch wussten.«

Cedric schaltete an seiner Fernbedienung und es erschien ein politischer Werbespot in Zeitlupe.

»Hier sind wir fast ein halbes Jahrhundert weiter. Der amerikanische Präsidentschaftskandidat El Gore setzte diese Wissenschaft für seine Zwecke ein. Wie sie hier in dieser Zeitlupe erkennen können, wird das Wort ›Rats‹ eingeblendet, welches Assoziationen zum politischen Gegner bewirken sollte. Tatsächlich gehen Fachleute davon aus, damit fast drei Prozent der Wähler beeinflusst zu haben. Die Amerikaner haben daraufhin den Einsatz von subliminalen Botschaften im Wahlkampf untersagt. Die Russen sind übrigens noch einen Schritt weiter, sie schließen Fernsehsender, die solche Botschaften benutzen und haben sie per Gesetz rigoros verboten.«

Cedric schaltete den Beamer ab und goss sich ein Glas Mineralwasser ein.

»Mittlerweile beschäftigt sich überwiegend das Militär mit dieser Technik und dessen Weiterentwicklung. Mit einer entscheidenden Ausnahme, womit wir beim Kern meiner Rede angelangen.«

Geschickt sorgte Miller wieder für erhöhte Konzentration unter seinen Zuhörern.

»Carl Enkel hat bis vor zwei Jahren für die US-Regierung an diesem Projekt gearbeitet. Dann ist er ausgestiegen und hat selbstständig weitergeforscht. Unter dem Titel »Silent Subliminal Technologie« wurde es patentiert. Enkel ist mittlerweile mit dieser Technologie in der Lage, mit dem menschlichen Unterbewusstsein zu kommunizieren. Wenngleich es sich dabei natürlich um Monologe handelt. Das funktioniert folgendermaßen: Auf einem Tonband oder einer CD werden Signale auf eine starke, unhörbare, UHF-Audio-Trägerfrequenz moduliert.«

Cedric bemerkte die fragenden Blicke.

»Oder vereinfacht ausgedrückt, einem Musiktitel oder einer Sprachsequenz wird ein unhörbares Signal untergemischt. Dieses Signal wird anschließend vom menschlichen Ohr wieder demoduliert oder entschlüsselt. Das Resultat sind subliminale Botschaften, die zehn Millionen mal stärker sind als alle anderen bisher. Die Membran des Ohres vibriert dabei in einer Pegelstärke von über einhundert Dezibel.«

Ein Raunen ging durch die Kantine. Die Kollegen fingen an zu tuscheln.

»Bitte, liebe Kolleginnen und Kollegen, ich bin noch nicht fertig. Die Botschaften, und das macht es für uns besonders schwierig, sind absolut unhörbar, werden aber sehr stark vom Unterbewusstsein des Zuhörers aufgenommen. Und zwar knapp unterhalb der Schwelle des Wachbewusstseins. Enkel ist es mit dieser Technologie zum ersten Mal überhaupt gelungen, mit absolut gehörlosen Menschen zu kommunizieren. Medizinisch gesehen könnte sich diese Technik zu einem Meilenstein entpuppen. Russische Wissenschaftler haben mit der wesentlich weniger ausgereiften Methode Alkoholiker von ihrer Sucht befreit. In Frankreich sind Fälle bekannt, bei denen auf diese Weise Legasthenie geheilt wurde. Alle Versuche erfolgten bisher ausschließlich mit Tönen. Der nächste Schritt wäre, tatsächlich ganze Botschaften auf diese Art zu vermitteln. Nach Meinung des CIA ist Enkel bereits soweit. In den Staaten herrscht höchste Alarmbereitschaft. Man befürchtet, dass selbst die Anschläge vom 11. September damit in Verbindung zu bringen sind.«

Cedric trank einen Schluck und flüsterte Jack ins Ohr, der sogleich das Wort übernahm.

»Soviel zum wissenschaftlichen Hintergrund …«

Der Applaus für Cedric Miller unterbrach ihn. Das Gemurmel wurde immer lauter. Joshua sah zu Staatsanwalt König, der die Unterbrechung nutzte, um den Raum zu verlassen. Daniel stand auf und hob seinen rechten Arm. Jack gab ihm ein Zeichen. Das Stimmengewirr ebbte ab.

»Gibt es einen Zusammenhang zu unserem Fall?«

Cedric kam einen Schritt nach vorne, um zu antworten.

»Ich fürchte ja. Die mysteriösen Ereignisse, insbesondere der millionenfache Boykott der Bahn sprechen eindeutig dafür. Vor allem die Ergebnisse der bisherigen Ermittlungen deuten daraufhin. Enkel hielt sich zu diesem Zeitpunkt in Deutschland auf. Hinzu kommen die strukturellen Hintergründe. Eine große Werbeagentur, die eng mit einem Forschungslabor kooperiert, das sich auf dem Gebiet der Bewusstseinsforschung betätigt. Die Manipulation eines Börsenkurses mit dem offensichtlichen Ziel, sich liquide Mittel für weitere Versuche zu beschaffen und so weiter.«

Die Katze war aus dem Sack, dachte Joshua. Seine schlimmsten Vermutungen schienen bittere Realität zu werden. Sein Freund Jack fuhr mit dem Referat fort. Er ließ eine seiner Befürchtungen Wirklichkeit werden.

»Aufgrund der besonderen Brisanz haben wir den Bundesnachrichtendienst informiert. Sie beginnen noch heute mit ihrer Arbeit …«

»Was sollen wir denn mit denen?«

Joshua drehte sich herum und erkannte Siegmund Polt vom Dezernat Wirtschaft. Er schien wenig erfreut zu sein über die Zusammenarbeit mit den Kollegen aus Wiesbaden. Ein Teil des Publikums stimmte ihm lautstark zu.

»Vor einem knappen halben Jahr wurde eine Partei gegründet. Sie nennt sich ›Partei des deutschen Volkes‹. Wie sich herausstellte, ist diese Partei Alleinerbin des gesamten Schändler-Vermögens und somit in den Fall involviert. Der explosionsartige Anstieg ihrer Mitgliederzahlen lässt auf einen ähnlichen Hintergrund schließen wie der Boykott der Bahn.«

Viktor stand auf und meldete sich zu Wort.

»Einen Aktienkurs zu beeinflussen, das kann ich verstehen. Aber was soll es bringen, die Leute vom Bahnfahren abzuhalten oder irgendeine Partei wählen zu lassen?«

»Also den Versuch mit dem Bahnboykott halten wir für einen groß angelegten Test für den Ernstfall. Dieser Ernstfall könnte der Eingriff in die Politik sein. Man stelle sich vor, eine von einem Syndikat gegründete Partei bekommt die Mehrheit in diesem Bundesland, was durchaus nicht mehr abwegig ist. Nach neuesten Meinungsumfragen liegen sie bereits bei achtzehn Prozent. Tendenz: Stetig steigend. Ich muss euch wohl nicht erzählen, dass die Polizeigewalt beispielsweise Ländersache ist. Sie können zwar keine Gesetze ändern oder die Prügelstrafe einführen, aber sämtliche Schlüsselpositionen bei uns mit ihren Leuten besetzen.

Eine demokratisch gewählte Mafia, um den Teufel mal an die Wand zu malen. Im kommenden Jahr sind dann Bundestagswahlen. Ich denke, jetzt hat jeder verstanden, warum die Jungs vom BND mit im Boot sind.«

299

Während Elsing die Deckenbeleuchtung wieder einschaltete, breitete sich eine bedrückte Stimmung aus.

»Das bedeutet«, schloss Daniel, »uns bleiben gerade mal neun Tage, um den Fall zu klären.«

»Nein«, antwortete Joachim Holsten, »soviel Zeit bleibt uns nicht mehr. Wir haben Politologen dazu befragt. Die meisten Wähler haben ihre Entscheidung spätestens eine halbe Woche vor der Wahl getroffen. In den letzten drei Tagen geht es nur noch um circa zehn Prozent Wähler, die ihre Stimme auch für ein Feuerzeug oder einen Kugelschreiber abgeben. Wenn die PdV sich in diesem Tempo weiterentwickelt, bleibt uns höchstens noch bis kommenden Mittwoch Zeit. Außerdem müssen wir die Partei ja noch verbieten lassen oder, was noch schwieriger sein dürfte, ihnen die potenziellen Stimmen wieder abjagen.«

»Schöne Scheiße«, murmelte Daniel ihm zu.

»Noch etwas«, Jack sah mahnend in die Runde, »es darf nicht der kleinste Mucks nach außen dringen. Schon gar nicht an die Medien. Das Letzte, was wir jetzt gebrauchen können, ist eine Massenhysterie. Gibt es noch Fragen, bevor wir den weiteren Einsatz besprechen?«

Joshua meldete sich zu Wort.

»Wie verbreiten die Täter ihre Botschaften?«

Cedric Miller trat wieder einen Schritt vor. Hinter dem großen schmalen Holsten kamen nur vereinzelt Konturen des kleinen, übergewichtigen Miller zum Vorschein. Millers Brille mit seinen winzigen runden Gläsern verlieh ihm einen intelligenten und eine Spur zu jugendlichen Gesichtsausdruck.

»Das können wir nicht mit absoluter Sicherheit sagen. Sie dürften aber öffentliche Medien wie das Fernsehen und den Rundfunk für ihre Zwecke gebrauchen.«

»Kann man diese Botschaften erkennen, sie ausfiltern?«

»Daran arbeiten wir mit Hochdruck. Bei der Vielzahl der ausgestrahlten Fernseh- und Radioprogramme suchen wir allerdings die sprichwörtliche Nadel im Heuhaufen. Wobei wir unsere Suche auf Werbesendungen dieser Partei konzentrieren, da wir darin die größte Chance sehen. Sie müssen allerdings bedenken, dass unsere Techniker das, wonach sie suchen, nur theoretisch kennen. Wir haben weder gesicherte Erkenntnisse über die Frequenz noch die Dauer dieser Botschaften. Genau genommen wissen wir nur von unseren amerikanischen Kollegen, dass es sie geben soll.«

Immerhin, stellte Joshua zufrieden fest, waren sie auf der richtigen Spur. Es passte alles zusammen. Über die Firma von Schändler wurden Botschaften in Werbespots untergebracht. Da es keine weiteren Fragen mehr gab, kamen sie zur Einsatzbesprechung. Joshua hielt sich dabei auffallend zurück. Er wollte unbedingt noch einmal zum Institut von Bönisch.

Der Fokus der Ermittlungen sollte zuerst auf die von der Werbeagentur Schändler produzierten Werbespots gerichtet sein. Bruno Hilbich, Rainer Hönnscheidt, Viktor, Marlies und zwei Kollegen vom Dezernat Wirtschaft wurden dafür eingeteilt. Kalle stellte sich als Schriftführer und eine Art Koordinator zur Verfügung. Nora und Jack wollten Einzelheiten über Enkel und Skopje herausfinden.

Marlies wirkte äußerst nachdenklich. Sie spielte dabei mit einem hellblauen Tuch, das sie um den Hals trug. Fast sah es so aus, als träume sie.

»Marlies, bist du noch bei uns?«

Von Kalles Frage aufgeschreckt, legte sie ihre Hände auf den Tisch und starrte ihn an.

»Ich frage mich gerade, was alles möglich ist?«

»Ja«, gab Viktor ihr Recht, »da darf man gar nicht drüber nachdenken.«

»Doch. Da müssen wir drüber nachdenken. Können wir ausschließen, dass auch wir beeinflusst werden?«

Joshua stellte seine Tasse ab und nahm den Faden auf.

»Also zunächst mal ist ihre Strategie ja offensichtlich darauf angelegt, die breite Masse zu manipulieren ...«

»Es geht aber auch anders«, unterbrach Kalle ihn, »denk nur mal an Dinslaken. Eigentlich dürfte keiner von uns während der Ermittlungen fernsehen oder Radio hören. Immerhin ist Marlies ja schon beeinflusst worden und«, er machte eine kleine Pause, »ich auch.«

»DU«, entfuhr es Marlies.

»Ja, am Dienstag«, kleinlaut sprach er weiter, »normalerweise ist es mir pappegal, wo ich tanke. Am Dienstag bin ich auf Reserve an der Aral-Tankstelle vorbei und mit dem letzten Tropfen zur BP gekommen. Fragt mich nicht, warum. Aber ich war mit dieser Eingebung nicht alleine. Da war eine Schlange, als wenn sie ihren Sprit verschenken würden.«

Das ging Joshua zu weit. Er bemühte sich, den Einwand von Kalle ernst zu nehmen, konnte sich aber absolut nicht vorstellen, durch Botschaften gleich welcher Art, von seinen Ermittlungen abgehalten zu werden. Nervös kaute er an seiner Unterlippe. Vermutlich konnte es sich niemand vorstellen. Aber die Beispiele von Marlies und Kalle sprachen eine andere Sprache. Vielleicht war es gut so. Das konnte ein Ansatz sein.

»Marlies, wir müssen wissen, welchen Sender und wenn möglich, welche Sendungen du gehört hast, bevor du mit dem Auto gefahren bist und Kalle ...«

»Schon klar«, unterbrach er ihn, »darüber habe ich gerade auch schon nachgedacht. Im Auto höre ich eigentlich immer WDR 2.«

Marlies gab an, während dem Frühstück das örtliche Lokalradio zu hören. Beide Sender unterbrachen ihr Programm des Öfteren mit Werbesendungen. Es wurden auch Wahlwerbespots gesendet. Marlies und Kalle konnten sich allerdings nicht mehr daran erinnern, welche Partei beworben wurde. Es war ihnen aber auch so klar.

»Okay. Ich möchte euch sicherheitshalber bitten, während der Ermittlungen weder fernzusehen noch Radio zu hören. Falls diese Botschaften tatsächlich über diese Medien verbreitet werden, worauf ja einiges hindeutet, müssen wir vermeiden, selbst beeinflusst zu werden.«

Sie nickten ihm zu.

»Es ist ja nicht nur die politische Konsequenz«, begann Marlies erneut, »sie haben mit dieser Technik schließlich auch eine ungeheure wirtschaftliche Macht. Jedes Produkt, das auf diese Art beworben wird, wird zum Verkaufsschlager.«

»Das haben sie doch gar nicht nötig. Die Möglichkeit, die Börse zu beeinflussen, ist doch bereits die Lizenz zum Geld drucken.«

Viktors Worte sorgten bei Joshua für ein beklemmendes Gefühl. Wenn es ihnen nicht gelingen sollte, diese Täter vor der nächsten Wahl zu stoppen, würden sie wohl sehr bald das ganze Land kontrollieren. Aber warum, so überlegte er, ist ihnen die Macht wichtiger als das Geld? Durch die Beeinflussung weiterer Aktienkurse ließe sich doch einfacher und effizienter viel mehr erreichen. Machtbesessenheit schien also zu ihrem Profil zu gehören. Dies deutete auf eine streng hierarchische Struktur hin, was über kurz oder lang zu Unmut bei weiter unten angesiedelten Komplizen sorgen würde. Überhaupt schien es ihm kaum möglich, ein Vorhaben dieser Größenordnung geheim zu halten. Joshua fiel das Institut in Kamp-Lintfort ein. Jeder schien dort nur so viel zu wissen, wie für seinen Aufgabenbereich notwendig war.

Trempe beendete die Einsatzbesprechung und stand auf.

»Dann fahren wir zwei Hübschen mal wieder nach Düsseldorf.«

Daniel sah ihn entgeistert an. Joshua erklärte ihm seinen Wunsch, die beiden Düsseldorfer Kollegen zunächst in ihrer Dienststelle zu befragen, um eine Vorladung und den damit verbundenen Ärger zu vermeiden. Sie holten ihre Jacken aus dem Büro und gingen zum Parkplatz, als Joshuas Handy sich meldete. Es war sein Vater.

»Hallo Joshua. Deine Mutter lässt fragen, wie es dir geht. Sie macht sich Sorgen, weil du dich nicht wieder gemeldet hast. Sie weiß natürlich, dass du viel zu tun hast, aber du kennst sie ja.«

Joshua atmete tief durch. Ja, er kannte sie. Aber seinen Vater kannte er ebenso gut. Ihm war sofort klar, dass sein Interesse an dem Anruf nicht minder gering war. Er ärgerte sich darüber, gestern Abend nicht zum Krankenhaus gefahren zu sein. Ein Platzregen ließ die Verbindung schlechter werden. Leicht gebückt rannte er zu Daniels Auto.

»Ja Vater. Ich kenne euch beide. Wie geht es ihr denn?«

»Schon wieder ganz gut. Vielleicht kommt sie heute noch raus. Kommt ihr weiter?«

»Ja, darum habe ich ja auch keine Zeit. Ich melde mich, sobald es geht. Kennst du eigentlich die PdV?«

»Natürlich. Die kennt doch mittlerweile jeder. Endlich

304

mal eine Partei, die uns weiterbringt. Ich werde sie wählen und das solltest du auch tun. Aber warum fragst du?«

Sie waren auf der Autobahn. Der Regen wich Sonnenschein, auf der Straße spiegelte sich das Licht der Sonne. Einige Schwalben flogen über ihnen vorbei.

»Nur so. Wähle sie nicht. Sie gaukeln dir was vor. Ich melde mich wieder, in Ordnung?«

Sein Vater hakte nicht weiter nach und verabschiedete sich. Er also auch. Joshuas Magen begann zu rebellieren. Er hatte noch nicht gefrühstückt und musste nun miterleben, wie ein intelligenter Mensch und noch dazu ehemaliger Polizist wie sein Vater Opfer dieser Meinungsmacher wurde. Die Frage, worauf sich seine Meinung gründet, war müßig. Bei seinen Eltern lief den ganzen Tag über das Radio. Es schien keine Möglichkeit zu geben, diesen Botschaften auszuweichen.

Daniel rief unterwegs die Düsseldorfer Kollegen an. Sie konnten die beiden Polizisten in der Altstadtwache treffen.

Daniel parkte hundert Meter davon entfernt an einem Taxistand. Einem herbeieilenden Kollegen hielt er seinen Dienstausweis hin und bat darum, für einige Minuten dort stehen bleiben zu dürfen.

Der Leiter der Wache begrüßte sie misstrauisch und geleitete sie in einen der hinteren Räume. Die beiden Kollegen saßen bereits dort und unterhielten sich angeregt. Als Daniel und Joshua den Raum betraten, verstummten sie augenblicklich. Sie setzten sich zu ihnen und begrüßten sie freundlich. Joshua erklärte, worum es ging. Fast trotzig fiel der Jüngere der beiden ihm ins Wort.

»Was soll das denn jetzt? Wir haben deinem Kollegen doch schon gesagt, dass wir auf dem Dachboden waren und dort nichts gesehen haben.«

»Ja, das habt ihr«, Daniel sprach ruhig auf sie ein, »das Problem ist nur, ihr habt gelogen.«

»Wie bitte?«, der Ältere sprang auf und schrie ihn an, »was erlaubt ihr euch eigentlich. Kommt hier aus Krefeld hin und behauptet, wir lügen?«

Joshua deutete ihm mit einer Geste an, sich wieder zu setzen.

»So kommen wir nicht weiter. Die Kollegen von der Kriminaltechnik haben den gesamten Speicher untersucht. Außer den Spuren von uns beiden und der vom Täter gab es dort keine. Das ließ sich in dem Staub übrigens wunderbar feststellen. Wollt ihr jetzt vielleicht behaupten, über den Speicher geflogen zu sein?«

Joshua konnte nicht glauben, zwei so naiven Polizisten gegenüber zu sitzen. Der Jüngere ließ betreten den Blick sinken, der Ältere schluckte.

»Ich höre.«

»Also gut, wir waren nicht oben. Wir … wir sind aufgehalten worden von dem Alten im ersten Stock. Außerdem haben wir gedacht, es ist sowieso Blödsinn.«

Joshua sah ihm tief in die Augen. Er hatte die ganze Zeit ein komisches Gefühl. Es kam ihm so vor, die beiden schon einmal woanders gesehen zu haben.

»Warum sollte es Blödsinn sein?«

»Na ja, der war doch offensichtlich der Mörder. Ich meine, die Tatwaffe, die Stiefel. Sah doch alles nach einer überhasteten Flucht aus.«

Daniel schüttelte den Kopf. Der Leiter vom Dienst stürmte herein. »Wir haben einen Einsatz. Ich habe außer euch keinen frei. Braucht ihr noch lange?«

Joshua seufzte.

»Wenn so fähige Kollegen benötigt werden, wollen wir dem nicht im Wege stehen.«

306

Sie verabschiedeten sich und gingen zum Wagen. Drei Taxifahrer hatten sie mit ihren Fahrzeugen demonstrativ zugeparkt. Nachdem sie Joshuas Dienstausweis sahen, fuhren sie die Taxen murrend beiseite.

22

Nora Grinten und Jack telefonierten, als Joshua ihr provisorisches Büro betrat. Sie hatten den Aufenthaltsraum mit Trennwänden in zwei Büros unterteilt und mit allen nötigen Möbeln und Geräten ausgestattet. Über den Flur führte ein Telefonkabel in den Raum. Die Notlösung, über ein Modem ins Internet zu gehen und mit den Handys zu telefonieren, war nicht tragbar. Fast gleichzeitig beendeten beide ihre Gespräche und begrüßten ihn.

»Düsseldorf war ein Flop. Die Kollegen waren einfach zu faul, die Treppen raufzulaufen. Habt ihr was?«

Mit einer Geste bot Holsten Joshua einen Stuhl an.

»Das kann man wohl sagen. Viel zu viel haben wir. Die Kollegen haben die Produktionsfirmen, es sind insgesamt drei, ausfindig gemacht.«

Joshua lehnte sich zurück und verschränkte die Arme vor den Bauch.

»Das ist doch super.«

»Super? Die haben alleine in den letzten drei Monaten acht Fernsehspots und sechzehn Radiospots produziert. Unsere Techniker drehen am Rad. Das sind übrigens nur die Werbesendungen für diese Partei. Die anderen lassen wir außer Acht. Darum können wir uns nach der Wahl kümmern. «

Joshua hatte sich eine Zigarette gedreht und zündete sie an. Nora beugte sich zu ihm herüber, um ihm einen Aschenbecher hinzustellen. Sein Blick durch ihre weitge-

308

öffnete Bluse auf ihren Bauchnabel wurde von keinerlei Textilien behindert. Sie bemerkte sein Interesse an ihren großen, braunen Brüsten und lächelte ihn an. Für einen Moment verschlug es ihm die Sprache. Dann war er wieder bei der Sache.

»Wie lange brauchen sie?«

»Das habe ich sie auch gefragt. Sie sagten, wenn sie Glück haben, drei Wochen. Die Frequenzbereiche müssen in kleinste Teilstücke zerlegt werden. Sie wissen noch nicht, wie weit sie diese ominösen Botschaften verstärken müssen und ob überhaupt. Joshua, die haben mir da einen Vortrag gehalten, bei dem mir schwindelig wurde. Fakt ist, wir brauchen die genaue Frequenz, um eine Chance zu haben. Ich habe keinen Schimmer, wie wir da rankommen sollen.«

»Da habe ich schon eine Idee. Habt ihr was über die anderen herausbekommen?«

»Negativ. Skopje, Bönisch, Hellström, alle spurlos verschwunden. Ich fürchte, die tauchen in führenden Positionen wieder auf, wenn wir es nicht schaffen, die Frequenz rechtzeitig zu finden.«

»Dazu kann uns Bönisch sicher mehr sagen.«

Jack verzog gequält sein Gesicht.

»Ach nee. Bönisch ist aber nun mal flüchtig und König verweigert uns nach wie vor die Durchsuchungsanordnung.«

»Womit er ja auch Recht hat«, Nora setzte sich mit einer Tasse Kaffee in der Hand wieder an ihren Schreibtisch, »es liegt nichts gegen dieses Institut vor, außer natürlich Vermutungen. Wenn wir König zwingen wollen, brauchen wir Beweise.«

»Die Beweise finden wir wohl erst nach einer Durchsuchung. So kommen wir doch nicht weiter.«

Joshua drückte seine Zigarette aus und grinste zufrieden. Langsam zog er ein Schlüsselbund aus der Innentasche seiner verwaschenen Jeansjacke und wedelte den beiden damit zu.

»Was ist das?«

Jack konnte die gute Laune seines Freundes nicht verstehen.

»Das ist ein Schlüsselbund. Man könnte es aber ersatzweise auch Durchsuchungsanordnung nennen.«

»Wo hast du das her?«

»Es lag herrenlos in Bönischs Büro. Damit es keiner klaut, habe ich es sichergestellt.«

Nora wurde sichtlich nervös, Jacks Empörung erkannte Joshua als gespielt.

»Du willst doch nicht etwa auf eigene Faust da rein?«

»Nein. Jedenfalls nicht vor fünf, da laufen mir noch zu viele Angestellte herum.«

Jack spielte mit seinem Kugelschreiber. Nora schien nach Worten zu suchen.

»Das kann ich nicht zulassen. Es kostet dich deinen Kopf, das weißt du. Einbruch von einem Polizisten im Dienst. Auf gar keinen Fall, wenn König Wind davon bekommt«, Jack machte eine kurze Pause, »pass auf dich auf. Und erzähl keinem davon.«

Joshua wollte gerade gehen, als Holsten ihm ein Zeichen gab, zu warten.

»Noch was, wir haben vermutlich einen Maulwurf.«

»Einen Maulwurf, wie kommst du darauf?«

»Unsere Kollegen haben sich den Firmen-Computer von Skopje vorgeknöpft. Die Dateien waren zwar gelöscht, sie konnten jedoch zum Teil wieder hergestellt werden. Ein gewisser ›Capablanca‹ steht bei denen auf der Lohnliste. Von ihm bekamen sie per E-Mail entscheidende Hinweise. Zum Beispiel wussten sie von der Fahrt zu Groding und der Anweisung, ihn festzunehmen. Die E-Mails kamen von einem Server in Taiwan, der Absender lässt sich leider nicht mehr feststellen.«

»Das auch noch. Gibt es keine Überweisungen oder irgendwas anderes?

»So blöd sind die nicht. Auf alle Fälle wissen wir jetzt definitiv, dass Skopje mit drinhängt.«

Joshua lachte kurz auf. Das war ihm schon länger klar.

»Skopje hat ganz gezielt Aktien bei BioPharmaca gekauft. Wir haben seine Privatkonten überprüft und einige Transaktionen im siebenstelligen Bereich entdeckt.«

»Ich werde mir diesen Baker noch einmal vorknöpfen.«

»Nicht nötig, Kalle ist schon unterwegs. Er war der Einzige, den wir hier noch zur Verfügung hatten.«

»In Ordnung. Ich habe noch was Privates zu erledigen. Ihr könnt mich über Handy erreichen.«

Ihr Gesichtsausdruck ließ Traurigkeit erkennen. Sein Vater versuchte sie aufzumuntern.

»Wenn du erstmal zu Hause bist, hast du nur wieder Arbeit. Hier kannst du dich mal so richtig erholen.«

Bei der morgendlichen Visite hatte man Joshuas Mutter eröffnet, dass sie mindestens noch bis Montag im Krankenhaus bleiben musste. Ihr Kreislauf war noch völlig instabil, das Risiko zu hoch.

»Janine war heute Morgen auch schon hier. Sie sagte mir, du lässt dich nicht mehr bei ihr sehen?«

Das war eine Marotte von seiner Mutter. Sie verpackte Tatsachen immer als Frage, um eine Stellungnahme zu bekommen. Joshua sah genervt zur Decke und atmete tief durch. Seine Mutter sprach ungerührt weiter.

»Ich weiß ja, dass du wenig Zeit hast. Aber findest du nicht, deine Familie ist wichtiger als dein Dienst?«

Doch! Das fand er. Wenn seine Mutter nur ahnen könnte, wie oft er mit den Gedanken bei seiner Familie war.

»Mutter, wir werden diesen Fall bald abgeschlossen haben. So oder so. Ich schaffe es vorher einfach nicht zu ihr zu gehen.«

»Das musst du aber. Das Glück macht schließlich keine Hausbesuche.«

Sein Vater blickte ihn lächelnd an und kniff ein Auge zu. Joshua überlegte, warum er nicht direkt zu Janine gefahren war. Es fiel ihm schwer, einen klaren Gedanken zu fassen. Er musste ins Büro, sich hinsetzen und in Ruhe den ganzen Fall überdenken. Irgendwo hatten sie einen Fehler gemacht. Irgendetwas übersehen. Die Umrisse schienen klar zu sein, aber es fehlte der Punkt, an dem sie ansetzen konnten. Calvin Baker, schoss es ihm durch den Kopf. War er der Drahtzieher? Er kannte Skopje und Schändler, obwohl er es abstritt. Über seine Firma kamen sie an das große Geld um Forschung und Werbung zu finanzieren. Baker besaß kein Alibi für den ersten Mord. Joshua verabschiedete sich schnell von seinen Eltern und lief zum Parkplatz. Aus seinem Auto rief er Jack an.

»Habt ihr die Telefonliste von Skopje?«

»Ja, sogar die Einzelabrechnung seines Firmenhandys.«

»Kontrolliere doch bitte mal, ob er letzte Woche Freitag zwischen zwanzig und dreiundzwanzig Uhr mit Baker telefoniert hat. Ich bin gleich bei euch.«

Zwanzig Minuten später stand er in Jacks und Noras notdürftigem Büro.

»Skopje hat jeden Tag mit Baker telefoniert. Auch jeden

Abend. Letzte Woche Freitag einmal um neunzehn Uhr dreißig und dann wieder kurz vor Mitternacht.«

»Bingo. Mir gegenüber hat er behauptet, er wäre den ganzen Abend in seinem Büro gewesen.«

Jack drehte seine offene Hand im Kreis.

»Ich weiß, das ist mager. Es muss anders nachzuweisen sein.«

Jack rieb sich sein Kinn. Joshua setzte sich auf den verlassenen Stuhl von Nora.

»Nun, wenn er den ganzen Abend in seinem Büro gearbeitet hat, war er doch sicher auch mit seinem PC beschäftigt.«

»Wahrscheinlich. Worauf willst du hinaus?«

»Ganz einfach. Wenn man irgendeine Datei verändert oder öffnet, wird dieser Vorgang vom Betriebssystem protokolliert.«

Joshua schoss nach vorne. Natürlich! Das war's!

»Um an seinen Rechner zu kommen, brauchen wir einen richterlichen Beschluss.«

»Stimmt. Und gegen Baker haben wir auch nicht viel in der Hand. König wird dir was husten.«

»Dann stelle ich den Antrag eben persönlich beim Richter, verdammt noch mal.«

Jack nahm den Telefonhörer ab und machte ein ernstes Gesicht.

»Wir kommen sofort.«

Er legte den Hörer auf und sprang hoch.

»Verkohlte Leiche in einer alten Lagerhalle in Uerdingen.«

Joshua unterrichtete unterwegs Kalle von den Erkenntnissen der LKA-Kollegen. Dieser war mitten im Gespräch mit Baker und hatte ihn bereits nach Skopje befragt. Baker gab an, ihn nicht näher zu kennen.

Nach einer Viertelstunde hielt Joshua vor einer alten verfallenen Fabrik.

Meterhoch umwucherte Unkraut die Grundmauern der alten Halle. Kaum eine der zahlreichen Fensterscheiben war noch intakt. Die roten Ziegel wirkten verblasst. Überall lagen zerbrochene Dachpfannen herum. Vereinzelt stiegen kleine Rauchschwaden aus den Maueröffnungen. Der Boden war sumpfig und mit Asche bedeckt. Es roch nach kaltem Rauch. Vier Löschwagen der Bayer Werksfeuerwehr umsäumten das Gebäude. Dazu noch ein Löschzug der städtischen Feuerwehr. In der Halle gingen einige Kollegen in weißen Overalls ihrer Arbeit nach. Zwei Männer trugen einen schlichten Sarg hinaus. Max Drescher hob wie immer, wenn er die Kommissare sah, zunächst abwehrend die Hände.

»Schon gut«, begann Joshua, »Details wie immer von der Gerichtsmedizin. Aber Vermutungen hast du doch, oder?«

Drescher nickte und lachte kurz auf.

»Ich vermute, das Loch in seiner Stirn ist kein Geburtsfehler.«

»Das ist doch schon was. Ich tippe mal stark auf Makarov.«

Joshua sah seinen Kollegen auffordernd an.

»Also bitte. Den Haufen Asche, der hier lag, konnte man nur noch mit viel Phantasie als die Überreste eines Menschen definieren. Ich musste schon dreimal hinsehen, um das Loch in seinem Schädel zu erkennen. Das Projektil haben wir dort drüben in der Wand gefunden. Ist bereits bei der KT.«

Joshua verkniff sich die Frage nach der Identität. Jack zog ihn am Arm.

»Also wenn wir mal annehmen, dass es kein völlig neuer Fall ist, können wir wohl einen unserer mutmaßlichen Täter aus dem Spiel nehmen.«

»Ich tippe mal auf Skopje.«

Jack streckte den rechten Daumen in die Höhe und wackelte damit. Joshua wusste, seine Überlegung war vorschnell. Skopje konnte genauso gut der Mörder sein und das Opfer Bönisch heißen oder eine bislang unbekannte Person sein. Sie mussten den abschließenden Bericht der Spurensicherung abwarten, um Schlüsse zu ziehen. Vor dem Zaun der ehemaligen Werkshalle versammelten sich die ersten Schaulustigen. Zwei Kollegen spannten rot-weiße Flatterbänder und drängten die Neugierigen dahinter. Jack und Joshua gingen dazu.

»Wer hat den Brand gemeldet?«

Ein graumelierter, uniformierter Kollege mit stattlichem Bauch, drehte sich zu den beiden um.

»Anwohner. Hier aus Uerdingen. Sie saßen auf dem Balkon im vierten Stock und haben die Rauchschwaden gesehen. Soll ich euch die Adresse aufschreiben?«

»Nein, nicht nötig. Wem gehört das Gelände hier?«

Der Polizist nahm seine Mütze ab und strich sich die Haare glatt.

»Schwer zu sagen. Also früher war hier mal eine Tuchfabrik drin. So bis Ende der Siebziger. Seitdem steht die Hütte leer. Hab' gehört, hier soll alles abgerissen werden. Angeblich will so ein Werbefuzzi hier ein Filmstudio hinbauen.«

»Heißt dieser Werbefuzzi zufällig Schändler?«

Der Kollege zuckte hilflos mit den Schultern und zog seine Mütze wieder auf. Es setzte leichter Nieselregen ein. Jack trug eine dunkelblaue Regenjacke und zupfte an Joshuas Jeansjacke.

»Ist die wasserdicht?«

315

»Beim LKA ermittelt ihr wohl auch das Wetter, bevor ihr vor die Tür geht, was? Lass uns reingehen. Die sollen alles auf den Kopf stellen. Sieht so aus, als machen unsere Spezies hier ihre Drecksarbeit.«

»Jetzt bestimmt nicht mehr.«

Als Joshua in der Halle die Anweisung gab, den Tatort besonders gründlich zu untersuchen, baute Drescher sich vor ihm auf und stemmte wütend die Arme in die Hüfte. Joshua hatte ihn offensichtlich in seiner Berufsehre verletzt. Es tat ihm Leid. Gerade Drescher gehörte zu den gründlichsten Mitarbeitern, die jemals Spuren gesichert haben. Freundschaftlich legte er ihm den Arm auf die Schulter.

»Entschuldige, ich weiß, dass ihr euer Bestes gebt.«

Joshua atmete tief durch und sah Drescher in die Augen. Der Kollege wandte sich wortlos ab.

Unter den Schaulustigen gab es keinen, der etwas bezeugen konnte. Die Halle lag sehr abgelegen. Die ersten Journalisten bahnten sich den Weg durch das Volk. Joshua und Jack verweigerten jedwedes Statement und verwiesen auf eine Pressekonferenz.

»Sie sind sich ziemlich sicher«, murmelte Jack.

»Wie meinst du das?«

»Wir ermitteln unter Hochdruck in vier Mordfällen und die legen uns den fünften vor die Nase.«

»Wer weiß, wie lange der da schon gelegen hat«, Joshua war zwar überzeugt davon, dass Skopje die verbrannte Leiche war, wollte sich aber anderen Möglichkeiten nicht verschließen.

»Die Bande hat über zweihundert Millionen an der Börse gemacht. Für mich wäre das genug. Ich würde mich mit der Kohle verziehen, wenn's so heiß wird.«

Joshua rieb sich den Nacken. Sie stiegen in seinen Wagen und bahnten sich langsam den Weg durch die Schaulustigen auf die Straße. Sein Freund hatte Recht. Es musste einen Grund für diese Sicherheit geben.

»Wir haben einen Maulwurf, über den sie anscheinend ständig informiert werden. Sie bleiben ganz lässig. Das kann nur einen Grund haben: Wir sind auf der falschen Fährte.«

»Die Fährte kann so falsch nicht sein. Nein, wir machen einen Fehler. Einen Fehler, der ausreicht, um sie in Sicherheit zu wiegen.«

Sie blieben den Rest der Fahrt stumm und dachten angestrengt nach. Joshua ging in sein Büro und schaltete den PC ein. Während der Rechner hochfuhr, nahm er sich einen großen Block und kritzelte abgelenkt darauf herum. Anschließend stöberte er im Internet. Nach neuesten Meldungen der Demoskopen lag die PdV bereits bei achtundzwanzig Prozent. Er überdachte den heutigen Tag, ließ jedes Detail an sich vorüberziehen. Er sah die beiden Polizisten aus Düsseldorf vor sich. Einer von ihnen kam ihm bekannt vor. Angestrengt versuchte er, sich sein Gesicht vorzustellen. Er ging weiter zurück. Kamp-Lintfort. Das Forschungsinstitut. Die Jagd nach dem weißen Mercedes. Plötzlich sah er das Bild des Fahrers vor sich, bevor sie auf ihn schossen. Für den Bruchteil einer Sekunde sah er ihm in die Augen. Das Bild deckte sich mit dem des Kollegen aus Düsseldorf. Joshua rieb sich die Stirn. Unmöglich. Sein Verstand musste ihm einen Streich spielen. Das Bild tauchte wieder auf. Es gab jetzt keinen Zweifel mehr für ihn. Joshua griff zum Telefon und wählte die Nummer vom Staatsanwalt. Nach dem achten Freizeichen legte er auf. Sie mussten sofort eine Durchsuchungsanordnung für die Wohnungen der beiden bekommen. Joshua lief in das Büro von Jack und

Nora. Sie grinste ihn auffordernd an. Joshua erzählte ihnen von seiner Eingebung.

»Mit der Durchsuchung können wir erstmal warten. Wir müssen sie jetzt vorladen«, meldete sich Nora.

Jack und Joshua sahen sich an.

»Vorladen? Wenn ich Recht habe, handelt es sich bei den beiden um die Mörder von Rosalinde Schändler. Mindestens. Glaubst du, die folgen einer Vorladung. Wir müssen sie sofort festnehmen!«

Nora biss die Lippen zusammen.

»Festnehmen? Du kleiner Träumer. Glaubst du, wenn du König mit deinen Visionen kommst, stellt der sofort einen Haftbefehl aus? Der wird dir was husten. Die kannst du direkt wieder laufen lassen.«

»Natürlich. Ich habe ihn erkannt. Reicht das etwa nicht?«

»Das sehe ich auch so. Aber das müssen die Düsseldorfer Kollegen klären. Unsere Leute sind doch gerade da.«

Joshua zögerte. Er griff sich den Telefonhörer von Jacks Schreibtisch und wählte die Handynummer von Daniel. Mit kurzen Sätzen erklärte er ihm die Situation und bat ihn anschließend, mit jemanden dorthin zu fahren und die beiden zu verhaften.

Auf dem Flur kam ihm Kalle entgegen. Er wollte in die Kantine. Joshua begleitete ihn. Es würde auch in der hektischsten Phase einer Ermittlung nicht vorkommen, dass Kalle auf seine Mahlzeiten verzichtete. Sein Kollege stellte den Teller mit dem Eisbein und dem Sauerkraut vor sich hin. Während er unentwegt Zucker in seinen Kaffee schaufelte, begann er schon mal, Joshua Bericht zu erstatten.

»Ich habe Baker mit deinem Kenntnisstand konfrontiert. Er behauptet, Skopje sei ein nervöser Anleger gewesen, der alle Nase lang bei ihm angerufen hätte. Persönlich kannte er ihn allerdings nicht. Wenn du mich fragst, ich glaube ihm kein Wort.«

»Wenn du mich fragst, ist dieser Baker einer der Schlüsselfiguren, wenn nicht sogar der entscheidende Mann. Wir müssen ihn in die Enge treiben, zu Fehlern zwingen.«

»Sehe ich auch so. Aber wie?«

»Es wird eine Verbindung geben zwischen Baker und dem Institut von Bönisch. Die müssen wir finden.«

Kalle wischte sich den Mund ab und legte die Serviette auf das Sauerkraut.

»Was ist, wenn alles über Skopje lief. Immerhin ist der wie vom Erdboden verschluckt.«

»Ich schätze, der wird bald vom Erdboden verschluckt.«

Kalle folgte ihm ins Büro. Seine Stirn zog sich zusammen wie ein zerknittertes Taschentuch. Er schien noch nichts von der Brandleiche zu wissen. Joshua klärte ihn auf.

»Du meinst, es ist Skopje?«

»Ich bin mir ziemlich sicher. Auf Bönisch dürften sie in dieser Phase nicht verzichten können.«

Das Klingeln des Telefons unterbrach sie. Kalle winkte ihm noch kurz zu und verschwand.

»Daniel hier. Die Vögelchen sind ausgeflogen.«

»Wie bitte?«

»Sie haben vor einer Stunde den Dienst vorzeitig beendet. Kaiser, der Ältere von den beiden, hatte starke Magenkrämpfe, dem anderen haben sie deshalb auch gleich freigegeben. Ich war gerade mit Marlies bei ihnen zu Hause. Kaisers Frau wusste von nichts. Bruno und Reiner waren bei Ludger Rahn. Der ist auch nicht zu Hause aufgetaucht. Die Fahndung ist raus. Besser, wir lassen uns bei den Düsseldorfern vorläufig nicht blicken, die sind stinksauer.«

»Teilt euch und observiert die Wohnungen. Ich besorge eine Durchsuchungsanordnung und komme so schnell wie möglich. Noch was: Wir brauchen die Dienstpläne der beiden von den letzten zwei Wochen.«

»Habe ich schon.«

Joshua bedankte sich einsilbig bei Daniel und legte auf. Sie sind also gewarnt worden. Er lief zum Büro seines Freundes und erzählte Jack davon. Sie waren alleine, Nora machte Mittagspause.

»Wir müssen jetzt rauskriegen, wer der Maulwurf ist.«

»Wem hast du erzählt, dass du die beiden festnehmen willst?«

Joshua atmete tief aus. Ihm war nicht wohl bei der Antwort.

»Nur dir. Und … Daniel natürlich.«

Seine Stimme klang leise, fast bedrückt.

»Also um mich musst du dir keine Sorgen machen. Wenngleich das jeder sagen würde. Daniel wird es wohl kaum für sich behalten haben können.«

Mit entsetztem Blick sah Joshua ihn an.

»So meine ich das nicht. Es wissen zumindest noch drei unserer Kollegen plus die Düsseldorfer.«

Joshua hockte sich auf die Kante von Noras Schreibtisch und kratzte sich am Hinterkopf.

»Die könnten sie natürlich gewarnt haben. Immerhin wollten wir ihren Kollegen ans Bein pinkeln. Okay. Ich gehe zu König und besorge eine Durchsuchungsanordnung.«

Der Staatsanwalt sah ihn für Sekunden stumm an. Er stand auf und stolzierte ein paar Schritte im Raum umher.

320

»Ehrlich gesagt ist mir das ein bisschen dünn. Sie waren in einer Stresssituation, als Sie Ihr Gegenüber gesehen haben. Über einige Meter Entfernung, durch zwei Autoscheiben und für weniger als eine Sekunde.«

»Ich habe ihn wieder erkannt und kann das notfalls beschwören!«

König nickte stumm und setzte sich wieder an seinen Schreibtisch.

»Also gut. Ich muss jetzt weg und mache die Papiere fertig, sobald ich wieder zurück bin. Sie können sie heute Nachmittag abholen.«

»Heute Nachmittag. Vier unserer Leute bewachen die Wohnungen der beiden. Sollen die da jetzt den halben Tag stehen bleiben?«

Joshua konnte nicht begreifen, warum König in letzter Zeit so unkooperativ war. War es immer noch die Wut über seinen Faustschlag? Er konnte sich nicht anders wehren, dachte Joshua. Es könnten unangenehme Fragen an seine Person gerichtet werden.

»In zehn Minuten haben Sie Ihre Durchsuchungsanordnung in Ihrem Büro und jetzt lassen Sie mich bitte in Ruhe.«

Als Joshua an dem dreigeschossigen Haus der alten Landstraße in Kaiserswerth eintraf, warteten bereits ein halbes Dutzend Kollegen, inklusive Marlies und Daniel, auf ihn. Zeitgleich wurde die Duisburger Wohnung von Rahn durchsucht. Ein etwa zehnjähriger Junge begann zu weinen, als die Beamten sein Zimmer in Augenschein nahmen und wurde von Frau Kaiser getröstet. Die Frau war leicht hysterisch geworden, begriff nicht, warum ihre Wohnung durchsucht wurde. Erst als sie einen Anwalt angerufen hatte, beruhigte sie sich wieder weitgehend. Nach einer

321

Stunde hatten sie die gesamte Wohnung erfolglos durchforstet. Ein Kollege nahm den PC, CD-Roms und einige
USB-Sticks mit. Vor der Tür kam ihnen freudestrahlend
ein junger, rothaariger Kollege entgegen. Er winkte dabei
mit zwei Nummernschildern. Sie stammten von einem
angemeldeten Fahrzeug.

»Habe ich in der Garage gefunden und eine Halterfest-
stellung gemacht.«

Breit grinsend sah er Daniel und Joshua an, in offen-
sichtlicher Vorfreude, seine Informationen loszuwerden.

»Sie gehören zu einem weißen Mercedes, der vorige
Woche gestohlen wurde«, Daniel sorgte mit diesem Satz
für ein enttäuschtes Gesicht bei dem Kollegen.

»Ja ... woher weißt du das?«

»Intuition.«

Sie hatten also die Nummernschilder gewechselt. Es
konnte nur eines bedeuten. Sie waren immer noch mit
diesem Fahrzeug unterwegs.

»Hast du die Nummer von Reiner oder Bruno?«

Daniel zog sein Handy aus der Tasche, tippte ein paar
Zahlen ein und ging mit dem Telefon am Ohr einige Schritte den Bürgersteig entlang. Nach drei Minuten kam er
zurück.

»In der Wohnung konnten sie nichts Verdächtiges finden, aber davor.«

Joshua verdrehte die Augen.

»Vor einer halben Stunde ist ein schwarzer Cadillac
verdächtig langsam am Haus von Rahn vorbeigefahren.
Aus Langeweile haben die Kollegen mal eine Halterfest-
stellung gemacht. Der Caddy ist auf die Firma Schändler
angemeldet. Bei Schändler sagten sie, es sei der Dienstwagen von Norman Hellström. Sie haben sofort Verstärkung

angefordert. Im Augenblick sind alle verfügbaren Kräfte damit beschäftigt, diesen Hellström zu finden.«

»Verdammte Scheiße«, schrie Joshua, »wozu machen wir denn Dienstbesprechungen und schreiben Berichte. Die mussten doch wissen, welchen Wagen Hellström fährt!«

Daniel winkte ab.

»Wären sie hinterhergefahren, hätte vielleicht in der Zwischenzeit jemand die Wohnung von diesem Rahn leer geräumt. Denk mal an Groding und Skopje. Es waren deine Worte, dass die Wohnungen observiert werden sollten. Außerdem wissen wir jetzt, dass wir richtig liegen.«

Daniels Einwand stimmte. Joshua versuchte sich zu beruhigen. Er war übermotiviert, drohte Fehler zu machen.

Es gab kaum noch einen Zweifel. Rahn und Kaiser arbeiteten für die Gegenseite. Auf dieser Seite stand auch Hellström, soviel dürfte jetzt zweifelsfrei sein. Zwei Polizisten als Mörder.

»Vielleicht taucht dieser Hellström wieder in Kamp-Lintfort auf. Scheint ja sein neuer Arbeitsplatz zu sein.«

Joshua stimmte ihm zu. Er zog Daniel ein Stück zur Seite und erklärte ihm sein Vorhaben, nach Feierabend in dieses Labor zu gehen. Daniel zog die Augenbrauen hoch.

»Ich komme mit.«

»Nein, es reicht schon, wenn einer seinen Job riskiert.«

Nur widerwillig ließ van Bloom sich davon abhalten, musste aber schließlich erkennen, dass sich sein Kollege nicht von seinem Vorhaben abbringen lassen würde. Joshua ging etwas anderes durch den Kopf.

»Es muss noch mehr geben.«

323

»Was meinst du damit?«

»Jemand muss Hellström verständigt haben. Wem hast du davon erzählt, dass wir Rahn und Kaiser festnehmen wollten?«

Daniel lehnte sich an einen Streifenwagen.

»Marlies, Bruno, Winnie und Reiner natürlich und den Kollegen der Altstadtwache.«

Joshua widerstrebte es, seinen engsten Mitarbeitern zu misstrauen. Sollte eine ganze Polizeiwache oder zumindest ihr Leiter korrupt sein? Die Düsseldorfer Kollegen konnten unmöglich wissen, dass sie noch einmal zu Groding wollten. Joshua begann zu schwitzen. Einer aus ihren Reihen verriet sie. Jemand aus dem engsten Stab.

23

Das Schweigen wirkte bedrohlich. Die Nervosität der Anwesenden schien die Luft vibrieren zu lassen. Sie rechneten mit einem Wutausbruch ihres Chefs.

Er ging mit gesenktem Haupt vor ihnen auf und ab vergrub sein Kinn dabei in seiner rechten Faust.

»Wo sind diese Idioten?«

Der Hüne sagte nichts. Als der Boss näher an ihn herantrat, brach er sein Schweigen.

»Ich weiß es nicht. Die Wohnungen wurden bewacht, ich kam nicht heran.«

»Na prima.«

»Wer kam überhaupt auf die beiden?«

»Trempe. Er hat sie in Kamp-Lintfort gesehen und wieder erkannt.«

Er nickte stumm, ging wortlos zu seinem Schreibtisch und setzte sich auf die Kante.

»Acht Tage, meine Herrschaften. Acht Tage noch, dann kommt uns keiner mehr in die Quere. Wir müssen von jetzt an besonders vorsichtig sein. Was macht das LKA?«

»Sie dürften es nicht mehr schaffen.«

Dieses ›dürften‹ ärgerte ihn. Er konnte nicht begreifen, wieso seine Leute mitunter so lässig reagierten. Es ging schließlich um nichts Geringeres als die politische Macht in diesem Land. Darum, einmal in den Geschichtsbüchern zu stehen. Es ging um alles und seine Leute sprachen lapidar davon, dass sie es nicht mehr schaffen dürften. Direkt nach der Wahl würde er sie durch fähigere Mitarbeiter ersetzen. Gut zwei Dutzend hatte er schon im Auge. Absolut integre Leute, die voll und ganz hinter seiner Ideologie standen. Direkt nach der Wahl würden sie ihre Arbeit aufnehmen. Dafür war er bereit, seine Versprechen zu brechen. Statt eines Postens bekämen sie eine Zelle. Sie konnten ihm nicht gefährlich werden, dafür hatte er gesorgt. Die meisten jedenfalls. Die anderen werden die Wahl nicht mehr erleben. Sie mussten dem Sieg geopfert werden.

»Dürften? Was haben sie?«

»Sie haben zwar sehr viel Material sichergestellt, untersuchen aber nur die Wahlspots.«

Das beruhigte ihn wieder. Er grinste zufrieden. Es war ein kluger Schachzug, nach der Warnung ihrer Leute die Botschaften nur noch in Bier- und Zahnpastawerbungen unterzubringen. Weil diese Art Werbung öfter gesendet werden durfte als Wahlwerbung, deren Ausstrahlung einem strengen Reglement unterlag, war die Wirkung zudem um einiges höher. Sie lagen mittlerweile mit achtundvierzig Prozent vorne. Jetzt galt es, die Feinabstimmung im Auge zu behalten. Ein Wahlsieg mit siebzig Prozent würde zu viel Aufsehen erregen und etliche unangenehme Untersuchungen nach sich ziehen. Die absolute Mehrheit war aber zwingend erforderlich, um die Polizei des Landes personell nach ihren Wünschen umzustrukturieren. Diese Mehrheit würde die Basis werden für die Bundestagswahl im kommenden Jahr. Von Nordrhein-Westfalen aus konnten sie dann ohne nennenswerte Gegenwehr ihre weiteren Ziele in Angriff nehmen. Allerdings lief längst nicht mehr alles so glatt, wie es seit langem geplant war. Zuerst der unerwartete Absprung von Skopje, jetzt Bönisch, der dem Ganzen nervlich nicht gewachsen war und schließlich die Panne mit Rahn und Kaiser. Die beiden konnten das gesamte Projekt in Gefahr bringen. Er sah den Hünen mit stählernem Blick an.

»Du regelst das mit Kaiser und Rahn. Sie dürfen auf gar keinen Fall der Polizei in die Hände fallen, verstanden!«

»Sie können sich auf mich verlassen, Chef.«

Ihm kamen erste Zweifel. Sie würden jetzt mit Hochdruck daran arbeiten, die beiden festzunehmen. Vor allem Trempe. Er schien ihnen beharrlich näher zu kommen. Er drehte sich zu der schlanken Frau mit den langen dunkelroten Haaren herum und sah in ihre grünen Augen. Ihr Blick verriet eine Mischung aus Raffinesse und Kälte.

»Was ist mit dir? Wolltest du dich nicht um diesen Trempe kümmern?«

Sie verzog ihre Mundwinkel zu einem gequälten Lächeln. Betont gelassen zündete sie sich eine Zigarette an.

»Der zieht sich heute selbst aus dem Verkehr.«

»Wie meinst du das?«

Sie blies den Rauch durch die Nase aus und lächelte ihn an.

»Ich habe da eine interessante Neuigkeit erfahren. Trempe steigt heute Abend in unser Labor ein. Mit Schlüsseln übrigens. Die hat dieser Trottel von Bönisch in seinem Büro liegen gelassen.«

Er rieb sich vergnügt die Hände.

»Das ist doch mal was. Einen Einbrecher auf frischer Tat ertappt und Peng.«

Er setzte sich den Zeigefinger der rechten Hand an die Schläfe und deutete einen Schuss an. Dabei bemerkte er nicht die Unruhe, die seine Gesprächspartnerin befiel.

»Das wird nicht nötig sein. Wir brauchen ihn nur ei-

327

nige Tage aus dem Verkehr zu ziehen. Beruflich ist der sowieso erledigt.«

»Nein. Ich möchte kein weiteres Risiko mehr. Du erledigst das!«

Er sah dabei kurz zu dem Hünen herüber. Trempe durfte ihr Unternehmen nicht weiter gefährden.

»In Ordnung, Chef.«

24

Joshua kehrte wieder ins Haus zurück. Sie mussten mehr über diese beiden Kollegen herausfinden. Frau Kaiser wirkte konsterniert. Jeden Augenblick konnte ihr Anwalt hier erscheinen, dann würde es schwierig werden, dachte er. Beruhigend sprach er auf sie ein.

»Frau Kaiser, niemand macht Ihnen einen Vorwurf. Ihr Mann ist da in eine Sache hineingeraten, die wir aufklären müssen.«

Es widerstrebte ihm, den Sachverhalt auch nur annähernd in einem guten Licht erscheinen zu lassen. Zu groß war seine Wut auf den vermeintlichen Mörder von Rosalinde Schändler. Es fiel ihm schwer, seinen Hass und seine Wut zu unterdrücken. Aber ein lautes Wort würde diese Frau zum Schweigen bringen.

»Zu wem hatte er in der letzten Zeit Kontakt?«

Die Frau ihm gegenüber war farblos. In ihrem befleckten hellblauen Kittel und mit den strähnigen Haaren sah sie ihn hilflos an. Ihre Stimme war sehr leise und zitternd.

»Ich habe ihn doch kaum noch gesehen. Der war dauernd mit Ludger unterwegs.«

»Hat er Andeutungen gemacht, wohin er mit seinem Kollegen ging?«

»Nein. Er sagte immer, ich solle mir keine Gedanken machen. Er würde bald befördert und es würde uns dann richtig gut gehen.«

329

Joshua sah sich um. Das Mobiliar war bunt zusammengewürfelt. Der Teppich schon lange zerschlissen. Es machte auf ihn den Eindruck, als wohne hier eine Familie am Rande der Armutsgrenze. Sie verstand seine Blicke und sah beschämt zu Boden.

»Mein Mann war spielsüchtig. Er hat uns damit völlig überschuldet. Seit einem halben Jahr ist er in therapeutischer Behandlung. Wir mussten einen Privatkonkurs anmelden«, sie wischte sich mit einem Taschentuch die Augen trocken, »seitdem leben wir vom Existenzminimum und das acht Jahre lang. Eine fremde Person regelt unser Konto. Mein Mann sagt immer, dass es nicht mehr lange dauert, aber …«

Sie bekam einen Weinkrampf. Joshua wartete geduldig, ohne ein Wort zu sagen.

»Was hat er denn verbrochen, warum durchsuchen Sie unsere Wohnung?«

Joshua verschwieg den Mordverdacht.

»Hat Ihr Mann jemals die Namen Schändler, Skopje, Baker oder Hellström erwähnt?«

Sie schüttelte den Kopf und hielt sich dabei das Taschentuch vor ihr linkes Auge. Joshua glaubte ihr und verabschiedete sich.

»Eine Frage noch, Frau Kaiser«, Joshua drehte sich im Flur noch einmal zu ihr herum, »wo war Ihr Mann letzten Dienstag zwischen achtzehn und einundzwanzig Uhr?«

Sie sah ihm sekundenlang ohne eine Regung in die Augen.

»Da war er mit Ludger unterwegs.«

»Den ganzen Abend?«

»Das nehme ich an. Am Nachmittag hat er noch eine Alarmanlage repariert und später kam Ludger.«

Joshua stutzte.

»Ihr Mann repariert Alarmanlagen?«

Sie sah ihn verwundert an, als sei es selbstverständlich.

»Ja. Er hat das doch mal gelernt. Bevor er zur Polizei ging. Seit ein paar Jahren verdient er sich damit nebenbei was dazu«, sie biss sich auf die Lippen, »bitte, er hat es nicht angemeldet ...«

»Keine Sorge, Frau Kaiser. Darum geht es uns nicht.«

Langsam fügte sich alles zusammen. Kaiser musste es also gewesen sein, der bei Schändler die Alarmanlage manipuliert hatte.

Als er aus dem Haus kam, standen nur noch Marlies und Daniel auf dem Bürgersteig und unterhielten sich.

»Hast du was rausbekommen?«

»Kaiser kennt sich bestens mit Alarmanlagen aus. Er installiert sie sogar. Du hast sicher die Dienstpläne?«

»Liegen im Wagen. Sie hatten zu keinem Tatzeitpunkt Dienst.«

»Das habe ich mir gedacht.«

»Winnie hat gerade angerufen«, Marlies lachte ihn fröhlich an, »er hat für sechzehn Uhr eine Pressekonferenz angesetzt und wünscht deine persönliche Anwesenheit. Du sollst allerdings kein Wort über diese subliminalen Botschaften oder überhaupt eine Beeinflussung sagen.«

»Soll ich übers Wetter reden?«

»Na ja, immerhin haben wir ja ein weiteres Opfer und zwei flüchtige Tatverdächtige. Außerdem bin ich bei dir«, scherzte Daniel. Unterwegs ging Joshua das Gespräch mit Frau Kaiser nicht mehr aus dem Kopf. Ihr Mann hatte die Familie durch seine Leichtsinnigkeit ganz tief nach unten gezogen. Trotzdem blieb sie bei ihm. Wie würde Janine wohl reagieren? War ihr Grund für die Trennung dagegen nicht geradezu nichtig? Es dauerte fünf Minuten, bis

Joshua die Situation klarer beurteilen konnte. Genau das war es wohl, was seine Frau ihm mitzuteilen versuchte. Er konnte sich zuwenig in sie hineinversetzen. Ihre Ängste und Albtraumnächte müssen sie seelisch so in die Enge getrieben haben, dass sie keinen anderen Ausweg mehr sah. Als er in der Toilette des Präsidiums in den Spiegel sah, ärgerte es ihn, sich nicht umgezogen zu haben. Ein großer Fleck unterhalb vom Kragen verunzierte seine Lederjacke. Er zog sie aus und hing sie über den Arm. Seine Hose war auch nicht mehr die sauberste. Gerade jetzt wollte er keine Angriffsfläche bieten. Es war zu spät.

Elsing gab ihnen vorher noch genaueste Instruktionen, vermied aber jeden Blickkontakt mit Joshua. Als sie durch einen Nebeneingang den der Kantine angeschlossenen Sitzungsraum betraten, waren sie überrascht. Der Saal war hoffnungslos überfüllt. Gleißendes Licht erhellte das Podium. Ein Fernsehteam war anwesend und hatte zwei mächtige Stative mit Scheinwerfern vor den Pulten positioniert. Joshua wunderte sich über den enormen Andrang. Er spürte den Anflug von Nervosität. Kurz nachdem Elsing die versammelte Medienschar begrüßt hatte und an Joshua weitergab, erfuhr er den Grund dafür. Ein Journalist des Fernsehteams kam direkt zur Sache.

»Herr Trempe, ein Sprecher der PdV hat sich heute Morgen öffentlich darüber beschwert, dass im Umfeld der Partei ermittelt werde. In welchem Zusammenhang steht diese Partei zu den Verbrechen der letzten Wochen?«

Joshua schluckte. Er konnte diese Frage unmöglich beantworten, ohne Interna aus den laufenden Ermittlungen preiszugeben. Ihm war aber nur zu klar, dass sie sich mit wässrigen Statements nicht zufrieden geben würden. Für einige Sekunden herrschte eine bedrohliche Stille.

»Der ermordete Ramon Schändler war Mitglied dieser Partei. Wir sind im Rahmen einer Mordermittlung gezwungen, uns ein Gesamtbild über die Persönlichkeit des Opfers zu machen. Dazu gehören auch seine privaten Interessen.«

Joshua atmete innerlich tief durch. Er glaubte, diese Klippe umschifft zu haben.

»Diese Partei dürfte viele Mitglieder haben.«

»Schändler war ein Freund der Parteiführung.«

»Stimmt es, dass die PdV das gesamte Vermögen der Familie Schändler erbt und erkennen Sie darin ein Mordmotiv?«

Joshua überlegte fieberhaft, wie sie an diese Informationen gekommen sein konnten. Es musste nicht aus unserer Dienststelle sein, aber warum sollte die Partei dieses brisante Detail mitten im Wahlkampf der Öffentlichkeit preisgeben. Er wünschte sich, mit dem Journalisten die Rollen zu tauschen.

»Tut mir Leid, aber zu Einzelheiten der laufenden Ermittlung kann ich mich hier nicht äußern.«

Ihm war klar, die Antwort praktisch bejaht zu haben. Trempe spürte, wie sich kleine Schweißperlen auf seiner Stirn bildeten, als sich eine Reporterin der hiesigen Tagespresse zu Wort meldete.

»Herr Trempe, inwieweit beeinträchtigen Ihre privaten Probleme Sie bei den Ermittlungen?«

Ein Raunen ging durch das Publikum. Man wartete jetzt gespannt auf die Reaktion Joshuas. Bei solchen Gelegenheiten meldete Elsing sich gewöhnlich zu Wort. Sein Schweigen deutete an, wie groß der Graben zwischen ihnen bereits war. Joshua wollte gerade zu einer Antwort ansetzen, als Daniel sich zu Wort meldete.

»Junge Frau, ich möchte Sie bitten, Ihre Fragen auf unseren aktuellen Fall zu konzentrieren.«

»Auch wenn die Aufklärung dadurch behindert wird?«

Jetzt meldete Elsing sich zu Joshuas Überraschung doch noch zu Wort.

»Gnädige Frau, Herr Trempe leistet nach wie vor hervorragende Arbeit und behindert die Ermittlungen keineswegs, sondern treibt sie im Gegenteil voran.«

Joshua sah an Daniel vorbei zu Elsing. Dieser blickte ihn kurz an, verzog aber keine Miene. Joshua übernahm wieder das Wort und erklärte, dass seit heute zwei dringend tatverdächtige Personen flüchtig waren. Da sie nun auf die Hilfe der Medien angewiesen waren, nannte er deren Namen und ließ Kopien mit ihren Bildern verteilen. Am Ende teilte er den Medienvertretern noch mit, dass die beiden möglicherweise bewaffnet seien und dass es sich um zwei Polizisten handele. Sofort riefen ein Dutzend Journalisten wild durcheinander. Elsing bat lautstark um Ruhe. Zu welchen Taten sie verdächtigt wurden, verheimlichte Joshua. Er sprach von mindestens einem Mord.

Unter lautem Protest beendete Elsing die Pressekonferenz pünktlich um siebzehn Uhr. Die Meute löste sich widerwillig und nur allmählich auf. Fast jeder wollte noch ein letztes kurzes Statement zu dem Fall.

Auf dem Flur liefen Elsing und König voraus und unterhielten sich. Joshua überlegte noch, ob er sich für die Rückendeckung seines Chefs bedanken sollte, ließ es jedoch.

»Gehen wir noch zum Italiener?«

Joshua sah zu Daniel herüber. Er hatte wieder einmal

334

nichts gegessen, wurde es ihm bewusst. Nach Kamp-Lintfort konnte er auch noch später fahren.

Joshua bestellte sich Penne mit Käsesauce und weißen Bohnen. Vorab ließ er sich Bruschetta mit Tomaten servieren. Er genoss das Essen bei Mama Leone in vollen Zügen. Sie sprachen vor und während dem Essen nur über Belanglosigkeiten. Als der Kellner zwei Espresso servierte, kam Daniel zu dem Punkt, weshalb er vermutlich mit Joshua hierhin wollte.

»Ich halte es für keine gute Idee von dir, zu Bönischs Institut zu fahren. Elsing und König warten doch nur auf einen Fehler von dir.«

Joshua kratzte mit der Gabel die letzten Reste vom Teller und wischte sich mit einer Serviette den Mund ab. »Es muss sein. Unsere Leute kommen nicht weiter. Nächste Woche Sonntag ist die Landtagswahl, wir haben keine Zeit mehr zu verlieren.«

Daniel knetete nachdenklich seine Lippen.

»Wir sollten noch mal versuchen, eine Durchsuchungsanordnung zu bekommen.«

Joshua winkte ab.

»Das kannst du vergessen, König macht sich doch vor denen in die Hose.«

Daniel sah ein, dass er seinen Kollegen nicht umstimmen konnte. Er nötigte ihm jedoch das Versprechen ab, sein Handy ständig eingeschaltet zu lassen. Anschließend bezahlten sie und gingen. Daniel wollte noch zu Holsten, Joshua in sein Büro, die Dienstwaffe holen.

Es war siebzehn Uhr fünfundvierzig, als Kalle das Büro betrat.

»Ich habe gerade die Berichte von heute durchgelesen …«

335

»Ja schon gut, du bekommst meinen morgen früh«, fiel Joshua ihm ins Wort.

»Das meine ich nicht. Dabei ist mir ein gewisser ›Capablanca‹ aufgefallen, der bei Schändler auf der Gehaltsliste steht.«

»Soll wahrscheinlich ›Casablanca‹ heißen«, murmelte Joshua, während er eine Zeitungsmeldung auf seinem Schreibtisch überflog. Die PdV lag mittlerweile nach Meinungsumfragen mit achtundvierzig Prozent weit vorne, prangte es von der Titelseite. CDU und SPD boten sich bereits als mögliche Koalitionspartner an.

»Das glaube ich nicht. José Raoul Capablanca war ein genialer Schachspieler, einer der Besten überhaupt, in den Zwanzigerjahren sogar lange Zeit Weltmeister.«

Joshua blickte hoch, er konnte sich keinen Reim auf die Andeutungen von Kalle machen. Sein Kollege setzte sich nun ihm gegenüber auf den Stuhl von Daniel und sah Joshua fordernd an.

»Unser Staatsanwalt ist ein leidenschaftlicher Schachspieler.«

»Davon gibt es viele.«

»Und wie viele davon tragen den Spitznamen ›Capablanca‹?«

»Wie kommst du jetzt darauf?«

»Ich habe mich auf der Homepage von Königs Schachverein umgesehen. Bei seinen Partien steht der Name Engelbert ›Capablanca‹ König. Ich habe eben dort angerufen. Er trägt tatsächlich diesen Spitznamen, weil er liebend gerne Partien dieses alten Meisters nachspielt und alle damit nervt. Was sagst du jetzt?«

Joshua lehnte sich zurück. Er zog ein Päckchen Tabak aus seiner Jackentasche und begann eine Zigarette anzufertigen. Sollte der Staatsanwalt tatsächlich für die Gegen-

336

seite arbeiten? Ausgerechnet König, dieser hochpenible Paragraphenreiter?

»Fragt sich, mit wem wir darüber reden können. Am Ende sind nur noch wir beide auf der richtigen Seite«, Kalle wirkte fahrig.

»Es würde zumindest sein merkwürdiges Verhalten in der letzten Zeit erklären«, Joshua dachte für einen Augenblick daran, König zur Rede zu stellen, verwarf den Gedanken allerdings sofort wieder.

»Wir sollten ihn überprüfen, ganz vorsichtig natürlich.«

Er gab Kalle Recht. Das Problem war, dass der Staatsanwalt nicht an feste Dienstpläne gebunden war, anhand derer man Alibis hätte überprüfen können. Überhaupt konnten sie diese Aufgabe nicht im Alleingang erledigen.

Nora und Jack konnte er in jedem Fall vertrauen. Sie gingen zu den beiden herüber. Jack runzelte die Stirn, als Kalle ihm seine Vermutungen mitteilte. Es erschien ihm alles reichlich dünn.

»Seid doch mal ehrlich. Aufgrund einer Namensgleichheit gegen den leitenden Staatsanwalt ermitteln, ich weiß nicht.«

Joshua sah Kalle mit einem Ausdruck an, den dieser als Vorwurf deutete.

Abwehrend hob er seine Hände.

»Okay, okay. War ja nur so eine Idee.«

»Jetzt sei nicht gleich beleidigt. Der Name ist ja nun mal selten.«

Kalle seufzte vernehmlich und ging wortlos hinaus. Dabei schüttelte er unentwegt seinen Kopf.

Jack deutete seinem Freund an, sich zu setzen.

»Es gibt neue Erkenntnisse, die uns zwingen, umzuplanen. Spezialisten vom BND haben mehrere CDs untersucht. Ein ehemaliger Mitarbeiter von euch, Werner Verheugen, hat sie heute Morgen beim LKA abgegeben. Sie wurden für Manipulationen auf der Trabrennbahn Dinslaken verwendet. Auf ihnen waren, oberflächlich betrachtet, Musiktitel. Bei genauerer Untersuchung fanden sie dann Fremdsignale im Ultra-Hochfrequenz-Bereich. Sie arbeiten weiter mit unseren Leuten zusammen an der Entschlüsselung. Nach wie vor fehlt uns die genaue Frequenz, um entscheidend weiterzukommen.«

Jack Holsten ging zur Fensterbank und schüttete sich einen Kaffee ein.

»Wir haben den jungen Mann festgenommen, der diese Manipulationen durchgeführt hat. Er will von nichts wissen. Nur soviel: Die CD-Roms sind in einem Forschungslabor in Kamp-Lintfort produziert worden. Ich werde morgen früh als Erstes eine Durchsuchungsanordnung besorgen. Diesmal kommt König nicht mehr daran vorbei.«

Joshua sprang hoch.

»Dann werde ich mich mal auf den Weg machen. Morgen früh ist es vielleicht zu spät. Wir müssen handeln, bevor sie gewarnt werden und alle Beweise vernichten.«

»Halt. Nicht so schnell. Du hast zwar Recht, aber das ist jetzt zu gefährlich. Sie wissen vermutlich, dass wir die CD-Roms und den Jungen haben.«

»Eben. Sie werden jetzt alles daran setzen, ihre Spuren zu vernichten.«

»Genau dabei könntest du ihnen in die Quere kommen. Es ist einfach zu gefährlich, Joshua.«

Holstens Argumentation war schlüssig. Für einen kurzen Augenblick kamen Joshua Zweifel.

»Mensch, Joachim«, mischte sich Nora nun ein, »wir haben keine Zeit mehr zu verlieren. Ich begleite Joshua

338

und du versuchst in der Zwischenzeit den Staatsanwalt ausfindig zu machen.«

Schwerfällig atmete Jack aus und ließ sich in seinen Stuhl zurückfallen.

»In Ordnung, aber seid vorsichtig. Kein Risiko!«

Joshua gefiel es nicht, begleitet zu werden. Er sah aber ein, dass es notwendig war. Im Türrahmen wollte er sich noch umdrehen und Jack fragen, ob er nicht anstelle seiner Kollegin mitkommen wolle. Nora drängte ihn sanft auf den Flur.

25

Karl-Heinz Schmitz saß noch einsam vor seinem Schreibtisch. Er konnte nicht verstehen, warum sein Ansatz so ignoriert wurde. Löffel um Löffel schaufelte er den Zucker in seine Tasse. Wenn ihn jemand nach dieser Marotte fragte, seine Kaffeetasse zur Hälfte mit Zucker zu füllen, gab er als Grund an, nicht umrühren zu wollen. Tatsächlich machte er es diesmal wie in Trance. Immer wieder blätterte er die Berichte seiner Kollegen durch. Immer in der Hoffnung, die Erklärung für die Geschehnisse der letzten Wochen darin zu finden. Kalle blieb an den Berichten zu Rosalinde Schändler hängen. Dass der Personenschutz aufgehoben wurde, weil Till Groding als Täter festzustehen schien, war nur sehr schwer, aber mit gutem Willen begreiflich. Warum aber hatte König nach der Ermordung ihrer Eltern zunächst den Schutz der Tochter verweigert? Dieses Verhalten war derart untypisch für den Staatsanwalt, dass es für Kalle als Mosaiksteinchen eines Gesamtbildes herhalten musste, welches den Staatsanwalt als kriminelles Element outete. Von ihm, so war Kalle sicher, erhielten die Täter ihre Informationen. Vermutlich würden sie ihn dafür nach der Wahl zum Richter befördern. Er musste irgendetwas unternehmen. Die Unruhe, die in ihm aufstieg, machte ihm Angst. Er konnte hier nicht länger tatenlos herumsitzen. Kalle nippte noch kurz an seinem Kaffee und ging hinaus.

340

Zwanzig Minuten später stand er vor dem von mächtigen Kiefern umrahmten Bungalow von König. Er parkte seinen Wagen auf der anderen Straßenseite und stellte den Motor ab. Verärgert dachte er an sein Versäumnis, sich eine Thermoskanne voll Kaffee mitgenommen zu haben.

Nach einer halben Stunde kam König nach Hause. Er bemerkte Kalle anscheinend nicht und stellte sein Auto auf der Hofeinfahrt ab. Bald würde es stockdunkel sein. Die untergehende Sonne färbte ein Wolkenband in abertausende Gelb- und Rottöne. Kalle rief seine Frau an und teilte ihr mit, dass es sehr spät werden würde. Sie bedauerte ihn und versprach, sein Abendbrot in den Kühlschrank zu stellen. Als er auflegte, fragte er sich, ob Joshua ihn wohl um seine Petra beneiden würde. Es tat ihm Leid, ihm nicht helfen zu können.

Das Licht des Halbmondes verblasste bereits im Schein der Laternen, als eine schwarze Limousine vor dem Grundstück von König anhielt. Der Fahrer ließ den Motor laufen, während der Staatsanwalt auf der anderen Seite zustieg. Kalle konnte durch die getönten Scheiben niemanden erkennen. Ungeduldig zählte er bis zehn, ehe er die Verfolgung aufnahm.

26

»Hast du eigentlich gar nichts im Büro von Bönisch gefunden?«

Nora packte den Lippenstift wieder in ihre Handtasche und verstaute sie im Fußraum.

»Nein, ich hatte nicht viel Zeit. Bin überrascht worden.«

Ihre Gespräche wurden immer wieder durch längere Pausen unterbrochen. Joshua fühlte sich unwohl dabei. Er mochte es nicht, mit Menschen zusammen zu sein, mit denen er sich nicht unterhalten konnte. Nicht, dass er es unbedingt wollte. Oder das es kein Thema geben würde. Aber das Gefühl, sich unterhalten zu müssen der Konversation wegen oder aus Höflichkeit, behagte ihm nicht. Krampfhaft rang er nach Worten, als Noras Handy sich meldete.

»Wir sind auf dem Weg. Ja.«

Joshua hatte den Eindruck, als würge sie das Gespräch ab.

»Wer war das?«

»Kalle, er wollte nur wissen, ob wir noch im Büro sind. Dein Handy ist wohl aus.«

Joshua wunderte sich. Kalle würde einfach hinüber gehen und nachsehen. Er ist doch nicht etwa noch zu König gegangen? Er bog auf den Parkplatz des Institutes. Nur drei Fahrzeuge standen dort. Nora entsicherte ihre Waffe und steckte sie ins Schulterhalfter.

»So gefährlich wird es schon nicht werden. Wir benutzen übrigens den Seiteneingang dort drüben. Den Schlüssel müsste ich haben.«

»Man kann nie wissen.«

Während Nora vorging, zog Joshua das Handy aus seiner Jeansjacke. Es war eingeschaltet. Er stellte es auf Vibration um. Als es sofort vibrierte, hielt er es zunächst für eine Bestätigung des Gerätes. Beim zweiten Mal drückte er die Empfangstaste. Es war Kalle. Der Empfang wurde durch lautes Rauschen gestört.

»Ich verfolge einen schwarzen Cadillac. Er ist auf die Firma Schändler zugelassen. König sitzt auf dem Beifahrersitz. Sie scheinen in Richtung Autobahn zu fahren.«

Hatte Kalle doch Recht gehabt mit seiner Vermutung, schoss es ihm durch den Kopf. Was hatte König vor? Wohin wollte er? Nora stand schon an der Eingangstür und winkte ihm zu.

»Davon hat Nora mir gar nichts gesagt.«

Für eine Sekunde war nur monotones Rauschen zu hören.

»Wieso sollte sie auch?«

»Du hast sie doch gerade eben angerufen.«

»Nein, habe ich nicht. Ich muss Schluss machen, … die … Verbindung … wird schlechter …«

Grübelnd steckte er das Handy ein. Nora hatte ihn angelogen. Wem hatte sie Bescheid gegeben? Seine Gedanken kreisten wie die Sitzschalen eines Kettenkarussells in seinem Hirn, während er langsamen Schrittes zu seiner Kollegin lief. Wenn das eine Falle war, musste er jetzt sofort reagieren. Jack hätte irgendwas bemerken müssen, war er am Ende auch …? Die Zeit für Überlegungen war nicht mehr da. Er stand einen Schritt hinter Nora, als er

343

seine Pistole aus dem Halfter zog und sie Nora in den Rücken drückte.

»Die Hände auf den Rücken!«

Nora wollte sich umdrehen, als er den Lauf fester in ihren Rücken drückte und sie anschrie.

»Wird's bald?«

»Sag mal, spinnst du jetzt?«, langsam befolgte sie seine Anweisung. Er legte ihr Handschellen an und drehte sie mit einem Ruck um.

»Das wird dir Leid tun«, zischte sie ihm zu.

Joshua nahm ihre Waffe an sich und zog ihr Handy aus der Gürteltasche. Eine innere Unsicherheit überkam ihn. Er fand keine Erklärung dafür. Wenn er sich irrte, wird sie seine Entschuldigung annehmen, war er sicher.

»Wer hat dich vorhin angerufen?«

»Kalle, verdammt noch mal.«

»Nein, ich habe ihn gefragt.«

Sie sah zu Boden.

»Scheiße. Ich kann es dir erklären. Mach mich los und wir reden in Ruhe darüber. Wir stehen doch auf derselben Seite.«

»Da bin ich mir nicht mehr so sicher.«

Nachdem der sechste Schlüssel endlich passte, schob er sie durch die offene Tür hinein. Er durchsuchte ihr Handy nach dem Verzeichnis der eingegangenen Anrufe und drückte beim letzten auf ›Rückruf‹. Nach fünf Freizeichen meldete sich die Mailbox von Engelbert König. Warum hatte sie ihm nicht gesagt, dass der Anruf von König kam. Es konnte nur einen Grund geben. König konnte also jeden Augenblick hier auftauchen. Joshua dachte an die Monitore im Foyer und hoffte inständig, unerkannt zu bleiben. Viel Zeit blieb ihm jetzt nicht mehr.

344

»Joshua, du machst einen großen Fehler. Glaub mir, ihr habt keine Chance. Schließ dich uns an. Noch ist es nicht zu spät. Du bekommst einen Superposten, kannst ihn dir aussuchen. Denk doch mal an deine Familie. Willst du sie wirklich aufgeben? Willst du, dass deine Frau dich für immer verlässt. Du bist erledigt, wenn du dich gegen uns stellst.«

Sie konnte Joshua mit ihren verzweifelten Überredungsbemühungen nicht erreichen. Er sah sich um. Sie standen mitten auf einem langen Flur. Die übermäßige Anzahl von Neonröhren erleuchtete ihn taghell. Hier konnten sie nicht bleiben. Er schubste sie vor sich her und versuchte gleichzeitig, sich zu orientieren. An der nächsten Kreuzung erkannte er den Gang, an dem das Büro von Bönisch lag. Er glaubte, Schritte hinter sich zu hören. Wenig später standen sie vor der verschlossenen Bürotür. Hektisch probierte er einen Schlüssel nach dem anderen aus. Nora begann zu schreien. Reflexartig schlug er ihr ins Gesicht. Augenblicklich verstummte sie. Blitzschnell schloss er die Tür hinter sich und schmiss seine Kollegin auf einen der Stühle. Joshua hechtete zum Schreibtisch. Jede seiner Bewegungen war von Hektik geprägt. Er öffnete das Schließfach am Schreibtisch und sah hinein. Es befanden sich neben einigen Ordnern mehrere CDs darin. Joshua zog sie heraus und las die Beschriftungen. Auf jeder CD war der Markenname einer Zahnpasta oder eines Getränkes geschrieben. Hastig blätterte er in den Ordnern. Sie waren voll mit technischen Details. Auf einem Deckblatt waren die Werte von UHF-Frequenzen vermerkt. Zufrieden riss er die Seite ab und steckte sie ein. Nora stand jetzt neben ihm und redete erneut auf ihn ein.

»Das ist der Schlüssel zum Erfolg. Joshua, du kannst

diese Technik nicht mehr aufhalten. Wenn wir es nicht ausnutzen, macht es jemand anders.«

Das werden wir verhindern, dachte er, ohne sich wirklich sicher zu sein.

27

Kalle lief kalter Schweiß über das Gesicht. Soeben schoss der Cadillac mit driftendem Heck um die Kurve. Offensichtlich hatten sie ihn wieder erkannt. Einen neutralen Dienstwagen, den König nicht kannte, gab es nicht.

Er ignorierte das Stoppschild und schoss um die Kurve auf den Nordring. Ein wütender Autofahrer überholte ihn hupend und machte eindeutige Gesten. Fünfhundert Meter weiter sprang eine Ampel auf Rot. Kalle wollte soeben das Gaspedal durchtreten, als eine Straßenbahn die Fahrbahn kreuzte. Der Fahrer, der ihn vor wenigen Sekunden überholt hatte, stand neben ihm. Er hatte das Beifahrerfenster heruntergefahren und schrie wütend auf ihn ein. Als die Straßenbahn die rechte Fahrspur freigab, fuhr Kalle mit durchdrehenden Rädern los, knapp an ihrem Heck vorbei. Er konnte den schwarzen Cadillac nicht mehr sehen. Wütend schlug er aufs Lenkrad. Zum zweiten Mal innerhalb weniger Tage hatten sie ihn abgehängt. Diesmal konnte ihm keiner einen Vorwurf machen. Leider, dachte er. So würden sie ihm wenigstens glauben. Kalle zögerte, wollte weiter in Richtung Autobahnauffahrt fahren. Es gab zu viele Möglichkeiten. König konnte ebenso gut zu Baker fahren. Es ärgerte ihn, nicht schon früher auf König gekommen zu sein. Joshua hatte doch schon länger diese Ahnung, warum ist er ihr nicht nachgegangen? Kalle fühlte sich einsam, zugleich wurde er nervös. Konnte König wissen, wo sein Kollege war? Angestrengt ließ er die

347

letzten Stunden an sich vorbeilaufen. Mittlerweile stand er an einer Bushaltestelle. Wer außer ihm wusste von Joshuas Vorhaben? Daniel, Nora und Joachim. Keine Gefahr also. Ihm kam eine Idee, er drehte um und fuhr zur Dienststelle zurück. Unterwegs rief er Holsten an und hoffte, dass er abnehmen würde. Kalle hatte Glück. Er berichtete ihm von seiner misslungenen Aktion.

Einige Minuten später saß er auf Noras Stuhl.

»Haben eure Spezialisten den E-Mailverkehr von Schändler gecheckt?«

Joachim Holsten runzelte die Stirn.

»Ja, den habe ich mir gestern vorgenommen. Seine privaten und die von seinem Büro in Düsseldorf.«

»Auch zufällig die von Baker?«

»Ja«, seine Stimme klang jetzt ein wenig genervt, »habe ich auch schon durchgesehen. Ich konnte nichts Außergewöhnliches feststellen.«

»Vielleicht, weil du nicht danach gesucht hast.«

»E-Mails mit dem Absender ›Capablanca‹ sind nicht dabei, falls du das meinst.«

Seine kleine naive Hoffnung zerplatzte wie ein Regentropfen, der auf den Asphalt trifft.

»So blöd ist der nicht. Kann ich mir die Mails mal ansehen?«

Holsten nannte ihm die Datei, er griff von Noras Computer aus darauf zu und machte sich eine Kopie davon. Auf diese Weise konnte er nach und nach Mails löschen, um einen besseren Überblick zu bekommen. Es waren einige hundert Mitteilungen. Er fing mit den E-Mails von Ansgar Skopje an. Die Mails mit völlig unverdächtigen Absendern löschte er. Es verblieben noch zwölf Nachrichten von Absendern, die ihm nichts sagten. Kalle las sich alle durch. An einer blieb er hängen.

Immer wieder las er den Text, ohne dass sich ihm sein Sinn offenbarte:

Liebe Werbefirma,

hiermit möchte ich bei dem Werbespruch – Wettbewerb mitmachen:

Es reicht kein Schloss mehr und kein Riegel
Siegfried kommt zu Eulenspiegel
schnelle Hilfe ist von Nöten
denn niemand soll den Drachen töten.

Jetzt müsst ihr nur noch einen Schokoladendrachen bauen.

Viele liebe Grüße
Jaqueline Renate Christopher

Kalle blickte auf den Absender: jrc@wep.de. Anschließend startete er den Browser und durchsuchte die Homepage der Werbeagentur Schändler.

Er las den Text noch einmal laut vor. Holsten sah von seinem Monitor hoch. Er grinste Kalle an.

»Süß, die Kleine. Gefällt dir daran irgendwas nicht?«

»Hast du den Absender überprüft?«

Jack kam um den Schreibtisch herum und sah ihm über die Schulter.

»jrc – Jaqueline Renate Christopher. Was soll daran verdächtig sein?«

»Zum Beispiel, dass diese Mail an die Adresse von Skopje ging und es die Einzige eines ominösen Wettbewerbes ist.«

349

Holsten rieb sich sein Kinn.

»Vielleicht ein Irrläufer?«

Kalle schüttelte den Kopf. Nicht nur die Tatsache, dass Skopje nur diesen einen Beitrag zu einem Wettbewerb bekommen hatte, machte ihn stutzig. Der Text kam ihm seltsam vor. Eulenspiegel und der Drachentöter Siegfried in einer Zeile. Das passte nicht. Sie mussten vom Provider den Namen und die Adresse herausbekommen. Kalle ging ins Internet und suchte die Kontaktadresse dieses Anbieters. Nachdem sie ihm fast zehn Minuten lang Pausenmusik vorgespielt hatten, meldete sich die Stimme einer jungen Frau, die nur zu Anfang äußerst freundlich war. Sie teilte ihm immer noch höflich, aber bestimmt mit, es handele sich um hochsensible Daten, die sie ohne richterlichen Beschluss auf gar keinen Fall preisgeben könnten.

Als Kalle frustriert auflegte, sah Holsten ihn mit einem Anflug von Mitleid in seinem Gesichtsausdruck an.

»Ich bleibe dabei. Mit dieser Mail stimmt irgendwas nicht. Das ist eine Botschaft.«

Jack verdrehte die Augen. Für ihn war es der naive Text eines jungen Mädchens, der irrtümlich an die falsche Adresse weitergeleitet wurde.

Karl-Heinz nahm sich einen lauwarmen abgestandenen Kaffee und brütete weiter über der Mail. Mittlerweile suchte er im Internet nach Fakten zu Eulenspiegel und Siegfried, in der Hoffnung, die Erleuchtung würde über ihn kommen. Während er einen Artikel zu Eulenspiegel las, schaufelte er unentwegt Zucker in seinen Kaffee. Holsten wurde es schlecht bei dem Anblick. Murmelnd führte er die Tasse an den Mund und trank einen Schluck, ohne seine Augen vom Monitor zu nehmen. Einige Tropfen dieses koffeinhaltigen Zuckerwassers liefen dabei an seinem Kinn herunter auf das karierte Hemd, was ihn aber

350

nicht zu stören schien. Zwischendurch sah er sich erneut die Homepage der Werbeagentur Schändler an. Es war nirgendwo die Rede von einem Wettbewerb. In Gedanken versunken schrieb er alles Mögliche zu den Protagonisten dieses kleinen Reims auf. Zwischendurch las er sich den Text immer und immer wieder durch. Plötzlich schrak er zusammen. Er schoss in seinen Stuhl zurück und haute sich mit der flachen Hand vor die Stirn. Holsten sah ihn staunend an.

28

Joshua griff sein Handy und wollte die Nummer seiner Dienststelle eingeben. In dem Moment sprang die Bürotür auf und er blickte in den Lauf einer Makarov. Hinter Hellström stand König und grinste.

Hellström hielt die gezogene Waffe und den Blick starr auf Joshua gerichtet. Hinter König kam nun Georg Kaiser in den Raum und befreite Nora von den Handschellen. Missbilligend sah sie Joshua einen Augenblick an. In seiner Jackentasche begann es zu vibrieren.

»Mein Handy«, er sah seine Widersacher fragend an.

Für einige Sekunden war nur ein leises Brummen zu hören.

»Wenn er nicht rangeht, bekommen wir gleich eine Menge unangenehmen Besuch«, war Nora sicher.

»In Ordnung«, König sah Joshua durchdringend in die Augen, »aber ein falsches Wort und du wirst hier rausgetragen!«

Joshua nahm das Gespräch an. Das war seine Chance, aber es blieb keine Zeit zum Nachdenken. Daniel erkundigte sich nach seinem Befinden.

»Alles in Ordnung«, Joshua sprach betont gelassen, »wir haben hier nichts gefunden, wie vermutet.«

»Wie meinst du das?«

Hellström wedelte mit seiner Makarov und deutete ihm so an, das Gespräch zu beenden.

»Ja genau, wir müssen wieder von vorne anfangen. Ich melde mich wieder.«

König lächelte zufrieden. Es waren offensichtlich genau die Worte, die er hören wollte.

»Soll ich ihn umlegen«, Hellström drehte sich für einen Moment zu König herum.

»Ja sicher, du Trottel. Wenn gleich noch ein Anruf kommt, gehst du dran, oder was? Das hat noch Zeit. Nimm ihm das Handy ab und bring ihn weg! Aber bleib in seiner Nähe.«

Hellström packte den Kragen seiner Lederjacke und zog Joshua ruckartig zur Tür. Stolpernd lief er den Gang hinunter. Nach einigen Metern öffnete der Hüne eine Tür und stieß ihn hinein. Joshua konnte sich nicht mehr halten und stürzte zu Boden. Die Handschellen pressten sich gegen die Knöchel seiner Hände. Um ihn herum befanden sich Regale, die bis zur Decke reichten. Sie waren gefüllt mit Büroutensilien. Das Brett, das seinen Sturz so unsanft stoppte, war die Rückseite eines Schreibtisches. Als er sich daran hochraffte, erkannte er in dem diffusen Licht, dass ein paar Glasbausteine durchließen, eine Gestalt in der Ecke sitzend. Halb gebückt mit starken Schmerzen in der linken Schulter ging er ein Stück in die Richtung und erkannte ihn. Es roch nach Urin und Schweiß. Das Klappfenster in der Glasbauwand war zu klein, um die Raumluft erträglicher zu machen. Mit jeder Bewegung wurde der Geruch penetranter.

»Hallo Bönisch. So sieht man sich wieder.«

Bönisch sah ihn an, ohne seine Gesichtszüge auch nur einen Deut zu verändern. Seine Oberlippe war aufgeplatzt, sein weißes Hemd mit roten Flecken übersät. Seine Haare hingen ihm halb über das zugeschwollene rechte Auge.

Joshua sah keinen Grund, warum er schonend mit ihm umgehen sollte.

»Wieso hat man Sie nicht umgebracht?«

Bönisch zuckte zusammen. Als er sich in eine andere Position setzte, erkannte Joshua den großen nassen Fleck in seinem Schritt. Der mächtige Bönisch lag da wie eine gefällte Eiche.

»Weil sie mich noch brauchen.«

Seine Stimme klang sehr leise. Joshua musste angestrengt hinhören.

»Enkel hat sich zurückgezogen und macht jetzt Ärger.«

»Ist er Ihr Boss?«

Bönisch lachte kurz auf. Dann verzog er sein Gesicht und stöhnte auf.

»Ihr lieber Herr Staatsanwalt hat hier das Sagen. Da staunen Sie, was? Ihr schnüffelt überall herum, nur nicht in eurem eigenen Stall.«

Joshua schluckte. Dass König ein Maulwurf war, konnte er sich schon kaum vorstellen, aber der Chef? Kalle hatte also Recht. Verdammter Mist, fluchte er leise vor sich hin. Hätte er die Theorie seines Kollegen doch ernst genommen.

»Ist er auch für die Morde verantwortlich?«

Bönisch sah ihn für einige Sekunden stumm an.

»Ist ja egal, wir kommen hier beide nicht mehr lebend heraus«, er wischte sich mit dem Rücken der rechten Hand über den Mund. Seine Linke war hinter den Rücken gedreht und dort anscheinend gefesselt. Schweiß rann über sein Gesicht und vermischte sich mit Blut.

»Für die Drecksarbeit war sich der feine Herr zu schade. Die haben Rahn, Kaiser und Hellström erledigt. König hat nur die Aufträge erteilt.«

354

Nora und die beiden Kollegen aus Düsseldorf mitgerechnet, gab es vier Überläufer, überlegte Joshua. Vier, von denen er jetzt wusste. Er hoffte inständig, dass es nicht mehr sein würden.

»Wie hat er meine Kollegen dazu bekommen?«

Wieder lachte Bönisch auf. Er verzog sein Gesicht. Jede Bewegung bereitete ihm offenbar Schmerzen. Bönisch hielt sich die Hand vor den Brustkorb und hustete.

»Money makes the world go round. Die schwimmen doch im Geld. Eine Million Euro soll jeder kriegen plus ein Pöstchen nach Wahl.«

Joshua lehnte sich entspannt an einen Metallschrank. Sie waren im Materiallager des Institutes untergebracht.

»Welche Rolle spielt eigentlich dieser Carl Enkel?«

Bönisch zog seine Stirn hoch.

»Der hat das Know-how. Viele Kollegen forschten bislang weltweit an dieser Technik, wir übrigens auch. Enkel hat den Durchbruch geschafft. Es war ganz simpel. Die Lösung lag jahrelang vor unseren Augen und wir haben sie nicht gesehen. In Amerika haben sie ihn aber unter Kontrolle. Darum wollte er seine Technik hier anwenden. Wir sind schließlich ein Medienvolk, fast wie die Amerikaner. Er hat uns die Technik erklärt, uns eingewiesen und …«

Bönisch bekam erneut einen Hustenanfall. Sein Kopf lief purpurrot an. Joshua hatte Angst, der Wissenschaftler würde ersticken. Ganz allmählich beruhigte er sich wieder.

»Dann wollte König den Kuchen für sich alleine?«

»Genau wie vorher Schändler, ja.«

Deshalb musste Ramon Schändler sterben. Ein Multimillionär endete an seiner Habgier. Joshua fiel es schwer,

355

das nachzuvollziehen. Aber eines blieb weiterhin unklar.

»Warum musste Schändlers ganze Familie sterben?«

»Schändler war der Boss, bevor König übernahm. Er hatte von allen relevanten Unterlagen Enkels Kopien in seinem Tresor.«

Wieder fluchte Joshua. Diesen Ansatz hatten sie wieder verworfen.

»Wie konnte König ihr Boss werden?«

»Er war jahrelang mit Schändler befreundet. Sie trafen sich regelmäßig zum Schach. Schändler hat ihn schließlich angeworben. Nachdem Rahn und Kaiser bei dem eingestiegen sind, ist König schnell dort hingefahren und hat die Unterlagen aus dem Tresor geholt. Um sich von Enkel unabhängig zu machen, mussten sie jetzt auf ihn setzen. Andernfalls hätte er die ganze Sache mit anderen durchgezogen und sie womöglich hinterher noch verpfiffen. Außerdem passte es ja allen. König hat doch erstklassige Kontakte.«

Joshua erinnerte sich dunkel daran, was Kalle ihm in Schändlers Villa gesagt hatte: Der König hat dich gefunden und den Notarzt angerufen. König war alleine am Tatort und niemand hatte daran Anstoß genommen. Keiner hatte in dem Trubel hinterfragt, wieso der Staatsanwalt von dem Einbruch wusste. Sein Name tauchte in keinem der Protokolle auf. Das Vertrauen in Kollegen und Vorgesetzte war dermaßen groß, dass niemand sie wie normale Verdächtige behandeln würde.

Joshua sah sich in dem Raum um. Im Gegensatz zu Bönisch, der, wie sich herausstellte, an einem Heizungsrohr gefesselt war, konnte Joshua sich in dem Raum bewegen. Er stand auf und suchte nach Werkzeug. Das

356

einzig halbwegs brauchbare fand er in einem der Regale. Es war eine sehr spitzzulaufende Schere. Er nahm sie und begann in dem Schloss seiner Handschellen zu hantieren.

»Werden Ihre Leute uns hier finden?«

Seine Stimme klang verzweifelt. Joshua zuckte mit den Schultern und versuchte weiter, sich zu befreien.

29

»Till Eulenspiegel«, schrie Kalle. Holsten sah ihn immer noch perplex an. Kalle schlug sich erneut vor den Kopf.

»Till Eulenspiegel – Till Groding, na dämmerts?«

Joachim ging erneut um den Schreibtisch und sah über Kalles Schulter.

»Das ist eine Mitteilung an Skopje, Till Groding zu beseitigen. Groding sollte wegen Mordes eingebuchtet werden, Joshua glaubte nicht daran und fuhr noch mal zu ihm, um ihn festzunehmen. Trotzdem wollte er seine Unschuld beweisen und es wäre ihm auch gelungen.«

»Du meinst, Joshua ist Siegfried?«

»Genau. Schnelle Hilfe ist von Nöten, sie mussten ihn beseitigen, bevor er reden konnte. Der Drache ist ihre Organisation. Niemand soll sie töten.«

Jack stellte sich aufrecht und rieb sich die Haare.

»Das ist ja schön und gut. Aber der Absender. Wer ist dann jrc, wenn wir mal davon ausgehen, dass kein kleines Mädchen dort mitmischt?«

Kalle grinste ihn breit an. Darauf hatte er gewartet.

»jrc sind die Initialen für ›Jose Raoul Capablanca‹, dem Spitznamen Königs.«

Holsten pfiff anerkennend durch die Zähne. Er wollte gerade etwas sagen, als die Tür aufgerissen wurde und Daniel hereinstürzte. Er legte auch gleich los.

»Joshua ist in Gefahr! Wir müssen sofort los!«

»Wie kommst du darauf?«

Kalle sah ihn entgeistert an. So aufgeregt hatte er seinen Kollegen noch nie erlebt. Es musste eminent wichtig sein, denn Daniels Krawatte hing halb über seinem Jackett.

»Ich habe ihn angerufen. Er klang ganz komisch. Er sagte, sie hätten nichts gefunden, wie sie vermutet hatten.«

»Das hatte Joshua bestimmt nicht vermutet«, Jack begriff sofort, »los, ruf die anderen an. Das SEK verständigen wir von unterwegs.«

Kalles Frust war jetzt vollends einer euphorischen Laune gewichen. Den Gedanken, seinem Kollegen und Nora könnte etwas zugestoßen sein, verdrängte er sofort wieder. Hintereinander rief er Marlies, Viktor und die Kollegen vom LKA an. Als er auflegte, bemerkte er erst, dass er alleine im Büro war. Kalle schnappte sich seine Jacke vom Stuhl und rannte los.

Elsing begriff zuerst überhaupt nichts, faselte dauernd von Berichten. Erst als Jack ihm von ihrem Verdacht gegen König berichtete, verstummte er. Jack konnte förmlich spüren, wie Elsings Puls hochschoss. Er dachte darüber nach, wie sehr Joshuas Chef seine dienstlichen Anweisungen mit König abglich. Hatte er von den Machenschaften des Staatsanwaltes gewusst? König würde reden, davon war der LKA-Mann überzeugt.

Das SEK versprach, in zwanzig Minuten mit dem Hubschrauber in Kamp-Lintfort zu sein. Er klärte Daniel über Kalles Erfolg auf. Dieser rümpfte die Nase und nestelte an seiner Krawatte.

»Wenn diese E-Mail der einzige Beweis gegen König bleibt, sehe ich aber schwarz.«

»Er wird uns erklären müssen, was er dort mitten in der Nacht macht«, plötzlich kam Jack ein ganz anderer Gedanke.

»Ich frage mich, was mit Nora ist? Zwei Kripoleute überwältigt man doch nicht so einfach.«

30

Joshua hatte die Spitze der Schere auf dem Fußboden mühselig zurechtgebogen und stellte zufrieden fest, wie sie den Schließmechanismus bewegte. Mit äußerlicher Ruhe und Geduld versuchte er es weiter. Immer wieder rutschte die Spitze ab. Endlich packte sie und seine Hände waren frei. Sofort rannte er zu Bönisch herüber, hielt aber gleich wieder inne. Was würde er mit Bönisch machen, wenn dieser frei war? Er musste das Risiko eingehen. Bönisch kannte sich in diesem Gebäude exzellent aus und dürfte zudem kein Interesse mehr daran haben, sich seinen Kumpanen anzuschließen.

Seine Hand war mit einem Seil gefesselt. Joshua versuchte, den Knoten zu öffnen. Dabei sprach er mahnend auf ihn ein.

»Wenn Sie abhauen, sorge ich dafür, dass man Sie lebenslang hinter Gitter bringt, verstanden?«

»Ja ... ich meine nein«, stammelte Bönisch, »gibt es eigentlich so was wie eine Kronzeugenregelung?«

»Ob die in Ihrem Fall greift, weiß ich nicht. Aber eines ist sicher: Wenn wir die anderen mit Ihrer Aussage dran kriegen, dürfte für Sie ein äußerst mildes Urteil drin sein.«

Er nickte Joshua ergeben wie ein Schuljunge zu. Joshua half ihm auf die Beine. Als er wieder stand, zog er ihn zur Tür. Hier wartete das nächste Problem auf ihn. Es handelte sich um ein Sicherheitsschloss. Joshua fluchte laut und wollte sich gerade nach Werkzeug umsehen, als Bönisch einen Schlüssel aus der Tasche zog. Sie hatten sich offensichtlich auf die Fesselung verlassen. Zitternd hielt er Joshua ein Schlüsselbund hin.

»Wo kommen wir am schnellsten hier raus?«

Bönisch deutete mit dem Daumen nach rechts. Das war der Weg durch die Eingangshalle. Dort standen ein Dutzend Monitore. Wenn sie das Institut überwachen sollten, würde einer von ihnen dort sitzen, dachte Joshua.

»Es muss einen anderen Weg geben.«

Bönisch sah ihn apathisch an. Er schien momentan nicht im Vollbesitz seiner geistigen Fähigkeiten zu sein.

»Einen anderen Weg, Bönisch«, herrschte Joshua ihn an, »die Eingangshalle wird bestimmt überwacht.«

Bönisch schluckte und begann zu husten. Joshuas Nervosität stieg ins Unermessliche. Sekunden später besann sich der Forscher wieder.

»Richtung Labor, die letzte Tür links ist die Warenannahme.«

Die kannte Joshua. Er zog Bönisch am Arm auf den Flur. Joshua begann zu rennen. Sein Blick fiel auf eine Kamera an der Decke. Viel Zeit würde ihnen nicht bleiben. Der Doktor hechelte und hustete neben ihm her. Kaum verständlich gab er an, am nächsten Flur links abbiegen zu müssen. Joshua mahnte ihn, schneller zu laufen. Mit hochrotem Kopf sah der Koloss ihn an. Er zog ihn am Arm links rüber auf den nächsten Flur.

Erschrocken blieben sie stehen.

Wenige Meter entfernt kamen ihnen Hellström und Nora entgegen. Norman Hellström zögerte keine Sekunde und zog seine Waffe. Bönisch stand neben ihm wie ein Brett. Er zitterte am ganzen Körper. Von außen drang der Lärm eines Hubschraubers zu ihnen durch. Sie setzen sich ab, flüchten mit einem Helikopter, war Joshuas erster Gedanke. Dann beging er einen Fehler, der ihm noch viele schlaflose Nächte einbringen sollte. Ihm schoss ein Gedanke durch den Kopf. Bönisch brauchten sie offensichtlich noch. Blitzschnell sprang er hinter ihn und hielt ihm eine lange Papierschere an den Hals.

»Aus dem Weg«, schrie er.

»Die Tapes sind alle fertig, wir brauchen ihn nicht mehr«, hörte er Nora noch sagen, bevor zwei Kugeln die Brust von Bönisch trafen. Joshua spürte, wie Bönisch nach unten sackte. Er ließ ihn los, sein Puls raste. Kalter Schweiß lief über sein Gesicht. Inzwischen war auch König da. Er sah Joshua mit wütendem Blick an. Hellström hielt jetzt seine Waffe auf Joshua gerichtet.

»Norman, der Kriminalhauptkommissar Trempe wird nicht mehr benötigt.«

Joshua gefror das Blut in den Adern, als Hellström die Makarov hochzog und zielte. Erstarrt blickte er in den Lauf der Pistole.

Eine laute Detonation folgte. Alles war gleißend hell erleuchtet. Gleichzeitig stürmten vermummte Gestalten in den Flur. Joshua blinzelte, während das grelle Licht schwächer wurde. Sein Herz hämmerte unaufhörlich gegen seine Brust. Es ging alles rasend schnell. Seine Widersacher wurden zu Boden geworfen und entwaffnet. Handschellen klickten.

»Halt, ich gehöre zu euch«, hörte er Nora schreien. Er wollte ihnen zurufen, aber aus seinem Mund drang kein Laut. Jack ging zu dem SEK-Mann und wies ihn an, seine Kollegin loszumachen. Joshua hatte seine Nerven wieder im Griff und rannte zu ihnen herüber. In Bruchteilen einer Sekunde zog sie die Waffe aus Jacks Schulterhalfter und hielt sie ihm an den Kopf. Holsten schielte erschrocken

363

zu ihr herüber. Entsetzen spiegelte sich in seinem Gesicht. Nora befand sich jetzt hinter ihm. Ihr linker Arm umschloss ihn. Die Pistole klebte an seinem Kopf. Langsam ging sie mit ihm hinaus. Ein Dutzend Waffen waren auf sie gerichtet. Nora schrie sie an, sie sollten die Waffen auf den Boden werfen. Metallene Geräusche folgten Sekunden später. Durch die Warenannahme gingen die beiden nach draußen. Vor der Tür stand ein weißer Vectra.

»Die Schlüssel, los!«

Stecken, rief jemand aus dem Lager. Jetzt war die vorläufig letzte Gelegenheit, sie aufzuhalten, überlegte Joshua. Zwei SEK-Beamte lagen inzwischen auf dem Dach in Stellung. Nora sah sie nicht. Für einen kurzen Moment musste sie die Waffe von Jacks Kopf nehmen, der jetzt hinter dem Lenkrad saß. Einen Augenblick, den sie brauchte, um die hintere Türe zu öffnen. Einen Augenblick zu viel. Zwei Kugeln zerfetzten ihre Knie. Nora schrie auf und fiel zu Boden. Sie war Profi genug, um zu wissen, dass eine falsche Bewegung ihren sicheren Tod bedeuten würde. Langsam und mit schmerzverzerrtem Gesicht hob sie den Arm, der die Pistole hielt.

»Waffe fallen lassen!«, schrien sie vom Dach und zielten auf sie.

Nora hob den Arm weiter und richtete ihre Pistole auf einen der Kollegen auf dem Dach. Der Mann hatte keine andere Wahl. Die Kugel durchschlug Noras Stirn.

31

Die Stimmung auf dem Revier war bedrückt. Der Fall war abgeschlossen, aber keinem der Anwesenden war nach Jubeln zumute. Calvin Baker wurde ebenfalls verhaftet. Er stritt bislang alles ab. König wollte zunächst keinerlei Aussagen machen. Als Ludger Rahn und Georg Kaiser ihn nach einem umfassenden Geständnis schwer belasteten, gab er alles zu. Ihm war zweimal eine Berufung zum Richter verwehrt worden. Beide Male waren Kollegen mit, wie er meinte, schlechteren Qualifikationen, aber besseren Beziehungen, bevorzugt worden. Diese Stacheln nagten beständig an seiner ehrgeizigen Seele. Kaiser und Rahn hatten die Familie Schändler in Königs Auftrag umgebracht. Auf Till Groding sollten diese Taten abgewälzt werden. Hellström hatte die Beweise manipuliert. Als Joshua zu verstehen gab, dass er nicht an den Täter Groding glaubte, wurde König nervös und beauftragte Ansgar Skopje per E-Mail mit der Ermordung Grodings. Skopje wiederum wurde, nachdem er aussteigen wollte, von Norman Hellström ermordet. Dieser legte ebenfalls ein Geständnis ab.

Am Abend fand man König tot in seiner Zelle. Wie sich später herausstellte, starb er an einer Strychninvergiftung. Er musste das Gift in einer Kapsel die ganze Zeit im Mund gehabt haben. Die Schmach, möglicherweise genau von dem Mann verurteilt zu werden, der ihm damals vorgezogen wurde, wollte er nicht ertragen.

365

Viktor lud alle Kollegen zu einer kleinen Feier in sein Gartenhaus ein. Jack und Joshua gingen noch kurz in die Kantine.

»Nachdem Nora nicht mehr bei uns ist, wird ja jetzt ein Platz in meinem Büro frei.«

Joshua hatte an diese Möglichkeit noch gar nicht gedacht. Die Vorstellung gefiel ihm. Anscheinend war es doch kein so langweiliger Bürojob und Janine würde ohnehin begeistert sein. Er hatte sie vorhin angerufen und vom Abschluss des Falles berichtet. Joshua hatte nun eine Woche Urlaub und sie nahmen sich vor, erstmal die Tage gemeinsam zu verbringen und über alles zu reden. Sie sagte ihm, dass sie ihn vermisse. Diese Worte hallten immer noch wie ein tausendfaches Echo in seinem Unterbewusstsein nach. Ihre Anmerkungen, er solle es sich nicht so leicht vorstellen und dass noch einige Dinge geklärt werden müssten, vergaß er in seiner Euphorie.

»Träumst du?«

»Entschuldigung. Meinst du, ich könnte den Posten bekommen?«

»Auf jeden Fall. Mein Chef war jedenfalls begeistert von deiner Arbeit.«

In diesem Moment trat Elsing zu ihnen an den Tisch. Als sie ihn zunächst nicht bemerkten, räusperte er sich.

»Ach, der Herr Elsing. Was führt Sie her?«

Joshua blieb betont förmlich.

»Ähem, Winnie reicht. Ich möchte mich bei dir entschuldigen. Ich war wohl vorübergehend blind.«

Joshua staunte. Mit einer Armbewegung deutete er ihm an, sich an den Tisch zu setzen. Elsing konnte nichts nachgewiesen werden. Gegen ihn wurde nur ermittelt, weil König ihn belastete. Elsing konnte aber glaubhaft machen, dass er dem Staatsanwalt in naivem Glauben gefolgt war, ohne das geringste Wissen über seine Machenschaften zu haben.

»Angenommen. Wenn du es wieder gutmachen willst, schreibe mir eine entsprechende Beurteilung fürs LKA.«

»Du willst also wirklich gehen?«, seine Trauer darüber klang echt, »ich würde meinen besten Mann verlieren. Aber ich werde dir keine Steine in den Weg legen.«

Viktor hatte zwei Schränke auf den Rasen gestellt, um auch für die Kollegen vom LKA Platz zu haben. Ein großes Fass Bier war angestochen, daneben stand ein riesiger Topf mit Gulaschsuppe. Marlies ließ spontan eine leere Obstschale herumreichen, in die jeder einen Geldschein legte. Kalle versuchte einen größeren Posten versilberter Feuerzeuge, die er günstig ersteigert hatte, unter den Kollegen loszuwerden. Lediglich Daniel war noch nicht da. Man war gespannt auf sein Outfit. Marlies hatte ihm beim letzten Treffen mit Zustimmung aller deutlich zu verstehen gegeben, das Galakleidung für ein solches Treffen nicht unbedingt erforderlich sei.

Als Daniel hereinkam, verstummten augenblicklich alle Gespräche. Zu einer gleichmäßig verwaschenen Jeans trug er ein dunkelblaues Jeanshemd. Lediglich der knallrote Blazer störte die legere Kleidung und beleidigte Marlies' Augen.

»Wenn du jetzt noch diese grässliche Jacke ausziehst, darfst du reinkommen, du Torero.«

Joshua musste mit einem Mal lachen.

»Georg hatte gar nicht so Unrecht. Es sind nur die Schatten der Wirklichkeit, die wir wahrnehmen.«

Sie sahen ihn verwirrt an und verstummten augenblicklich. Joshua erzählte von seinem Treffen mit dem Philosophiestudenten und dem Gleichnis Platos.

»Und derart wichtige Ermittlungserkenntnisse enthältst du uns?«, empörte sich Kalle mit einem Lachen.

»Aber wir haben den Fall ja auch ohne Philosophie gelöst.«

Viktor hob freudestrahlend sein Glas.

»Auf den abgeschlossenen Fall.«

Sie prosteten sich jubelnd zu, nur einer wirkte nachdenklich.

»Was ist mit dir, Cedric?«, fragte Jack.

»Wir haben eine Schlacht gewonnen. Es war die erste in diesem Krieg.«

Sie sahen ihn alle, teils mitleidig, teils staunend an.

»Die Technik ist raus. Das, wogegen wir gekämpft haben, kann sich jetzt jederzeit wiederholen.«

Für einige Sekunden war es ruhig. Alle wirkten nachdenklich.

»Was ist denn damit alles möglich?«

»Alles. Jedenfalls jede Beeinflussung des menschlichen Bewusstseins. Künftig muss jede freie Wahl in Frage gestellt werden. Mit dieser Technik lässt sich jede Demokratie aushebeln, sie öffnet neue Wege für totalitäre Systeme. Die gesamte freie Marktwirtschaft kann damit beeinflusst werden, Menschen praktisch zu willenlosen Robotern gemacht werden. Diese Technik ist eine Waffe, die alles bisher gewesene in den Schatten stellt.«

»Aber diese Technik kann doch auch für friedliche Zwecke eingesetzt werden, oder?«, der Optimismus von Marlies schien grenzenlos.

»Genau«, warf Kalle ein, »man könnte Schalke damit endlich mal zur Meisterschaft verhelfen.«

Während die anderen grinsten, sah Cedric resigniert in

die Runde. Winnie, der sich bis dahin deutlich zurückhielt, versuchte die Stimmung zu retten.

»Also Leute, ich denke, jeder in unserem Land weiß jetzt, wozu diese Forscher in der Lage sind. Überlasst die präventiven Maßnahmen mal den Politikern. Für irgendwas müssen die ja zu gebrauchen sein.«

Spät in der Nacht, nur noch Marlies, Daniel, Joshua und Viktor saßen am Tisch, musste Joshua noch etwas loswerden.

»Daniel, darf ich dich mal was Persönliches fragen?«

»Nur zu.«

»Als ich neulich an deinem Computer war, habe ich eine Passwort gesicherte Datei mit dem Namen »Kollegen« entdeckt. Ich muss zugeben, dass ich zuerst den Verdacht hatte, du spionierst uns aus.«

Daniel verschluckte sich an seinem Pils. Leicht errötend senkte er den Blick.

»Du musst nicht darüber sprechen, wenn es dir peinlich ist«, beruhigte Marlies ihn.

»Doch, doch. Obwohl, peinlich ist es schon. Ich mag es nicht, wenn man sich nur dienstlich kennt, wo man doch soviel Zeit mit seinen Kollegen verbringt. Trotzdem weiß man oft fast gar nichts über die Menschen, die hinter dem Dienstgrad stehen. Wenn man jahrelang zusammen arbeitet, ja. Aber ich habe in den letzten Jahren öfter die Dienststelle gewechselt. Dabei kann man sich dann leicht wie ein Außenseiter fühlen. In der Datei sind einfach nur die Personen mit ihren Interessen und Vorlieben aufgeführt. Und natürlich den Geburtsdaten samt möglichen Geschenken.«

Marlies sah ihn mit großen Augen an.

»Du hast tatsächlich auf deinem Computer vermerkt, wem du was schenkst, falls sie oder er dich mal zum Geburtstag einlädt?«

Daniel nickte. Es schien ihm wirklich peinlich zu sein. Joshua tat es Leid, überhaupt danach gefragt zu haben.

»In meiner letzten Dienststelle habe ich einem Kollegen einen exquisiten französischen Rotwein geschenkt. Das war ein Reinfall. Ich wäre am liebsten im Erdboden verschwunden.«

»Wieso? Mochte er keinen Rotwein?«

»Doch. Er mochte aber zuviel davon. Zwei Monate vorher kam er aus einer Entziehungskur zurück.«

Bis auf Daniel brachen alle in schallendes Gelächter aus. Joshua gestand sich ein, seinen Kollegen völlig falsch eingeschätzt zu haben. Er freute sich darüber, demnächst beim LKA weiter mit ihm zu arbeiten. Lediglich auf die Wohngemeinschaft wollte Joshua verzichten.

ENDE

Auf dem Cover dieses Buches ist nur mein Name als Autor angegeben. Dies ist hinsichtlich der vielen Helfer, die im Verborgenen an diesem Roman arbeiteten, zu wenig. An dieser Stelle möchte ich die Gelegenheit nutzen, mich bei allen zu bedanken, die mich teilweise aufopferungsvoll unterstützt haben.

Ursula Grote, Bettina Kohl, Viola Lubjuhn
Sie brauchten als ›Testleser‹ ein besonders starkes Nervenkostüm. Geduldig ertrugen sie alle meine Fehler und gaben zahlreiche ›sachdienliche Hinweise‹.

Peter Molden
Seine Tipps sind unverzichtbar, sein Einsatz war enorm und sein Lob tat so gut.

Dr. Hans Wickum
Mein »Doc« sorgte nicht nur für entspanntes Schreiben, sondern versorgte mich in seiner Freizeit noch mit wertvollen Hintergrundinformationen zu diesem Roman.

Claudia Senghaas
Ein besonderer Dank an meine Lektorin, die das Manuskript so zielsicher vollendete.

Für wertvolle Hinweise möchte ich mich bedanken bei:
Trabrennbahn Dinslaken, Universität Heidelberg, Stanford University California, Kriminalpolizei Düsseldorf, Kolleginnen und Kollegen des Syndikats, Horst Eckert, Thomas Tervoort, Bahn AG, BMW sowie der Börse Düsseldorf.

Ein besonderer Dank gilt dir, liebe Tina. Für alles!

Weitere Krimis finden Sie auf den
folgenden Seiten und im Internet:
www.gmeiner-verlag.de

KRIMI IM GMEINER-VERLAG

Peter Wark
Epizentrum

277 Seiten, 11 x 18 cm, Paperback.
ISBN 3-89977-665-8. € 9,90.

Junge Geologen der Universität Tübingen machen im Hohenzollerngraben bei Albstadt einen grausigen Fund: Sie entdecken in einem Plastiksack Teile einer verwesten Leiche, die offenbar schon lange dort gelegen hat. Der einheimische Journalist Jörg Malthaner erfährt durch Zufall davon, doch auf seine Nachfragen zeigt sich die Polizei seltsam zugeknöpft. Malthaner beginnt auf eigene Faust zu recherchieren. Da ereignet sich ein weiterer Todesfall und plötzlich interessiert sich auch das Landeskriminalamt in Stuttgart für den Fall …

Manfred Bomm
Schusslinie

229 Seiten, 11 x 18 cm, Paperback.
ISBN 3-89977-664-X. € 9,90.

Deutschland muss 2006 im eigenen Land Fußballweltmeister werden! Dass man dies nicht dem Zufall überlassen darf, darüber sind sich einige Wirtschaftsbosse und Politiker in Berlin längst einig und im Hintergrund werden Fäden gesponnen, die bis in die schwäbische Provinz reichen. So findet sich auch Kriminalkommissar August Häberle bei seinen Ermittlungen um einen mysteriösen Mordfall in einem Geflecht aus Erpressung und Intrigen wieder …

GMEINER-VERLAG

www.gmeiner-verlag.de

KRIMI IM GMEINER-VERLAG

Klaus Erfmeyer
Karrieresprung

229 Seiten, 11 x 18 cm, Paperback.
ISBN 3-89977-670-4. € 9,90.

Junganwalt Stefan Knobel erhält kurz nach seinem Eintritt in eine renommierte Dortmunder Anwaltskanzlei die Chance, den wichtigsten Mandanten der Kanzlei, den Industriellen Tassilo Rosenboom, zu vertreten. Rosenboom, von den Fähigkeiten Knobels überzeugt, überträgt ihm bald die Vertretung in Prozessen, deren Sinn sich der Anwalt nicht erschließen kann. Doch Knobel kommt seinem Mandanten auf die Spur. Unversehens wird er in einen Mord verwickelt und plötzlich erkennt er, dass er selbst von dem Verbrechen profitieren könnte …

Fritjof Karnani
Takeover

278 Seiten, 11 x 18 cm, Paperback.
ISBN 3-89977-663-1. € 9,90.

Ferry Ranco hat als Computerexperte der ersten Stunde ein international agierendes Internet-Unternehmen aufgebaut. Als Hacker die Sicherheitssysteme seines Zentralcomputers in Berlin durchbrechen und in das Sicherheitssystem des Bundeskanzleramtes einzudringen versuchen, sieht er sein Lebenswerk bedroht. Zusammen mit der Internet-Expertin Judith macht er sich auf die Suche nach den Tätern. Bald stellen sie fest, dass offenbar ein Syndikat aus gut organisierten Kriminellen Informationen aus dem Internet filtert, um damit Handel zu treiben. Als Ferry und Judith erste Beweise für die Existenz dieses Syndikates finden, wird aus der Suche blutiger Ernst: Die Jäger werden zu Gejagten!

KRIMI IM GMEINER-VERLAG

G. Keiser/W. Polifka
Puppenjäger

*374 Seiten, 11 x 18 cm, Paperback.
ISBN 3-89977-662-3. € 9,90.*

Als die angehende Journalistin Aisha Khan nach einem Neujahrsempfang im Frankfurter Römer am Schauplatz eines Verbrechens vorbeikommt, ahnt sie nicht, dass das brutal ermordete Mädchen mit den abgehackten Händen zu einer spektakulären Serie von Vermissten gehört. Erst als Aisha die Meldung mehrer anderer, in Europa vermisster Mädchen in die Hände fällt, die auf mysteriöse Weise verschwunden sind, vermutet sie einen Zusammenhang. Sie beschließt, auf eigene Faust zu recherchieren. Was sie schließlich aufdeckt, hätte sie in ihren schlimmsten Träumen nicht für möglich gehalten …

Franziska Steinhauer
Racheakt

*374 Seiten, 11 x 18 cm, Paperback.
ISBN 3-89977-674-7. € 9,90.*

Cottbus wird von einer Mordserie heimgesucht. Junge Mädchen werden erschlagen und grausam verstümmelt. Kommissar Peter Nachtigall erkennt, dass er einen psychopathischen Mörder jagen muss, der seine Opfer nach Kriterien auswählt, die im Dunkeln bleiben …

GMEINER-VERLAG

www.gmeiner-verlag.de

KRIMI IM GMEINER-VERLAG

Ihre Meinung ist gefragt!
Mitmachen und gewinnen

....

Als der Spezialist für Themen-Krimis mit Lokalkolorit möchten wir Ihnen immer beste Unterhaltung bieten. Sie können uns dabei unterstützen, indem Sie uns Ihre Meinung zu den Gmeiner-Krimis sagen!

Füllen Sie den Fragebogen auf www.gmeiner-verlag.de aus und nehmen Sie automatisch am großen Jahresgewinnspiel teil. Es warten »spannende« Buchpreise aus der Gmeiner-Krimi-Bibliothek auf Sie!

KRIMI IM GMEINER-VERLAG

Das neue Krimijournal ist da!
2 x jährlich das Neueste
aus der Gmeiner-Krimi-Bibliothek

ISBN 3-89977-950-9
kostenlos

In jeder Ausgabe:

- Vorstellung der Neuerscheinungen
- Hintergrundinformationen zu den Themen der Krimis
- Interviews mit den Autoren und Porträts
- Allgemeine Krimi-Infos (aktuelle Krimi-Trends, Krimi-Portale im Internet, Veranstaltungen etc.)
- Die Gmeiner-Krimi-Bibliothek (Gesamtverzeichnis der Gmeiner-Krimis)
- Großes Gewinnspiel mit »spannenden« Buchpreisen

Erhältlich in jeder Buchhandlung oder direkt beim:

Gmeiner-Verlag
Im Ehnried 5
88605 Meßkirch
Tel. 0 75 75/20 95-0
www.gmeiner-verlag.de

GMEINER-KRIMI-BIBLIOTHEK

Alle Gmeiner-Autoren und ihre Krimis auf einen Blick

Anthologien: Grenzfälle (2005)
• Spekulatius • Streifschüsse (2003)
Artmeier, H.: Katzenhöhle (2005)
Schlangentanz • Drachenfrau (2004)
Baecker, H.-P.: Rachegelüste (2005)
Beck, S.: Einzelkämpfer (2005)
Bekker, A.: Münster-Wölfe (2005)
Bomm, M.: Schusslinie (2006)
• Mordloch • Trugschluss (2005)
• Irrflug • Himmelsfelsen (2004)
Bosch van den, J.: Wassertod
• Wintertod (2005)
Buttler, M.: Abendfrieden (2005)
•Herzraub (2004)
Danz, E.: Osterfeuer (2006)
Emme, P.: Heurigenpassion (2006)
Schnitzelfarce • Pastetenlust (2005)
Erfmeyer, K.: Karrieresprung (2006)
Franzinger, B.: Wolfsfalle • Dinotod
(2005) • Ohnmacht (2004) • Gold-
rausch (2004) • Pilzsaison (2003)
Gardener, E.: Lebenshunger (2005)
Gokeler, S.: Supergau (2003)
Graf, E.: Löwenriss • Nashornfie-
ber (2005)
Haug, G.: Gössenjagd (2004)
• Hüttenzauber (2003) • Fina-
le (2002) • Tauberschwarz (2002)
• Höllenfahrt (2001) • Todesstoß
(2001) • Sturmwarnung (2000) Riff-
haie (1999) • Tiefenrausch (1998)
Heim, Uta-Maria: Dreckskind
(2006)
Heinzlmeier, A.: Bankrott (2006)
• Todessturz (2005)
Karnani, F.: Takeover (2006)
Keiser G./Polilfa W.: Puppenjäger
(2006)
Klewe, S.: Kinderspiel (2005)
• Schattenriss (2004)

Klingler, E.: Königsdrama (2006)
Klugmann, N.: Schlüsselgewalt
(2004) • Rebenblut (2003)
Kohl, E.: Zugzwang (2006)
Koppitz, R. C.: Machtrausch (2005)
Kramer, V.: Todesgeheimnis (2006)
• Rachesommer (2005)
Kronenberg, S.: Flammenpferd
• Pferdemörder (2005)
Lebek, H.: Karteileichen (2006)
• Todesschläger (2005)
Leix, B.: Zuckerblut • Bucheckern
(2005)
Mainka, M.: Satanszeichen (2005)
Matt, G. / Nimmerrichter, K.:
Schmerzgrenze (2004) • Maiblut
(2003)
Misko, M.: Winzertochter • Kinds-
blut (2005)
Nonnenmacher, H.: Scherlock
(2003)
Puhlfürst, C.: Dunkelhaft (2006)
• Eiseskälte • Leichenstarre (2005)
Schmöe, F.: Fratzenmond (2006)
Kirchweihmord • Maskenspiel (2005)
Schröder, A.: Mordswut (2005)
• Mordsliebe (2004)
Schwab, E.: Großeinsatz (2005)
Schwarz, M.: Maienfrost • Dämo-
nenspiel (2005) • Grabeskälte (2004)
Stapf, C.: Wasserfälle (2002)
Steinhauer, F.: Racheakt (2006)
Thadewaldt A./Bauer C.: Kreuz-
könig (2006)
Valdorf, L.: Großstadtsumpf (2006)
Wark, P.: Epizentrum (2006) • Bal-
longlühen (2003) • Absturz (2003)
• Versandet (2002) • Machenschaf-
ten (2002) • Albtraum (2001)
Wilkenloh, W.: Hätschelkind (2005)